조선후기 통신사 필담창화집 번역총서 6

韓使手口錄
任處士筆語

한사수구록 · 임처사필어

조선후기 통신사 필담창화집 번역총서 6

韓使手口錄
任處士筆語

한사수구록 · 임처사필어

구지현 역주

보고사

이 역서는 2008년도 정부재원(교육과학기술부 학술연구조성사업비)으로 한국연구재단의 지원을 받아 연구되었음(KRF-2008-322-A00073)

이 번역총서는 2012년도 연세대학교 정책연구비(2012-1-0332) 지원을 받아 편집되었음.

차례

일러두기

1. 통신사 필담창화집 번역총서는 제1차 사행(1607)부터 제12차 사행(1811) 까지, 시대순으로 편집하였다.

2. 각권은 번역문, 원문, 영인자료의 순서로 편집하였다.

3. 300페이지 내외의 분량을 한 권으로 편집하였으며, 분량이 적은 필담 창화집은 두 권을 합해서 편집하고, 방대한 분량의 필담창화집은 권을 나누어 편집하였다.

4. 번역문에서 일본 인명과 지명은 한국 한자음 그대로 표기하고, 처음 나오는 부분의 각주에 일본어 발음을 표기하였다. 그러나 번역자의 견 해에 따라 본문에서 일본어 발음대로 표기를 한 경우도 있다.

5. 번역문에서 책명은 『 』, 작품명은 「 」으로 표기하였다.

6. 원문은 표점 입력하였는데, 번역자의 의견에 따라 표기하는 것을 원칙 으로 하였지만, 가능하면 한국고전번역원에서 정한 지침을 권장하였 다. 이 경우에는 인명, 지명, 국명 같은 고유명사에 밑줄을 그어 독자 들이 읽기 쉽게 하였다.

7. 각권은 1차 번역자의 이름으로 출판되었는데, 최종연구성과물에 책임 연구원과 공동연구원의 이름이 반드시 들어가야 한다는 한국연구재단 의 원칙에 따라 최종 교열책임자의 이름으로 출판되는 책도 있다.

8. 제1차 통신사부터 제12차 통신사에 이르기까지 필담 창화의 특성이 달라지므로, 각 시기 필담 창화의 특성을 밝힌 논문을 대표적인 필담 창화집 뒤에 편집하였다.

한사수구록
韓使手口錄

막부 유관의 필담집『한사수구록(韓使手口錄)』

에도막부는 조선과 달리 사무라이의 나라였다. 과거시험을 통해 조정의 관리를 선발하지 않고 세습을 통해 신분이 유지되었다. 그러다가 새로이 등장한 신분층이 있었으니, 바로 한문을 할 수 있는 유자(儒者)였다. 이들은 막부와 번에 소속되어 주군을 위해 한문으로 된 지식과 정보를 수집하고 정리하였다. 에도막부로의 사행이 시작된 이래 조선 사행원과 필담을 나누었던 하야시 라잔[林羅山]이 바로 이 새로운 신분층의 첫 번째 인물이라고 할 수 있다. 그러다보니 17세기 중반까지 에도에서 이루어진 조선인과의 필담기록은 하야시케[林家]의 인물에 집중되어 있다.

라잔은 조선인을 만나면 스스로를 유관(儒官)이라고 소개하였다. 라잔의 일을 이어받은 하야시 가호[林鵝峰]도 마찬가지였다. 유관은 역사서 편찬을 위해 막부에서 고용한 유자였다. 3대 쇼군 도쿠가와 이에미쓰[德川家光]은 역사서를 편찬하도록 라잔에게 명을 내려, 1644년 완성되었다. 그러나 1657년 대화재 때 소실되었다. 1660년 4대 쇼군 이에쓰나[家綱]은 하야시 가호에게 다시 역사서를 편찬하도록 명을 내려 1670년 완성하게 되었다. 이어서『속본조통감(續本朝通鑑)』의 편찬이 시작되는데, 이때 참여했던 사람이 히토미 가쿠잔[人見鶴山, 1638~1696]이었다. 그는 하야시가 아닌 최초의 막부 유관이었다.

1682년 5대 쇼군 도쿠가와 쓰나요시[德川綱吉]의 즉위를 축하하기 위해 윤지완(尹趾完, 1635~1718) 일행이 통신사로 파견되었을 때, 문서 담당은 라잔의 손자 하야시 호코[林峰岡]였다. 뛰어난 형의 예기치 않은 죽음 때문에 집안을 잇게 된 호코를 보좌한 것은 노숙한 유자였던 히토미 가쿠잔이었다. 그는 통신사행이 에도에 머무는 동안 막부의 명을 받아 호코와 함께 관소를 드나들면 접대를 하였고, 그간의 일을 상세히 기술하였다. 그의 문집인 『인견죽동문집(人見竹洞文集)』에서 자세히 살펴볼 수 있다.

그 가운데 조선 사행원과의 필담기록만 뽑은 것이 『한사수구록(韓使手口錄)』이다. 제목은 손으로 입을 삼아 나눈 대화, 즉 필담을 의미한다. 여느 필담창화집과는 달리 날짜에 따라 사건을 기록하는 일기 형식을 취하고 있다. 내용을 보면, 통신사 관소인 혼세이지[本誓寺]를 하야시 호코와 함께 방문하여, 유력한 막부의 로쥬나 다이묘들을 위해 중간에서 말을 전하는 역할을 하였다. 뿐만 아니라 글과 그림에 뛰어난 조선인이 누구인지 수소문하여 대화를 나누고 글과 그림을 부탁하는 적극적인 모습도 보인다. 꼼꼼하고 상세한 기록 탓에 당시의 일을 현장에서 보는 듯 생생하게 알 수 있는 중요한 기록이다.

본서에서 사용한 『한사수구록(韓使手口錄)』은 1책의 필사본으로, 히토미 가쿠잔의 서문이 있다. 현재 일본공문서관(日本公文書館)에 소장되어 있다. 별다른 필사기가 없기 때문에 언제 누가 필사했는지 알 수 있는 단서가 없다. 『인견죽동문집(人見竹洞文集)』에 실려 있는 「한사수

구록」과 행과 이체자의 차이가 있을 뿐, 내용은 일치한다. 그 외『한
인수구록(韓人手口錄)』(일본 東北大學 소장),『학산필담(鶴山筆談)』(개인 소
장)의 이본이 현전한다.

한사수구록(韓使手口錄)

임술년(1682) 가을, 동도(東都)[1]에 빙문(聘問)을 온 조선 사람이 300여 인이었다. 그 가운데 문재를 갖춘 사람은 사신(使臣) 윤동산(尹東山),[2] 이노호(李鷺湖),[3] 박죽암(朴竹庵)[4]과 진사(進士) 성취허(成翠虛),[5] 이반곡(李盤谷)[6]과 비장(裨將) 홍창랑(洪滄浪),[7] 판사(判事) 안신재(安愼齋)[8] 몇

1 동도(東都) : 덕천막부[德川幕府, 도쿠가와 막부]의 도읍이었던 강호[江戶, 에도]를 가리키는 말로, 지금의 도쿄(東京) 지역이다.
2 윤동산(尹東山) : 윤지완(尹趾完, 1635~1718)으로, 본관은 파평(坡平), 자는 숙린(叔麟), 호는 동산(東山)이다. 1662년 문과에 급제하였고, 경상도 관찰사·함경도 관찰사 등을 역임하였다. 1682년 통신사 정사로 일본에 파견되었다. 시호는 충정(忠正)이다.
3 이노호(李鷺湖) : 이언강(李彦綱, 1648~1716)으로, 본관은 전주(全州), 자는 계심(季心), 호는 노호(鷺湖)이다. 1678년 문과에 급제하였고, 사헌부 지평·홍문관 수찬·교리 등이 청요직을 두루 거쳤다. 1682년 통신사 부사로 일본에 다녀왔다.
4 박죽암(朴竹庵) : 박경후(朴慶後, 1644~?)로, 본관은 함양(咸陽), 자는 휴경(休卿), 호는 취옹(醉翁)·만오(晩悟)·죽암(竹庵)이다. 1675년 문과에 급제하였고, 승정원주서·홍문관수찬·사간원정언 등 삼사(三司)의 요직을 두루 거쳤다. 1682년 통신사 종사관으로 일본에 파견되었다.
5 성취허(成翠虛) : 성완(成琬, 1639~?)으로, 본관은 창녕(昌寧), 자는 백규(伯圭), 호는 취허(翠虛)이다. 1666년 진사에 합격하였고, 관직은 찰방에 이르렀다. 1682년 제술관으로서 일본에 다녀왔다.
6 이반곡(李盤谷) : 이담령(李聃齡, 1652~?)으로, 본관은 경주(慶州), 자는 백로(百老), 호는 반곡(盤谷), 붕명(鵬溟) 등이다. 1679년 진사에 합격하였다. 1682년 종사관 서기로

사람뿐이었다. 문자를 조금 알고 있는 사람으로는 의관(醫官) 정두준
(鄭斗俊),[9] 비장 차의린(車義鱗),[10] 사자관 이삼석(李三錫),[11] 동자(童子) 박
성익(朴成益),[12] 배봉장(裵鳳章)[13] 같은 부류가 더러 있었다.

　나는 여러 차례 여관에 가서 그들을 접대하였다. 그러나 말이 통하
지 않아서 통역을 하기도 하고 손가락으로 땅에 쓰기도 하고 부채로
상 위에 쓰기도 하고 필담을 하기도 하였다. 마침 기억을 하고 있는
것이나 소매 속에 넣어온 필담은 대략 적었지만, 적지 못한 것이 오히
려 많았다. 며칠 동안 자리를 함께 하고 마주 앉아서 필담을 나눈 사
람이 여러 명이었고, 내 붓을 빌려 필담을 나눈 이도 역시 많았다. 그
래서 함께 기록하고 "한사수구록(韓使手口錄)"이라 하였다.

　옛날 방안상(龐安常)은 귀머거리였는데, 동파(東坡)가 그와 더불어
필담을 나누면서 장난삼아, "나는 손으로 입노릇을 하고, 그대는 눈으

일본에 다녀왔다.

7 홍창랑(洪滄浪) : 홍세태(洪世泰, 1653~1725)로, 본관은 남양(南陽), 자는 도장(道
長), 호는 창랑(滄浪)·유하(柳下)이다. 1675년 역과에 응시, 한학관에 뽑혀 이문학관에
제수되었다. 1682년 부사의 자제군관으로서 일본에 다녀왔다.

8 안신재(安愼齋) : 안신휘(安愼徽, 1640~?)로 본관은 순흥(順興), 자는 백륜(伯倫),
호는 신재(愼齋)이다. 1662년 역과에 합격하였다. 1682년 상통사(上通事)로 일본에 다
녀왔다.

9 정두준(鄭斗俊) : 1639~?. 본관은 하동(河東), 자는 자앙(子昻)이다. 1660년 의과에
장원으로 합격하였다. 1682년 양의(良醫)로 일본에 다녀왔다.

10 차의린(車義鱗) : ?~?. 생애는 미상이다. 1682년 군관으로서 일본에 파견되었다.

11 이삼석(李三錫) : 1656~?. 본관은 전주(全州), 자는 달부(達夫), 호는 설월당(雪月堂)
이다. 1682년 사자관(寫字官)으로 일본에 다녀왔다.

12 박성익(朴成益) : ?~?. 생애는 미상이다. 1682년 예단직(禮單直)으로 일본에 다녀왔다.

13 배봉장(裵鳳章) : ?~?. 생애는 미상이다. 1682년 소동(小童)으로서 일본에 다녀왔다.

로 귀 노릇을 한다."라고 하였다.[14] 마주하여 입과 혀로는 생각이 통하지 않아서 그런 것이다." 하였다. 생각해보니 말이 통하지 않는 것 역시 마찬가지이기 때문에 "수구(手口)"라고 이름을 붙였다.

천화(天和)[15] 임술 현랍(玄臘 : 12월)
학산도인(鶴山道人)[16] 씀

23일[17]

처음에 본서사(本誓寺)에 도착했을 때, 조선 진사 성완(成琬) 자 백규(伯圭) 호 취허(翠虛), 진사 이담령(李聃齡) 자 이로(耳老) 호 붕명(鵬溟), 비장 홍세태(洪世泰) 자 래숙(來叔) 호 창랑(滄浪) 세 사람이 중당에 와서 정우(整宇)[18]

---

14 옛날 … 하였다. : 소동파(蘇東坡)가 사호(沙湖)에 갔을 때 병을 얻었는데, 뛰어난 의사였던 방안상(龐安常)에게 치료를 받았다. 방안상은 귀가 먹었으나 매우 영리하여 몇 글자 쓰지 않아도 남의 마음을 금세 터득했으므로 동파가 장난삼아 한 말이다.《東坡志林 卷1 遊沙湖》

15 천화(天和) : 1681~1683년 사이의 원호(元號)이다. 천황은 영원(靈元), 막부 장군은 덕천강길[德川綱吉, 도쿠가와 쓰나요시]에 해당한다.

16 학산도인(鶴山道人) : 인견우원[人見友元, 히토미 유겐, 1629~1696]으로, 이름은 절(節), 자는 선경(宣卿), 호는 학산(鶴山)·죽동(竹洞)이다. 임아봉[林鵞峰, 하야시 가호]에게 수학하였고, 막부의 유관을 역임했다. 1682년 스승의 아들이자 막부의 유관이었던 임봉강[林鳳岡, 하야시 호코]를 도와 에도에서의 통신사 접대를 주관하였다.

17 23일 : 1682년 8월 23일이다. 통신사 일행은 8월 21일 저녁, 강호(江戶)에 도착해서 19일간 머물렀다.

18 정우(整宇) : 임봉강[林鳳岡, 하야시 호코, 1645~1732]으로, 이름은 신독(信篤), 자는 직민(直民), 호는 정우(整宇)이다. 임나산[林羅山, 하야시 라잔]으로 시작된 임가(林家)

와 만나 먼저 필담을 나눈 다음, 정우, 계봉(鷄峯),[19] 춘암(春庵),[20] 백립(伯立) 등이 각각 시를 주고받았다. 취허가 손님들에게 시를 주고, 붕명도 정우와 내게 주었는데, 함께 창수한 것이 매우 많았고 나 또한 붕명과 화답하였다.

내가 우연히 이석호(李石湖)[21]가 쓴 부채를 가지고 있어 두 진사와 비장에게 보이자, 서로 돌려보며, "28년 전이면 무척 오랜데, 지금까지 잃지 않고 있으니 기쁩니다."라고 하였다.

"이석호는 지금 어떤 관직에 있습니까?"

"고을의 장관이 되었지요."

"을미[1655]년 세 사신인 조취병(趙翠屛),[22] 유추담(柳秋潭),[23] 남호곡

의 3대로, 1680년 즉위한 장군(將軍) 덕천강길(德川綱吉)에게 중용되어, 1691년 유시마[湯島] 성당이 준공된 후 초대 대학두(大學頭)에 임명되었다.

19 계봉(鷄峯) : 미상이다. 《화한창수집(和韓唱酬集)》에 임춘종(林春宗)으로 기록되어 있다.

20 춘암(春庵) : 미상이다. 《화한창수집(和韓唱酬集)》에 "남씨(南氏)"라는 설명이 있다.

21 이석호(李石湖) : 이명빈(李明彬, ?~?)으로, 자는 문재(文哉)이다. 1657년 문과에 급제하였다. 생애는 미상이다. 1655년 독축관(讀祝官)으로서 일본에 파견되었다.

22 조취병(趙翠屛) : 조형(趙珩, 1606~1679)으로, 본관은 풍양(豊壤). 자는 군헌(君獻), 호는 취병(翠屛)이다. 1626년(인조 4) 별시문과에 병과로 급제했으나 파방되고, 1630년 식년문과에 병과로 급제하여 예문관대교를 거쳐 사국(史局)으로 옮겼다. 1651년(효종 2) 사은사(謝恩使)의 서장관으로 북경에 다녀왔고, 1655년 대사간이 되어 일본에 통신사로 다녀왔다. 사행록으로 《부상일기(扶桑日記)》를 남겼다.

23 유추담(柳秋潭) : 유창(兪瑒, 1614~1690)으로, 본관은 창원(昌原). 자는 백규(伯圭), 호는 추담(楸潭)이다. 1635년(인조 13) 생원이 되고, 1650년(효종 1) 증광문과에 을과로 급제, 1653년 세자시강원 설서를 거쳐 이듬해에 지평(持平)이 되었다. 1655년 통신부사로 일본에 다녀오고, 동부승지·충청도관찰사에 이어 1662년(현종 3) 우부승지에 임명되었다. 본래 추담(楸潭)이 맞으나, 이 본에서 오기한 것으로 보인다. 원본을 살려 이하 추담(秋潭)으로 일단 놓아둔다.

(南壺谷)[24]은 어떤 관직에 있습니까?"

"취병은 이미 죽었고, 추담은 별 탈 없고, 호곡은 1품 벼슬까지 올랐습니다."

그때 강기 성주(岡崎城主) 우위문대부(右衛門大夫) 수야충춘(水野忠春),[25] 군내 성주(郡內城主) 섭진수(攝津守) 추원교조(秋元喬朝)[26], 방주영주(房州領主) 대화수(大和守) 주정충국(酒井忠國)[27] 등이 각각 자리에 앉았다. 주정충국이 취허(翠虛)에게 물었다.

"경들의 의관은 중국의 제도와 비슷한데, 귀국의 예의(禮儀)와 관복(禮儀官服)은 어느 시대부터 이와 같았습니까?"

취허가 말했다.

---

24 남호곡(南壺谷) : 남용익(南龍翼, 1628~1692)으로, 본관은 의령(宜寧), 자는 운경(雲卿), 호는 호곡(壺谷)이다. 1646년(인조 24) 진사가 되고 1648년 정시문과에 병과로 급제한 뒤, 시강원설서·성균관전적과 삼사를 거쳐, 병조좌랑·홍문관부수찬 등의 요직을 역임하였고, 잠시 경사도사로 좌천되었다가 다시 삼사로 돌아왔다. 1655년(효종 6) 통신사의 종사관으로 일본에 파견되었다.

25 수야충춘(水野忠春) : 미즈노 타다하루. 1641~1692. 1676년 아버지가 죽은 후 삼하[三河, 미카와] 강기[岡崎, 오카자키] 번의 2대 번주가 되었다. 1681년부터 1685년까지 주자번(奏者番) 겸 사사봉행(寺社奉行)을 역임하였고, 1684년에는 대판성대(大坂城代)를 겸임하기도 하였다. 관위는 종오위하(從五位下), 우위문대부(右衛門大夫)이다.

26 추원교조(秋元喬朝) : 아키모토 다카토모. 1649~1714. 외조부의 양자가 되어 1657년 갑비[甲斐, 가이] 군내(郡內) 곡촌[谷村, 야무라] 번의 3대 번주가 되었다. 주자번(奏者番), 약년기(若年寄)를 거쳐 1699년 노중(老中)이 되었다. 1711년 무장[武藏, 무사시] 천월[川越, 가와고에] 번을 하사받아 초대 번주가 되었다. 1665년부터 섭진수(攝津守)를 역임하였다. 교조는 초명이고, 추원교지[秋元喬知, 아키모토 다카토모]로 알려져 있다.

27 주정충국(酒井忠國) : 사카이 타다쿠니. 1651~1683. 1668년 숙부로부터 영지를 나누어받아 안방[安房, 아와] 승산[勝山, 가쓰야마] 번의 초대 번주가 되었다. 수구성주(水口城主)를 거쳐 1680년 대번두(大番頭), 대화수(大和守)에 임명되었으며, 1681년에는 주자번(奏者番)과 사사봉행(寺社奉行)을 겸임하였다.

"예의와 관복은 단군(檀君) 이래로 이미 정해져 있었고, 저희나라에서는 지금까지 매우 번성하고 있습니다."

주정충국이 말했다.

"단군은 요 임금의 시대에 해당 된다 들었습니다. 중국도 삼대(三代) 이전에는 예의와 관복이 갖추어지지 않았습니다. 더욱이 예악(禮樂)이라면 대대로 변해가는 것인데 귀국만이 어찌 유독 단군 이래 이렇다는 것입니까?"

이에 취허가 화답하느라 겨를이 없어 대답이 없었다.

앉은 이들이 창수(唱酬)하는 사이, 충국이 창랑(滄浪)에게 물었다.

"한가롭게 얘기를 나누고 싶었습니다만 분주하여 그러지 못했습니다. 귀국의 군례(軍禮)에 관해 듣고 싶습니다만, 국법을 알 수 없으니 어떠신지요?"

창랑이 대답하였다.

"군례의 일은 선 자리에 말씀 드릴 수 있는 것이 아닙니다."

충국이 말하였다.

"나중에 좀 한가해지면 한가롭게 얘기를 나누고 싶은데, 어떠신지요?"

대답하였다.

"진실로 바라는 바이니, 어찌 사양하겠습니까? 그대가 말씀 나눌 약속을 해주시면 마땅히 기다리겠습니다."

24일

정오 가까이 임(任) 처사[28]가 원구(元龜),[29] 우설(友雪),[30] 내장(內藏),[31] 백장(百藏),[32] 원호(元浩)[33]와 함께 본서사에 도착했다. 원구, 우설, 내장, 백장이 내관(內館)에 가서 정사 윤동산(尹東山)을 뵈었는데, 이 일은 임처사의 기록[34]에 보인다.

오후에 내가 본서사에 도착하니 수야충춘(水野忠春)과 관반(館伴)인 좌경조(左京兆) 내등의개(內藤義慨),[35] 대개(大介) 소립원장윤(小笠原長胤)[36]이 중당에 있고, 조선판사 안신휘(安愼徽)호 춘삼와 사자관 이삼석호 설월당(雪月堂), 이화립(李華立)[37]호 한송재(寒松齋), 화사(畵師) 함제건(咸悌

---

28 임(任) 처사 : 임공정(任公定, ?~?)으로, 호는 계당(溪堂)이다. 인견우원의 문인이다. 생애는 미상이다.

29 원구(元龜) : 인견우원의 맏아들로, 이름은 기(沂), 자는 노남(魯南)이다.

30 우설(友雪) : 인견우원의 둘째 아들로, 이름은 해(楷)이다.

31 내장(內藏) : 인견우원의 셋째 아들로, 이름은 훈(勳), 자는 보민(保民)이다.

32 백장(百藏) : 인견우원의 넷째 아들로, 이름은 탄(坦), 호는 도을(道乙)이다.

33 원호(元浩) : 인견우원의 동생 독(篤)의 맏아들이다.

34 임처사의 기록 : 『임처사필어(任處士筆語)』를 가리킨다.

35 내등(內藤義慨) : 나이토 요시무네. 1619~1685. 1670년 아버지의 뒤를 이어 육오[陸奧, 무쓰] 반성평(磐城平, 이와키다이라] 번의 3대 번주가 되었다. 하이쿠[排句]에도 능하였다. 관위는 종사위하(從四位下), 좌경대부(左京大夫)에 이르렀다. 1682년에는 좌경조(左京兆)의 지위에 있으면서 통신사 접대역을 담당하였던 것으로 보인다.

36 소립원장윤(小笠原長胤) : 오가사와라 나가타네. 1668~1709. 풍전[豊前, 부젠] 중진[中津, 나카쓰] 번의 2대 번주인 소립원장승[小笠原長勝, 오가사와라 나가카쓰]의 조카이자 사위로, 1682년부터 병을 앓고 있던 번주를 대신하여 정무를 보았다. 1683년 번주가 죽은 후 3대 번주가 되었다. 관위는 종오위하(從五位下) 수리대부(修理大夫)에 이르렀다.

37 이화립(李華立) : ?~?. 생애 미상이다. 1682년 사자관으로서 일본에 다녀왔다.

健)[38] 호 동암(東巖) 이 큰 글자를 대신 쓰거나 수묵도를 그리거나 하고 있었다.

내가 충춘의 곁에 이르러 앉아서 보니, 제건이 먼저 대나무 그림 몇 폭을 그렸고, 팔팔조(八八鳥) 비슷한 작은 새를 그렸다. 내가 통사(通事 : 통역)을 시켜 물으니, 제건이 "가지가지(加志加志)"라고 하였다. 내가 "새 이름이 어떤 글자를 씁니까?"라고 묻자, 제건이 글자를 몰라서 이 삼석과 얘기를 나누었다. 이어서 삼석이 붓을 잡고 종이에 "저조(楮鳥) 요. 울음소리를 따서 속칭 가지가지라고 하지요." 라고 썼다.

내가 삼석에게 물었다.

"귀국에서 특히 숭상하여 배우는 서법은 누구의 것입니까?"

삼석이 답했다.

"왕희지(王羲之),[39] 조자앙(趙子昻)[40], 미원장(米元章)[41], 회소(懷素)[42] 이

---

38 함제건(咸悌健) : ?~?. 본관은 강릉(江陵), 호는 동암(東巖)이다. 도화서(圖畵署)화원으로 교수(敎授)를 지냈다. 1682년 화원으로서 일본에 다녀왔다.

39 왕희지(王羲之) : 307~365. 자는 일소(逸少)이다. 중국 동진(東晉) 때 사람으로, 벼슬을 사퇴한 뒤 산수에 묻혀 노닐었다. 만년에 이르러 서법을 완성하여, 지금까지 고금의 첫째가는 서성(書聖)으로 손꼽힌다.

40 조자앙(趙子昻) : 조맹부(趙孟頫, 1254~1322)로 자는 자앙(子昻), 호는 송설(松雪)이다. 중국 원나라 때의 화가이자 서예가이다. 벼슬은 한림학사, 승지에 이르렀다. 복고주의를 표방하였으며 서화시문(書畵詩文)에 뛰어나 후세에 큰 영향을 미쳤다.

41 미원장(米元章) : 미불(米芾, 1051~1107)로 자는 원장(元章), 호는 녹문거사(鹿門居士), 양양만사(襄陽漫士), 해악외사(海嶽外史), 회양외사(淮陽外史), 보진재(寶晉齋) 등이다. 중국 북송 때 서화가이다. 문장과 함께 글씨에 뛰어났고, 왕헌지(王獻之)의 필법을 얻어 산수인물화에도 일가를 이루었다.

42 회소(懷素) : 725~785. 당나라의 고승으로 속성은 전(錢)이고, 자는 장진(藏眞)이다. 특히 초서에 뛰어났다.

몇 사람의 서법입니다."

내가 물었다.

"귀국의 서법은 조자앙의 서법을 많이 배우는 것 같군요. 예로부터 그랬습니까?"

안신휘가 말했다.

"우리 태조께서 조자앙의 서법을 귀중하게 여기셔서 배우는 이가 많습니다."

이때 섭진수 추원교조와 대화수 주정충국이 왔다. 충국이 내게 "권좌(權佐) 충웅(忠雄)[43]충국의 동생이 올 것입니다."라고 하여, 나는 맞이하러 외당에 갔다. 그때 굴전직부(堀田織部) 정소(正昭)와 동생 병부(兵部) 준겸俊兼) 원로[44]의 둘째와 셋째 아들[45]가 왔고, 충웅도 왔다. 내가 세 사람을 이끌어 중당에 도착하니, 손님들이 단란하게 서화를 구경하고 있었는데, 큰 글자를 청하는 사람도 있었고 그림을 그려달라 명하는 사람도 있었다. 잠시 후 교조, 충국, 정소, 준겸, 충웅과 내가 중당의 남쪽 사랑에 이르렀을 때 정사 시동 김중천(金重千)[46]이 지나가고 있었

---

43 권좌(權佐) 충웅(忠雄) : 주정충웅[酒井忠雄, 사카이 타다오, ?~?]으로, 생애는 미상이다. 주정충조[酒井忠朝, 사카이 타다토모]의 넷째 아들이자 주정충국의 동생이다. 권좌(權佐)는 벼슬명이다.

44 원로 : 굴전정준[屈田正俊, 홋타 마사토시, 1634~1684]으로, 1680년 덕천강길[도쿠가와 쓰나요시, 德川綱吉]을 밀어 5대 장군에 즉위시키는 데 성공하였고, 1681년 12월 대로(大老)에 임명되었다. 그 후 "천화(天和)의 치(治)"라고 불리는 정치를 이끌어 재정적인 면에서 큰 성과를 거두었다.

45 둘째와 셋째 아들 : 굴전정준의 둘째 아들 굴전정호[홋타 마사토라, 堀田正虎, 1662~1729]와 셋째 아들 굴전정고[堀田正高, 홋타 마사타카, 1667~1728]을 가리킨다.

46 김중천(金重千) : 미상이다. 김지남(金指南)의 《동사일록(東槎日錄)》에는 정사의 소

다. 여러 손님들이 그 아이와 부사 소동 배봉장(裵鳳章) 나이 12세 등을 불러 함께 필담을 나누었다. 또 "박성익(朴成益) 나이 16세"이라는 동자가 있었는데 태수의 아들이라 하였다.

동자들이 모두 문자를 알아 여러 손님들이 부채종이를 꺼내 쓰게 하였다. 박(朴) 판사라는 이가 자리에 있었는데 언어가 조금 통하여 각기 함께 조선의 사정에 대해 말하였다. 비장 서너 사람이 왔는데, 그 가운데 홍창랑(洪滄浪)도 있었다. 창랑이 충국과 나를 보고 읍을 하여 내가 그를 앉게 하니 나머지 비장들도 자리에 앉았다. 모두 모자 끝에 금빛 꽃장식을 한 오전모(烏氈帽)를 쓰고 있었다. 이것이 군관의 모자라 하였다.

내가 붓을 들어 창랑에게 써 보였다.

"어제 나눈 말씀은 소략했습니다. 다른 날을 기약하여 말씀 나눌까요?"

창랑이 붓을 잡아 썼다.

"어제 만나 뵙게 되어 정말 행운이었습니다."

내가 답하였다.

"여유롭게 말씀 나누고 싶었으나 어젯밤은 경황이 없어 미진했습니다. 당연히 하룻밤 날을 잡아 이야기 나눠야지요."

창랑이 말했다.

"하룻밤 한가히 대화를 나눈다면 매우 좋겠습니다."

동으로 김취언(金就彦), 최정필(崔鼎弼), 장성일(張成一), 이지화(李之華)의 이름이 올라있다.

충국이 창랑의 이름과 고향을 물었다. 창랑이 말하였다.

"저의 성은 홍(洪)이고 자는 내숙(來叔)이고 한양 사람입니다. 한양은 우리나라의 수도입니다. 부사께서 제가 문장을 안다고 하여 비장에 추천해 오게 되었습니다."

충국이 절구 한 수를 써서 창랑에게 보였다.

정수재(靜修齋)

영주에 오신 손님 서로 만나니	相遇登瀛客
사신 배가 창해 동쪽 온 것이라네	星槎滄海東
우리나라 교의(交義)를 중시하노니	吾邦交義重
천리 멀리 있어도 기풍 같도다	千里是同風

창랑이 이를 읽고 즉시 화답하였다.

전생에 인연이 있지 않다면	不有前緣在
해 뜨는 동쪽까지 어찌 왔으랴	那能到日東
그대 보니 손님을 아끼는 마음	看君愛客意
옛사람의 풍모를 잇고 있구나	足繼古人風

충국이 감사하며 품에 넣었다. 이때 취허 성 진사가 와서 나를 보고 읍을 하였다. 손님들이 큰 글씨를 써 달라고 말해 달라고 나에게 부탁하였다. 내가 글씨를 써서 보였다.

"어제 나눈 말씀은 소략했으니, 훗날 한가히 얘기 나누기를 기약하겠습니다. 지금 좌중의 귀한 분들이 족하의 글씨를 청하고 있습니다. '용무지사(勇武之事)'로 편액을 달려 하는데 어떻습니까?"

취허가 말했다.

"큰 글씨입니까? 마땅히 써야지요. 먹물이 많아야 큰 글씨를 쓰는데 좋을 것 같습니다."

내가 관반의 위사(衛士)에게 명하여 큰 붓과 먹통을 가져 오게 하였다. 이에 취허가 큰 글씨를 썼고, 여러 손님들도 청하여 고시(古詩) 몇 폭을 쓰기도 하였다.

비장 몇 사람이 보러 왔는데, 그 가운데 비장 한 명이 서서 보다가 웃으며 말했다.

"글씨가 좋지 않군."

내가 그 이름을 물었더니, '죽당(竹堂)'이라 하였다. 통사를 통해 비장들에게 물었더니 모두 말했다.

"이 사람은 사자관(寫字官)이 아닙니다만, 글씨를 잘 쓰지요."

손님들이 죽당의 글씨를 청하였으나 죽당은 사양하였다. 그러나 완강히 쓰도록 하자 죽당이 몇 폭을 썼는데 글씨가 꽤 좋았다. 내가 그 이름을 묻자 윤취지(尹就之)[47]라 하였다.

이 사이에 내가 임 처사를 불러와, 충국, 정소, 준겸, 충웅이 처사에게 필담을 쓰게 명하였다. 정소와 준겸이 창랑의 창랑의 글씨를 부탁

---

47 윤취지(尹就之) : 김지남(金指南)의 『동사일록(東槎日錄)』에는 윤취오(尹就五)로 되어 있다. 1682년 군관으로 일본에 다녀왔다. 생애는 미상이다.

했다. 내가 써서 창랑에게 보여주었다.

"좌중의 두 공자께서 그대가 가르침으로 삼을 말씀 한 마디를 써 주시길 바라고 있습니다."

"어떤 말이라도 마땅히 받들겠습니다."

"충효의 글자 뜻이 괜찮겠습니다."

"구어(句語 : 운문)로 지을까요, 계어(戒語 : 산문)로 지을까요?"

"충(忠)은 구어면 좋겠고, 효(孝)는 계어면 좋겠습니다. 종이가 너무 얇으니 좋은 종이를 구할 수 있을까요?"

"제 짐 속에 우리나라 종이가 있습니다. 조금 기다려주시지요. 가지고 오겠습니다."

"가져오실 때까지 기다리겠습니다."

이에 창랑이 내관(內館)에 들어가 도화지(桃花紙)를 가지고 와서 말했다.

"크기를 마음대로 자르시지요. 그리고 두 분의 성명을 써 주십시오."

내가 종이를 두 조각 자르고서 말했다.

"성은 기(紀)입니다. 자가 천민(天民), 호가 본립재(本立齋)인 이는 형이고, 자가 숙량(叔良), 호가 일엽헌(一葉軒)인 이는 동생입니다."

창랑은 곧 충효 두 글자를 쓰고 아래에 글자의 의의를 써서 두 사람에게 주었다. 내가 필담을 써서 보였다.

"두 공자께서 족하께 사례를 하려 합니다. 식사 때가 이미 지났으니, 너무 크게 수고하신 것 같습니다."

창랑이 말했다.

"이깟 일에 무슨 사례는요?"

"저녁 때에도 서로 얘기할 수 있을까요? 먼저 가서 식사를 하시고, 식사를 마치고나서 다시 만나러 오실 수 있겠습니까?"

창랑이 말했다.

"다시 오길 바라신다면 마땅히 그러지요."

저녁 때 창랑이 중당에 있었는데, 나는 그를 데리고 외당의 남쪽 사랑에 도착해, 급히 조삼(朝三)[48]을 불러오게 하였으나 아직 오지 않아서, 손가락으로 땅에 글씨를 써가며 말을 나누었다. 조금 있다 취허와 이붕명(李鵬溟)도 왔으므로, 통역을 시켜 말을 나누었다. 조삼도 도착했다. 내가 창랑에게 물었다.

"족하는 나이가 얼마인가요?"

"서른입니다. 족하는 몇입니까?"

"마흔 여섯입니다. 족하는 고향이 어디입니까? 과거에 급제하셨습니까?"

"귀하의 용모가 무척 젊어 보여 연세와 맞지 않으십니다. 저는 한양 사람이고, 경신년(1680)에 상(喪)을 당했습니다. 올봄에 상을 마쳤는데, 명을 받들고 통신사를 따라 왔기 때문에 미처 과거를 보지 못했습니다."

"지금 어떤 직책에 계십니까?"

---

48 조삼(朝三) : 소산조삼[小山朝三, 고야마 도모카즈, ?~1684]으로, 일본의 유학자이다. 임아봉[林鵞峰, 하야시 가호]의 문하 출신으로, 대마[對馬, 쓰시마] 번에서 벼슬하였다. 1682년 통신사 호행을 담당하였다.

"본디 글을 하는 선비라서 허리에 활을 찬 적이 없습니다. 이번 행차에 우연히 부사 노야(老爺)의 비장이 되어 왔는데 부사과(副司果)[49]라 부르지요."

"부사(副使) 노야께서는 어디 분이십니까?"

"한양 사람입니다. 소년 시절부터 저와 동학이어서 극진한 대우를 받고 있습니다."

"족하께서 여행 중이라 책이 없으십니까? 짐 속에 어떤 책을 지니고 계신지요?"

"여행 중이라 책이 없으나, 저는 유자후(柳子厚)[50]의 시를 좋아하기 때문에 겨우 이런 책들을 지니고 있습니다."

"성균관에 성묘(聖廟 : 문묘)가 있다고 들었습니다만 매년 봄과 가을에 석전(釋奠 : 문묘에서 공자에게 지내는 제사)을 올립니까?"

"성균관에서 봄과 가을로 제사를 지냅니다. 참석하지 않는 학생이 없습니다. 저희들도 참석합니다."

취허와 붕명이 옆에서 보고 있다가 말했다.

"우리도 참석합니다."

취허가 붓을 잡고 썼다.

---

49 부사과(副司果) : 조선시대 오위(五衛)의 종6품 관직으로, 조선 후기 오위는 무보직자 (無補職者), 다른 군영(軍營) 및 여러 관청의 잡직 등에게 녹봉을 주기 위한 기관으로 바뀌어 부사과도 이러한 여러 다른 직종이 무직을 띠어 속하는 경우가 많았다.《한국민족 대백과사전》

50 유자후(柳子厚) : 유종원(柳宗元, 773~819)으로, 자는 자후(子厚)이고, 유주자사(柳州刺史)를 지내 유유주(柳柳州)라고도 불린다. 당나라 때 한유(韓愈)와 함께 고문운동을 제창한 인물로, 당송팔대가 중 한 사람이다.

"저번에 젊은 분들을 보니 다들 똑똑했습니다. 그대의 자제분이십니까?"

"그렇습니다. 아들 다섯을 두었습니다."

취허가 말했다.

"오늘 다들 정사(正使)의 관소에 왔었습니다. 정사께서 물으신 것이 있으면 대답을 하였지요. 정사는 그 똑똑함에 감격하여 칭찬하였으니, 아들이 많은 것이 복입니다."

"그대는 자녀분이 몇이나 되시나요?"

"아들 셋을 두었습니다."

내가 말했다.

"족하께서도 아들 많은 복을 지니셨습니다. 족하께서 나보다 두 살 아래라 들었는데, 꽤 나이가 드셨군요. 객중에 하루 종일 사람들 만나는 일이 많으셨으니, 오늘 밤 만약 피곤하시면 좀 쉬시지요."

"뭐 피곤하겠습니까? 그러나 눈이 나빠서 깊은 밤까지는 있지 못하겠습니다."

내가 말했다.

"안경을 쓰십니까?"

"쓰지 않습니다."

내가 안경을 꺼내 그에게 주며 말했다.

"족하께서 눈이 나쁘시면 잘 보이도록 빌려드릴까요? 만약 괜찮으시면 드리도록 하겠습니다."

취허가 안경을 집어 눈에 걸치더니 글자를 바라보고 웃으며 말했다.

"몽롱하여 잘 보이지 않습니다."

취허가 붓을 들고 부사산(富士山)과 비파호(琵琶湖)에 관한 시를 쓰고, 창랑도 상근(箱根)과 준주(駿州) 도중의 시 몇 수를 써서, 나에게 보여주며 말했다.

"이는 도중에 쓴 시입니다."

내가 읊조리고 나서 말했다.

"풍물과 경치가 따라다니며 본 것 같습니다. 오늘 밤 화답시를 드리고 싶으나 필담에 방해가 되니 내일 아침 화답시를 드려되 될까요?"

취허에게는 호가 많아, 도중에 쓴 작품에 대관재(大觀齋)라는 호를 쓰기도 하고 해월헌(海月軒)이라는 호를 쓰기도 했다.

내가 한주거사(漢州居士) 이붕명(李鵬溟)에게 물었다.

"족하의 이름과 호는 모두 노장(老莊)을 따르는군요. 그 책을 읽기 좋아하십니까?"

붕명이 좋지 않은 얼굴빛을 하고 말했다.

"어찌 노장을 좋아하겠습니까?"

창랑이 옆에서 써서 말했다.

"장수를 비느라 그런 것입니다."

내가 말했다.

"족하의 아버지와 조부께서 장수를 비느라 그렇게 이름을 지으신 것입니까?"

붕명이 흔연히 말했다.

"그렇고말고요."

"족하의 상태가 좋지 않으시니 여행하시는 동안 어떻게 몸조리를 하셔야 될까요?"

"제게 잘 낫지 않는 병이 있습니다. 좋은 의사가 있으면 만나보고 싶습니다."

"우리나라에는 의사가 많습니다. 하루 이틀 사이에 반드시 오는 사람이 있을 테니, 진맥을 보게 할까요?"

"기다리겠습니다."

이에 통사를 시켜 말을 나누었다. 그리고 각기 서생(書生) 너덧의 시를 화답하였다. 조금 있다 취허와 붕명은 인사하고 갔고, 창랑은 아직 관내에 들어가지 않았다. 내가 창랑에게 말했다.

"조금 전에 정수재와 시를 창수(唱酬)하셨는데, 이 분과 저는 오랫동안 아는 사이입니다. 소년시절부터 뜻이 있더니 지금은 높은 관직에 이르렀습니다. 하루 이틀 그대와 만나 뛰어난 재주에 놀랐습니다. 이 분이 비록 조금 배움과 재주를 지녔습니다만 스스로 시를 짓고자 하지는 않습니다. 바탕이 질박하고 충직한 사람이지요."

창랑이 답하였다.

"정수공은 한번 보고 호걸스런 선비임을 알 수 있었습니다. 그 시 또한 침한(沈悍)하고 박력이 있는 것이 소중히 여길 만했습니다. 제게 자주 돌봐주시는 뜻을 보이시니 감사하는 마음 그지없으나, 알아주시고 대우해주신 은혜를 갚을 길이 없어 부끄럽습니다."

내가 창랑이 쓴 갓을 가리키며 물었다.

"이것의 이름이 무엇인가요?"

"사립(斜笠)이라고 합니다."

"무관의 관입니까?"

"우리나라에서 처음 관례를 치를 때 반드시 먼저 이 갓을 쓰는데,

무관만이 아닙니다."

"두 진사가 쓴 것은 건(巾)입니까, 관(冠)입니까?"

"금사(金絲)로 장식한 것은 금사관(金絲冠)이라 하고, 청사(青絲)로 꾸민 것은 청사관(青絲冠)이라고 합니다."

"이번 사행에 온 귀국 악공 중에 거문고를 연주하는 사람이 있습니까? 중국의 거문고와 만듦새가 같습니까?"

"거문고를 연주하는 악공이 있습니다. 중국제와는 조금 다릅니다."

"중국 승려 심월(心越)[51]이라는 이가 우리나라에 귀화했는데, 거문고를 매우 잘 연주합니다. 그를 서호(西湖)의 승려라고 부릅니다."

"서호는 천하의 명승지입니다. 그 풍경을 한번 보고 싶으나 길이 없어 안타깝습니다. 족하께서는 심월에게서 들은 것이 있습니까?"

"서호의 경승은 일일이 들 수 없습니다. 때로 필담으로 때로 통역을 통해 그 땅의 경승을 조금 들었는데, 중국을 여행하는 것 같았습니다."

"족하와 함께 심월을 데리고 서호에서 거문고를 연주하지 못하는 것이 한스럽군요."

"이 스님이 지은 《희춘조(熙春操)》를 훗날 잠깐 들려드릴 수 있기를 바랄 뿐입니다."

---

51 심월(心越) : 동고심월[東臯心越, 도코 신에쓰, 1639~1696]로, 속성은 장(蔣)이고 자는 심월(心越), 호는 동고(東臯)다. 1676년 청의 압정을 피해 중국 항주(杭州) 서호(西湖)의 영복사(永福寺)를 나와 일본으로 망명하였는데, 일본 국내를 유람하다가 청의 밀정으로 오해받아 장기[長崎, 나가사키]에 유배되어 있었다. 1683년 수호[水戶, 미토] 번의 번주 덕천광국[德川光國, 도쿠가와 미쓰쿠니]의 노력으로 석방되었다. 일본에 고금(古琴)을 전파하여 일본의 금악(琴樂)을 중흥시켰고, 일본 전각(篆刻)의 시조로 알려져 있다. 인견우원 역시 그 문하에서 금을 배웠다.

"이 사람은 언제 왔습니까? 아니면 앞으로 올 것입니까?"

"3, 4년 전에 우연히 왔습니다."

"족하께서는 비록 중국에 있지 않으나 중국 사람과 자주 상대하니, 우물 안 개구리 같은 우리와는 다르군요."

"그런데, 이 사람을 장(蔣)씨라 하는데, 바로 한 나라 장후(蔣詡)[52]의 후손이랍니다."

"과연 옛 현인의 후예니, 더욱 귀하게 여길 만하군요."

시간이 이미 삼경(三更)이었다. 내가 말했다.

"밤이 벌써 깊었습니다. 자리에서 물러났다가 26일로 약속을 잡아도 되겠습니까?"

"매우 기대하고 있겠습니다."

창랑이 읍을 하고 관내로 들어갔다. 나는 관반 내등의개(內藤義槪)의 청에 따라 숙관(宿館)에 갔다가 집에 돌아오니 이미 사경(四更)을 지났다.

25일

이른 아침 성 진사의 부사산(富士山)과 비파호(琵琶湖) 시에 화답한 것, 홍창랑의 상근(箱根) 귤원(橘原) 도중에 쓴 시에 화답한 것을 임 처사를 통해 본서사에 보냈다. 성 진사와 홍 창랑 두 사람이 기뻐하였다.

---

52 장후(蔣詡) : BC 69~BC 17. 자는 원경(元卿)이다. 동한(東漢) 때 연주자사(兗州刺史)였는데 청렴정직으로 유명했다. 후에 왕망(王莽)의 전권에 불만을 품고 은거하였다.

저녁이 되기 전에 내가 본서사에 도착했고, 조금 있다가 정우(整宇)가 임춘익(林春益),[53] 이정춘정(伊庭春貞),[54] 박용(狛庸),[55] 임찬(林欑)[56] 등 여러 사람을 데리고 왔다. 정우와 나는 함께 조선에서 온 사람들의 주방을 살펴보았다. 주방 건물 곁에 방 하나가 있는데, 비장들의 거처였다. 어떤 이는 활을 매만지기도 하고, 어떤 이는 호피(虎皮)에 모로 누워있기도 했다. 방 안에서는 몇 사람이 둘러 앉아 바둑을 두고 있었는데, 죽당(竹堂)도 그 안에 있다가 나를 알아보고 일어나 앉더니 갓을 쓰고 그 자리에서 인사했다. 정우와 나는 앉아서 잠시 바둑 두는 것을 구경하다가 인사하고 물러났다. 중당에 이르니 창랑이 기둥에 기대어 앉아 있었다. 정우와 나를 보고 일어나서 인사하여 정우와 나 또한 인사하였다. 이어서 손바닥에 글씨를 써 물었다.

"오늘 밤 겨를이 있으면 외당(外堂)에서 만날 수 있겠습니까?"

창랑이 대답하였다.

"그렇게 하지요."

그리고 창랑을 이끌고 외당의 남쪽 사랑에 도착했다. 성취허(成翠

---

53 임춘익(林春益) : 하야시 슌에키. 1671~1734. 본성은 고려(高麗), 이름은 신명(信明)·신여(信如)이다. 임진헌[林晉軒, 하야시 신겐]의 양자로, 임진헌은 임아봉(林鵝峰)의 조카이다. 막부의 유관으로, 장군 덕천강길(德川綱吉)에게 《시경(詩經)》을 강경했고, 덕천길종(德川吉宗)에게 《중용(中庸)》을 강경했다.

54 이정춘정(伊庭春貞) : 이바 슌테이. 1640~1694. 이름은 풍상(豊祥), 호는 춘정(春庭)이다. 막부의 유신이다. 임아봉(林鵝峰)의 제자로, 《본조통감(本朝通鑑)》의 편수에 참여하였다.

55 박용(狛庸) : 미상이다.

56 임찬(林欑) : 미상이다.

虛)도 와서 정우와 필담을 나누었다. 춘익(春益)과 춘정(春貞), 박용(狛庸), 임찬(林欑), 화견(和堅) 등 여러 사람이 시를 바쳤고 취허와 창랑이 수창(酬唱)하여 끊임없이 붓을 휘둘렀다. 우위문대부(右衛門大夫) 수야충춘(水野忠春) 역시 그 자리에 있다가 그의 뛰어남에 감탄하였다. 내가 손가락으로 땅바닥에 써서 창랑에게 말했다.

"여러 손님들과의 수창이 많아 힘들지 않습니까?"

"뭐 힘들겠습니까?"

"족하는 젊고 기운이 넘치니 따라가지 못하겠습니다."

창랑이 웃고 나 또한 웃었다.

오늘 나는 대마수(對馬守) 가신(家臣) 평전 직우위문(平田直右衛門)[57]과 할 말이 있어서 물러나 대마 태수의 숙소 행행사(行行寺)이다 에 가서 평전과 얘기하고 돌아왔다.

26일

정오 가까이 본서사에 도착해 평전(平田) 씨를 만나 말을 나누고 외당에 갔다. 목하순암(木下順菴)[58]이 남쪽 사랑에 있어서 취허(翠虛), 창

---

57 평전 직우위문(平田直右衛門) : 평전진현[平田眞賢, 히라타 사네카타, ?~?]로 통칭(通稱)은 직우위문(直右衛門)이다. 대마 부중(府中) 번의 번사(藩士)이다.

58 목하순암(木下順菴) : 기노시타 준안. 1621~1699. 이름은 정간(貞幹), 자는 직부(直夫), 별호는 금리(錦里)이다. 송영척오[松永尺五, 마쓰나가 세키고]의 제자로, 금택[金澤, 가나자와] 번에서 벼슬했다. 62세에 장군 덕천강길(德川綱吉)의 시강이 되었다. 당시 일본을 대표하는 유학자로 평가된다.

랑(滄浪)에게 읍하고 순암과 얘기를 나누었다. 그리고 중당으로 들어
가 박 동지(朴同知)[59]와 마주쳐 잠시 조선의 일에 대해 얘기를 나누었
다. 비장의 방에 이르니, 죽당(竹堂)이 바둑을 두고 있었고, 좌중을 보
니 해금(奚琴)을 연주하는 자가 있었다. 죽당이 나를 보자 일어나 읍을
하고 이끌어 방석에 앉도록 청했다. 나는 앉은 후 통사(通事)를 시켜
물었다.

"거문고를 연주합니까?"

그러자 거문고를 연주했다.

"노래하는 사람이 있습니까?"

그러자 비장이 곧 노래를 불렀다. 내가 물었다.

"어떤 노래입니까?"

"「예상(霓裳)」입니다."

내가 또 물었다.

"이런 곡이 얼마나 있습니까?"

"수십 곡 있습니다."

내가 우리나라의 고려부(高麗部) 악명(樂名)의 목록을 품에서 꺼내
거문고 연주하는 사람에게 보이며 말했다.

"이 악곡 명을 그대들은 아십니까?"

여러 사람이 목록을 읽었는데 음이 우리나라 말과 매우 비슷했다.
나중에 모두 함께 말하였다.

---

59 박 동지(朴同知) : 박재흥(朴再興, 1645~?)으로, 본관은 무안(務安), 자는 중기(仲
起)이다. 1663년 역과에 급제하였다. 1682년 정사의 수역(首譯)으로 일본에 다녀왔다.

"모르겠습니다."

나는 이에 연주하고 노래하던 사람들에게 감사하고 일어났다. 죽당도 일어나 인사하였다. 나 또한 읍을 하고 외당으로 나왔다. 순암은 벌써 가고 취허와 창랑은 다른 서생들과 여전히 창수하고 있었다. 내가 고려악의 목록을 창랑과 취허에게 보이며 말했다.

"이 악곡은 옛날 귀국에서 전래된 것입니다. 곡조와 춤사위가 지금까지 우리나라에 전하고 있지요. 그러나 이름의 뜻이 알기 어렵고, 춤사위를 살피기가 어렵습니다. 귀국에는 지금 이 곡이 있습니까?"

두 사람이 읽고 말했다.

"모르겠습니다."

조금 있다 취허가 붓을 들어 썼다.

"이 가운데 「신말갈(新靺鞨)」은 옛날에 있었습니다. 고려 왕건 태조 때에 북쪽 오랑캐말갈(靺鞨)이 낙타 100필을 송도(松都)에 들여오던 날 태조가 악관에게 명하여 이 곡을 만들었다고 합니다."

내가 이어서 물었다.

"백결 선생의 「대악(碓樂)」은 현존합니까?"

취허가 대답하였다.

"백결 선생은 우리나라 신라조의 은군자(隱君子)이시지요. 옷을 백 번 꿰매 입어서 그렇게 부릅니다. 일찍이 「대악(碓樂)」을 남기셔서 세상에 전합니다."

내가 고려악의 목록을 조삼(朝三)에게 주면서 말했다.

"이번에 오신 조선 손님들 가운데서 다른 악곡을 아는 이가 혹시 있을 지도 모릅니다. 만약 그렇다면 그대는 반드시 기록해야 합니다."

조삼이 네, 네 대답하고 품에 넣었다.

내가 부사(副使)를 뵙고자 하다가 평전 씨를 만나서 이를 알렸다. 앞서 원로(元老) 고하(古河) 우림(羽林)[60]이 세 사신 가운데 특히 뛰어난 이에게 「정자의(靜字義)」를 청하고자 하였다. 그러므로 그저께 평전 씨에게 물었다.

"세 사신 가운데 누가 가장 품격과 문장이 뛰어납니까?"

평전 씨가 내관(內館)에 들어가 조선 관원들에게 은밀히 물어보고 나와서 내게 말했다.

"모두들 부사께서 순박하고 정직하고 품격이 뛰어나고 문장이 매우 빼어나기 때문에 조선의 왕에게 총애를 받는다 합니다."

내가 평전 씨에게 말했다.

"그렇다면 원로께서 「정자의」를 청하고자 하니, 이를 부사에게 부탁해도 되겠습니까?"

평전 씨가 말했다.

"괜찮습니다."

나는 부탁하는 원로의 뜻을 써서 평전 씨에게 맡겼다. 평전 씨가 어제 밤 통사를 시켜 써준 것을 가지고 부사께 청하였는데, 부사가 그 의미를 이해하지 못했다. 오늘 평전 씨가 내게 얘기를 해주어, 내가 말하였다.

---

60 원로(元老) 고하(古河) 우림(羽林) : 당시 막부의 대로(大老)였던 굴전정준[屈田正俊, 훗타 마사토시, 1634~1684]을 가리킨다. 하총[下總, 시모우사] 고하[古河, 고가] 번의 번주이기 때문에 고하 우림이라 칭한 것이다.

"저 나라의 법이 금하지 않는다면, 내가 부사를 뵙고 설명 드리면 어떻겠습니까?"

평전 씨가 승낙했다. 이에 첨지 변승업(卞承業)[61]이 나를 부사의 거처까지 안내하였다. 부사가 맞이하여 서로 인사하고 나아가 앉으니, 홍창랑이 비장으로서 옆에서 모시고 있었고, 비장 양익명(梁益命)[62]과 이유린(李有麟)[63] 등도 곁에 있었다.

나는 자리에 앉고 나서 변승업의 통역을 통해 뵙게 된 데 감사하고 먼 길에 수고하셨다고 말씀드리고 또 안부를 여쭌 후에 원로가 청하는 뜻을 아뢰었다. 승업은 늙고 어리석어서 통역이 많이 틀렸다. 부사가 알아듣기 어려웠는지 시동 배봉장(裴鳳章)을 불러 벼루를 가져오게 하고, 곧 붓을 잡아 필담을 했다. 부사가 말하였다.

"이 정(靜)자를 논한 글은 누가 지은 것인지 모르겠습니다."

내가 붓을 잡고 답하였다.

"이것은 우리 원로께서 말씀하신 것입니다. 말이 통하지 않아 제 입으로 말씀드리기 어려우므로 글자로 써서 전해드린 것입니다."

부사가 말했다.

"내게 정(靜)자의 뜻을 설명하라는 것입니까? 원로가 논한 글이 있

---

61 변승업(卞承業) : 1623~1709. 본관은 초계(草溪), 자는 선행(善行)이다. 1645년 역과에 급제하였다. 1682년 부사의 수역으로 일본에 다녀왔다.

62 양익명(梁益命) : ?~?. 생애는 미상이다. 1682년 부사의 군관으로서 일본에 다녀왔다. 당시 벼슬은 선전관(宣傳官)이었다.

63 이유린(李有麟) : ?~?. 생애는 미상이다. 1682년 부사의 자제군관으로 일본에 다녀왔다.

다면 어찌 거듭하겠습니까? 그리고 원로란 어떤 사람을 가리키는지
모르겠습니다. 노성(老成)한 이를 가리키는 것입니까? 아니면 선배를
이르는 것입니까, 고관의 호칭입니까?"

내가 답하였다.

"우리나라 조정의 맨 윗자리를 관백(關白)이라 부르고, 무가(武家)의
윗자리를 원로라 부릅니다. 국가의 중요한 일을 이 사람에게 자문하
니 바로 보필하는 신하입니다. 지금 청을 드리는 것은 정(靜)자를 큰
글씨로 쓰고 그 아래에 이 뜻을 가지고 서술하는데, 직접 써주셨으면
하는 것이 원로께서 바라는 바입니다. 원로께서는 '이것은 내 생각이
라 취할 만한 것이 아니니, 만약 이치에 어긋나는 것이 있다면 귀공의
뜻으로 이 논을 지어주시면 매우 다행이겠다.'고 하셨습니다."

부사가 말했다.

"말씀하신 뜻을 비로소 다 이해하겠습니다. 다만 이런 글은 창졸간
에 할 수 있는 것이 아닙니다. 장구(章句)나 읽는 선비는 본디 성리가
(性理家)와 통할 수 없으니, 제대로 받들기 어려울까 걱정입니다."

"말씀을 들으니, 겸손하여 사양하시는 것 같습니다. 숙소에서 겨를
이 생기실 때 몇 글자 설명해 주시면 무슨 해가 되겠습니까? 이것이
곧 원로의 뜻입니다."

"이미 간곡한 부탁을 받았으니 졸렬함을 잊고 지어야겠습니다. 다
만 높으신 안목에 들지 못할까 걱정일 따름입니다."

부사가 또 말했다.

"귀하의 성과 자, 헌호(軒號)를 듣고 싶습니다."

"성은 야(野), 이름은 절(節), 자는 의경(宜卿), 호는 학산(鶴山) 또는

갈민(葛民)이라고 합니다."

"나이는 얼마입니까? 현재 어떤 관직에 있습니까?"

"46세로 늙은 둔한 말과 마찬가지입니다. 지난번에 비장과 말하였지만, 우리나라는 문관이 많지 않고 무관만을 귀하게 여겨서, 300년 동안 나라의 풍속이 그렇게 되어버렸습니다. 그래서 관명은 없고 그저 유관(儒官)이라 부를 뿐입니다."

"문관이 없고 다만 유관이라 부른다면 본래 맡은 직책이 없다는 것입니까? 이른바 유관이라는 것 또한 정해진 수가 없습니까? 임나산(林羅山)[64]을 세상 사람들이 귀국의 대학사(大學士)라 부르던데, 이 또한 유관입니까? 정우(整宇)는 지금 어떤 관직에 있습니까? 지금 유관은 그 수효가 몇이나 됩니까?"

답하였다.

"우리나라의 풍속이 예로부터 이와 같았습니다만 300년 사이에 특히 풍속이 변하였습니다. 동주(東周)에 오패(五覇)가 있는 것과 같아서 패자(覇者)를 무가(武家)라 합니다. 그러므로 조정에는 문무 관원이 각기 구비되어있지만 지금은 오직 이름만 있을 뿐입니다. 국정(國政)이 모두 무가에서 나오기 때문에 관원의 명칭이 없으니, 이것은 바로 조정을 피휘하여 관명을 부르지 않기 때문입니다. 오직 민간의 일에 따

---

64 임나산(林羅山) : 하야시 라잔. 1583~1657. 이름은 신승(信勝) · 충(忠), 자는 자신(子信), 법호는 도춘(道春), 별호는 석안항(夕顔巷) · 나부자(羅浮子) 등이다. 등원성와[藤原惺窩, 후지와라 세이카]의 제자로, 덕천가강(德川家康)에게 등용되어 4대에 걸쳐 장군(將軍)의 시강으로 있었다. 법령 제정, 외교문서 기초, 전례 조사 및 정비 등에 간여하였다.

라 국속(國俗)의 명칭으로 부를 뿐입니다. 귀국은 잘 알 수 있을 것이니, 신의로 이웃나라와 사귀고 있는데 숨기거나 꺼리는 것은 아닙니다. 바야흐로 풍속이 점점 변하여 100년 전과는 같지 않습니다만 관직의 풍속이 옛날을 그대로 따르는 것이 무슨 상관이겠습니까? 용모와 의복으로 사람을 취해서는 안 되겠지요. 그래서 그저 옛날 풍속으로 유관(儒官)이라 부르고, 교령(敎令)은 모두 민간에서 쓰는 글자를 사용합니다. 그러므로 관직을 부르지는 않습니다. 나잔, 향양(向陽),[65] 정우 3대를 모두 유관이라 부릅니다."

부사가 물었다.

"우리나라에서 앞뒤로 왕명을 받들어 온 사신들은 반드시 문한(文翰)의 선비를 가려서 뽑았습니다. 사행길에 수창(酬唱)한 것이 귀국에도 유전되었습니까?"

내가 답하였다.

"그렇습니다. 저는 사신으로 오는 분들은 제후국의 명을 부탁할 만한[66] 사람이라 생각했습니다. 어찌하여 문한으로 선발합니까?"

부사가 말했다.

---

65 향양(向陽) : 임아봉[林鵞峰, 하야시 가호, 1618~1680]으로, 이름은 우삼랑(又三郎)·신승(春勝)·서(恕), 자는 자화(子和)·지도(之道), 호는 춘재(春齋)·아봉(鵞峰)·향양헌(向陽軒) 등이다. 임나산(林羅山)의 셋째 아들로, 아버지의 뒤를 이어 막부의 유관을 역임했다.

66 제후국의 명을 부탁할 만한 : 《논어》 태백(泰伯)에 "육척의 어린 임금을 맡길 만하고, 제후국의 명을 부탁할 만하며, 큰 절조를 세울 때를 당하여 굽히지 않는다면, 그가 바로 군자이다.[可以託六尺之孤, 可以寄百里之命, 臨大節而不可奪也, 君子人與? 君子人也。]"라고 한 구절에서 인용한 말이다.

"예로부터 '시삼백(詩三百)을 읊으면 오로지 사방으로 통한다'[67]라 하였으니, 시 삼백을 읊는 것을 어찌 문한이라 하지 않겠습니까?"

내가 말했다.

"성대한 말씀이 진정 맞습니다."

날이 저물 때가 되었는데 필담은 흥이 올라 여전히 서로 하고 싶은 말이 많았다. 통역을 맡은 자가 와서 말했다.

"굴전(堀田) 하총수(下總守) 공 형제가 왔습니다."

두세 차례 와서 아뢰었으므로, 내가 말했다.

"날이 저물었으니 훗날 종 태수(宗太守)[68]의 관소에서 얘기하겠습니다."

부사가 말했다.

"적막한 여관에 정성스럽게 찾아와주니 후의에 감사합니다. 날이 저물어 물러가느라, 편안히 대화를 나누지 못하니 못내 아쉽습니다."

이에 부사가 따로 종이를 잡고 절구 한 수를 썼다.

일본 땅 쓸쓸한 객관 안에서   寂寞扶桑館

기쁘게도 야학산(野鶴山)과 만나게 됐네   欣逢野鶴山

---

67 시삼백(詩三百)을 … 통한다 : 《논어》 자로(子路)에 "시 삼백 편의 시를 외우면서도 정사를 맡겨 줌에 제대로 하지 못하며, 사방으로 사신을 가서 독단적으로 대응하지 못한다면, 비록 많이 외우고 있다 한들 무슨 소용이 있겠는가.[誦詩三百, 授之以政不達, 不能專對, 雖多亦奚以爲?]"라고 하였다.

68 종 태수(宗太守) : 종의진[宗義眞, 소 요시자네, 1639~1702]으로, 대마(對馬) 부중(府中) 번의 3대 번주이다. 1657년 번주의 자리에 올라, 은산 개발 및 조선 문역을 진흥시켜 대마도의 전성기를 일으킨 인물이다.

석양은 아름답기 그지없는데	夕陽無限好
어찌 그리 서둘러 돌아가는가	何乃早求還

나는 곧 붓을 들어 화답하였다.

동방의 나라에서 서로 만나니	相遇東方國
북두산(北斗山) 드높이 우러러 보네	高望北斗山
해는 져도 얘기는 안 끝나는데	日斜談未了
손님 와서 돌아가라 재촉하는군	客至促人還

부사가 역관 변승업을 시켜 말했다.

"화답시가 훌륭합니다."

내가 이제 물러나기를 청하고 자리에서 일어나자 부사 또한 일어나 읍을 하여, 나도 읍을 하고 떠났다.

포시(晡時 : 오후 3시~5시)에 굴전 하총수, 추원 섭진수(攝津守), 주정 대화수(大和守), 굴전병부(堀田兵部), 주정권좌(酒井權座)와 내가 종 대마 수의 숙소 원행사(願行寺) 에 도착했다. 조선 비장 홍세태 창랑, 판사 안신 휘 신재, 군관 윤취지 죽당, 사자관 이삼석과 이화립, 화사 함제건, 전악 (典樂) 김만술(金蔓述)[69]과 윤만석(尹萬碩),[70] 동자 박성익과 배봉장이 숙 소에 와 있었다. 손님들이 식사를 마치자, 안신휘와 윤취지, 이삼석과

---

69 김만술(金蔓述) : 미상이다. 김지남(金指南)의 《동사일록(東槎日錄)》에 보이는 전악 김몽술(金夢述)로 추정된다.

70 윤만석(尹萬碩) : ?~?. 생애는 미상이다. 1682년 전악(典樂)으로 일본에 다녀왔다.

이화립에게 편액과 병풍에 글을 쓰게 하고 함제건에게 그림을 그리게 하였다.

대화수와 창랑이 남쪽 사랑에서 필담을 나누었다. 내가 붓으로 써서 물었다.

"여관이 쓸쓸하니 이미 끝났습니까? 피곤하시겠습니다."

창랑이 답하였다.

"지난번에 훌륭한 모습을 모셔 극진한 돌봄을 넘치게 입고 주옥같은 시문을 받았으니, 감복하는 마음을 가슴에 깊이 새겼습니다. 이번에 또 위문을 받고 지극한 감격을 이기지 못하겠습니다."

물었다.

"저번에 이미 군례(軍禮)에 대해 말하였습니다만 나라가 다르면 일마다 같지 않을 테니, 말하지 않겠습니다. 제사 지내는 일은 경륜의 도이니 어찌 군례에 미치겠습니까? 용사(勇士)의 마음은 욕기풍우(浴沂風雩)[71]의 마음을 본을 삼아야 좋을 것입니다. 이것이 제가 평소 생각하는 바입니다."

"실로 성대한 말씀이십니다. '욕기(浴沂)'라는 한 마디 말은 유가(儒家)의 기상이 크게 담겨 있습니다. 예로부터 무장(武將) 가운데 문을 하는 사람이 다소 있었습니다만 공께서 유독 이처럼 잘 하시니 문무의 재주를 겸하였다 할 만 합니다. 더욱 존경스럽습니다."

---

71 욕기풍우(浴沂風雩) : 공자의 제자 증점(曾點)이 "늦은 봄에 봄옷이 만들어지면 성인 대여섯 명과 동자 예닐곱 명을 데리고 기수에 가서 목욕을 하고 무우단에서 바람을 쏘이고 노래하며 돌아오고 싶다.[暮春者, 春服旣成, 冠者五六人, 童子六七人, 浴乎沂, 風乎舞雩, 詠而歸。]"라고 자신의 뜻을 밝히자, 공자가 감탄하며 허여하였다. 《論語 先進》

"사례(射禮)는 곧 군자가 소중히 여기는 것입니다. 이른바 다투는 것은 활쏘기의 예[사례(射禮)]를 다투는 것인가요? 또 일설에는 '다투는 것이 어찌 군자답다는 뜻이겠는가?'라고 하였습니다. 두 뜻 가운데 어느 쪽이 옳습니까?"

"'군자는 다툼이 없으니 있다면 반드시 활쏘기일 것이다'[72]라고 하였으니 그 다툼 여느 사람의 경쟁과 같지 않습니다. 다투되 예(禮)를 가지고 한다면 이것이 이른바 군자가 하는 다툼입니다."

"족하는 지난번에 고향에 늙은 어머니께서 계셔서 날마다 멀리 그곳 생각을 하신다고 하셨습니다. 아아! 저는 양친이 이미 돌아가셔서 부모님을 모실 수 없어 한탄스러우니, 정말로 그대가 부럽습니다. 부모가 돌아가신 뒤에도 오히려 효도하고 근실해야한다면, 저 같은 사람은 어떻게 해야 항상 효도하고 근실하게 할 수 있겠습니까?"

"제 아버지는 이미 돌아가시고 어머니 또한 늙었습니다. 이제 슬하를 떠나 만 리 밖의 길손이 되었으니, 먼 지방에 와서 그리워하는 마음을 진실로 견디기 어렵습니다. 존공께는 부모 잃은 슬픔의 탄식이 있으시니, 듣고서 눈물을 흘리게 됩니다. 사람이 항상 효행과 근실함으로써 세상에 행할 수 있다면 가는 곳마다 스스로 만족스럽지 않을 것이 없겠지요."

"나눈 얘기가 매우 많았는데 힘들지는 않으신지요?"

"대인군자를 모시고 도리를 논하니 진실로 다행인데, 뭐가 힘들겠습니까? 저는 다만 존공께서 힘들까 걱정될 따름입니다."

---

72 군자는 … 것이다. : 《論語 八佾》

내가 물었다.

"오늘 저녁 좌중이 부산스럽군요. 저는 이 같은 곳을 싫어하고 고요한 곳을 절실히 찾는 버릇이 있습니다. 이 병을 어떻게 고칠 수 있을까요?"

"고요한 곳에서 심신을 수양하여 익숙해지면 비록 시끄러운 데 있어도 마음이 저절로 고요해집니다."

"원망을 숨긴 채 그 사람과 벗하는 것을 성인이 부끄러워하셨습니다.[73] 원망을 감추지 않는다면 원망을 잊어버리면 되겠습니까? 어떻게 하면 근실하겠습니까?"

"원망을 감추고 친구를 삼는 것은 사람의 정이 아닙니다. 그러므로 성인이 이를 부끄럽게 여겼습니다. 큰 원망이면 절교해야 될 것이고, 작은 원망이면 잊어버리는 것이 좋겠습니다."

"저는 성미가 급하고 일마다 모두 깔끔하게 하고자 하기 때문에 남과 사귈 적에 마음은 서먹서먹하고 정신은 피로한 병이 있습니다. 평소 어떤 계율을 지키면 좋겠습니까?"

"고요함을 지키고 성정을 기르면 마음이 화평해지고 기운은 저절로 평온해 질 것입니다."

"저는 이 때문에 스스로 정수재(靜守齋)라고 호를 지었습니다. 부사께서 한가한 날에 한 말씀 내려주시면 어떻겠습니까?"

---

73 원망을 … 부끄러워하셨습니다. :《논어》공야장(公冶長)에 공자가 "원망을 숨긴 채 그 사람을 벗하는 것을 좌구명이 부끄러워하였는데 나도 부끄러워한다.[匿怨而友其人, 左丘明恥之, 丘亦恥之。]"라고 한 말을 인용한 것이다.

"좋습니다, 이름을 지은 뜻이! 부사 노야께서 사신의 일을 수행한 나머지 병환이 없지 않아 시 읊는 일을 전폐하셨으니, 아마 꼭 승낙해 주시지는 않을 것입니다. 우선 돌아가서 아뢰고 거취를 살핀 다음에 학산(鶴山)을 통해 회답하겠습니다."

이 사이에 어떤 이는 큰 글씨를 쓰고 어떤 이는 다른 손님과 필담을 나누었다. 밤 2경이 되려하자 대마 태수가 나와 손님들에게 식사를 대접했다. 조선의 손님들도 외당에 와서 술과 밥을 들었다. 자리에 있는 손님들의 식사가 끝나자 전악 김만술(金蔓述)과 윤만석(尹萬碩)을 이끌어 남쪽 사랑에 가서 좌정하였다. 만술은 퉁소[笙] 퉁당(洞堂)[74]과 같다. 를 불고 만석은 거문고 금(琴)과 비슷하여 여섯 줄에 기러기발이 있고 중국의 비파처럼 발목(撥木)으로 연주한다. 를 타고 해금 모양은 완함(阮咸)[75]과 같고 전축(轉軸)은 비파와 같고 말총으로 만든 활로 켜는 것은 우리가 소궁(小弓)이라 부르는 것과 같다. 을 켜기도 했다. 판사 안신휘가 노래를 부르자 동자 성익과 봉장 역시 노래 몇 곡을 불렀다.

이 사이 나는 오언절구를 지어 창랑에게 보이니 창랑은 화답시를 지어주었다. 내가 또 같은 운을 써서 신휘에게 보이니 신휘가 화답시를 지어주었다. 총주(總州 : 屈田正俊), 병부(兵部 : 堀田正高)와 권좌(權佐

---

74 퉁당(洞堂) : 악기이름으로 추정된다. 《인견죽통시문집(人見竹洞詩文集)》에는 "퉁생(洞笙)"으로 표기되어 있다. 실정[무로마치, 室町] 시대 중국에서 전래된 관악기인 일절절(一節切 : 히토요기리)의 다른 명칭이 퉁소(洞簫 : 도쇼)인데, 이것의 오기로 짐작된다.
75 완함(阮咸) : 악기의 일종이다. 당나라 때 어떤 사람이 옛 무덤 안에서 청동으로 만든 기구를 얻었다. 비파와 비슷하고 몸체가 원형이었는데 사람들이 무엇인지 몰랐다. 그때 원행충이 죽림칠현의 한 사람인 완함(阮咸)이 만든 악기라고 알려주었다고 한다. 이후 청동 대신 나무를 써서 악기를 만들고 완함이라 불렀다 한다. 《新唐書 卷200 元行沖傳》

: 酒井忠雄)가 모두 장난삼아 성익, 봉장과 필담을 나누었다.

2경을 지나자 손님들이 모두 인사하고 떠나, 나 또한 집으로 돌아왔다.

27일

세 사신이 성에 들어갔다. 이 일은 별기(別記)에 기록하였다.

28일

세 사신이 성에 들어갔다. 이 일은 별기(別記)에 기록하였다.

29일

대마수(對馬守) 종의진(宗義眞)과 우위문대부 수야충춘(水野忠春)이 사군(嗣君)[76]의 어사가 되어, 삼사(三使)에 명한다는 어지(御旨)가 있었다. 별기(別記)에 있다.

포시 전에 내가 본서사에 도착해 성완(成琬), 이담령(李聃齡), 홍세태(洪世泰) 등과 말을 나누고자 하였으나, 세 사람 모두 종 대마수가 불

---

76 사군(嗣君) : 덕천덕송[德川德松, 도쿠가와 도쿠마쓰, 1679~1683]으로, 5대 장군(將軍) 덕천강길[德川綱吉, 도쿠가와 쓰나요시, 1646~1709]의 장남이다. 2세 때 후계자로 세워졌으나, 5세 때 요절하였다.

러 원행사에 있었기 때문에 만나지 못했다. 중당에 이르러 판사 등과
더불어 이야기 나누다가 우연히 부사의 관소 앞뜰에서 여러 비장들이
활쏘기 연습하는 것을 보았다. 비장 몇 사람이 짚신으로 표적을 삼아
서 한 길 쯤 떨어진 계단 위에서 활을 쏘았는데, 열 발을 쏘아 한 발도
맞추지 못하였고 2, 30발을 쏘아 맞춘 것이 한두 발이었다. 화살촉은
나무를 깎아 만들었는데 과녁을 맞혀도 꿰뚫지 못했다. 부사는 섬돌
위의 문에서 들으면서 몸소 명중한 전적을 기록하였고, 맞추지 못한
경우에는 웃었다. 내가 옆에서 이를 구경하다가 우연히 활을 잡고 당
겨보니 무척 약했다. 이에 적중시키기 어려운 것을 알았다. 시간이 이
미 저녁에 가까워졌으므로 나는 집으로 돌아왔다.

1일

맑음. 내 두 아이가 처음 부사와 창랑을 뵈었다. 이 일은 임 처사(任處
士)의 기록에 있다.

포시에 나는 본서사에 갔다. 잠시 후 정우(整宇)와 판난재(板蘭齋),[77]
박용(狛庸), 강벽암(岡碧庵),[78] 나머지 서생 두세 사람이 왔다. 때마침
성 취허(成翠虛)가 와서, 정우와 함께 취허를 데리고 외당에서 모여 북

---

77 판난재(板蘭齋) : 판정백원[坂井伯元, 사카이 하쿠겐, 1630~1703]으로, 호는 벌목(伐
木) ·점헌(漸軒)이다. 임나산(林羅山)의 제자이다.

78 강벽암(岡碧庵) : 강정벽암[岡井碧庵, 오카이 헤키안, 1626~1698]로, 이름은 태(泰),
자는 정수(定叟), 호는 동고(東皐)이다. 임봉강(林鳳岡)의 제자로, 찬기[讚岐, 사누키]
고송[高松, 다카마쓰] 번에서 벼슬하였다.

당으로 갔다. 촛불 심지를 잘라가며 이야기를 나누었다. 화공 양박(養朴)[79]도 왔다. 정우와 취허가 필담을 나누는데, 난재와 벽암이 시를 가지고 서로 창수(唱酬)하였다. 양박이 나에게 말하였다.

"오늘 창랑자를 만났으니 제가 그림을 그리고 글을 지어 드리도록 하겠습니다. 오늘 밤 취허의 시를 부탁드리고 싶은데 어떻겠습니까?"

내가 통사에게 설명해 드리도록 하였다. 취허는 빙그레 웃으며 양박에게 그림을 청하니, 곧 매화, 난초, 버들, 제비, 남극성(南極星)을 그려 드렸다. 취허는 금세 절구 네 수를 써주어 감사하였다.

이 사이 나도 필담을 나누었다. 내가 물었다.

"귀국에서 아들이 없는 관리와 선비가 친족의 아들도 없으면 다른 사람의 아들을 후사로 삼습니까?"

취허가 대답하였다.

"우리나라의 법은 하나같이 중국을 따라서, 아들이 없는 사람은 동생의 아들로 후사를 삼습니다. 만약 동기에게 아들이 없으면 멀리 5촌, 6촌, 7촌, 8촌, 9촌, 10촌의 아들로 후사를 삼습니다. 그러므로 성이 같으면 비록 100촌이라도 서로 혼인을 하지 않습니다. 정말로 이 법이 중요하기 때문입니다."

"5촌, 6촌 등의 촌이라는 글자는 무슨 뜻입니까?"

"주공(周公)과 공자(孔子)가 이 예법을 만들었는데, 자기를 낳은 아버

---

79 양박(養朴) : 수야상신[狩野常信, 가노 쓰네노부, 1636~1713]으로, 양박(養朴)·경관재(耕寬齋)·자미옹(紫薇翁)·고천수(古川叟)·청백재(靑白齋)·한운자(寒雲子)·잠옥(潛屋) 등의 호를 사용하였다. 에도시대 중기의 화가로, 수야파(狩野派)의 기초를 닦은 인물로 평가받는다.

지의 형제가 낳은 아들을 말합니다. 숙부의 자녀는 자기와 4촌이 되고, 사촌의 아들은 6촌이 되고, 6촌의 아들은 8촌이 됩니다. 형제자매는 그 다음 촌수로 하여 9촌에 이릅니다. 본디 한 뿌리에서 났으므로, 동성을 어지럽히지 않고 타성과 결혼합니다. 이 예법은 매우 엄격하니, 사통(私通)이 있을 것 같으면 반드시 오랑캐 종족인 것입니다. 한·당(漢唐) 이전 삼대의 예법과 똑같습니다."

2일

오전에 본서사에 이르자 우위문대부 수야충춘, 섭진수 추원교조, 안예수(安藝守) 대구보충증(大久保忠增)[80], 관반 좌경량 내등의개(內藤義慨), 소립원대개(小笠原大介)가 중당에 있었는데, 안 판사, 성 취허 등을 불러 큰 글씨를 쓰게 하고, 화원 함 동암(咸東巖)에게 수묵화를 그리게 하였다. 취허가 내게 손님들의 봉호(封號)를 물어, 내가 써서 보여주었다.

의관 정두준(鄭斗俊)도 자리에 있었는데, 안예수가 그를 시켜 진맥을 보고 약제(藥劑)를 물었다. 취허가 너무 많은 글씨를 써서 피곤한 듯했다. 내가 글을 써서 보여주었다.

"족하께서 피곤하시다면 여관으로 돌아가시는 것이 좋을 것 같습니다. 매우 감사합니다."

---

80 대구보충증(大久保忠增): 오쿠보 타다마스. 1656~1713. 상모[相模, 사가미] 소전원 [小田原, 오다와라] 번의 2대 번주이다. 1670년에 안예수(安藝守)에 임명되어, 노중(老中)까지 이르렀다.

취허가 대답했다.

"사또께서 불러 물을 일이 있으시다니, 뒷날 다시 인사드리도록 하겠습니다. 그러나 큰 글자를 어찌 그리 적게 쓰게 하십니까? 피곤하다고 생각하셔서 그런 것입니까? 하하."

이에 취허는 읍을 하고 떠나고, 안 판사는 여전히 큰 글자를 썼다.

굴전(堀田) 직부(織部) 정소(正昭), 병부(兵部) 준겸(俊兼), 주정(酒井) 권좌(權佐) 충웅(忠雄)이 각기 와서 구경하였다. 오늘 대마 태수와 원행사(願行寺)에 가기로 약속하였기 때문에 홍 창랑과 이삼석, 이화립 등이 먼저 원행사에 와 있었다. 충웅(忠雄)이 임 처사와 동반하여 먼저 원행사에 도착해 창랑과 필담을 나누었다.

충웅이 물었다.

"지난번에 비록 훌륭한 모습을 뵈었으나 미처 통성명을 하지 못했습니다. 저는 정수재(靜守齋)의 동생이고 이름은 충웅, 호는 망기재(忘己齋)입니다. 오늘 조용히 말씀을 나누고자 왔으니, 가르침을 받들고 싶습니다."

창랑이 답하였다.

"저는 정수공의 후의를 무척 입었습니다. 이제 그대를 만나니 정수공을 뵌 것 같군요. 진실로 다행입니다. 정수재 공이 오시기를 제가 어찌 고대하지 않겠습니까."

망기재가 말했다.

"정수재도 오늘 오는데 관에서 일이 아직 끝나지 않았으니 비록 도착하더라도 밤에야 와서 모일 것입니다." 오늘 밤 정수재는 관에서 일이 있어 오지 않았다.

창랑이 이를 읽고 머리를 끄덕였다.

망기재가 또 물었다.

"달항당(達巷黨) 사람[81]은 실로 공자를 안 이입니다. 그래서 하나의 기예로 이름을 낸 것이 없다고 지극히 칭찬하였을 것입니다. 『논어집주(論語集註)』에 '하나의 기예로 이름을 내지 못한 것을 애석해 하였다.'고 하였고 또 '성인을 사모하면서도 알아보지 못한 자이다.'라고 하였습니다. 만약 이와 같다면 '아쉽다[惜哉]'라고만 해도 될 것입니다. 위대하다[大哉]고 찬미하였으니 의의가 찬연하여 의심할 것이 없습니다. 공자는 요 임금을 일컬어 '위대하도다, 요의 임금됨이여! 넓고 커서 백성들이 형언할 방법이 없었다.'[82]라고 하였습니다. 만약 달항당 사람이 공자가 한 가지 기예로 이름을 내지 못하였다고 아쉬워 한 것이라면, 공자 역시 요 임금이 백성에게 이름 하나 얻지 못했다고 아쉬워 한 것일까요? 저는 사서육예(四書六藝)의 글은 송나라 유학자로부터 잘못된 설명과 번잡한 해석이 나타나 본디 뜻을 잃어버린 것이 적지 않다고 봅니다."

창랑이 답하였다.

---

81 달항당(達巷黨) 사람 : 《논어》 자한(子罕)에 "달항당 사람이 말하기를 '위대하도다, 공자여! 박학하면서도 이름을 낸 것이 없구나.'라고 하자 공자가 듣고 문하의 제자들에게 '내가 무엇을 할까? 수레 모는 일을 할까? 활 쏘는 일을 할까? 나는 수레를 모는 일을 하겠다.'라고 하였다.[達巷黨人曰 : '大哉, 孔子! 博學而無所成名.' 子聞之, 謂門弟子曰 : '吾何執 ? 執御乎 ? 執射乎 ? 吾執御矣。']"라는 구절이 나온다.

82 위대하도다 …… 못하였다 : 《맹자》 등문공 상(藤文公上)에 "위대하도다, 요의 임금됨이여! 오직 저 하늘이 큰 존재인데 오직 요 임금만이 본받으셨도다. 덕이 넓고 커서 백성들이 형언할 방법이 없다.[大哉, 堯之爲君也! 惟天爲大, 惟堯則之, 蕩蕩乎民無能名焉。]"라고 하였다.

"달항당 사람의 뜻은 공자를 지극히 칭송한 것입니다만 공자께서 세상에 도를 행하지 못하여 이름을 내지 못한 것을 아쉬워한 것입니다. 『논어집주』의 경우, 공자가 도를 행하고 못 행하고 하는 것은 모두 하늘의 뜻이고 공자 역시 도를 행하지 못한 것을 불만스러워하지 않으셨으니 이름을 내고 못 내고는 말할 필요가 없다고 한 것입니다. 이것이 이른바 알지 못하는 자라는 것입니다."

망기재가 말했다.

"가르침을 받으니 진실로 그러합니다. 이런 설명을 들으니 마치 운무가 걷히는 듯합니다."

또 물었다.

"격물(格物)의 뜻이 예로부터 설명이 많습니다. 생각건대 『역경(易經)』에서 이른바 정의입신(精義入神)[83]의 이치입니까?"

창랑이 답하였다.

"제 생각에는 격물치지(格物致知)한 다음에 통하지 않음이 없어 성신(聖神)의 경지에 들어갈 수 있다고 한 것 같습니다."

망기재가 물었다.

"중부(中孚) 괘의 육삼(六三) 효에 '상대방을 얻어서 북을 치기도 하고[鼓] 그만두기도[罷] 하며 울기도 하고[哭] 노래하기도 한다.[歌]'[84]라

---

83 정의입신(精義入神) : 《주역(周易)》 〈계사전(繫辭傳)〉에, "의(義)를 정밀히 하여 신(神)에 들어감은 용(用)을 지극히 하기 위해서이다.[精義入神, 以致用也。]"라고 하였다.
84 중부(中孚) … 한다.[歌] : 《周易 中孚》

고 하였습니다. 정자(程子)의 『전(傳)』에서는 '혹 북을 쳐 펴기도 하고 혹 물러나 그만두기도 하고'라고 하였고 『역경몽인(易經蒙引)』에서는 "'或鼓或罷'는 활자(活字)이니 북을 치는 것을 주로 하여 말한 것으로 분발하라는 뜻이다."라고 하였습니다. 정자(程子)의 『전(傳)』과 역경몽인(易經蒙引)』의 두 설명이 모두 그릇된 것입니다. '고(鼓)'라는 것은 군대가 나아가는 것이요, '파(罷)'라는 것은 군대가 돌아오는 것입니다. 『예기(禮記)』의 「소의(少儀)」 언어지례(言語之禮)에서는 '조정(朝廷)에서는 물러난다[退]라고 하고 연유(燕遊)에서는 돌아온다[還]이라 하고 사역(師役)에서는 물러난다[罷]라고 한다.'[85]라고 하였습니다. 『양자법언(楊子法言)』에서는 '역이기(酈食其)가 제(齊)에서 유세하여 역하(歷下)의 군대를 그만두게 하였다.'[86]가 그 한 증거이요, 『한서(漢書)』「고제기(高帝紀)」에 '황제가 서쪽으로 낙양(洛陽)에 도읍하니, 여름 5월에 병사를 모두 파하여 집으로 돌려보냈다.'[87]라고 한 것이 두 번째 증거입니다."

창랑이 답하였다.

"논한 바가 모두 좋습니다만 제가 터득한 것으로 선현의 말씀을 대번에 잘못됐다 말하기는 적당치 않습니다."

망기가 물었다.

"공자가 말씀하였습니다. '은밀한 것을 찾아 괴이한 행동을 하여[素

---

85 조정(朝廷)에서는 … 한다. : 《禮記 少儀 卷17》
86 역이기(酈食其)가 … 하였다. : 《揚子法言 重黎卷第十》
87 황제가 … 돌려보냈다. : 《漢書 高帝紀 卷1》

隱行怪] 후세에 기술된 바가 있으나, 나는 그렇게 하지 않겠다.' 소(疏)에서는 말하였습니다. '소(素)는 소(傃)라 읽고, 이는 향함과 같다. 도가 없는 세상에서는 몸을 유은(幽隱)한 곳으로 향하여 모름지기 고요히 침묵을 지킬 것이니, 만약 괴이한 일을 하며 공명을 세우게 되면 후세에 기록될 바가 있을 것임을 이른다.' 집주(集註)에서는 '소(素)가 한서(漢書)를 찾아보니 마땅히 색(索)이 되어야 하니 대개 글자가 틀린 것이다. 색은행괴(索隱行怪)는 깊이 은벽(隱僻)의 이치를 구함을 말한 것이다'라 하였습니다. 여러 책 가운데 인용한 경전과 원문이 같지 않은 곳은 반쯤은 반드시 인용이 옳고 원문이 틀렸다고 할 수는 없습니다. 경전을 해석하는 사람은 경전의 글이 탈자나 오자가 분명한 경우 부득이한 후에야 여러 책 가운데서 인용한 글을 가지고 해석하는 것이 좋을 것입니다. 그냥 인용이 옳다하고 원문을 버린다면 경전에 이리저리 흠집이 나서 매우 큰 해가 될 것입니다. 하자용(何子容)은 '한(漢)나라 사람이 인용한 경문과 금본(今本)의 경문이 다른 것이 많고 더러 탈자나 오자를 증명할 수 있는 것이 있다. 그러나 잘못 전한 경우도 없을 수 없으니, 한나라 사람이 인용한 것을 옳다고만 할 수 없다.'라고 하였습니다. 자기 스승에게 배운 것이 이처럼 같지 않은데 더욱이 '탐이색은(探頤索隱)'이겠습니까? 주역(周易)의 계사(繫辭)는 유학의 근저이니, 굳이 외지고 궁벽한 이치를 구할 필요는 없을 것입니다. 제 생각으로는 소(素) 자를 원래 글자대로 새기면 글의 의미가 분명하고 문맥이 통할 것 같습니다."

창랑이 답하였다.

"저는 경전의 해석은 마땅히 주회암(朱晦菴) 선생을 따라야 올발라

진다고 생각합니다."

망기가 창랑에게 물었다.

"『시경』 용풍장(鄘風章)에 '저 허(虛)에 올라 초구를 바라보노라[升彼
虛矣 以望楚矣]'라 하였습니다.[88] 『관자(管子)』에 '북쪽 오랑캐가 위(衛)
나라를 치자, 위나라 임금이 출국하여 허(虛)에 이르렀다. 환공(桓公)이
초구(楚丘)에 성을 쌓아 봉(封)하였다.'[89]라고 하였는데, 주석에 허는 지
명이라 하였습니다. 『시경』의 이른바 '저 허에 올라'에 대해 주자(朱子)
가 '허는 옛 성이다'라고 주석을 한 것은 고증에서 실수를 한 것 같습
니다."

창랑이 말하였다.

"이는 매우 식견이 있는 의견입니다만, 옛 성이기 때문에 다시 찾았
다고 하면 중흥의 뜻을 볼 수 있습니다."

망기가 물었다.

"귀국에는 거북점이 있습니까? 우리나라에는 아는 사람이 없어서
묻습니다."

창랑이 대답했다.

"우리나라에도 없습니다."

임처사가 창랑에게 물었다.

"귀국에서 주문공(朱文公)을 높이면 노장(老莊)의 말은 배척합니까?"

"모든 유자(儒者)는 공자와 맹자를 본받고 정자와 주자를 높이지 않

---

88 『시경』 … 하였습니다. : 《詩 鄘風 定之方中》
89 북쪽 … 봉하였다. : 《管子 卷7 大匡》

을 수 없습니다. 노장의 학문은 다만 격언(格言)을 취할 따름입니다."

"예로부터 비록 공맹(孔孟)을 칭송하지만 「자맹(刺孟)」,[90] 「비맹(非孟)」,[91] 「의맹(疑孟)」[92]같은 글이 있었습니다. 그리고 사마공(司馬公) 같은 사람도 이런 설이 있었으니 어째서입니까?"

"천지간에 공자와 맹자는 해와 달 같으니 하나라도 버릴 수가 없습니다. 사마공의 말을 저로서는 감히 믿지 못하겠습니다."

망기가 창랑에게 물었다.

"기(磯)할 수 없음도 또한 불효[93]라는 말이 있습니다. 이 뜻을 분변하기 어려우니 자세히 들려주십시오."

"이 뜻에 대해 옛 사람의 해석이 많습니다. 그러나 끝내 명쾌히 풀지 못하였지요."

"저는 사장(詞章)의 학문을 좋아하지 않고 오직 존양(存養)[94]과 성찰

---

90 「자맹(刺孟)」 : 왕충(王充, 27~104)이 맹자를 풍자한 글이다.《論衡 卷10 刺孟》

91 「비맹(非盟)」 : 이구(李覯, 1000~1059)가 맹자의 사상을 비판한〈상어(常語)〉를 가리킨다.《李覯集 卷29 原文》

92 「의맹(疑孟)」 : 사마광(司馬光, 1016~1086)이 맹자의 사상을 비판한 글이다.《尊孟辨 卷上 溫公疑孟》

93 기(磯)할 수 없음도 또한 불효 :《맹자》〈고자장구하(告子章句下)〉에 "어버이의 허물이 큰데도 원망하지 않으면 이는 더욱 소원한 것이요, 어버이의 허물이 작은데 원망하면 이는 기할 수 없음이다. 더욱 소원한 것도 불효요, 기할 수 없음도 불효이다.[親之過大而不怨, 是愈疏也; 親之過小而怨, 是不可磯也。愈疏不孝也, 不可磯亦不孝也。]"라고 한 말에서 인용한 것이다.

94 존양(存養) : 양심을 보존하고 본성을 함양하면서 나쁜 마음이 스며들지 않도록 잘 살피고 물리치는 것이다. 주희(朱熹)의「답하숙경(答何叔京)」에 "두 선생께서 집어낸 경(敬)이라는 한 글자는 진실로 성학(聖學)의 강령이자 존양의 요법입니다.[二先生拈出敬之一字, 眞聖學之綱領, 存養之要法。]"라고 한 구절이 나온다.

(省察)로 공부할 따름입니다. 정좌(靜坐)[95]에 대한 설명을 듣고 싶습니다."

"사장의 학문은 보잘 것 없는 하나의 기예일 뿐이니 군자가 취해서는 안 됩니다. 마음을 거두고 정좌를 하는 것이 학문을 향하기에 가장 좋으니 공부가 숙달되면, 사람의 욕심이 사라지고 하늘의 이치가 분명해집니다."

"정좌를 익히려면 어떻게 해야 합니까?"

"평상시 독서하며 성현의 일을 배우고, 일이 없을 때에는 마땅히 정좌하여 마음을 맑게 하고, 잡스러운 생각이 내 영대(靈臺 : 마음)에 들어오지 않게 한다면, 내 마음의 맑기가 거울 닦는 것처럼 점차 저절로 밝아져서 환히 밝히지 못하는 것이 없을 것입니다."

"이 정좌설은 이연평(李延平)[96]과 같은 가르침이군요."

창랑이 머리를 끄덕였다. 망기가 다시 창랑에게 말했다.

"좋은 말씀에 날 저문 줄 몰랐습니다. 이제 필묵을 다루는 이가 올 테니 우선 그만두었다가 다시 와서 가르침을 받겠습니다."

"훌륭한 이야기를 들으니 자꾸 하여도 싫증이 나지 않는군요. 앞으로 계속 만날 수 있을까요?"

---

95 정좌(靜坐) : 잡념을 없애고 눈을 감은 채 조용히 앉아있는 것을 가리킨다. 《주자어류(朱子語類)》11권에 "이 선생께서도 사람에게 정좌를 하도록 하셨으니 처음 공부를 배우려면 반드시 정화를 해야 합니다.[李先生亦敎人靜坐。始學工夫，須是靜坐。]"라고 하였다.

96 이연평(李延平) : 이동(李侗, 1088~1158)으로 자는 원중(愿中), 호는 연평(延平)이다. 14세에 나종언(羅從彦)에게 배우고, 세상과 교유를 끊고 학문에만 전념하였다. 주희(朱熹)의 스승이다. 저서에 『연평문답(延平問答)』과 『어록(語錄)』이 있다.

직부(織部)와 병부(兵部)[97] 그리고 내가 원행사(願行寺)에 이르니, 창랑이 망기재, 임 처사와 더불어 남쪽 사랑에서 서로 마주 앉아 있었다. 창랑이 직부와 병부 그리고 나를 보더니 읍을 하고 글씨를 써서 직부에게 보냈다.

"그대의 모습이 단정하고 정중한 것을 보니 존귀한 사람임을 알 수 있겠습니다. 매우 존경스럽습니다."

그리고 또 물었다.

"어떤 사람들의 책을 읽었습니까?"

직부가 답하였다.

"저는 무관이라서 항상 말타기와 활쏘기로 일을 삼으니 독서할 틈이 없습니다. 그러나 사서(四書), 효경(孝經), 소학(小學) 등이라면 평소에 조금씩 마음 맑게 하느라 읽습니다."

"무관이면서 학문을 잘 하니 더욱 기특하십니다."

내가 옆에서 "성은 기(紀), 이름은 정소(正昭), 자는 천민(天民), 원로의 둘째 아들 본립재(本立齋)라는 사람이 바로 이 사람입니다."라고 써서 보여주었다. 창랑이 글씨를 써서 직부에게 드렸다.

"지난번에 학산(鶴山)을 통해 크신 이름을 들었습니다. 이제 훌륭한 모습을 뵈니 기쁨을 이기지 못하겠습니다."

본립재가 창랑에게 물었다.

---

97 직부(織部)와 병부(兵部) : 굴전정준(堀田正俊)의 둘째 아들 굴전정호[堀田正虎, 홋타 마사토라, 1662~1729]와 셋째 아들 굴전정고[堀田正高, 홋타 마사타카, 1667~1728]을 가리킨다.

"착한 사람의 후손이 끊기기도 하고, 착하지 않은 사람의 후손이 이어지기도 하니, 이런 이치가 있습니까?"

"이는 천리라서 알 수 없는 것입니다. 옛날이나 오늘이나 현인과 군자가 유감이 없을 수 없습니다."

"고향에 노모께서 계시다고 들었습니다. 제가 우리나라의 화공(畫工)의 그림 셋과 네모난 향합과 둥근 향합을 드릴 테니 그대가 전해 주십시오."

"옛날에, '내 노인을 노인으로 섬겨서 남의 노인에게까지 미친다.'[98]고 하더니, 각하(閣下)를 두고 한 말입니다. 매우 감사합니다."

창랑이 몸을 바르게 하여 앉아 있었다. 내가 말했다.

"편히 않으셔도 됩니다."

창랑이 웃으며 사례하고 고쳐 앉았다.

본립재가 물었다.

"사람의 기질이 학문하는 것에 따라 변합니까, 변하지 않습니까?"

창랑이 대답했다.

"강약(强弱)과 청탁(淸濁) 같이 타고난 품성이 비록 변할 수 없을 지라도, 사람이 학문에 능하면 거친 것은 정밀해 지고, 빈 것은 실해 지고, 요동치는 것은 안정되고, 절개는 굳어지지요."

이 사이 준겸(俊兼)와 충웅(忠雄)이 이삼석, 이화립에게 글씨를 쓰게 하고 동암(東巖)을 시켜서 그림을 그리게 하였다. 나는 통사(通事)로 때

---

98 내 … 미친다. :《맹자》양혜왕 상(梁惠王上)에서 "내 노인을 노인으로 섬겨서 남의 노인에게까지 미친다.[老吾老, 以及人之老。]"라고 한 구절을 인용한 것이다.

때로 창랑과 말을 나누었다. 창랑이 글을 써서 내게 보여주었다.

"제가 매번 그대를 뵐 때마다 말을 하지 않아도 저절로 뜻이 통하는 군요."

원로의 가신 몇 사람이 본립재를 모시고 따라왔다. 그 가운데 대야 청개(大野淸介)라는 자가 학문을 잘하였다. 이에 글을 써서 창랑에게 보였다.

"저는 성은 등(藤), 씨는 대야(大野)이고, 이름은 청개(淸介), 호는 관란자(觀瀾子)입니다. 공께서는 어느 고을 사람이고 성명은 어찌 되시며 관직은 무엇입니까?"

창랑이 답하였다.

"애써 성명을 보여주시니 매우 감사합니다. 저는 성이 홍이고 이름은 세태요, 자는 내숙이고 호는 창랑자이고, 관직은 첨정(僉正)입니다. 부사 노야께서 제가 조금 문묵을 다룰 줄 안다고 여기셔서 추천해 비장을 삼으셔서 오게 되었습니다."

청개가 물었다.

"선생께서 고향에서 만 리 길을 떠났으니 나그네로서 고향을 그리고 생각하는 마음 감히 상상할 수 없습니다. 몇 월 며칠에 조선을 떠났습니까? 그리고 바다를 건너는 일이 고생스럽다고 들었는데, 배를 타고 오는 동안 탈은 없었습니까? 바다 가운데서 혹 괴물이라도 보셨습니까?"

"나그네 심사야 말하지 않아도 상상할 수 있겠지요. 저는 5월 8일 한양을 출발하여 6월 18일 출항하였습니다. 풍랑이 몰아치는 가운데 탈 없이 겨우 건너고, 괴이한 것은 보지 못하였습니다."

"귀국에는 학문 좋아하는 사람이 많습니까?"

"우리나라는 문학과 문장하는 선비를 가장 숭상하여 대를 이어 끊이지 않으므로 소중화(小中華)라는 말이 있습니다."

청개가 물었다.

"저는 어린 아이 때부터 글 읽기를 좋아하였으나 그 요체를 터득하지 못하였습니다. 요즈음은 적이 마음이 혼미하고 막힌 채 글 읽기만 좋아하는 것은 대단히 무익하다는 생각이 듭니다. 다만 마음에 욕심이 없으면 가슴이 청명하고, 글과 마음이 서로 조응하여 문장의 뜻이 깨우쳐져 이해가 됩니다. 그리고 사물이 그 마음을 부림이 없어져 크고 공정하게 넓혀집니다. 이것이 이른바 거경(居敬)[99]이라는 것입니까? 이로 본다면 처음에 우선 경(敬)을 닦아야지, 글을 병행해서 읽어서는 안 될 것입니다. 옛사람이 8세부터 소학(小學)에 입학하여 쇄소응대(灑掃應對)[100]의 일을 배우니, 이는 자연스럽게 거경(居敬)하는 것이었습니다. 지금은 이런 일들이 없습니다. 그러므로 모두 부질없이 글만 힘써 배우고 직접 실천해서 얻은 결과가 없습니다. 널리 읽고 잘 외우는 무리는 많지만 충실히 믿고 독실하게 거경하는 사람이 적은 것은 분명

---

99 거경(居敬) : 몸가짐을 경건히 하는 것을 가리킨다. 《논어》옹야(雍也)에 "경에 토대를 두고 대범히 행동하여 백성을 다스려야 옳지 않겠습니까?[居敬而行簡，以臨其民，不亦可乎？]"라고 하였다.

100 쇄소응대(灑掃應對) : 물 뿌려 땅을 쓸고 손님을 접대하는 일로서, 고대 기본적인 교과 과정이었다. 주희(朱熹)의 《대학장구》서문에 "사람이 태어나 8세가 되면, 왕공 이하로부터 서인의 자제에 이르기까지 모두 소학에 입학시켰다. 그리고는 물 뿌리고 쓸며 응하고 답하며 나아가고 물러나는 예절과 예·악·사·어·서·수에 관한 글을 그들에게 가르쳤다.[人生八歲，則自王公以下，至於庶人之子弟，皆入小學，而敎之以灑掃、應對、進退之節，禮、樂、射、御、書、數之文。]"라는 말이 나온다.

하게 가르치지 못해서일 것입니다. 어떻게 공부해야 할까요?"

창랑이 답하였다.

"독서할 때 반드시 이치를 궁구하고 실천을 위주로 한다면 부질없이 글만 하는 폐단이 없을 것입니다. 경(敬)이라는 것은 잠시도 떨어질 수 없습니다. 독서하면서 경을 하지 못하는 것도 잘못이지만, 경을 하면서 독서하지 않는 것 역시 잘못된 것입니다. 마땅히 글을 읽으면서 경을 해야지요. 그러나 제 논의가 뭐 들을 만하겠습니까? 박아(博雅)한 선비에게 물어야 하겠지요. 어찌 학산(鶴山), 정우(整宇) 같은 이름난 선비들에게 묻지 않으십니까?"

청개가 물었다.

"송(宋)나라 유자들에게 기질(氣質)이 변화된다는 설이 있는데 제가 보기에 의심이 없을 수 없습니다. 대개 기질은 태어날 때부터 지닌 것이라 변할 수 있을 리가 없습니다. 그리고 백이(伯夷)와 유하혜(柳下惠)는 성인이요, 안연(顔淵)과 맹자(孟子)는 아성(亞聖)이니, 모두 성품을 바꿀 수 없었고 청(淸)ㆍ화(和)ㆍ온(溫)ㆍ엄(嚴)의 다른 점이 있었던 것입니다. 다만 기질은 변화시킬 수 없습니다만 욕심이라면 극복하여 버릴 수 있으니 이미 극복하고 버리면 천진(天眞)이 되는 것입니다. 비록 기질에 다른 점이 있을지라도 모두 성현이라 하는 데 해될 것이 없으니 어떻습니까?"

창랑이 답하였다.

"생이지지(生而知之)의 성인이 있는가 하면 배워서 성(聖)의 경지에 이른 성인이 있습니다.[101] 생이지지의 성인으로는 요, 순, 우, 탕, 문왕, 무왕, 주공이 있습니다. 배워서 성인의 경지에 이른 이는 안자와 맹자이하의 성현들입니다. 기질이 같지 않은 것이라면 요, 순, 주공이 모두 같지 않습니다. 그렇다면 그들이 성인이 되는 데 무슨 해가 있겠습니까? 변화에 대한 설은 저는 반드시 이런 이치가 있다고 생각합니다. 시험 삼아 초목을 봅시다. 사람이 북돋아 기르는 것은 쉽게 번성하고 줄기와 가지가 구부러지지 않는데, 썩은 땅에서 난 것은 더럽고 옹이가 져서 올바르지 않습니다. 사람 또한 이와 무엇이 다르겠습니까? 책을 읽어 성현의 도리를 배우면, 몽매한 자에게 앎이 생기고 현명한 자는 더욱 현명해지니, 변화의 효험이 아니겠습니까.”

청개가 창랑에게 물었다.

“임금을 섬기는 도는 의(義)입니까, 성(誠)입니까?”

“의를 가지고 섬기고, 충을 가지고 보답합니다.”

청개가 감사하며 말했다.

“오묘하고 기이한 담론에 그대의 성대한 덕을 흠모하게 됩니다. 스스로 경계할 율시 한 수를 써주셔서 저의 불초함을 가르쳐주시기 바랍니다.”

내가 곁에 서서 글을 써서 보여주었다.

“족하께서 비록 너무 수고로우실지라도 읊어서 써주셔야 겠습니다.”

창랑이 답하였다.

“제가 평생 문사(文士)를 만나 마음을 다하지 않은 적이 없었습니다.

---

101 생이지지(生而知之)의 … 있습니다. :《논어》계씨(季氏)에 “태어나면서 도리를 깨닫는 사람은 상등 자질이고, 배운 다음에 깨닫는 사람은 그보다 한 등급이 낮은 자질이고, 많은 노력을 들여 배운 자는 또 그보다 한 등급 낮은 자질이다.[生而知之者, 上也; 學而知之者, 次也; 困而學之, 又其次也。]”라고 하였다.

더욱이 족하와 여러 명사들과 함께 있는 데겠습니까? 진실로 수고로
운 줄 모르겠습니다."

창랑이 곧 글을 썼다.

경솔하게 읊은 말 기록하여서	率爾口占錄
자리 계신 여러 공께 보여 드리네	示座上諸公
의로써 우리 임금 섬겨야 하고	以義事吾君
효로써 우리 부모 섬겨야 하네	以孝事吾親
세상 마칠 때까지 이 도 행하면	終身行此道
바야흐로 군자다운 사람 되리라	方爲君子人

말은 비록 거치나 뜻을 더러 취할 만 하리라.　임술년 늦가을 창랑
이 쓰다.

청개가 읍을 하여 감사하고 품에 넣었다. 내가 종이 한 조각을 집어
차운하여 써서 보여주었다.

효를 미뤄 임금께 충성 다하고	移孝忠其君
충을 다해 어버이를 드러내는 것	致忠顯其親
홍자의 말씀을 잘 따른다면	能事洪子語
하늘에도 사람에도 안 부끄럽네	宜不愧天人
학산이 쓰다.	

창랑이 종이 조각을 보더니 흔연히 부채를 탁 치고 소매 속에 넣어 간수했다.

청개가 또 창랑에게 물었다.

"삼가 듣기를 귀국의 선군(先君)이 이른바 은나라 삼인(三仁)[102] 가운데 기자(箕子)라고 하더군요. 지금도 여전히 그 성이 있습니까?"

"기자의 시대는 이미 수천 년이 지났습니다. 성을 바꾼 것이 거듭되었으나 그 자손은 남아 있습니다."

"귀국에는 삼대(三代)의 유풍(遺風)이 아직도 남아있다 들었습니다. 삼년상 역시 거행합니까?"

"삼년상은 국왕으로부터 서민에 이르기까지 행합니다."

본립재가 창랑에게 물었다.

"학문을 하는 이가 부지런히 애쓰면 반드시 병드는 일이 많습니다. 생각하기에 학문하는 것이 도움이 되지 않을 것 같습니다. 건강하다면 어찌 병에 이르겠습니까? 이 또한 나태해서 걸린 병일 것입니다."

"학문하는 사람이 너무 심하게 각고의 노력을 하면 더러 병이 생깁니다. 나태한데 억지로 하면 또한 병이 생깁니다. 각고의 노력을 하는 자는 기를 길러야 하고, 나태한 자는 경(敬)에 힘써야 합니다."

"무왕(武王)이 주(紂)를 친 일은 오랜 세월 논자가 많았습니다. 충성스러운 신하로서 할 수 있는 일일까요, 해서는 안 될 일일까요?"

---

102 삼인(三仁) : 은(殷) 나라 말기의 미자(微子)·기자(箕子)·비간(比干) 세 사람을 가리킨다. 《논어(論語)》 미자편(微子篇)에, "미자는 떠나갔고 기자는 기자는 종이 되었고 비간은 간하다 죽었다. 공자께서 은나라에 삼인이 있다 하셨다.[微子去之, 箕子爲之奴, 比干諫而死。 孔子曰: '殷有三仁焉。']"라 하였다.

"무왕은 천명을 받들고 인심을 따라 부득이 맹진(孟津)의 일[103]이 있었습니다. 그러나 요(堯)와 순(舜)의 선양(禪讓)과는 다릅니다."

"족하께서 머리에 쓴 것은 이름이 무엇입니까? 벗어도 괜찮으시다면 벗으시지요. 다만 귀국의 법이 그렇다면 말을 받아들이기 어렵겠지요. 그렇더라도 한번 뵙고 두 사람 마음이 벌써 친숙해져서 오랜 벗과 같으니, 비록 벗더라도 괜찮을 것 같습니다."

"이는 사립(斜笠)입니다. 우리나라 사람은 관례를 치르면 반드시 이것을 씁니다. 쓰는 게 벌써 습관이 되어 조금도 수고롭지가 않습니다. 이제 벗으라는 말씀을 대하니 사람을 아끼는 두터운 뜻을 충분히 알겠습니다."

내가 글로 써서 보여주었다.

"어제 아름다운 편지를 받았으나 마침 관청에서 일이 많아 답장하지 못했습니다. 부쳐주신 두 물건은 곧바로 대화수(大和守 : 酒井忠國)와 정우(整宇)에게 전달하였습니다. 대화수께서 '오늘 밤에 가면 만나 뵙고 감사말씀 드리려했으나, 관청의 일이 있어 갈 수 있을지 모르겠다.'고 하면서 먼저 제게 감사의 말을 전해 달라 하였습니다. 정우는 '바쁘신 가운데 좋은 시를 지어주셔서 매우 행복했고, 다른 날 응수(應酬)하는 시를 지어 드려 사례하겠다.'고 하였습니다. 덧붙여 어제 두 아이가 숙소에 와서 감사할 일이 많았습니다만 자리에 손님이 많고 족하께서 쓸 글이 많았기 때문에 다른 날을 기약하겠습니다."

---

103 맹진(孟津)의 일 : 주(周)나라 무왕(武王)이 은(殷)나라를 치기 위하여 제후들과 회맹(會盟)했던 일을 가리킨다. 장소가 맹진이었다. 《書經 泰誓》

창랑이 대답하였다.

"두 자제분이 무척 훌륭하고 학산(鶴山)의 풍도(風度)를 갖추었더군요. 훗날 반드시 집안의 명성을 이을 테니, 학산께서는 복 있는 사람이십니다."

내가 말했다.

"어제 부사 노야께서 두 아이에게 붓과 먹을 주셨습니다. 무척 감사합니다. 그대가 저 대신 사례해 주시면 정말 다행이겠습니다."

창랑이 말했다.

"노야께서 두 자제분을 보시고 매우 감탄하면서 난새와 봉황의 자식이라 지목하셨습니다. 족하의 아들들은 낳은 아들은 어찌 이토록 기특한지요? 저는 겨우 아들 하나 있는데 대단히 부럽기 그지없습니다."

내가 물었다.

"족하의 아들은 몇 살쯤 되었습니까? 벌써 글을 읽나요?"

창랑이 대답하였다.

"두 아들은 일찍 죽고 아이 하나가 이제 겨우 세 살입니다."

내가 창랑에게 물었다.

"성균관의 정원이 500명이라 들었습니다. 생원은 전적으로 성리학을 배웁니까? 더러 생원과 진사를 겸하는 경우도 있습니까?"

"성균관 유생은 모두 공자를 본받고 늘 사서육경(四書六經)을 읽습니다. 나라에는 선비를 뽑는 규칙이 있는데, 생원시와 진사시가 있고 더러 양쪽에 합격하는 경우도 있습니다."

창랑이 부사가 쓴 서목(書目)을 내놓았다. 이른바 『수호전(水滸傳)』,

『후서유기(後西游記)』, 『옥지기(玉支機)』, 『옥교리(玉矯梨)』, 『평산냉연 (平山冷燕)』, 『육포단(肉蒲團)』, 『전향집(傳香集)』, 『몽금태(夢金苔)』, 『흔 염담(掀髯談)』, 『금분석(金粉惜)』, 『최효몽(催曉夢)』, 『제전전전(濟顚全傳) 』 등이었다. 창랑이 글을 써서 보였다.

"얻을 수 있는 대로 찾아서 빌려주시면 다행이겠습니다. 이는 다만 제가 보고 싶을 뿐만 아니라, 노야께서 무료한 가운데 한번 보고 심심 풀이 삼으려 합니다. 비록 한두 책이라도 빌릴 수 없을까요. 본 다음 그대로 돌려드리겠습니다."

내가 「진희이수도(陳希夷睡圖)」를 내놓고 청하였다.

"어떤 이가 저에게 간절히 청하면서 이 그림이 화공 상신(常信)의 그 림이라 하였습니다. 그대가 찬(贊)을 써주시면 다행이겠습니다만."

창랑이 말하였다.

"무엇이 어렵겠습니까? 화첩 빈 곳에 바로 쓸까요? 따로 다른 종이 에 쓸까요?"

내가 화첩의 빈 데를 가리키며 찬을 쓰게 하면서 말했다.

"족하의 성명이 새겨진 인장을 이번 행차에 가져오지 않았습니까?"

창랑이 답하였다.

"인장을 부산에 있을 때 잊고서 가져오지 못하였습니다."

그리고서 말했다.

"해서(楷書)가 아니라 초서(草書)가 나을까요?"

내가 말했다.

"해서라면 특히 좋겠습니다."

내가 말했다.

"제가 소장한 「한강독조도(寒江獨釣圖)」는 상신이 그린 것입니다. 족하께서 유유주(柳柳州)[104]의 시를 좋아한다면 드리고 싶은데 받아주시겠는지요? 다음 날 드릴 수 있습니다."

창랑이 말했다.

"옛 그림은 문인이 좋아하는 것인데 더할 나위 있겠습니까?"

내가 말했다.

"지금 보여주신 서목 가운데 잠깐 본 것이 간혹 있는데 제가 소장하고 있지는 않습니다. 『수호전(水滸傳)』은 집에 있다는 것이 생각났으니, 찾아서 드리겠습니다. 그 나머지도 가지고 있는 것이 있을 듯 한데 만약 그렇다면 드릴 수 있습니다."

창랑이 말했다.

"『수호전』은 내일 빌릴 수 없겠습니까?"

내가 말했다.

"찾아서 있으면 드리겠습니다."

창랑이 말했다.

"족하께서 『황면재집(黃勉齋集)』[105]을 가지고 있다 들었는데, 사실입니까? 잠시 빌려서 보고 싶습니다."

내가 말했다.

---

104 유유주(柳柳州) : 유종원(柳宗元, 773~819)으로, 자는 자후(子厚)이고, 유주자사(柳州刺史)를 지내 유유주(柳柳州)라고도 불린다. 당나라 때 한유(韓愈)와 함께 고문운동을 제창한 인물로, 당송팔대가 중 한 사람이다.

105 『황면재집(黃勉齋集)』 : 황간(黃幹, 1152-1221)의 문집이다. 면재는 그의 호이고, 주자(朱子)의 제자였다.

"이것은 조삼(朝三)이 자주 찾던 것입니다만 제가 가진 것은 아닙니다. 십 수 년 전에 서경(西京) 사람이 매우 소중히 보관하고 있다 들었습니다. 지금 빌리려면 길이 너무 먼 데다 실제 가지고 있는지조차 알수 없습니다. 며칠 내로 물어보면 실제 여부를 살펴볼 수 있을 것입니다. 지금 바쁜 사이에 조삼이 찾아보고 있으나 얻기가 가장 어렵습니다. 귀국에도 이 문집을 소장하고 있다 들었는데, 너무 소중히 보관해서 그러시는 것입니까?"

창랑이 말했다.

"이 문집은 중국에서 들어와 우리나라 사람 또한 많이 보관하고 있습니다. 저도 늘 이것을 즐겨 보고 있으나 오자(誤字)가 많은 것이 안타깝습니다. 귀국에 소장하고 있는 것을 보고 비교해 살피고 싶었을 따름입니다. 그러나 그대가 소장하고 있지 않으시다면 얻어서 보기 어렵겠습니다."

"권수가 얼마만큼 됩니까? 제가 여러 해 전에 본 것을 지금 생각해보니 8권이었는데, 어떻습니까?"

"우리나라에서 간행한 것은 7, 8권짜리도 있고 더러 4, 5권짜리도 있고, 작은 것은 몇 권짜리도 있습니다. 대개 편(篇)에 따라 묶었기 때문입니다."

창랑이 글을 써서 내게 보여주었다.

"훗날 이별한 뒤 비록 만 리나 떨어져도, 부산에서는 대마도에 왕래하는 선편이 늘 있으니, 제가 서찰을 조삼 편에 부쳐서 그대에게 보내겠습니다만 부침을 면하여 반드시 전해질 모르겠습니다."

내가 말했다.

"저도 모르겠으나 조삼에게 부치면 전달될 수 있으리라 생각합니다."

창랑이 말했다.

"공께서는 정수공(靜修公)에게 보내는 제 편지를 보니 말이 어떻든 가요? 어른의 안목에 맞지 않는 것 같아 염려됩니다."

내가 말했다.

"지난번에 그대가 정수공에게 쓴 편지를 전하였습니다. 공이 읽고 크게 기뻐하여, 죽을 때까지 효심은 이와 같지 않을 수 없다고 하셨습니다. 그리고 스스로 경계하는 것 하나하나가 깨우침이 되기에 충분하니 어지럼증이 나는 약이 병을 잘 치료할 수 있는 것에 비유할 수 있다고 하셨습니다. 오늘 밤 오시지 못하는 것이 진정 유감일 따름입니다. 지난번 이른바 「정수재기(靜修齋記)」를 부사 노야께 이미 아뢰셨는지 모르겠습니다. 그리고 원로(元老)께서 부탁한 「정자기(靜字記)」 또한 쓰였을까요?"

창랑이 대답하였다.

"노야께서는 쓰시고자 하나 공무로 인해 바쁘시고, 또 가벼운 병이 생겨서 아직 글을 써내지 못하였습니다. 그러나 마땅히 써서 보낼 것입니다."

5일

오늘은 공사(公事)가 있어서 조정에서 물러난 시간이 포시(晡時)를

지났다. 약속이 있어 원행사(願行寺)가 도착하니 벌써 황혼에 가까웠
다. 굴전(堀田) 총주(總州) 태수, 주정(酒井) 화주(和州) 태수, 굴전 병부
(堀田兵部), 주정 권좌(酒井權佐)가 각각 홍 창랑(洪滄浪)과 앉아 필담을
나누고 있었고 임 처사(任處士)가 붓을 잡고 있었다. 성(成) 진사, 이
(李) 진사 등이 또한 자리에 있었고, 이삼석(李三錫)과 이화립(李華立)
그리고 화사 함동암(咸東巖)이 각각 왔다. 성과 이 두 진사 그리고 홍
창랑이 나를 보고 각각 자리로 와서 붓을 잡고 썼다.

홍 창랑이 말했다.

"어제 계당(溪堂)이 공(公)의 문안 편지를 가져다주었습니다. 편지의
말씀이 다정하고 간곡하여 사람을 아끼는 뜻을 충분히 보았습니다.
마땅히 바로 답장을 해야 했으나 그 때 마침 일이 있었습니다. 그리고
따로 긴 편지를 써서 사례하려 하였는데, 이제까지 바빠서 실행하지
못했습니다. 부끄러움을 무슨 말로 표현하겠습니까? 주신 책과 그림
은 잘 받았으니 매우 감사합니다. 오늘밤은 제법 조용하니 무릎을 맞
대고 담소를 나누어 울적한 마음을 풀고 싶습니다."

내가 대답하려 했으나, 화주 태수가 창랑을 남쪽 사랑으로 불러 대
야청개(大野淸介)에게 붓을 잡게 하고 물었다.

"근래 공무로 겨를을 내지 못해 인사드리지 못했습니다. 무양(無恙)
하신지요? 또 어제 교계(敎戒)의 글을 보여주셨으니 매우 다행입니다.
종신토록 지키겠습니다."

26일 밤에 계어(戒語) 때문에 창랑과 약속하여 몇 조목을 써서 붙이
니 창랑이 이를 써서 어제 내게 보내왔다. 그 사(詞)는 이렇다.

부모가 살아계실 때 마땅히 효도를 다하고, 부모 돌아가셔도 그만 두어서는 안 된다. 오직 효도만이 온갖 행동의 근원이니, 이것이 없으면 뿌리가 없는 것이다. 효도에 뜻을 둔 자는 태어나게 해준 분을 욕되게 하지 않고 비록 지나치게 효도를 하여도 대효(大孝)에 이르지는 못한다. 분노가 많은 것은 심기가 평탄하지 않아 터져 나와 절조에 맞지 않기 때문이니, 마음을 거두고 성(性)을 기르면 기쁨과 노여움이 적절히 맞아서 다스려져 어그러지지 않는다. 욕심이 많은 것은 하늘의 이치에 밝지 못해, 사람의 욕심이 편승하는 것이니, 책을 읽어 도리를 배우고 이치를 찾아 성(性)을 다하면, 하늘의 이치가 밝아지고 사람의 욕심이 사라진다. 물을 보라. 물이 고요하면 물결이 일지 않는다. 사람을 보라. 마음이 고요하면 기운이 스스로 평안해 진다. 오직 고요함은 마음을 기르는 요체인저!

제가 평소 성리가(性理家)에 어둡고 학식은 더욱 얕으나, 각하의 따뜻한 대접을 넘치게 입어서 효행의 도리와 수양의 요체를 질문 받게 되었습니다. 저는 처음에 사양하였으니 감당하지 못하여 사양하는 것이 마땅했기 때문입니다. 그러나 각하가 이처럼 알아주시고 이처럼 삼가 물어보시니, 어찌 제게 가진 것을 다하지 않겠습니까. 이에 감히 조목을 좇아 글을 지어 못난 소견을 쓰니, 성현의 문하에 죄를 얻음을 어찌 면할 수 있겠습니까? 엎드려 생각건대, 각하께서 굽어 살펴 화를 내주시는 것이 더 다행일 것입니다.

임술년 8월 그믐. 조선국 창랑자(滄浪子)가 정수재(靜修齋)를 위하여 쓰다.

창랑이 말하였다.

"이전에 감히 거친 말로 고명하신 분을 욕되게 하였으니, 적이 대인과 군자의 눈에 맞지 않을까 걱정스러웠습니다. 이제 칭찬을 받으니 분수를 벗어나 부끄러움을 이기지 못하겠습니다."

화주(和州) 태수가 말했다.

"족하께서 돌아가실 날이 가까워져 아쉬움이 적지 않습니다. 오늘 다행히 여쭈어 말씀을 나누게 되었으니, 마음 편히 잡숫고 가르침을 주시기 바랍니다."

창랑이 말했다.

"우연히 서로 만나 사랑을 넘치게 받았습니다. 대단히 고맙습니다. 이제 돌아가면 단번에 삼성(參星)과 상성(商星)처럼 멀어져서 앞으로 만날 기약은 묘연하니, 안타깝고 암담한 마음을 감당하지 못하겠습니다."

이 사이 나와 성(成), 이(李) 두 진사가 마주하였다. 성 취허(成翠虛)가 글을 써서 보여주었다.

"근래 훌륭한 모습을 뵈었으나 조용한 시간을 얻지 못하여 매번 안타깝게 생각했습니다. 오늘 밤 좋은 모임은 생각 밖이어서 매우 기쁘고 다행스럽습니다."

그리고 또 말하였다.

"댁의 자제분 맏이와 막내 둘 다 별 탈 없으십니까? 한번 만나본 이래 아름다운 모습과 훌륭한 자질이 자주 꿈에 나타납니다. 돌아갈 날이 임박했으니 근간에 한번 만나 이별의 모임을 가질 수 없겠습니까?"

내가 대답하였다.

"간곡하신 정에 깊이 감사드립니다. 족하의 돌아갈 날이 가까웠으니, 만 리 이별하는 회포를 펴지 않을 수 없습니다. 하루 이틀 뒤에 한가로운 시간을 갖도록 하겠습니다."

이 붕명(李鵬溟)이 말했다.

"저는 매번 병이 나서 긴 시간을 서로 말을 나누지 못했습니다. 늘 빠진 것이 원망스러웠는데, 이제 만나 뵈오니 기쁨을 어찌 이길 수 있겠습니까? 그저께 관소에서 자제분을 뵈니 참으로 천상의 기린이라 할만 했습니다. 청전(靑氈)[106]을 보전하지 못할까 걱정하지 마십시오."

내가 대답하였다.

"객사(客舍) 안에서 몸조리를 하기 어려웠으리라 생각합니다. 족하의 모습을 뵙고 싶었으나 요 며칠 관아에서 일이 너무 많았습니다. 침식은 어떠신지 묻고 싶었으나 제가 하질 못했습니다. 오늘밤은 손님이 많이 오셨으니, 하루 이틀 사이에 하룻밤을 잡아 말씀 하시지요. 제 아이들이 어제 훌륭한 분들을 뵈어 참으로 다행이었습니다."

망기재가 성 진사에게 물었다.

"맹자(孟子)에 이른바 '잡아 두면 있고 놓아 버리면 없어지고 나가고 들어오는 것이 일정한 때가 없으며, 어디로 향할지 종잡을 수가 없는 것은 오직 마음일 것이다.'[107]라고 하였습니다. 정자(程子)는 '마음에 어

---

106 청전(靑氈) : 으뜸가는 선조(先祖)의 유물(遺物)이라는 뜻이다. 진(晉)나라 왕헌지(王獻之)의 집에 도둑이 들었는데 다른 물건을 훔칠 때에는 모르는 체하고 있다고, 탑상(榻牀)에 올라 손을 대려 하자, "그 청전(靑氈)은 우리 집안의 옛 물건이니 그냥 놔둘 수 없겠는가."라고 말하여, 도둑을 깜짝 놀랐다고 한다. 《晉書 卷80 王獻之列傳》

107 잡으면 …… 것이다 :《맹자》고자 상(告子上)에 "잡아 두면 있고 놓아 버리면 없어지고 나가고 들어오는 것이 일정한 때가 없으며, 어디로 향할지 종잡을 수가 없는 것은 오직

찌 들고 남이 있으리오. 다만 잡고 버림으로 말하는 것이다'라고 하였습니다. 혹자는 '이는 바로 망령된 마음을 말하는 것이다. 이미 잡고 버릴 수 있다면 망령된 것이 아니고 무엇이랴?'라고 하였습니다. 이 말이 어떻습니까?"

취허가 대답하였다.

"마음은 천군(天君)이요, 한 몸의 주재(主宰)이니 어찌 한번 나고 한번 들 리가 있겠습니까? 명도선생(明道先生 : 정자)이 벌써 천고의 의혹을 깨고, 밝은 해처럼 분명하게 설명하셨지요. 어떤 이의 설명이 어찌 그 사이에서 감히 속일 수가 있겠습니까? 제가 보기에 이와 같으나, 족하의 뜻에 부합하는지 어떤지 잘 모르겠습니다."

망기재가 이 붕명(李鵬溟)에게 물었다.

"『시경』의 녹명(鹿鳴) 편을 두고 주문공(朱文公 : 주자)이 '유유(呦呦)는 소리의 화락함이다'라고 하였습니다. 회남자(淮南子)는 '녹명은 짐승에서 흥(興) 하여 군자가 위대하게 여기니 먹이를 보고 서로 부른 점을 취한 것이다.'라고 하였습니다. 주문공의 해석은 흥(興)을 일으키는 근본을 말하지 않았으니, 어떠합니까?"

붕명이 대답하였다.

"주문공의 해석에서 성(聲)과 화(和) 두 글자는 절충(折衷)하여 관통(貫通)한 것이니 논의의 본말에 조금도 미진한 점이 없습니다."

마음일 것이다.[操則存, 舍則亡, 出入無時, 莫知其鄕, 惟心之謂與!]"라고 한 공자의 말이 인용되어 있다.

이때 화사 양박(養朴)이 자리에 있어서, 내가 글로 써서 붕명에게 보여주며 말했다.

"저번에 야독(野篤)이 드린 「이백관폭도(李白觀瀑圖)」가 절묘하였는데, 바로 상신(常信)이 그린 것입니다. 오늘 밤 시 한 편 써주신다면 여간 다행이겠습니다. 의생(醫生) 야독은 바로 제 동생입니다."

붕명이 곧 절구 한 편을 써서 상신에게 보여주었다. 내가 몽산인(蒙山人)의 시를 꺼내 두 진사에게 보여주며 말했다.

"이 사람은 서해(西海)의 영수(領守)인데, 이제는 강부(江府 : 강호(江戶))의 서산(西山)에서 은거해 지냅니다. 두 분 진사의 화답시를 청합니다."

취허와 붕명이 곧 화답시를 지어 보여주었다.

총주(總州) 태수가 「반랑지도(潘閬之圖)」를 내놓고 취허를 시켜서 찬을 짓도록 했다. 내가 글로 다음과 같이 썼다.

"이는 반랑(潘閬)[108]입니다."

취허가 말했다.

"정자로 쓸까요, 초서로 쓸까요?"

"정자가 좋겠습니다. 찬으로 써주십시오."

"왜 먼저 말씀하시지 않습니까? 벌써 오언소절(五言小絶)을 지었는데, 어쩌지요?"

---

108 반랑(潘閬) : ? ~ 1009. 자는 소요(逍遙), 자호는 소요자(逍遙子)이다. 젊은 시절 변경(汴京)에서 약을 팔면서 시를 읊었는데, 왕계은(王繼恩)의 추천으로 벼슬길에 올랐다. 나중에 "광망(狂妄)"이라는 죄명으로 쫓겨나 항주를 유랑하면서 약을 팔아 생계를 꾸렸다. 만년에 벗들과 시를 읊으며 지냈다. 《소요사(逍遙詞)》를 지었다.

"괜찮습니다. 종이 끝에 써 주세요."

이때 두 진사가 병풍에 쓰기도 하고 큰 글씨를 쓰기도 하고 청개(淸介)의 시에 화답하기도 하였다. 이삼석과 이화립이 각각 글씨를 쓰고, 함동암은 그림을 그리고, 손님들은 마음대로 부탁을 하였다. 나는 남쪽 사랑에 이르러 창랑과 필담을 나누었다.

화주(和州) 태수가 말했다.

"몇 차례 만나니 예전부터 오래 알고 지내온 것 같습니다. 귀국할 날짜가 벌써 가까웠으니 가르침을 받고자 하나 시간이 없는 것이 아쉽습니다. 어제 효(孝)와 사(思)에 대해 밝은 가르침을 얻었습니다. 또 충성(忠誠)의 가르침을 듣고 싶습니다."

창랑이 말했다.

"임금을 섬기되 재주를 숨김이 없고 어려움을 당해 자신을 아끼지 않는 것을 충성이라 말할 수 있습니다."

화주 태수가 말했다.

"예로부터 좋지 않은 임금을 섬겨 충간(忠諫)을 했다가 죽기도 하니, 위태로운 때를 맞아 목숨을 바칠 수 있는 것은 선비가 할 도리입니다. 어떤 경우는 지극히 충간을 하다가 떠나가 버리니 매우 마음이 편치 않습니다. 이제 우리 대군(大君)께서는 성스럽고 밝으시고, 저는 선조 대대로 두터운 은혜를 입고 있으니, 이때를 맞아 어떻게 나라에 보답해야 하겠습니까? 옛사람의 지극한 충성은 위기지학(爲己之學)을 함으로써 명성을 이루는 경우가 많은 것 같던데 이것은 하고 싶지 않습니다."

창랑이 말했다.

"충간을 하다 죽은 경우로는 용봉(龍逢)[109]과 비간(比干)[110]이 있고, 충간을 해도 듣지 않은 연후에 떠난 경우로는 기자(箕子)[111]와 백리해(百里奚)[112]가 있습니다. 오직 의에 따랐을 뿐이니 성인이나 현인이 되는 데 무슨 상관이 있겠습니까? 그러나 후세 사람들은 마땅히 용봉과 비간을 모범으로 삼아야 합니다. 저는 귀국의 대군이 성스럽고 밝으시다 들었습니다. 합하께서 빼어난 자질로 보좌하고, 정직한 도로 충신(忠藎)의 마음을 다하시면, 장차 임금과 신하의 덕이 합치하고 온 나라가 평안해지고 이름이 천년에 드리워 썩지 않을 것을 볼 것이니, 어찌 훌륭하지 않겠습니까? 저는 합하가 '충(忠)' 자 하나로 평생의 뜻을 삼았다고 들었습니다."

화주 태수가 말했다.

"저는 송사(訟事)를 다루는 자리에 있으면서, 제 몸이 바르지 않으면서 남의 시비를 가르다가 백성을 해치는 병통이 있을까 항상 걱정입니다. 부끄러운 것이 항상 많습니다. 족하께서 이 뜻을 말씀해 주시기를 오직 바랍니다."

---

109 용봉(龍逢) : 관용봉(關龍逢)으로, 하(夏)나라 걸(桀) 왕의 신하로 주지육림에 빠져 사는 왕에게 간언을 했다가 죽임을 당했다.

110 비간(比干) : 은(殷)나라 주(紂) 왕 때의 승상으로, 감세 등을 통해 부국강병할 것을 간언하다가 왕에게 죽임을 당했다.

111 기자(箕子) : 은(殷)나라 주(紂)의 숙부로, 은이 망하자 조선으로 떠났다고 알려져 있다.

112 백리해(百里奚) : 우(虞) 출신의 현인으로, 진목공(秦穆公)에게 발탁되어 패자가 되도록 도운 인물이다. 우(虞)의 임금이 진(晉)에게 구슬을 받고 괵(虢)을 치도록 길을 빌려주려고 하자 간언하지 않고 떠난 것으로 알려져 있다. 《孟子 萬章上》

창랑이 말했다.

"예로부터 소송을 맡는 자리가 가장 어렵습니다. 반드시 상세히 밝힌 다음에야 결정해야 합니다. 치우친 말을 듣지 말며, 청탁을 들어서도 안 됩니다. 공평한 마음과 세밀한 생각으로 결정하면 거의 과실이 없을 것입니다."

화주 태수가 말했다.

"송사를 듣는 자는 과단성을 숭상합니다. 송사하는 일의 시비(是非)를 강변(强辯)하여 그 사이에 마음을 두는 것이라면 저는 하고 싶지 않습니다. 창랑이 고개를 끄덕였다. 곧 내 마음이 고요하고 밝은 상태에서 저들이 송사하는 것을 내 몸에 있는 것처럼 하여 결정한다면 자연스럽게 이치가 분명해질 것입니다. 이 뜻을 깊이 생각하면 어떠한지요? 가르침을 바랍니다."

창랑이 말하였다.

"매우 좋습니다. 글을 읽어서 이치에 밝아지고 내 마음이 평정하면 남의 시비를 알 수 있으니, 판결하는 도는 반드시 과단성을 위주로 하여야지요. 잘 모르겠습니다만 합하는 어떻게 생각하십니까?"

그리고 또 말하였다.

"합하(閤下)의 질문에 감히 답하지 않을 수 없어 못난 소견을 경솔하게 대답하였습니다. 이치에 어긋나 상식을 지닌 선비들에게 웃음거리를 살까 걱정스럽습니다."

화주 태수가 말했다.

"저는 재주 없고 견식도 없습니다. 질문 한 것이 너무 졸렬하여 부끄럽습니다. 그러나 평소 책읽기를 좋아하고, 옛 사람의 찌꺼기를 맛보려 하지 않습니다. 그대의 재주와 식견처럼 분명하고 판단력이 있다면, 변별하고 판결할 수 있을 것입니다. 그대가 만약 우리나라에 계셔서 평소에 서로 묻고 서로 말을 나눈다면 통찰력에 교화될 것입니다."

충주(總州) 태수가 글을 써 창랑에게 보여주며 말했다.

"제 별호(別號)를 지어주시면 평소의 가르침으로 삼겠습니다."

"제헌(齊軒)이 어떻습니까?"

"좋습니다."

창랑이 곧 '제헌'이라 큰 글씨 두 자를 쓰고, 작은 글씨로, "옛 사람의 충효를 보거든 나란히 될 것을 생각하고 옛 사람의 덕업을 보거든 나란히 될 것을 생각하고, 옛 사람의 문장을 보거든 나란히 될 것을 생각하고, 옛 사람의 공명을 보거든 나란히 될 것을 생각하라. 이것은 나란히 될 것을 생각한다는 의미이다."라고 썼다.

일엽헌(一葉軒)이 일본 부채 세 자루와 채색 그림 다섯 장을 창랑에게 선물하였다. 창랑이 감사하며 말했다.

"두터운 은혜를 장차 어떻게 갚을까요? 대단히 고맙습니다."

내가 글을 써서 보여주며 말했다.

"얼마 전 「호감수도(虎鑑水圖)」를 가지고 찬(贊)을 부탁한 이가 있었을 텐데요. 바로 원로(元老)께서 청한 것이었습니다. 찬(贊語)에 들어가는 말을 감수(鑑水)로 주를 삼고 싶은데, 벌써 그렇게 들으셨겠지요?"

창랑이 말하였다.

"그 찬에, '눈은 거울을 매단 것 같고 어금니는 창을 세운 것 같네. 머뭇거리며 그림자 돌아보니 뜻은 강을 뛰어넘는 데 있구나.'라고 했는데, 어떤지 모르겠습니다."

내가 말했다.

"찬에 쓰인 말이 특히 뛰어나 자못 용맹을 달성하려는 마음이 있습니다. 아주 좋습니다. 벌써 쓰셨습니까?"

창랑이 말했다.

"써서 상자 안에 넣어두었습니다."

내가 물었다.

"선비로 자식이 없는 이는 친척의 아들을 후사(後嗣)로 삼는데, 본래 부모나 형제의 상(喪)을 당하면 어떻게 합니까?"

창랑이 말했다.

"이는 곧 옛사람의 예입니다. 만약 형제의 자식이 없으면 같은 성의 먼 친척의 아들로 후사를 삼아도 예에 거슬리지 않을 것입니다."

내가 말했다.

"이미 먼 친척의 아들로 후사를 삼았는데, 세월이 오래 지난 연후에 생부와 생모가 돌아가시면 부모상을 당한 것으로 상복을 입습니까? 다만 낳아주신 부모이기는 하지만 가벼운 상을 입습니까?"

창랑이 말했다.

"이미 남의 사람의 후사가 되었다면 본디 부모의 상 또한 3년을 입지 않습니다. 예문(禮文)에 실려 있으니 무엇을 의심하겠습니까?"

일엽헌도 창랑에게 별호를 청하자 곧 양전헌(兩全軒) 세 글자를 쓰고, 그 끝에 뜻을 적어 주었다. 나머지 자리에 앉았던 사람들이 어떤 이는 크고 작은 글씨를 청하고, 어떤 이는 그림의 찬(贊)을 청하기도 하였다. 이때 비장 윤 죽당(尹竹堂)이 와서 창랑과 말을 나누고 통사(通事)와도 말을 나누는데, 어투에 발끈한 기색이 있었다. 자리에 있는 나머지 손님들이 통사에게 물었더니, 역관이 말하기를 조금 전 대마 태수의 명(命)으로 불렀으나 오지 않았는데 글자를 쓰게 하려고 여러 차례 사람을 보내 재촉하므로 와서, "태수가 불러서 왔더니 태수는 여기에 없군. 내가 종사관 노야와 바둑을 두었는데 크게 져서 매우 불쾌합니다. 나는 가야겠습니다."라고 말하였다고 한다. 역관 등이 그를 말리면서 말했다.

"대마 태수가 여러 귀한 손님을 초대하여 경에게 글씨를 청하고자 하니 경께서는 빨리 가지 마십시오."

죽당이 발끈하며 말했다.

"나는 바둑에 져서 너무 불쾌합니다. 빨리 돌아가서 이기고 싶소. 글자 쓸 생각은 없습니다."

역관이 억지로 머물게 하고, 창랑 또한 타일렀으나, 듣지 않고 옷을 휘날리며 가버렸다. 나와 손님들은 그 호방함에 웃으면서 말했다.

"옛날에 대안도(戴安道)가 거문고를 깬 것[113]과 지금 윤 죽당이 글씨를 쓰지 않는 것이 서로 닮았군요. 이 또한 한 가지 흥겨운 일입니다."

손님들이 모두 웃었다.

---

113 대안도(戴安道)가 거문고를 깬 것 : 대규(戴逵)는 진(晉)나라 때 은사로 그는 본디 거문고를 잘 탔는데, 무릉왕(武陵王) 희(晞)가 그 소문을 듣고 사람을 시켜 부르자, 대규가 부르러 온 사람 앞에서 거문고를 부숴 버리면서 말하기를 "대안도는 왕문의 광대가 되지 않을 것이다.[戴安道不爲王門伶人]"라고 하였다고 한다. 안도(安道)는 대규의 자이다. 《晉書 卷94 隱逸列傳 戴逵》

이삼석(李三錫)이 글씨를 여러 시간 쓰자 지쳐서 나와 창랑이 앉은
데로 와서 「숙소에서 우연히 짓다」 절구 한 편을 써서 내게 보여주었
다. 나는 곧 이에 화답하였다. 이 붕명(李鵬溟) 또한 글씨 쓰는 데 지치
자 와서 과자를 먹었고, 성 취허(成翠虛) 또한 와서 창랑과 삼석 등과
각각 과자를 먹었다.

붕명은 상 위의 포도를 먹다가 글을 써서 내게 보여주며 말했다.

"이 큰 대접에 담은 것은 마유(馬乳)입니까, 청포도(淸蒲萄)입니까?"

내가 대답하였다.

"이 덩굴 종(種)을 마유라 불러도 될 것입니다. 귀국의 종도 이와 같
습니까?"

붕명이 말했다.

"우리나라의 포도에는 푸른 종과 검붉은 종이 있는데, 알이 이보다
더 큽니다."

붕명이 글을 써서 화주(和州) 태수에게 보여주며 말했다.

"저와 성 진사가 같은 직책으로 이번 행차에 말을 타고 왔는데, 병든
몸이라 무척 괴로웠습니다. 성 진사는 가마를 타고 왔습니다. 이제 돌
아가려는데 천 리 길을 또 말을 타면 병든 몸을 어쩔 수가 없습니다."

화주 태수가 말했다.

"족하께서 병든 몸에 말을 타고 천리 길을 왔으니 노고를 감당하지
못할 것입니다. 딱한 사정을 알만합니다. 왜 대마 태수에게 부탁을 하
지 않습니까?"

붕명이 고개를 끄덕이더니 필담한 글을 소매에 넣었다.

화주 태수가 붕명에게 물었다.

"임금을 섬기되 몸을 다 바쳤는데도 대신이 간(諫)했으나 듣지 않아 물러나니, 이는 어떤 까닭입니까?"

"앞서 이미 말씀드린 바 있으니 제가 말을 끼어 넣을 처지가 아닙니다. 그러나 드린 말씀이 드러나지 않고 계획이 쓰이지 못하면 물러날 수 있습니다."

화주 태수가 물었다.

"난세에 충신을 알아본다 합니다. 비록 난세가 아니라도 충의를 드러내지 못할까요? 그래서 드러나지 않으면 어떻게 합니까?"

붕명이 대답했다.

"눈서리가 치기 전에 어찌 송백(松柏)의 절개를 알겠습니까? 이 이치에 미뤄보면 이를 알 수 있습니다."

화주 태수가 말했다.

"밤이 깊었습니다. 손님들이 웅건한 필적을 많이 탐냈으니, 너무 피곤하시리라 생각합니다. 우연히 귀국에서는 행역(行役)이 들고 날 때 반드시 화약을 쏜다고 들었는데, 어느 때로부터 그렇습니까?"

"개국할 때부터입니다."

총주(總州) 태수가 붕명에게 물었다.

"그대의 관직은 무엇입니까?"

"저의 직명(職名)은 성균관 진사입니다. 성은 이(李)이고 이름은 담령(聃齡)이며 자는 이로(耳老), 호는 붕명입니다. 한때 반곡(盤谷)에서 살았습니다."

내가 물었다.

"반곡은 그대가 태어난 곳인가요, 은거하는 곳인가요? 이원(李愿)[114]과 성이 같아 더 좋군요."

붕명이 대답하였다.

"고향입니다. 도(道)는 이원만 못하면서 반곡에 살았던 것이 부끄럽습니다."

내가 말했다.

"어찌 같지 않겠습니까? 특히 기이한 재주를 지닌 장년(壯年)이신데요. 그대가 급제할 때 시험 제목은 무엇이었습니까?"

"시제(詩題)는 '오색 관복은 부모님께 춤을 보여드릴 옷이네[五色宮袍當舞衣]'였고, 부(賦)는 '향을 사르고 재주를 기원하다[爇香祈才]'였습니다."

화주 태수가 창랑에게 물었다.

"전날 이미 괴롭혀드렸던 「정수재기」는 부사 노야께서 아직 짓지 못하셨습니까? 더욱 바라는 바입니다."

"노야께서 병환이 있으셔서 아직 완성하지 못하였습니다. 그러나 제가 곁에서 지으시도록 하겠습니다."

"말씀대로라면 다행스럽기 그지없군요."

---

114 이원(李愿) : ?~?. 당 나라 시인으로 한유(韓愈), 노동(盧仝)의 벗이었다. 하남성
　　제원현 북쪽의 반곡(盤谷)에서 은거하였다. 한유(韓愈)의 글에 「반곡으로 돌아가는 이원
　　을 보내는 서(送李愿歸盤谷序)」가 있다.

시간은 벌써 삼경, 손님들과 나는 인사하고 물러났다.

6일

오늘은 조선의 통신사가 예물을 전달하는 일이 있었다. 기사(紀事)에 자세히 보인다. 정우(整宇)와 나는 본서사에 가서 의례(儀禮)를 구경하였다. 성 취허와 이 붕명 등을 만나 서로 인사하였다. 의례를 마치자 중당의 북쪽에 이르러 홍 창랑을 만나, 자리에 앉아 글을 써서 필담을 나누고자 하였으나, 바빠서 그럴 수 없었다. 역시 서로 인사하고 물러났다.

7일

오늘 종(宗) 대마 태수가 하곡(下谷)[115]의 집에서 세 사신에게 잔치를 베풀었다. 동지 박재흥(朴再興)과 첨지 변승업(卞承業), 홍우재(洪禹載) 그리고 진사 성완(成琬), 이담령(李聃齡) 및 여러 비장과 여러 판사, 소동(小童) 등 수백 명이 모두 이르렀고, 송평(松平) 인번수(因幡守)[116]와

---

115 하곡(下谷) : 시타야. 현 도쿄도 타이토구에 있는 지명이다. 대마번(對馬藩)의 가미야시키[上屋敷]가 있던 곳이다.

116 송평(松平) 인번수(因幡守) : 송평신흥[松平信興, 마쓰다이라 노부오키, 1630~1691]로, 에도시대의 다이묘이다. 고기[高崎, 다카사키] 번 계 대하내[大河內, 오오고치] 송평[松平, 마쓰다이라] 가 초대 번주이다. 약년기(若年寄), 대판성대(大坂城代), 경도소사대(京都所司代) 등을 역임했다.

송평(松平) 비전수(備前守)[117]가 대마 태수의 외가 친척이라서 각각 참
관했다. 정우(整宇), 목순암(木順菴) 및 나도 회합했다. 잔치가 끝나자
세 사신은 측실에서 쉬고, 인번수, 비전수, 정우, 순암 및 나는 내실에
서 밥을 먹었다. 모두 마치자 난간에 기대어 앉아 여러 비장과 아이들
이 후원의 인공정원에서 노는 모습을 구경하였다. 그 가운데 서로 아
는 이는 멀리 보며 서로 미소를 보냈다. 조금 있다가 취허와 창랑이
나를 보고 건너와서 계단을 올라 자리를 잡고 필담을 나누고자 하였
다. 대마 태수의 종사(從士) 등이 와서 말했다.

"유희 관람이 있습니다."

정우와 나는 필담을 나누고자 하였으나, 조삼(朝三) 등이 말했다.

"조선 사람들은 모두 이 유희 관람을 좋아합니다."

우리들은 곧 그만두고 앞에 있는 건물에 이르니 원숭이 놀이를 하
기도 하고, 마술을 하기도 하고, 땅재주를 부리기도 하는데, 시끄럽고
비루해 무척 지루하게 보고 있었다. 정우가 조삼에게 말했다.

"이 사이에 세 분 사신을 뵐 수 있겠습니까?"

"세 사신과 손님들이 모두 이 유희를 좋아하셔서 잠시 기다리셔야
할 것입니다."

정우가 강요하지 못하고 얼굴을 붉히며 그만 두었다. 나는 귓속말
로 장난삼아 말하였다.

---

117 송평(松平) 비전수(備前守) : 송평정신[松平正信, 마쓰다이라 마사노부, 1621~1693]
으로, 에도시대의 다이묘이다. 옥승[玉繩, 다마나와] 번 2대 번주이다. 대마도 2대 번주
인 종의성[宗義成, 소 요시나리, 1604~1657]의 딸을 정실로 맞이하였다.

"조삼이 뭘 가지고 조선의 세 사신이 원숭이 춤을 좋아한다 말할까?"

정우와 순암이 웃었다. 여러 유희가 끝나자 이미 황혼이 가까웠다. 세 사신이 자리에 앉아, 대마 태수가 정우와 순암, 나를 세 사신과 만나게 하였다. 정우와 나는 박 동지와 안 판사에게 통역을 시켜 말했다.

"벌써 어둠이 내리는데 물러나셔야 겠지요."

세 사신이 말했다.

"시를 짓겠습니까?"

정우와 나는 거듭 사양하며 감사했다. 이때 정사 윤동산(尹東山)이 붓을 잡아 시를 쓰는데, 곧 지난 날 정우와 내가 부쳐드린 시의 화답시였다. 이에 정우가 오언율시를 짓고, 나는 절구를 지어 세 사신에게 드렸다. 순암은 며칠 전 지은 율시를 썼다. 이윽고 촛불을 밝혔다. 그 사이 부사 이 노호(李鷺湖)가 정우의 시에 화답하고, 종사 박 죽암(朴竹菴)이 내 시에 화답하였다. 이 붕명과 홍 창랑이 또한 구석자리에 앉아있었다. 나는 만약 세 사신, 취허, 붕명, 창랑 등과 붓을 잡고 한가롭게 말을 나누며 함께 시를 수창한다면 즐거운 흥취가 매우 클 것이라 생각하였다. 그러나 바쁜 시간에 흥을 돋울 수 없어 정우와 순암 그리고 나는 읍을 하고 물러난 뒤 세 사신에게 음식을 바쳤다. 의례가 끝나자 세 사신과 조선 사람들은 모두 떠났고, 우리도 물러나 돌아왔다.

8일

오후 본서사(本誓寺)에 도착했다. 추원(秋元) 섭진수(攝津守), 대구보

(大久保) 안예수(安藝守), 대구보(大久保) 대도(帶刀) 역시 왔다. 취허, 붕명, 창랑, 안 신재(安愼齋)를 찾았으나, 모두 대마도 태수의 숙소에 있었다. 조금 후 정우(整宇)도 와서 유감이라고 하였다. 이때 윤 죽당(尹竹堂)이 바람처럼 이르러, 여러 손님이 벼루를 찾아 죽당에게 글씨를 써달라고 했다. 죽당은 흔연히 수십 장을 썼는데, 그의 호방함에 진실로 기이한 사람임을 알 수 있었다. 내가 죽당에게 물었다.

"경은 어떤 관직에 계십니까?"

"창성부(昌城府)의 사인(使人)입니다."

"경이 쓰는 글씨는 다른 사람의 필법과 다르니, 배운 것이 같은 않은 것입니까?"

"저는 오랫동안 이 자법(字法)을 배웠습니다. 액체(額體)[118]라 부릅니다."

이 사이 화사 영진(永眞)[119]도 자제들을 데리고 왔다. 그 자제에게 그림을 그리라 하여 죽당에게 주었다. 죽당은 기뻐하며 또 몇 장의 글씨를 썼다. 그리고 죽당이 내관(內館)으로 들어가자 여러 손님은 각각 물러났다.

---

118 액체(額體) : 서체(書體)의 일종으로 편액의 글씨를 쓰기에 적합한 필체이다. 원(元)나라 승려 설암(雪菴)의 춘종법(春種法)에서 연유하여, 고려 때 크게 유행하였다.

119 영진(永眞) : 수야안신[狩野安信, 가노 야스노부, 1614~1685]로, 에도시대 화가이다. 호는 영진(永眞), 목심재(牧心齋)이다. 막부의 화가로 활약하였다. 수야파(守野派)의 최고 수장으로서 자신전(紫宸殿)의 그림을 그리기도 하였다.

9일

오늘은 중양절이다. 도성에 들어가 의례가 끝나고, 오후에 종(宗) 대마 태수의 하곡(下谷) 저택에 갔다. 굴전(堀田) 총주(總州), 주정(酒井) 화주(和州), 굴전(堀田) 직부(織部)가 함께 모였다. 조금 있다 원로 고하(古河) 우림(羽林)이 오셔서, 대마도 태수가 문에 나가 맞아 내당으로 모셨다. 식사가 끝나고 성 취허, 홍 창랑, 안 판사 등이 나와서 뵈었다. 그 나머지 사자관, 화사, 소동들 또한 외당에 있었다. 원로가 홍 창랑과 안 신재를 불러 병풍에 글씨를 쓰게 했다. 소동 박성익과 배봉장 또한 구석 자리에 있었다. 원로가 창랑에게 「정부정(靜復靜)」의 시를 쓰라 명하자, 창랑이 곧 큰 글자를 쓰고 그 아래 시를 붙였다. 원로가 나를 시켜 필담으로 묻게 하였다.

"송나라 유자(儒者)는 변화기질(變化氣質)을 자주 말하였습니다. 기질에는 맑은 것과 탁한 것, 순수한 것과 잡된 것이 있는데, 변화가 어렵다고 생각합니까? 아니면 변화할 리가 있는 것입니까?"

창랑이 대답하였다.

"부지런히 학문을 하여 그 부족한 바를 채우면, 현명한 이는 더욱 현명해지고 어리석은 이는 변화의 도가 아닌 것을 알게 될 것입니다."

또 물었다.

"진실로 대답한 대로입니다. 그러나 어리석은 이가 변화하면 반드시 현명해질 수가 있습니까?"

창랑이 대답하였다.

"하늘에서 받은 성품이라면 어려워 옮길 수가 없으나, 마음이라면 진실로 변할 수 있습니다. 그렇기 때문에 현명한 이와 어울리면 좋은 행실을 배우고, 현명하지 못한 이와 어울리면 역시 나쁜 행실을 배웁니다. 훌륭하구나, 공빈(孔斌)[120]의 말이! '습관이 천성과 더불어 이루어지면 성현과 함께 돌아가리라.'[121]라 하였습니다."

물었다.

"'나의 도는 한가지로 꿰뚫는다.'[122]라 하였는데, 꿰뚫는다는 것은 지성(至誠)입니까?"

창랑이 대답하였다.

"『중용』의 '성(誠)'이라는 것이 이것입니다. '성'은 물으신 것 그대로입니다."

원로가 말하였다.

"이미 이름과 호를 들었으나 오늘 비로소 만나 말을 나누었습니다. 비록 나라는 천리 떨어져 있어도 처음 만남이 오래 사귄 친구와 같으니 매우 기쁘군요."

창랑이 대답하였다.

"저는 귀국에 들어오면서부터 이미 합하(閤下)의 큰 이름을 들었습

---

120 공빈(孔斌) : 공자의 7세손으로 알려진 인물이다. 홍세태가 정이(程頤)와 혼동하여 언급한 것으로 짐작된다.

121 습관이 … 돌아가리라 : 정이(程頤)의 〈동잠(動箴)〉에 "철인은 기미를 알아서 생각에서 그것을 성실히 하고, 지사는 행실을 힘써 하는 일에서 그것을 지킨다. 천리를 순종하면 여유가 있고 인욕을 따르면 위험하나니, 아무리 급한 때라도 능히 생각해서 전전긍긍하여 스스로 가질지어다. 습관이 천성과 더불어 이루어지면 성현의 지위로 함께 돌아가리라. [哲人知幾 誠之於思 志士勵行 守之於爲 順理則裕 從欲惟危 造次克念 戰兢自持 習與性成 聖賢同歸]"라고 한 구절에서 인용한 말이다.

122 나의 … 꿰뚫는다. : 《論語 里仁》

니다. 숙소에 도착해서 두 분 아드님을 보았는데, 모두 세상에 없는 인재였습니다. 그리하여 모범되는 모습을 그리워하며, 우러러 사모한 지 오래되었습니다. 뜻밖에 이번에 상 아래에서 배알하게 되어 삼가 말씀을 받들게 되니 얼마나 다행스러운지요. 제가 비록 천금을 얻어도 이만 못할 것입니다."

원로가 물었다.

"최자(崔子)가 임금을 죽이자 진문자(陳文子)가 말 열 마리 수레를 가지고 떠났습니다.[123] 우리나라 식으로 이를 논해 보면, 진문자는 임금을 버리고 떠난 것이니 청렴함이 백이(伯夷), 숙제(叔齊)만 못한데, 공자의 말씀인즉 '그 물은 바에 까닭이 있을 수 있다.'라 하니, 이 설명을 어떻게 해석해야 합니까?"

창랑이 대답하였다.

"공자께서 '위방불거(危邦不居)'[124]라 하셨는데, 이것이 진문자가 떠났지만 어진 이가 된 까닭입니다. 그러나 그 마음은 반드시 떠날 수 있는 이치를 알고 한 것이 아니므로, 공자께서 그의 맑음을 허여하지 않았습니다."

창랑이 글을 써서 대화수(大和守)에게 써서 보였다.

"아침에 제가 벼루 상자를 잘 받았으니, 지극히 감사한 마음을 이기

---

123 최자(崔子)가 … 떠났습니다. :《論語 公冶長》
124 위방불거(危邦不居) :《논어》태백편(泰伯篇)에 "위태로운 나라에는 들어가지 아니하고, 어지러운 나라에는 살지 않는다.[危邦不入, 亂邦不居。]"라고 하였다.

지 못하겠습니다. 지난번에 말씀하신 글자는 이제 다 써서 상자에 담아 두었으니, 마땅히 드리겠습니다.”

대화수가 말했다.

“한번 헤어지면 다시 만날 수 없으리라 생각합니다. 오늘 또 말씀나눌 기회를 얻어 참 다행입니다. 오늘 아침에 드린 것은 보잘 것 없는 물건인데, 깊이 감사하시니 얼굴이 뜨겁습니다. 지난번에 청했던 글씨는 애써서 건필을 놀려주셨다니 매우 다행스럽습니다.”

창랑이 말했다.

“다만 「정수재기(靜修齋記)」는 노야께서 아직 탈고(脫稿)를 하지 못하였으나, 오늘 밤 마치리라 봅니다. 마치는 대로 받들어 올리겠습니다.”

대화수가 말했다.

“다행입니다. 먼저 감사드립니다.”

대화수가 물었다.

“어지러울 때에 충신을 알아본다 하였습니다. 비록 어지럽지 않아도 어찌 충의가 드러나지 않겠습니까? 그러나 드러나기 어려운 것은 어째입니까?”

창랑이 대답했다.

“신하가 임금을 섬기는데 어느 때인들 충성하지 않겠습니까? 그러나 무사할 때에는 비록 지극한 충성심을 품고 있어도 사람들이 간혹알지 못합니다. 위험하고 어지러운 지경에 이르러서야, 자기 몸을 잊고 나라에 보답하고 늠름하게 절개를 세우니, 그런 다음에야 사람들이 비로소 감복합니다.”

창랑이 글을 써서 내게 보여주며 말했다.

"어제 부사 노야께서 지으신 「정자설(靜字說)」은 그대가 원로께 잘 전해드렸습니까?"

내가 대답했다.

"어제 바로 먼저 평전직 우위문(平田直右衛門)에게 전하였습니다. 처음 부사 노야께 부탁할 때에 통역을 시켜 말한 것 가운데 원로의 성과 호를 써달라는 것이 있었습니다. 설(說) 가운데 그 것이 빠진 것은 아마도 역관이 잘못 하여 노야께 전달되지 못한 것입니까? 이 「정자설」은 늘 건사해 두고, 옆에 두는 가르침으로 삼고자 하는 까닭에, 성과 호를 써 주십사 하였습니다. 그렇기 때문에 아직 원로께 전달하지 않았습니다."

창랑이 말했다.

"써달라는 성과 호는 누구의 것입니까? 노야께서 종이 끝에 원로의 성과 호를 써달라는 것이 부탁하는 내용입니까?"

내가 답했다.

"그렇습니다. 지난번에 성(姓)과 자호(字號)를 각각 종이 끝에 갖추어 써 달라 하였기 때문에, 그 까닭을 써 주십사 청하였습니다. 족하께서는 꼭 전해서 아뢰어 주시기 바랍니다. 이처럼 청하는 것은 다시 만나기 어려우므로, 원로가 청하신 바의 뜻대로 하고자 하기 때문입니다."

창랑이 말했다.

"그때 쓴 것은 평전직이 벌써 가지고 나갔으니, 마땅히 이 뜻을 가지고 알려 말씀하신 데 따라 다시 올리겠습니다."

내가 말했다.

"앞서 두루마리 글을 임처사를 통해 부쳐오니 정말 행복했습니다. 먼 이별이 이제 몇 날 안 남았으니, 안타깝습니다. 서둘러 화답하여 드리려고 정신없이 왔으니 우선 내일을 기약해야 겠습니다. 부사 노야께서 어제 주신 화운시는 족하께서 저를 대신해 감사말씀 전해 주시길 청합니다. 앞서 감사의 글을 지었기에 족하를 통해 아뢰고자 하였습니다. 오늘은 이곳에 있어야 하므로 평전직을 통해 부쳤는데, 도착했는지 모르겠습니다."

창랑이 대답했다.

"제 시는 못 잊을 마음을 쓴 것이지, 시라 하겠습니까? 노야의 화답시 일은 마땅히 그대를 위해 감사를 전하겠습니다."

내가 말했다.

"전날 처음 노야를 뵈었을 때 시를 주셨는데 한때의 우아한 흥을 크게 느꼈습니다. 그러니 앞서 드린 글을 고쳐 써주셨으면 합니다. 족하 역시 전달하여 아뢰어 주신다면 매우 다행이겠습니다."

창랑이 말했다.

"노야께서 좋은 종이에 써주시길 바라는 것입니까?"

내가 말했다.

"그렇습니다. 어찌 이름을 얻기 위해 그렇겠습니까? 만 리 한번 이별에 오로지 들보에 비추는 달빛[125]으로 삼으려 할 뿐입니다."

---

125 들보에 비추는 달빛 : 옥량월광(屋梁月光). 친구를 생각하는 정이 간절함을 나타내는 말이다. 두보가 이백을 생각하며 쓴 시 「꿈에 이백을 보고(夢李白詩)」에서 연유하였다.

창랑이 말했다.

"마땅히 돌아가서 알리고 내일 고쳐 써서 전해 드리겠습니다."

때가 이미 석양이었다. 대마 태수가 말하였다.

"조선의 말 타는 사람이 여기 있는데 말재주가 볼만하십니까?"

원로가 말했다.

"정말 훌륭합니다."

이에 원로가 마장(馬場)의 정자에 도착하자, 하총수, 대화수, 직부 및 주정 권좌 모두 이르렀다. 나는 창랑을 이끌어 함께 그 정자에 들어갔다.

비장 정태석(鄭泰碩), 형시정(邢時廷)이 붉은 비단 전투복을 입고 말을 달리는데, 안장 위에 서기도 하고, 물구나무서기도 하고, 안장을 잡고 땅에 드리우기 하고, 누워서 하늘을 보며 달리기도 하였다. 서로 소리를 지르는데, 웃는 듯 소리 지르는 듯하였다. 마장 끝에서 멈출 수 없어 돈대(墩臺) 위로 올라서야 말을 멈추었다.

창랑이 글을 써서 내게 보여주며 말했다.

"보신 바가 어떻습니까?"

"매우 기이합니다."

"귀국에도 이런 기예가 있습니까?"

"있습니다. 쓰는 것이 조금 다릅니다."

원로가 대마도의 시동에게 명하여 창랑에게 과자를 권하여 서로 돌아보며 자리에 나아갔다. 창랑이 말했다.

"저는 다른 재주도 없는데, 두 분 합하의 돌봐주는 사랑이 매우 깊으시니, 제가 어떻게 갚아야 하겠습니까?"

내가 말했다.

"족하의 기이한 재주를 누군들 돌보고 아끼지 않겠습니까?"

창랑이 빙그레 웃으며 읍하였다. 내가 창랑에게 말했다.

"말을 타는 기묘한 재주를 마희(馬戲)라 합니까? 어떻게 부릅니까?"

창랑이 말했다.

"우리나라에서는 마상재(馬上才)라 합니다."

내가 말을 달리며 소리치는 것을 관찰하고 말했다.

"웃는 것입니까? 소리치는 것입니까?"

창랑이 말했다.

"포효(咆哮)하는 것은 기(氣)를 쓰는 소리입니다."

내가 말했다.

"채찍을 쓰지 않습니까?"

창랑이 대답했다.

"채찍을 쓰지 않아도 말이 스스로 달립니다."

내가 말했다.

"족하도 이렇게 타십니까?"

창랑이 대답했다.

"저는 무관(武官)이 아닙니다. 사신께서 저를 문사를 이해한다고 생각하시고 조정에 아뢰고 데리고 오신 것입니다. 사실은 문학(文學)하는 무리입니다. 그러나 말을 달리고 활을 쏠 수는 있습니다. 우리나라에서는 말 타기와 활쏘기를 숭상하기 때문에 많은 사람들이 능숙하니다. 이런 무리가 꽤 많습니다."

마상재가 끝나자 원로는 내당으로 들어갔다. 여러 손님이 모두 앉아 있었고, 창랑 또한 자리를 잡았는데, 안 판사와 두 어린 아이가 아직 자리에 있었다. 이때 촛불을 밝혔다.

화주(和州) 태수가 안 판사에게 물었다.

"족하가 부사산을 보니 어떠했습니까?"

안 판사가 일본어를 할 수 있어 말했다.

"봉우리의 모습이 무척 빼어났습니다. 진실로 최고의 산이었습니다."

화주 태수가 말했다.

"귀국의 큰 산 가운데 어디가 가장 빼어납니까?"

판사가 말했다.

"큰 산이 적지 않습니다. 금강산 또한 매우 높고 우뚝합니다."

창랑이 옆에 있다 글을 써서 말했다.

"금강산은 풍악(楓岳)이라 부르고, 개골산(皆骨山)이라 부르기도 합니다."

총주(總州) 태수가 나를 시켜 창랑에게 물었다.

"사립(斜笠) 위에 꽂은 털은 무엇입니까?"

"호랑이 수염입니다."

물었다.

"더러 학의 깃을 쓰기도 합니까?"

대답하였다.

"호랑이 수염이 가장 좋습니다. 그러나 호랑이를 잡은 다음에 수염을 얻을 수 있습니다. 우리나라에서는 매우 귀하기 때문에 더러 학의 깃으로 대신하기도 합니다."

총주 태수가 물었다.

"사립 하나에 호랑이 한 마리의 수염 하나면 족합니까?"

창랑이 대답했다.

"부족합니다. 반드시 몇 마리 호랑이 수염을 합해야 합니다."

원로가 내게 일러 말했다.

"창랑에게 복정헌(復靜軒) 시를 짓게 할 수 있겠는가?"

내가 대답하였다.

"반드시 할 수 있을 것입니다."

이어서 글을 써서 창랑에게 보여 말했다.

"원로의 후원에 복정헌이 있습니다. 족하께서 시 한 수를 지어주셔야 하겠습니다. 정사를 돌보는 겨를에 마음을 수양하는 곳입니다."

창랑이 말했다.

"멋이 있습니다, 이름 지은 뜻이!"

창랑이 또 말했다.

"품은 정은 끝이 없고, 입으로는 다 말할 수 없으니, 이것이 통탄스럽습니다."

그러고 나서 명발(明發), 정수(靜修) 두 분 합하에게 절구 한 수를 지어 드리며, 아울러 나에게 보여 주었다.

하늘 끝에 온 오늘 좋은 날을 만나니	天涯今日遇良辰
비단 바위 가을꽃은 눈에 비춰 새롭네	錦石秋花照眼新
여러 공들 내 마음 위로한 데 힘입어	賴有諸公能慰我
타향에 와 있는 몸인 줄 모르겠네	不知身作異鄕人

원로가 즉시 읊어보더니 감사하였다. 화주(和州) 태수 역시 후의에 감사하였다. 나도 그 자리에서 화답하였다.

하늘 위의 삼성 상성 다시금 바라보나	天上還看參與辰
마음으로 맺은 사귐 옛 친구와 같구나	心交如舊白頭新
국화 꽃이 여전히 술 석 잔 권하니	黃花猶勸三盃酒
헤어지면 구름 밖 만 리 먼 사람이리	一別雲霞萬里人

원로가 쥐고 있던 부채를 창랑에게 주었다. 내가 글씨를 써서 보여주며 말했다.

"이 부채는 원로가 그대에게 드리고 싶어 하는 것입니다. 더욱 묘한 그림이 되도록 두 사람이 한 면씩을 그렸습니다."

창랑이 감사하며 말했다.

"소매 속에 품고 있으면 시원한 바람이 그치지 않겠습니다. 제가 합하를 그리워하는 마음은 마땅히 이 부채와 함께 할 것입니다. 감사의 말씀 입으로 다 하기 어렵습니다."

원로가 나를 시켜서 물었다.

"귀국 논밭에서 밭 갈고 논매는 것이 우리나라 도중에 본 것과 비슷

합니까?"

창랑이 답했다.

"같습니다."

창랑이 말했다.

"복정헌 시를 이미 다 지었으니 여기에 쓸까요?"

내가 곧 도화지를 잘라 보이며 말했다.

"써 주셔야겠습니다. 붓이 좋지 않습니까?"

창랑이 말했다.

"어찌 붓을 가리겠습니까?"

이에 두 글자를 크게 위에다 쓰고, 오언절구 한 수를 그 아래 붙었다. 원로가 보고서 읊더니 읍을 하며 감사해 하였다. 홍 창랑과 안 신재가 앞서서 썼던 병풍의 반쪽 면이 마르지 않았었는데, 다 마르자 두 사람이 나머지 반쪽 면에 글씨를 썼다. 이 사이 원로는 박성익(朴成益)과 배봉장(裵鳳章) 두 아이가 글씨 쓰는 것을 보고 있었다. 화주(和州) 태수가 장난삼아 두 아이와 필담을 하였다. 조선의 나라 일을 묻자 두 아이가 각기 대답을 하였다. 화주 태수 역시 붓을 잡아 큰 글씨를 써서 두 아이에게 주었다. 창랑이 이를 보고 말했다.

"정말 훌륭합니다. 써서 주시길 청합니다."

화주 태수가 큰 글씨 두 자를 써서 주었다. 창랑이 감사하며 말했다.

"그대의 필력을 보니 웅건하여 매우 귀하게 여길 만합니다. 그래서 청하여 가져가려 합니다. 한 길 짜리 붓글씨가 이별한 다음 얼굴 대신이 될 수 있을 것입니다. 출발하기에 앞서 한번 여유롭게 말씀 나누길 매우 바랍니다."

화주 태수가 말하였다.

"졸필(拙筆)이 너무 부끄럽습니다. 멀리 떠나갈 이별이 가까웠으니 물고기가 낚시바늘을 삼킨 것처럼 유감스럽습니다. 하루 이틀 사이 다시 만나기만을 바랍니다."

밤이 일경(一更)을 넘어섰다. 원로가 떠나가려 하자 대마 태수가 문에 나가 배웅하였고, 여러 손님과 나는 하직하고 돌아왔다.

10일

오후에 본서사(本誓寺)에 이르렀다. 성 취허와 이 붕명 그리고 홍 창랑은 원행사(願行寺)에 가서 만나지 못 하였다. 평전직 우위문과 얘기하고 당의 북쪽으로 갔다. 비장 선전관 양익명(梁益命)이 일본어를 조금 알아 나에게 말했다.

"부사께서 그대를 만나보고자 합니다."

내가 말했다.

"좋습니다."

선전관과 함께 부사의 내관에 들어갔다. 부사가 흰 비단을 꺼내서 쓴 시를 내게 보여주었다. 바로 어제 내가 청한 것이었다. 내가 읊어보고 아울러 감사하였다. 그리고 벼루를 청하여 써서 말했다.

"지난번에 화답해 주신 귀한 시를 다시 써 주십사 청하여, 수고로이 써서 내려주셨습니다. 멀리 떠나는 이별이 가까웠으나, 한때의 아름다운 만남 역시 잊을 수 없습닏. 헤어진 다음 그리워하는 마음을 들 때

얼굴 대신으로 삼도록 하겠습니다. 감사하는 마음 말로 다할 수 없습
니다."

부사가 말하였다.

"졸렬한 말들이라 너무 부끄럽군요."

그리고 물었다.

"갑부공(甲府公)[126]과 수호후(水戶侯)[127]가 학문을 하셨습니까?"

내가 대답했다.

"그렇습니다. 수호후는 특히 문장과 박물학에 뛰어난 귀족이십니다."

부사가 서간을 하나 내보이며 말했다.

"이것은 수호후의 서간입니다. 누가 이것을 지었습니까?"

내가 말했다.

"아마도 스스로 썼을 것입니다."

비장 김송계(金松溪)가 곁에서 쪽지에 써서 내게 물었다.

"귀국의 사람들은 증여하는 별폭(別幅)에 성명(姓名)을 씁니까, 안 씁
니까?"

내가 답했다.

"이름을 쓰지 않는 것은 비속합니다. 친척 간에 서둘러 보낼 때는
더러 그런 일이 있습니다. 무릇 예를 아는 선비는 모두 성명을 씁니다."

---

126 갑부공(甲府公) : 덕천가선[德川家宣, 도쿠가와 이에노부, 1662~1712]를 가리킨다.
　　막부 3대 장군 덕천가광(德川家光)의 손자로, 1678년부터 1704년까지 아버지를 이어 갑
　　부(甲府) 번의 번주로 있었고, 1709년 6대 장군의 자리에 올랐다.

127 수호후(水戶侯) : 덕천광국[德川光圀, 도쿠가와 미쓰쿠니, 1628~1701]을 가리킨다.
　　막부 초대 장군 덕천가강(德川家康)의 손자로, 수호(水戶) 번의 2대 번주이다. 문화군주
　　로 널리 알려져 있다.

부사의 자리 곁에 『수호전(水滸傳)』과 『속서유기(續西遊記)』등의 책이 있었는데 가리켜 내게 보이면서 말했다.

"족하는 이런 책들을 보았습니까?"

내가 말했다.

"아닙니다. 이런 책은 중국의 속언(俗諺)이 많아 중국어에 통하지 못하면 이해하기 어렵습니다. 또 무익한 책입니다. 존공(尊公)께서는 중국어를 하십니까?"

부사가 말했다.

"중국어를 조금 합니다. 그래서 여관에서 우연히 이를 보고 적요함을 달랬을 뿐입니다."

이때 부사가 졸다가 깨어났는데, 몸 상태가 안 좋아 보였다. 언젠가 병이 많은 사람이라고 말한 적이 있었다. 그래서 서둘러 절을 하고 물러나서 비단 글에서 지난번 보여주었던 환 자 운의 시를 처음 쓴 것을 찾아보았다. 발문이 다음과 같이 있었다.

어느 날 학산(鶴山)이 여관으로 나를 찾아와 함께 말을 나누는데, 마음이 다정스러워 자못 적막한 회포를 달랬다. 날이 저무는 것을 어쩔 수 없어 물러나려는데, 내가 만류해도 어쩔 수 없었다. 드디어 얇은 종이를 가져다 한 구절을 써서 주었다. 며칠 있다 학산이 한 폭의 비단을 보내 내게 다시 쓰게 해서 헤어진 다음 얼굴 대신 삼으려 하였다. 창졸간에 쓴 적막한 말이 맑은 눈이 보기에 어울리지 않겠으나, 성의를 돌아보니 그 뜻을 들어주지 않을 수 없었다. 드디어 이렇게 써서 돌려보내노라.

임술 중양절 다음 하루 된 날. 노호(鷺湖).

이윽고 본서사를 나와 원로의 물가 별장에 도착했다. 마침 홍 창랑에게 청할 일이 있어서 또 원행사에 갔다. 종(宗) 대마 태수의 가신에게 일러서 홍 창랑을 내당에서 만났다. 대화가 끝나자 잠시 필담을 나누었다. 내가 말했다.

"공무가 많아 제가 헤어지는 슬픔을 펼 수 없었습니다. 그러나 방금 원로가 청한 글자가 있어서 다시 그대가 글을 쓰는 수고를 끼쳐야겠습니다. 그래서 좋은 종이를 구해 놓았는데, 아직 오지 않았으니 잠시 기다리지요."

내가 부사가 다시 쓴 시를 창랑에게 보여주며 말했다.

"그대에게 청하여 노야께 깊은 은혜를 입었습니다."

창랑이 말했다.

"돌아갈 날이 다가와 원로께 다시 이별 인사를 드리기 어렵군요. 그대가 이런 제 뜻을 곁에서 알려주시면 다행이겠습니다."

내가 말했다.

"오늘 저녁이면 도달할 것입니다. 앞서 노야를 뵙고 몇 차례 필담을 나누니, 이별의 슬픔이 한층 더합니다. 이 뜻 또한 전해 주시기 바랍니다."

창랑이 「정자설(靜字說)」 두 권을 내놓는데, 한 권에는 인장이 있고 한 권에는 인장이 없었다. 내가 말했다.

"다 훌륭합니다. 인장을 찍어 주시기 바랍니다."

창랑은 한 권을 소매에 넣었다. 평전직(平田直)과 통사들이 말했다.

"글자가 작아서 더 크게 쓰는 것이 좋겠다고 생각하여, 고쳐 쓰느라 시간이 지연되었습니다. 이제 족하의 말씀에 따라 노야께 알려드리고, 또 도장을 찍어 보내드리겠습니다."

내가 말했다.

"대개 말은 온전히 통하기 어렵습니다. 혹시 통하는 이를 만나도 배움이 없으면 잘 못 말하고 잘 못 듣기 마련입니다. 족하들께서는 많이 웃으셨을 겁니다."

이에 좋은 종이가 오기를 기다렸으나 미처 도착하지 않아, 서로 필담으로 몇 장을 써 가며 각자 자기 생각을 말하였다. 창랑은 흔쾌히 소매에 넣고, 글로 써서 말했다.

"그대는 명쾌한 선비라 할 만합니다."

내가 말했다.

"무릇 사람이 명쾌하지 않으면 취할 수 없습니다. 그대 또한 명쾌하고 똑똑하기 때문에 말은 통하지 않으나 뜻은 바로 같습니다. 노야의 휘하 선비라 할 만합니다."

내가 부사의 인장을 가리키며 전문(篆文)을 해석해서 묻자 창랑이 고개를 끄덕였다. 내가 물었다.

"경원(慶源)에 이씨(李氏)가 있는데, 이 후손이 아닌지 모르겠습니다."

창랑이 말했다.

"우리나라에 이(李)라는 성이 서너 개 있습니다. 성은 같으나 본관이

다릅니다."

내가 말했다.

"완산(完山) 집안은 곧 국성(國姓)의 후손입니까?"

창랑이 대답했다.

"그렇습니다."

조금 있다 말했다.

"지금 종이는 오지 않고, 노야께서 명하신 일이 있습니다. 글 쓸 종이와 〈정자설〉을 가지고 갔다가 내일 아침 함께 써서 보내드리면 어떻겠습니까?"

나는 고개를 끄덕였다. 서로 읍을 하고 헤어졌다.

11일

오전에 본서사에 이르러 홍 창랑과 외당의 남쪽 사랑에서 만났다. 내가 글을 써서 보여주어 말했다.

"원로께서 이번에 여러 차례 그대에게 수고를 끼쳤으나 사례를 다하지 못했다고 하시면서 제게 이 가위 두 개를 그대에게 드리고, 뒷날의 신표로 삼겠다고 합니다."

창랑이 감사하며 말했다.

"몇 글자 쓴 것에 무슨 사례가 있겠습니까? 후의(厚誼)가 정말로 두터우십니다. 그러나 적은 수고로 남의 상을 받는 것이 되겠습니까?"

내가 말했다.

"이것을 상이라고 불러선 안 됩니다. 자그마한 물건이니 어찌 사양하시겠습니까? 제가 이미 송별하는 시를 썼는데, 오늘 아침 관청에 일이 많아 정서(淨書)하지 못하였습니다."

창랑이 말했다.

"매우 고맙습니다. 오늘 안으로 써서 보내주시면 아무리 바빠도 화답하여 보내드리겠습니다."

내가 말했다.

"제게 청할 일이 있습니다. 족하의 어머님과 어린 아들이 고향에 있으시다고 들었습니다. 이제 이 두 물건으로 각각 드리고 싶습니다. 굳이 사양하지 마십시오. 제 마음입니다. 오직 받아주시길 바랍니다."

창랑이 말했다.

"옛날 사람에게 송별에는 신행(贐行 : 전별할 때 주는 물품)이 있었습니다. 족하께서 더욱이 돌아가 노모께 드리라고 하시니 감히 사양하지 못하겠습니다."

내가 이에 물러나와 관반 내등의개(內藤義槪)의 저택에 갔다. 세 사신에게 보내는 시와 창랑에게 보내는 고풍시 2편을 썼다. 세 사신에게 은주(銀朱), 부채, 먹을 선물하려고 임처사를 시켜 가지고 가서 드리도록 하였다. 포시(晡時)에 또 내당의 북쪽 사랑에 가서 창랑을 만나 작별의 말을 하였다.

창랑이 글로 써서 말했다.

"작품들이 모두 아름답고 뛰어납니다. 제게 주신 시는 더욱 기이하구요. 정이 많고 말이 절실하여 그렇게 되었으리라 생각했습니다."

내가 말했다.

"만약 화답하신 작품이 있으시면 도중에라도 보내실 수 있습니다. 평전직에게 전하면 보낼 수 있지요."

창랑이 말했다.

"우리들이 만난 것은 실은 하늘이 시킨 것입니다. 새로운 지기를 알게 된 즐거움이 흡족하기도 전에 갑자기 일생의 이별을 하게 되었으니 어찌 그리 슬픈지요."

내가 말했다.

"말씀하신 대로입니다. 천리 길 한번 헤어지면 진실로 재회란 없겠지요. 그러나 다음에 통신사로 오게 되면 그대가 정사(正使)가 되어 오는 것 또한 알 수 없습니다. 만약 그렇다면 큰 기쁨을 말로 다 할 수 있겠습니까?"

창랑이 말했다.

"제게 붓과 먹이 좀 있어서 자그마한 정성을 표하고 싶으나, 물건이 좋지 않고 지극히 볼품없어 내놓지 못하는데, 어떨지 모르겠습니다."

내가 곧 받고 감사하며 말했다.

"진실로 이것은 깊은 뜻에서 나온 것이니 어찌 감히 사양하겠습니까? 원로께서 주신 것에 감사하는 글은 도중에라도 부칠 수 있고 쓰시마에서도 보낼 수 있습니다. 전날, 우리 아이들에게도 붓과 먹을 주셨으니, 참으로 행복한 일이었습니다. 겨를이 없어 감사하지 못했습니다."

창랑은 곧 원로에게 감사하는 글을 써서 봉투에 담아 내게 보여주었고 나는 소매 속에 넣었다.

창랑이 말했다.

"조금 전, 부사 노야께서 붓과 먹 그리고 종이 약간을 그대에게 보냈는데, 이미 전해졌습니까?"

내가 말했다.

"아직 도착하지 않았습니다. 바로 전달되리라 생각합니다. 그대께 먼저 후사(厚謝)를 입으니 그저 다행입니다. 다음에 편지로 감사의 말을 전하겠습니다."

내가 말했다.

"제게 가위가 있는데, 손잡이를 솜씨 좋은 공인에게 시켜 새겨서, 사물(四勿)[128]의 뜻을 우의(寓意)하였습니다. 노야께 드려서 돌아가는 길에 위안거리로 삼고자 합니다. 어떻겠습니까?"

창랑이 받고서 말했다.

"곧 전달하겠습니다."

창랑이 청심환(淸心丸)과 소합환(蘇合丸)을 자루에서 꺼내 내게 주고, 글을 써서 말했다.

"이 두 약은 상열(上熱)·어열(瘀熱)·기궐(氣厥) 등을 고치는 양약입니다. 제가 그대를 경애하는 마음이 그지없어 이것을 드리니, 웃으며 받아주심이 어떠실는지요?"

내가 말했다.

---

128 사물(四勿) : 공자가 안회에게 하면 아니 된다고 가르친 네 가지 경계를 가리킨다. 곧, 비례물시(非禮勿視)·비례물청(非禮勿聽)·비례물언(非禮勿言)·비례물동(非禮勿動)이다. 《論語 顔淵》

"매우 감사합니다. 간절하신 정을 어떻게 갚을까요? 또 묻고 싶은
것은 노야께서 인장을 만들 돌을 구하신다고 들었는데, 제가 많이 가
지고 있으니, 저녁에 와서 드릴 수 있습니다. 만약 그렇지 않으면 소
식을 전하는 편에 드릴 수 있습니다. 크기는 몇 촌(寸) 정도면 되겠습
니까?"

창랑이 말했다.

"노야께서 얻고 싶어 하는 돌 모양이면 얻을 수 있는 대로 좋습니
다. 그런데 큰 것이 더욱 좋겠지요."

내가 말했다.

"뒷날 대마 태수 인편을 통해 전달할 것입니다. 지난 해 통신사가
초빙되어 왔다가 돌아갈 즈음에, 편지를 상근(箱根), 서경(西京), 대판
(大坂), 장문주(長門州)의 하관(下關), 대마도 등 어디로 부터든 모두 전
달할 수 있었습니다. 이번에도 인편을 통해 봉투 하나를 보내면 모두
전달될 것입니다."

창랑이 말했다.

"우리나라 부산에서 대마도를 왕래하는 인편이 있습니다. 내가 마
땅히 글을 다듬어 조삼(朝三)에게 부치면 그대에게 전달되겠습니까?"

내가 말했다.

"조삼이나 평전직이라면 전달될 수 있습니다. 평전직은 가신 중에
서도 조금 더 윗사람입니다."

이에 석양이 되려하자 나는 슬픈 마음이 들어 차마 떠나가지 못하
였다. 그러나 길 떠나는 채비가 바빴기 때문에 가만히 앉아있을 수 없
어 물러났다. 창랑이 슬퍼하여 얼굴이 붉어졌다. 나는 은근히 말했다.

"산과 바다 수천 리에 몸조심 하시면 충성과 효도 둘 다 완수하시는 것입니다. 족하는 힘을 쓰십시오."

창랑이 읍을 하며 감사하였다. 그리고 악수하고 서로 헤어져 집으로 돌아오니, 대마 태수의 심부름꾼이 세 사신의 선물 약간을 보내왔다.

12일

오늘 세 사신이 길을 떠났다. 나는 사례하는 글을 짓고 임처사를 심부름꾼으로 보내 용산당(龍霰糖) 한 병씩을 세 사신에게 드렸다. 이 일은 임처사의 기록에 자세하다.

『한사수구록(韓使手口錄)』마침.

韓使手口錄

　　壬戌之秋，朝鮮致聘來於東都者，三百餘人。其中有文者，三官使尹東山·李鷺湖·朴竹庵、及進士成翠虛·李盤谷、神將洪滄浪、判事安愼齊數人耳。　稍解文字[1]者，醫官鄭斗俊、神將車義鱗、寫字官李三錫、童子朴成益·裵鳳章之類間有焉。余屢之其客館接遇之，然言語不通，或以譯語，或以指書地，或以扇書牀，或以筆相話。偶有諳之者，有袖筆語者，略記之，其不記者，猶多矣。數日之間，同席連牀筆語者數人，乃假余之筆者，亦多矣。因併錄之曰"韓使手口錄"。昔麗安常有聾疾，東坡與之筆談戲曰："我以手爲口，卿以目爲耳。"偶想口舌不通亦然矣。故以"手口"爲之名云。

　　天和壬戌玄臈鶴山道人書

　　二十三日，初至本誓寺，朝鮮進士成琬【字伯圭，號翠虛】、進士李聃齡【字耳老，號鵬溟】、神將洪世泰【字來叔，號滄浪】三人，來于中堂，相會整宇，先筆語而後，整宇、鷄峯、春庵、伯立等，各以詩相唱酬。翠虛呈諸客，鵬溟亦呈整宇及予，相與唱酬多多，予亦和鵬溟。予偶持李石湖所

---

1 "字"：底本에는 "官"으로 되어 있으나，《人見竹洞詩文集》에 따라 "字"로 고침.

書之扇, 示兩進士及裨將, 各傳翫曰: "廿八年前旣久矣。不失而至今, 可喜之。" 問曰: "李石湖今何官乎?" 曰: "爲州官耳。" 曰: "乙未三使趙翠屏、兪秋潭、南壺谷何官乎?" 曰: "翠屏旣沒, 秋潭無恙, 壺谷至一品。"

　時岡埼城主 右衛門大夫 水野忠春、郡內城主 攝津守秋元喬朝、房州領主 大和守 酒井忠國等, 各在座。忠國問翠虛曰: "卿等衣冠似中國之製, 凡貴國之禮儀官服, 何代而如此乎?" 翠虛曰: "禮儀官服, 檀君以來旣定, 弊邦至今太盛。" 忠國曰: "聞檀君當堯之世, 中國亦三代以前, 禮儀官服未備, 況又禮樂, 則世世沿革, 貴國何獨檀君以來如此乎?" 於是翠虛酬和無暇, 故不有答語。坐客唱酬之際, 忠國問滄浪曰: "欲閑話紛紛未能及此。 貴國軍禮之事欲聞之, 然國法不可知之, 如何?" 滄浪答曰: "軍禮之事, 非立談間所論也。" 忠國曰: "他日閑暇之時, 欲閑話如何?" 答曰: "固所願也, 何敢辭焉? 君示會話之期, 則當企待耳。"

　二十四日近午, 任處士與元龜、友雪、內藏、百藏及元浩, 到本誓寺。龜子、雪子、內兒、百兒到內館, 謁正使尹東山, 事見任處士之記事。午後余到本誓寺, 水野忠春及館伴內藤左京兆義槪、小笠原大介長胤, 在中堂。朝鮮判事安愼徽【號愼齋】, 及寫字官李三錫【號雪月堂】、李華立【號寒松齋】、畫師咸悌健【號東巖】, 或代書大字, 或作水墨圖。余至坐于忠春之側觀之, 悌健先畫竹數幅, 而畫小鳥如八八鳥。余使通事者問之, 悌健曰: "加志加志。" 余問曰: "鳥名何字?" 悌健不知字, 與李三錫相言。於是三錫把筆書片紙曰: "楮鳥。以其鳴音俗稱加志加志。" 余問三錫曰: "貴國法書, 特所尙者, 學何人之法乎?" 三錫答曰: "王羲之、趙子昂、米元章、懷素, 此數人之書法也。" 余問曰: "貴國書法, 似多學子昂之法, 自古而然乎?" 安愼徽曰: "我太祖貴子昂法, 故學之者多矣。" 於是攝津

守秋元喬朝、大和守酒井忠國來。忠國語余曰: "權佐忠雄【忠國弟】將來
。" 余迎之到外堂。時堀田織部 正昭及弟兵部 俊兼【元老之次子、三子】來,
忠雄亦來, 余導三子到中堂。諸客團欒觀書畫, 或有請大字之人, 或有
命畫之人。少焉, 喬朝、忠國、正昭、俊兼、忠雄及余到中堂之南廂,
有正使侍童金重千之過, 衆客呼其童及副使小童裵鳳章【年十二】等, 共
筆語。又有一童子曰"朴成益"【年十六】, 謂是太守之子也。諸童皆知文字,
衆客出扇紙書之。朴判事者在座, 語音稍通, 各與之談朝鮮之事。裨將
三四人來, 其中洪滄浪亦在焉。滄浪見忠國及余揖, 余使之坐, 其餘裨
將亦坐, 皆載烏氈帽, 飾帽尖以金花, 謂是軍官之冠也。余把筆書示滄
浪曰: "昨對話艸艸, 佗日期閑話。" 滄浪把筆書曰: "昨日之奉良幸良幸。"
余答曰: "欲閑話暮夜紛紛未盡, 猶期一夜之話。" 滄浪曰: "一夜閑話極
妙極妙。" 忠國問滄浪之名號及其鄉里, 滄浪曰: "不佞姓洪, 字來叔, 自
號滄浪, 漢陽人也。漢陽卽本國所都也。副使老爺, 以不佞解文筆, 辟爲
裨將而來矣。" 忠國書一絶示滄浪。靜修齋。

相遇登瀛客, 星槎滄海東。吾邦交義重, 千里是東風。

滄浪吟之卽和之。

不有前緣在, 那能到日東? 看君愛客意, 足繼古人風。

忠國謝以懷之。於是翠虛 成進士, 來見余而揖。衆客請書大字, 使
余言之。余書示曰: "昨對話艸艸, 佗日期閑話。今座中有一貴介, 乞
足下之寫字, 以勇武之事, 欲爲扁額如何?" 翠虛曰: "有大筆乎? 當書
之耳。磨墨必多大書似好耳。" 余命館伴之衛士, 卽持大筆墨盆而來。
於是翠虛書大字, 衆客亦各請之, 或書古詩數牋。裨將數人來觀之, 中
有一裨將立觀之笑曰: "字不好也。" 余問其名, 曰: "竹堂。" 使通事問
諸裨將, 皆曰: "是乃非寫字官, 然能書矣。" 衆客請竹堂之書, 竹堂辭
之, 然强使之書, 竹堂書數牋, 字稍佳。余問其姓名, 曰: "尹就之。" 此

間余呼任處士來, 忠國、正昭、俊兼、忠雄命處士作筆語。 正昭、俊
兼求滄浪之書。余書示曰: "座中有二公子, 欲足下書示勤戒之一語。"
滄浪曰: "欲書何語當承命耳。" 余曰: "忠孝字義可也。" 滄浪曰: "欲作
句語耶? 欲作戒語耶?" 余曰: "忠則句語而可也, 孝則戒語可也。紙太
麤, 可求佳紙?" 滄浪曰: "僕橐中有本國紙, 請少待之, 當攜來矣"。余
曰: "惟幸待攜來耳。" 於是滄浪入內館, 而携桃花紙來曰: "大小任其裁
折, 且書二公姓名以呈之乎!" 余剪紙作二片而曰: "紀姓。其字[2]天民,
號本立齋, 是兄也; 字叔良, 號一葉軒, 是弟也。" 滄浪即書忠孝二字,
題其義於下, 呈二君。余書示曰: "二公子欲爲足下謝之。既過食時,
想夫太勞矣。" 滄浪曰: "小勞何謝之有?" 余曰: "晚來亦可相晤語? 先
去當食, 食了可亦來會乎?" 滄浪曰: "若欲更來, 則當來矣。"

及夕滄浪在中堂, 余導之到外堂之南廂, 馳使呼朝三未來, 以指畫地
而語。小焉翠虛及李鵬溟亦來, 使通事言而相語, 朝三亦至。余問滄浪
曰: "足下年幾何?" 答曰: "三十。足下歲幾乎?" 余曰: "四十六。足下所
生何處乎? 既登高科乎?" 答曰: "貴容太少, 與齡不相應。僕漢陽人, 庚
申歲居喪, 今春除喪, 承命從信使而來, 故未預科擧之事。" 余曰: "今居
何職乎?" 答曰: "本文翰之士也, 故未爲腰弓。此行偶爲副使老爺之裨
將而來, 稱副司果。" 余曰: "副使老爺, 何處之人乎?" 答曰: "漢陽人。自
少年與僕同學故, 受其懇遇。" 余曰: "足下客中乏書乎? 囊中佩何書
乎?" 答曰: "行旅乏書, 僕好柳子厚詩, 故纏帶此等書耳。" 余曰: "聞成
均館有聖廟, 每歲春秋, 有釋奠乎?" 答曰: "成均館春秋有祭, 學生各無
不預之。僕等亦預之。" 翠虛、鵬溟自側看之曰: "僕儕各預之。"

翠虛把筆曰: "嚮逢諸郎君, 各皆穎悟, 足下之貴胤乎?" 答曰: "然矣。

---

2 "字": 底本에는 子로 되어 있으나, 《人見竹洞詩文集》에 따라 "字"로 고침.

有五男。" 翠虛曰: "今日各來於正使道之旅館, 正使道有所問, 而有所答。正使道感其穎達祝祝, 乃多男是福也。" 余問曰: "足下貴男女幾多乎?" 答曰: "有三子。" 余曰: "足下亦有多子之福。聞足下年少於僕二歲, 非不老也。客中終日多所接事, 今夕若有倦勞, 則宜休也。" 答曰: "何勞乎? 然有眼疾, 不能到深更。" 余曰: "旣用眼鏡乎?" 答曰: "未用之。"

余出眼鏡授之曰: "足下有眼疾, 則借之爲明乎? 若可則宜贈之。" 翠虛把眼鏡, 揷眉梁觀字而笑曰: "朦朧難見。"

翠虛把筆, 書富士、琵琶湖之詩, 滄浪亦書箱根、駿州道中之數詩, 示余曰: "此塗中之所作也。" 余吟之曰: "風物景致, 如隨其行。今夕皆欲和呈之, 有妨筆語, 明朝可和呈之?"【翠虛多號, 塗中之作, 或稱大觀齋, 或號海月軒。】

余問漢州居士 李鵬溟曰: "足下之名號, 皆隨老、莊, 乃好讀其書乎?" 鵬溟色不喜曰: "何好老、莊乎?" 滄浪自側書曰: "祝壽然矣。" 余曰: "足下尊父祖, 寓規祝而命名乎?" 鵬溟欣然曰: "然矣, 然矣。"

問曰: "聞足下氣宇不快, 何如行旅之間, 能保嗇之而可也?" 答曰: "鄙人有痰患難愈, 若有良醫, 欲遇之。" 余曰: "弊邦多醫, 一二日之間, 必有來者, 可使之診脉乎?" 曰: "俟之。"

於是使通事言而相談, 且各和書生四五人之詩。少焉翠虛、鵬溟辭謝而去, 滄浪猶未入館內。余語滄浪曰: "前刻與靜修齋唱酬, 此公與不佞舊相識, 自少年有志, 今至大官。一二日與足下相遇, 驚其英偉, 此公雖稍有學才, 自不欲作詩, 其質直忠篤之人也。" 滄浪答曰: "靜修公一見, 可知其豪傑之士也。其詩亦沈悍, 有力可貴。頻向不佞, 以致眷愛之意, 感謝無已, 愧無以報知遇之恩也。"

余指滄浪所戴之笠問曰: "此名何如?" 答曰: "稱斜笠。" 問曰: "武官之冠乎?" 滄曰: "弊邦初冠, 必先戴此笠, 非武官而已。" 問曰: "兩進士所著者, 巾耶? 冠耶?" 滄曰: "以金絲飾者, 稱金絲冠; 以靑絲飾者, 稱靑絲冠。" 問曰: "此行貴邦伶官, 有鼓琴者乎? 與中國之琴, 其製同乎?" 滄浪答曰: "伶官有彈琴者, 與中國之製小異。" 曰: "中國之僧心越者, 投化弊邦, 能琴太妙, 謂是西湖之僧也。" 滄浪曰: "西湖是天下勝地, 願一聞其形勝, 而恨無路矣。足下其有得聞於心越者乎?" 曰: "西湖景勝, 不可枚擧, 或以筆語, 或以譯語, 稍得聞其地勝, 如遊中國。" 滄浪曰: "恨不與足下携心越, 皷琴於西湖之上。" 曰: "惟希此僧來弊邦作《熙春操》, 佗日入電覽耳。" 滄浪曰: "此人何時來耶? 抑有前期耶?" 曰: "三四年前偶來耳。" 滄浪曰: "足下雖不在中國, 數與中國之人相對, 異於我輩井蛙之拘也。" 曰: "然此人謂蔣氏, 乃漢蔣詡之裔也。" 滄浪曰: "果古賢之後裔, 則尤可貴也。"

時已三更, 余曰: "夜已闌矣。可辭去矣, 以二十六日爲期?" 答曰: "深企深企。" 滄浪揖入館內, 余依館伴內藤義槪之請, 到其宿館歸家, 已過四更。

二十五日早朝, 書《和成進士富山琵琶湖詩》《和洪滄浪箱根橘原道中詩》, 使任處士到本誓寺投示之, 成、洪二子喜之。

晡前余到本誓寺。少焉整宇携林春益、伊庭春貞、狛庸、林欑等數人來, 整宇與余, 相共觀朝鮮來客之庖廚, 廚廊之傍有一房, 是裨將之所寓也。或有張弓者, 或有橫臥虎皮者, 其室內數人, 環坐圍棊。竹堂亦有其中, 知余起坐, 着笠而揖, 諸座。整宇與余, 坐觀棊暫時, 辭去到中堂, 則滄浪倚柱而坐, 觀整宇及余起揖, 整宇及余亦揖, 因以指畵掌問曰: "今夕有暇, 則可會外堂?" 滄浪答曰: "亘隨旨。" 於是導滄浪到外堂之南廂, 成翠虛亦至, 整宇筆語, 春益及春貞、狛庸、林欑、和堅等數人呈詩, 翠虛、滄浪相酬和, 而揮筆不絶。右衛門大夫水野忠春亦在座, 嘆其俊逸。余以指畵地語滄浪子曰: "座客酬唱多端, 乃不勞乎否?" 滄浪曰: "何有所勞乎?" 余曰: "足下年壯氣峻, 非所企及." 滄浪笑, 余亦相笑.

今日余有語對馬守家臣平田直右衛門之事, 故辭去而到對馬太守之宿館【行行寺】, 與平田相語而歸.

二十六日近午, 到本誓寺遇平田氏相語, 而到外堂. 木下順菴在南廂, 與翠虛·滄浪相揖, 與順菴相語. 而入中堂, 遇朴同知, 暫語朝鮮之事. 到神將之房, 竹堂圍碁, 觀座有彈奚琴者. 竹堂看余起揖, 引余請坐氈. 余坐使通事者問曰: "彈琴耶?" 於是彈琴. 余曰: "有歌者耶?" 於是神將卽歌. 余問曰: "何曲乎?" 曰: "《霓裳》也." 余又問曰: "若斯曲幾在乎?" 曰: "有數十曲矣." 余懷我國高麗部樂名目錄, 出示彈琴者曰: "此樂名, 卿等所知乎?" 僉讀目錄, 其音多如我國所言, 而後衆皆曰: "不解之." 余於是謝絃歌者起, 竹堂又起拜. 余亦揖去出外堂, 順菴旣去, 翠虛·滄浪與他書生, 猶唱酬. 余出高麗樂目錄, 示滄浪·翠虛曰: "此樂曲昔自貴國來, 其曲調舞容, 至今弊邦傳之. 然其名意難知, 舞容難察. 貴國今有此曲耶?" 二人讀之曰: "不知之." 少焉翠虛把筆曰: "此中《新鞨鞨》昔有焉. 高麗 王建 太祖之時, 北夷鞨鞨入橐駝一百於松都之日, 太祖命樂官, 製此曲云." 余因問曰: "百結先生《碓樂》, 今存耶?" 翠虛答曰: "百結先生卽我國新羅朝隱君子也, 衣以百結故稱之. 曾傳《碓樂》, 傳于世."

余附高麗樂目於朝三曰: "此行朝鮮衆客之中, 知他樂曲者或有焉, 若然則子宜記之." 朝三唯唯而懷之.

余欲謁副使, 而遇平田氏告之. 初元老古河羽林, 欲請《靜字義》於三使之特秀者, 故昨之昨問平田氏曰: "三使之間, 有高義文章者執賢?" 平田氏入內館, 密問朝鮮諸官, 而出告余曰: "僉謂副使質直高義, 文章超倫, 故有寵於朝鮮王." 余曰: "然則元老欲請《靜字義》, 以之請副使而可乎?" 平田氏曰: "可。" 余書元老所請之意, 以附平田氏。平田氏昨夜使通事者, 以其所書請副使, 副使未解其意。今日平田氏語余, 余曰: "彼國法若無禁, 則余謁副使而演說之何如?" 平田氏諾。及此僉知卞承業引余, 到副使之所。副使相迎而揖就座, 洪滄浪以其裨將侍其膝右, 裨將梁益命、李有麟等亦在側。余就座, 以卞承業之譯, 謝其所謁, 述道路遠至之勞, 且說寒暑而後, 告元老所請之旨。承業老癃, 語意多違。副使以其難解, 呼侍童裴鳳章, 持硯而來, 卽援筆相語。副使曰: "此論靜字, 未知誰所作耶?" 余把毫答曰: "此意我元老所論也。語音不通, 僕以口舌難言之, 故作字傳告之耳。"

副使曰: "欲令僕說靜字義耶? 有元老定論, 則何可疊牀耶? 且未知元老指何人耶? 如老成之稱歟? 抑先輩之謂歟? 高官之號耶?" 余答曰: "我國朝廷一員號'關白', 武家一員稱'元老', 闔國之機務, 皆與此人咨詢之, 乃輔弼之臣也。今所請者, 以靜字爲大字, 其下以此意推而述之, 欲被運健筆, 是元老之所願也。元老謂此鄙論, 而不可足取之, 若有違理者, 以貴公之意, 被作此論幸甚。" 副使曰: "示意始備悉, 但此等文字非倉卒所可爲者。章句之儒, 本不通性理家, 恐難承敎也。" 答曰: "承敎意是所謙退乎! 旅館之暇, 以數字爲說, 何妨之乎? 是乃元老之意也。" 副使曰: "旣辱勤索, 當忘拙署搆, 而恐不合於高眼耳。" 副使又曰: "願聞高姓貴字軒號。" 答曰: "姓野, 名節, 字宜卿, 號鶴山, 又號葛民。" 副使曰: "年紀多少? 見居何職?" 答曰: "年四十六, 如駑駘之老耳。頃與裨將語, 我國文員不多, 唯貴武官, 三百年來, 爲國俗而然耳。故無官名, 唯稱儒官耳。" 副使曰: "旣無文員, 但稱儒官, 則元無職司之所幹者耶? 所謂儒官者, 亦無定額耶? 林羅山世稱貴國大學士, 此亦儒官耶? 整宇方爲何官耶? 卽今儒官, 其數幾人耶?" 答曰: "弊邦古來風俗如此, 三百年來特變俗, 如東周有五霸, 其霸者稱

武家, 故朝廷則文武官員各備, 今唯名耳。國政皆出武家, 故無官員
之稱, 乃避朝廷不稱官名, 唯隨俗事, 稱國俗之名號耳。貴邦可定知
之, 以信義通隣交, 非所隱諱。方今風俗漸革, 非如百年之前, 然官俗
唯隨古, 何妨乎? 乃以容貌衣服, 不可取人也。故以古俗徒稱儒官, 敎
令皆隨俗字, 故不稱官職。羅山、向陽、整宇三世, 皆稱儒官。" 副使
問曰: "我國之前後奉使來者, 必擇文翰之士。槎路酬唱亦有流傳於貴
邦者?" 余答曰: "然矣。僕以爲奉使來臨, 想可以寄百里之命之人乎!
何以擇文翰之乎?" 副使曰: "古稱'誦詩三百, 專對四方', 誦三百之詩
者, 不可謂之文翰耶?" 余曰: "盛敎固然矣。"

　　時日將斜, 筆語有興, 猶欲相言者多。通事者來曰: "堀田 下總守公
兄弟之人來臨矣。" 來告者再三。余曰: "日近斜暉, 佗日宗太守之館談
之耳。" 副使曰: "旅館寂寞之中, 殷勤來訪, 厚意良感。日晚求退, 未
得穩語, 歟歟歟歟。" 於是副使別把片牋, 書一絶曰: "寂寞扶桑館, 欣
逢野鶴山。夕陽無限好, 何乃早求還?" 余卽援筆和之曰: "相遇東方
國, 高望北斗山。日斜談未了, 客至促人還。" 副使令譯官卞承業言曰:
"高和甚佳。" 余於是請退而起座, 副使亦起揖, 余亦揖去。

　　晡時堀田 下總守、秋元 攝津守、酒井 大和守、堀田兵部、酒井權
佐及余, 到宗對馬守之宿館【願行寺】。朝鮮裨將洪世泰【滄浪】、判事安愼
徽【愼齋】、軍官尹就之【竹堂】、寫字官李三錫・李華立、畫師咸悌健、典
樂金蔓述・尹萬碩、童子朴成益・裴鳳章, 來在宿館。衆客食畢, 使
愼徽、就之、三錫、華立, 扁額屛風, 使悌健作畫。

　　大和守與滄浪, 在南廂筆語。余把毫問曰: "旅館蕭蕭已休耶? 可勞
可勞。" 滄浪答曰: "向陪[3]懿範, 濫被盛眷, 贈以瓊琚, 感佩之心, 銘在

---

3 "陪": 底本에는 "倍"로 되어 있으나, 《人見竹洞詩文集》에 따라 "陪"로 고침.

肝腑。今者又承慰問, 不勝感激之至." 問曰: "往者旣謂談軍禮, 然國
殊事事不一, 故不談之。俎豆之事, 乃經綸之道也, 何及軍禮乎? 凡勇
士之心, 以浴近風雩之心, 爲本而可乎! 是不佞平日所思也." 答曰:
"實如盛教, 浴近一語, 大有儒家氣象。自古武將多小文者, 而尊公獨
能若是, 所謂才兼文武者乎! 尤可敬也." 問曰: "射禮乃君子之所貴也。
所謂其爭者, 射禮之所爭也乎? 又一說'其所爭者, 豈君子哉'之意也?
二義孰爲是?" 答曰: "君子無所爭, 必也射乎! 盖其爭也, 非如人之爭
競也。其爭之以禮, 是所謂君子之爭也." 問曰: "足下往言鄉里有北堂
之老, 日日可馳遐想。嗚呼! 不佞二親已沒, 有風木之嘆, 固可羨足下。
就言父母歿後, 猶宜有孝勤, 如不佞何以常爲孝勤之行可乎?" 答曰:
"不佞嚴親已歿, 萱堂亦老, 今違膝下, 客於萬里之外, 遊方之戀, 誠難
堪矣。尊公則有永感之歎, 聞來令人出涕。盖人能常以孝勤行于世,
則無往而不自得矣." 問曰: "說話紛紛, 不勞乎否?" 答曰: "陪[4]大人君
子, 談拆道理, 誠爲多幸, 何勞之有? 不佞但恐尊公之勞耳." 問曰: "今
夕座中紛紛, 不佞於如此惡之, 而切欲求靜是癖也。此病何以治之?"
答曰: "養靜熟則雖在喧中, 而心自靜矣." 問曰: "匿怨友其人者, 聖人
已恥之, 乃不愿怨, 則忘之可也乎? 何以勤之乎?" 答曰: "愿怨而友之,
非人情也, 是以聖人恥之。大怨則絕之可也, 小怨則忘之可也." 問曰:
"不佞性急, 而欲事事皆潔, 故與人交者隔心勞神之病, 平日所戒, 何
以可乎?" 答曰: "守靜而養性, 則心和而氣自平矣." 問曰: "不佞以是故
自號靜修齋。副使公暇日賜一語乎何如?" 答曰: "善哉, 命名之意也!
副使老爺, 行役之餘, 不無所患, 專廢[5]吟咏, 恐不必頷可。而姑歸而告

---

4 "陪": 底本에는 "倍"로 되어 있으나, 《人見竹洞詩文集》에 따라 "陪"로 고침.
5 "廢": 底本에는 "發"로 되어 있으나, 《人見竹洞詩文集》에 따라 "廢"로 고침.

之, 觀其去就, 然後因鶴山回報耳。"

　此間或書大字, 或與佗客筆語。夜將二更, 對馬太守出而供膳於座客。朝鮮之衆客, 亦到外堂酒食矣。座客食罷, 而引典樂金蔓述、尹萬碩於南廂坐定, 蔓述吹笙【如洞堂】, 萬碩彈琴【似琴六絃有柱, 如中國琵琶以撥彈之。】, 或奏奚琴【形如阮咸. 轉軸如琵琶, 以馬尾弓捎之, 如我謂小弓者。】, 判事安愼徽唱歌, 童子成益、鳳章亦歌數曲而畢。 此間余作五言小絶示滄浪, 滄浪和之。余又用其韻示愼徽, 愼徽有和章。總州、兵部、權佐, 皆戲與成益、鳳章筆語。已過二更, 衆客皆辭謝而去, 余亦歸家。

　二十七日, 三使登城。【事在別記】

　二十八日, 三使登城。【事在別記】

　二十九日, 對馬守宗義眞、右衛門大夫水野忠春, 爲嗣君之御使, 有命三使之旨。【在別記】

　晡前余到本誓寺, 欲與成琬、李聃齡、洪世泰等晤語, 三人皆依宗對馬守之招在願行寺, 故不會。到中堂與判事等相語, 偶見副使內館之前庭, 諸神將等皆射, 神將數人, 以草鞋爲的, 相違丈餘, 自階上射之, 十矢而一矢不中, 二三十矢而中者一二。其矢削木爲鏃, 中韋墻不貫之。副使聞堦上之戶, 自記其中者之籍, 不中者笑之。余在側觀之, 偶把其弓, 引之太弱, 於是知其難中。時已近晚, 余歸家。

　朔日晴。余二兒, 初謁副使及滄浪。【事在任處士之記。】

　晡時余到本誓寺, 少間整宇及坂蘭齋、狛庸、岡碧庵, 其餘書生二三人來, 偶逢成翠虛之至, 與整宇共引翠虛, 會外堂之北堂, 剪燭相對。畫工養朴亦至。整宇與翠虛筆話, 蘭齋、碧菴以詩相唱酬。養朴語余曰: "今日逢滄浪子, 使僕作畫而製文贈之。今夜欲請翠虛之詩, 何如?" 余使通事演說之, 翠虛莞爾, 請畫養朴, 卽畫梅、蘭、柳、燕、南極呈之。翠虛忽以爲題書小絶四首謝之。此間余亦筆語。問曰: "貴國官士無子者, 無親之子, 則以佗人之子爲嗣乎?” 翠虛對曰: “我國之法, 一從中國, 而人若無子, 以同生之子爲其嗣, 如或同己無子, 則遠取五寸、六寸、七寸、八寸、九寸、十寸之子[6]爲後嗣, 故同姓則雖百寸不相連婚, 良以此法之重也。” 問曰: “五寸、六寸等之寸字何如?” 答曰: “周公、孔子制此禮, 自己生父之兄弟之子言之, 叔父之子女與已爲四寸, 而四寸之子爲六寸, 以六寸之子爲八寸, 兄弟姊妹次之, 以及九寸。本是同根而生, 故不亂同姓, 與他姓爲婚姻。此禮甚嚴, 如有私通, 則必夷族也。一與漢、唐以前三代禮法耳。”

二日午前, 到本誓寺, 水野右衛門大夫忠春、秋元 攝津守喬朝、大久保 安藝守忠增、館伴內藤左京亮義概、小笠原大介在中堂, 招安判事、成翠虛等書大字, 畫師咸東岩作水墨。翠虛請余問座客之封號[7], 余書示之。醫官鄭斗俊亦在座, 安藝守使之診脉, 問其藥劑。翠虛書字多多似倦勞, 余書示曰: “足下若勞, 則宜歸旅館。多謝。” 翠虛答曰: “使道將有招問事, 後日更拜爲計, 然大字何其小數書之耶? 想其疲勞而然耶? 呵呵。”

於是翠虛揖去, 安判事猶書大字。堀田織部正昭、兵部俊兼及酒井權佐忠雄, 各來觀焉。今日與對馬太守約到願行寺, 故滄浪及李三錫、李華立等, 先在願行寺。忠雄伴任處士先到願行寺, 與滄浪筆語。

忠雄問曰: “頃雖接淸儀, 未通姓名。僕是靜修齋之弟, 名忠雄, 號忘己齋。今日欲靜話, 故來願受教誨。” 滄浪答曰: “僕甚荷靜修公厚誼, 今遇足下, 如拜靜修公, 誠爲幸矣。靜修公來, 則僕那不企待?” 忘己曰:

---

6 “子”: 底本에는 “寸”로 되어 있으나,《人見竹洞詩文集》에 따라 “子”로 고침.

7 “號”: 底本에는 “戶”로 되어 있으나, 문맥으로 볼 때 발음상의 오기로 짐작되어 “號”로 고침.

"靜修亦今日來, 有官事未果, 雖到夜必來會。【今夜靜修有官事而不至。】滄
浪讀之點頭。忘己又問曰: "達巷黨人, 實知孔子者也。所以極稱其不
成一藝之名乎! 然《集註》曰: '惜不成一藝之名也。' 其又曰: '蓋慕聖人
不知者也。' 若斯則可曰惜哉, 而以大哉嘆美之, 則其義燦然無可疑也。
孔子稱堯曰: '大哉, 堯之爲君也! 蕩蕩乎民無能名焉。' 若以黨人爲惜
孔子不成一名於藝, 則亦以孔子爲惜堯不得一名於民耶? 以予觀之,
則四書六藝之文, 自有宋儒, 曲說繁解, 而失本義者不少乎!" 滄浪答
曰: "黨人之意, 蓋稱極稱孔子, 而惜其不得行道於世, 以成其名矣。
《集註》則以爲孔子之行道與不行皆天也, 孔子亦不以不行其道爲歉
焉, 則其成名與不成名, 固不足言矣。是所謂不知者也。"

忘己曰: "受誨固然, 得此說, 如披雲霧耳。" 又問曰: "格物之義, 古
來說多, 想是《易》所謂精義入神之理乎?" 滄浪答曰: "愚意以爲格物致
知, 然後無不通, 可以入聖神之域矣。" 忘己問曰: 《中孚六三》曰: '得
敵, 或鼓或罷, 或泣或歌。' 程《傳》曰: '或鼓張, 或罷廢。'《蒙引》曰: '或
鼓、或罷是活字, 主擊鼓言, 是奮發之意。' 程《傳》《蒙引》二說, 皆非也。
鼓師進也, 罷師還也。《儀禮》言語之禮云: '朝廷曰退, 燕遊曰歸, 師役
曰罷。' 楊子《法言》曰: '酈食其說齊罷歷下軍。' 一證也。《漢書高帝紀》
曰: '帝乃西都洛陽, 夏五月, 兵皆罷歸家。' 二證也。" 滄浪答曰: "所論
儘好, 但以我所得, 不當遽非先賢之言也。"

忘己問曰: "子曰: '素隱行怪, 後世有述焉, 吾弗爲之矣。' 疏曰: '素讀
爲傃, 傃猶鄉也, 謂無道之世, 身鄉幽隱之處, 應須靜默, 若行怪異之
事, 求立功名, 使後世有所述焉。《集註》素, 按《漢書》當作索, 蓋字之
誤也。索隱行怪, 言深求隱避之理'云云。群書之中, 引用經典與元文[8]

---

8 "文": 底本에는 "史"로 되어 있으나, 《人見竹洞詩文集》에 따라 "文"으로 고침.

不同將處半未必所引正元文[9]誤也。凡解經典者, 經典之文, 其脫誤分明, 不得已而後, 因群書之中所引之文, 解之可也。俄以所引爲是而舍元文,[10] 則經典橫生瘡疣, 其害尤大也。何子容曰: '漢人引用經文, 與今本多不同, 間有可以證其闕誤, 然傳繆亦不爲無之, 不可以漢人所引爲是。' 蓋各得其師, 不同如此, 況探頤索隱? 《周易》之繫辭, 儒學之根柢也, 未必求隱僻之理。以予觀之, 則素如字讀, 而可文義燦然, 脈絡貫通乎! 滄浪答曰: "愚意以爲經解, 當從朱晦菴先生爲正。" 忘已問曰: "《詩 · 鄘風》'升彼虛矣, 以望楚矣。' 管子曰: '狄人伐衛, 衛君出, 致於虛, 桓公築楚丘以封之。' 註虛地名。《詩》所謂升彼虛矣, 朱註曰 '虛故城也'者, 恐是失於考乎!" 滄浪曰: "此論極有見, 但以其故城故改尋之, 可見其中興之意。" 忘已問曰: "貴國有龜卜耶? 我邦無知之之人, 故問焉。" 滄浪答曰: "弊邦亦無之。" 任處士問曰: "貴邦尊宗朱文公, 則排老、莊之言乎?" 滄浪曰: "凡爲儒者, 莫不法孔、孟而尊程、朱。至於老、莊之學, 則只取其格言而已。" 任處士又問曰: "自古雖稱孔、孟, 或有刺孟、非孟、疑孟之書, 且如司馬公猶有此說, 如何?" 滄浪曰: "天地間孔、孟如日月, 不可廢一。司馬公之言, 愚不敢信。" 忘已問曰: "'不可磯亦不孝也', 此義難辨細聞之。" 滄浪曰: "此義古人多有解之者, 終是不快活。" 忘已問曰: "不佞不好詞章之學, 唯以存養省察爲工夫耳。請聞靜坐之說。" 滄浪答曰: "詞章之學, 一小技也, 君子宜不敢取。收心靜坐最是向學, 工夫及其熟也, 則人欲消而天理明矣。" 忘已又問: "靜坐之受用如何?" 滄浪曰: "居常讀書, 學聖賢之事, 無事時當靜坐澄心, 不使雜閙底意思于吾靈臺, 則吾心之明, 如鏡之磨, 漸自光明, 無

---

9 "文": 底本에는 "史"로 되어 있으나, 《人見竹洞詩文集》에 따라 "文"으로 고침.

10 "文": 底本에는 "史"로 되어 있으나, 《人見竹洞詩文集》에 따라 "文"으로 고침.

不洞然矣。" 忘己曰: "此靜坐之說, 與李延平同得聞命。" 滄浪首肯。忘己曰: "美談不知日夕, 將今弄筆墨之人來, 姑止, 重來受敎誨。" 滄浪曰: "獲聞淸談, 亹亹不厭, 自今以可繼拜乎?"

織部、兵部及余, 到願行寺, 滄浪與忘己齋、任處士, 相對坐于南廂。滄浪見織部、兵部及余, 相揖而書呈織部曰: "見足下儀貌端重, 可知其尊貴人也。可敬可敬。" 且問: "讀過幾家書乎?" 織部答曰: "僕爲武官, 常以騎射爲業, 無讀書之暇。然如《四書》《孝經》《小學》等, 則平日稍澄心讀之。" 滄浪曰: "武官而能爲學, 尤爲奇特。"

余自側書示曰: "姓紀、名正昭、字天民, 元老之次子本立齋卽是也。" 滄浪書呈織部曰: "向因鶴山, 得聞大名。今按淸範, 不勝欣幸。" 本立齋問曰: "善人之子孫或絶, 不善人之子孫或嗣, 有此理乎?" 滄浪答曰: "此天理, 不可知者。古今賢人君子之不能無憾也。" 本立曰: "聞故鄕有老母, 我贈之以我邦畵工之丹靑三、方圓之香盒二, 因足下達之。" 滄浪答曰: "古云: '老吾老, 以及人之老。' 閣下之謂也。感荷千萬。"

滄浪危坐, 余曰: "可穩坐。" 滄浪笑謝而安坐。

本立問曰: "人之氣質, 依學問之故而變乎? 又不變乎?" 滄浪答曰: "天稟之强弱淸濁, 雖不可變, 人能學問, 則粗者精, 虛者實, 蕩者定, 守者固。"

此間俊兼、忠雄, 使李三錫、李華立寫字, 東巖作畵。余以通事與滄浪時時相言耳。滄浪書示余曰: "僕每對足[11]下不語而意自通矣。"

元老家臣等數輩, 奉從本立齋而來, 中有大野淸介者能學。於是書呈滄浪曰: "僕姓藤、氏大野, 名淸介, 號觀瀾子。公何鄕人? 何姓名而何官?" 滄浪答曰: "勤示姓名多感。僕姓洪, 名世泰, 字來叔, 號滄浪子,

---

11 "足": 底本에는 "定"으로 되어 있으나,《人見竹洞詩文集》에 따라 "足"으로 고침.

官爲僉正。副使老爺以僕稍和文墨，辟爲裨將而來矣。" 清介問曰: "先生離鄉萬里，室家須相思，羈旅顧惓之情，不堪想像。曷月曷日而出於朝鮮乎? 且聞渡海艱難也。布帆得無恙乎? 洋中或見怪物乎?" 答曰: "客中之懷，不言可想。僕以五月初八日發程，六月十八日開洋，風浪蕩激之中，僅得無恙，而亦無見怪事。" 清介問曰: "貴邦多有好學者乎?" 答曰: "弊邦最尚文學文章之士，代不乏人，故有小中華之說。" 清介問曰: "僕自成童好讀書，未得其要。近頃竊意，心昏昧而好讀書，是甚無益也。只其心無欲，則心頭淸明，書與心相照，文義迎刃而解。且無物役其心，而擴然大公也。此所謂居敬者乎? 以是觀之，則初學先須用敬，不可以與書竝讀。古人自八歲入小學，而學洒掃應對之事，是自然居敬也。如今無此等事，故皆馳空文，而無踐履之實，多博文強記之徒，而寡忠信篤敬之人，是敎之不明故乎! 如何用工夫?" 答曰: "讀書必以窮理踐實爲主，則無空文之蔽。敬者，不可須臾離也。讀書而不爲敬者，非也; 爲敬而不讀書者，亦非也，當讀書而爲敬矣。然愚論何足取也? 須問於博雅之士。且何不問於鶴山、整宇諸名儒乎?" 清介問曰: "宋儒有變化氣質之說，以余觀之，則不能無疑。蓋氣質稟有生之始，無可變化之理。且夷、惠則聖人，而顏、孟則亞聖也，皆不能移其性，而有淸和溫嚴之不同。只氣質則不可變化，欲則可克去之，欲旣克去則天眞也。雖有氣質不同者，不害皆謂之聖賢，如何?" 答曰: "有生知之聖，有學而至於聖之聖。生知之聖，堯、舜、禹、湯、文、武、周、孔是也。學而至於聖之聖，顏、孟以下是也。若其氣質之不同，則堯、舜、周、孔皆不同也，然則何害於其爲聖乎? 變化之說，愚以爲必有此理也。試觀草木乎! 人之培養者，易爲豐而枝條不曲，生於朽壤之內者，多有穢惡而擁腫不中，人亦何異於是也? 讀書而學聖賢之道，則蒙者有知，賢者益善，其非變化之效乎?" 清介問曰: "事君之道，以義

乎? 以誠乎?" 答曰: "事之以義, 報之以忠." <u>淸介</u>謝曰: "玄談奇論, 仍
慕高明之盛德. 願書自警之一律, 以敎僕之不肖."

余在側書示曰: "足下雖太勞, 宜吟案之." <u>滄浪</u>答曰: "僕平生見文
士, 未嘗不盡心. 況足下暨諸名士在座? 誠未知勞也." <u>滄浪</u>卽書曰:
"率爾口占錄, 示座上諸公. 以義事吾君, 以孝事吾親, 終身行此道,
方爲君子人. 語雖俚, 義或可取. 壬戌季秋, <u>滄浪</u>草."

<u>淸介</u>揖謝懷之. 余把片紙次韻, 而書示曰: "移孝忠其君, 致忠顯其
親. 能事洪子語, 宜不愧天人. <u>鶴山</u>稿." <u>滄浪</u>把片紙, 見之欣然擊扇,
收入袖中.

<u>淸介</u>又聞曰: "恭聞貴邦之先君, 所謂<u>殷</u> <u>三仁</u> <u>箕子</u>也. 今猶其姓
乎?" <u>滄浪</u>答曰: "<u>箕子</u>之世, 已過數千歲, 易姓者屢, 唯其子孫在耳."
<u>淸介</u>問曰: "聞貴邦有<u>三代</u>之風猶存焉. 三年之喪, 亦行之乎?" 答曰:
"三年之喪, 自國王至庶人."

<u>本立齋</u>問曰: "爲學者勤之倦勞, 則必病者多. 想夫爲學者不益, 强
健何到病乎? 是亦怠惰之疾乎?" <u>滄浪</u>答曰: "學者刻苦太甚, 則病或生
焉, 怠惰强爲, 則病亦生焉. 刻苦者, 當養氣; 怠惰者, 當務敬." <u>本立</u>
問曰: "<u>武王</u>伐<u>紂</u>之事, 千古論者多. 乃爲忠臣者, 爲可乎? 爲不可乎?"
答曰: "<u>武王</u>奉天命順人心, 不得已有<u>孟津</u>之役, 然異於<u>堯</u>、<u>舜</u>之禪矣."
<u>本立</u>曰: "足下所載者, 何名乎? 若脫之而隱, 則請脫却乎! 但貴國之法
然則難容言. 雖然一面, 而兩心已熟乃如舊, 議雖所脫而無妨乎!" <u>滄</u>
<u>浪</u>答曰: "其斜笠也. 弊邦之人, 加冠則必著此. 著之已習, 少無所勞.
今承脫之脫語, 足見愛人之厚意也."

余書示曰: "昨賜芳簡, 偶多官事, 未作報. 所附之兩品, 卽達于<u>和州</u>
太守及<u>整宇</u>. 和太守云: '今夕至, 則面話謝之, 有官事, 未知至否.' 先
使僕謝之. <u>整宇</u>云 : '紛冗之間, 被寄佳什幸甚, 佗日呈和章, 謝之.'云

云。就言, 昨日二兒, 至宿館多所謝, 然座客多, 而足下用筆力亦多, 故期佗日。" 滄浪答曰: "二郎君極佳, 大有<u>鶴山</u>風度, 異日必能縱家聲, <u>鶴山</u>其有福人哉!" 余曰: "昨副使老爺, 賜筆墨於二兒, 多謝。足下爲僕被謝之幸甚。" 滄浪曰: "老爺見二郎君, 極其嘆美, 目之以鸞鳳之雛。足下生子, 何其若是之奇也? 僕纔有一子, 不勝健羨之至。" 余問曰: "貴男年幾許? 旣讀書耶?" 滄浪答曰: "二子夭, 今有一兒, 而纔三歲矣。" 余問曰: "聞成均館員五百人, 其生員專學性理乎? 或又有生員、進士兼之者乎?" 答曰: "成均館儒生, 皆誦法<u>孔子</u>, 常讀四書六經。國家有取士之規, 有生員試、進士試, 或有兩中之者。"

　<u>滄浪</u>出副使所筆之書目, 所謂《水滸傳》《後西游記》《玉支機》《玉嬌梨》《平山冷燕》《肉蒲團》《傳香集》《夢金苔》《掀髯談》《金粉惜》《催曉夢》《濟顚全傳》云云。<u>滄浪</u>書示曰: "隨所得覓借爲幸。此不唯不佞欲見之, 老爺無聊之中, 欲一覽破寂。雖一二冊, 未可惠借耶? 見後卽當完璧[12]耳。"

　余出《陳希夷睡圖》請曰: "或人切請於僕, 謂此圖畫工<u>常信</u>之所繪也。足下贊之多幸。" 滄浪曰: "何難? 欲直書畫帖之空乎? 別書他紙乎?" 余指畫帖之空, 而使之書贊而曰: "足下姓名之印[13], 則此行不佩之乎?" 滄浪答曰: "姓名印[14]則在<u>釜山</u>日忘却, 不携來矣。" 又曰: "不楷書而草書乎?" 余曰: "楷書特可也。" 余曰: "僕所藏有《寒江獨釣圖》, <u>常信</u>所畫也。足下好<u>柳柳州</u>之詩, 欲贈之, 不知納之乎? 然則他日可呈之。" 滄浪曰: "古圖文人之所嗜, 何幸如之?" 余曰: "今所示之書目, 或

---

12 "璧": 底本에는 "壁"으로 되어 있으나, 용례에 따라 "璧"으로 고침.
13 "印": 底本에는 "卬"으로 되어 있으나, 《人見竹洞詩文集》에 따라 "印"으로 고침.
14 "印": 底本에는 "卬"으로 되어 있으나, 《人見竹洞詩文集》에 따라 "印"으로 고침.

有電矚者, 僕不藏之。《水滸傳》更覺在家藏之中, 搜索而呈之。其餘
亦可有藏之者, 若然則可呈之。" <u>滄浪</u>曰: "《水滸傳》明日未可惠借耶?"
余曰: "搜得呈之耳。" <u>滄浪</u>曰: "聞足下有《黃勉齋集》, 信否? 願借暫時
之覽。" 余曰: "是<u>朝三</u>所頻求也, 僕不藏之。十數年前, 聞<u>西京</u>人藏之
太秘。今欲借之, 道路太阻, 其實否亦不可知之。若以數日問之, 可察
其實否。今草草之間, <u>朝三</u>頻求之, 最難得之。聞貴國亦有藏此集, 太
秘之者然乎?" <u>滄浪</u>曰: "此集自<u>中國</u>而來, 弊邦之人, 亦多藏之。僕常
好觀之, 而恨其多有誤字, 欲覽貴國所藏, 而考較之耳。然足下旣無所
藏, 則難得而見矣。" 余曰: "卷數幾許? 僕數年前所見, 今思之有八卷,
如何?" <u>滄浪</u>曰: "弊邦所刊行, 則或有七八卷, 或四五卷, 細者或數卷,
蓋隨篇而爲之故也。"

　　<u>滄浪</u>書示曰: "異日相別之後, 雖隔萬里, 自<u>釜山</u>常有<u>馬島</u>往來之便,
不佞當寄書札於<u>朝三</u>, 因以傳致於足下。未知得免浮沉, 而必傳之
否?" 余曰: "僕亦未知之, 料知被寄<u>朝三</u>可達之。" <u>滄浪</u>曰: "公見不佞奉
<u>靜修公</u>書, 其言如何? 恐不合掛於長者之眼。" 余答曰: "往傳足下所書
於<u>靜修齋</u>, 齋主讀之大喜, 謂終身之孝心, 不可不如此, 且其所自警者,
一一足爲戒省, 譬如瞑眩之藥, 能愈其疾也。今夕不來, 定知其太有有
憾耳。往日, 其所謂之《靜修齋記》, 未知旣告副使老爺乎否? 且又元
老所請之《靜字記》, 亦可被書乎否?" <u>滄浪</u>答曰: "老爺欲搆之, 而因公
冗紛擾, 且以微恙, 尙未出藁, 然從當書送耳。"

　　五日。今日有公事, 退朝過晡, 有約到<u>願行寺</u>, 旣近黃昏。堀田 **摠州**
太守、<u>酒井</u> **和州太守**、<u>堀田</u>兵部、<u>酒井</u>權佐各在座, 與<u>洪滄浪</u>筆語,
<u>任處士</u>執毫。<u>成進士</u>、<u>李進士</u>等亦在座。<u>李三錫</u>、<u>李華立</u>、畫師<u>咸東</u>
<u>巖</u>各來。<u>成</u>、<u>李</u>二進士、<u>洪滄浪</u>視余, 各進席, 把毫而書。

滄浪曰: "昨因溪堂獲承足下問書, 書中語款曲勤懇, 足見愛人之意也。卽當奉答, 而其時適有事, 且欲別長書以謝, 迄今匆率未能, 慙恨何喩? 惠冊暨畫, 依受感謝之至。今夜頗從容, 願促膝談笑, 以破鬱陶之懷。"

余欲答之, 和州太守招滄浪於南廂, 使大野淸介把筆問曰: "爾來不暇於公事, 闕拜謁。足下無恙否? 且昨示敎戒之書, 多幸多幸。僕終身守之。"

二十六日之夜, 以戒語約滄浪作數條之目附之, 滄浪書之, 昨日傳送於余而達之, 其詞曰:

父母在宜盡孝, 父母沒亦不可廢。惟孝百行之源, 無是無其根。志於孝者, 不辱所生, 雖有過不至於大矣。多怒者, 心氣不平, 發不節故也。收心而養性, 則喜怒中, 而理不悖矣。多欲者, 天理不明, 而人欲乘之也。讀書而學道, 窮理而盡性, 則天理明而人欲去矣。觀於水乎! 水靜則波不興。觀於人乎! 心靜則氣自平。惟靜其養心之要乎!

不佞素昧性理家, 學識膚淺, 而過蒙閣下款接, 至問以孝行之道, 收養之要。不佞初辭, 以不敢當退, 而思之閣下之知遇如此, 閣下之勤問又如此, 曷不盡在我者? 乃敢逐條作說, 以書瞽見, 其得罪於聖賢之門, 烏可免乎? 伏惟閣下垂察而恕之幸甚。壬戌仲秋晦日, 朝鮮國滄浪子, 爲靜修齋書。

滄浪曰: "日者敢將蕪語, 仰塵高明, 而竊恐不合攄於大人君子之眼。今承襃奬, 出於分表, 不勝慙覥之至。" 和州太守曰: "足下歸鄕, 當在近日, 遺恨不少。今夕幸得問而打話, 願安意受敎。" 滄浪曰: "偶然相會, 過蒙眷曲, 尋常感佩。今將返路, 參、商一隔, 前期杳然, 無任悵黯之懷。"

此間余與成、李二進士相對。成翠虛書示曰: "頃奉雅儀, 而未得從容, 每以爲恨。今夕佳會, 是料表深切忻幸。" 且曰: "貴胤季、孟, 並得免恙否? 一自良覿以來, 蘭姿玉質, 頻入夢想。歸期迫頭, 近間未可一對遠別耶?" 余答曰: "懇懇之情, 可深謝之。足下歸期在近, 不可不叙萬里之別情。一二日之後, 期閑話耳。" 李鵬溟曰: "僕每有病, 故久未相叙, 尋常悵缺。此接光範, 欣抃曷勝? 再昨見令胤於館所, 眞所謂天上猗獜, 不患靑氈之不保。" 余答曰: "客舍之中, 想貴恙難修養乎! 欲接光霽, 頃日官事紛紛且怒, 匕茵何如欲問僕未果。今夕座客多至, 一兩日之中, 期一夜話。僕兒輩, 昨日接芝眉, 多幸多幸。"

忘己齋問成進士曰: "《孟子》所謂: '操則存, 舍則亡, 出入無時, 莫知其鄕, 惟心之謂與!' 程子曰: '心豈有出入? 特以操舍而言矣。' 或說曰: '此正指妄心言也。旣可操舍, 非妄而何?' 此辭如何?" 翠虛答曰: "心者天君也, 一身之主宰, 豈有一出一入之理哉? 明道先生, 旣已打破千古之惑, 說皎如白日。或者之說, 何能敢詆於其間者哉? 愚見如是, 抑未知高明於意的合乎否?" 忘己齋問李鵬溟曰: "《鹿鳴》之詩, 朱文公之曰: '呦呦聲之和也。' 淮南子曰: '鹿鳴興於獸, 君子大之, 取其見食而相呼。' 朱解不謂其起興之本, 如何?" 鵬溟答曰: "朱解之聲和二字, 可謂折衷貫通, 其論本末少無餘蘊。"

時畫師養朴在座, 余書示鵬溟曰: "頃日野篤呈《李白觀瀑圖》, 其畫妙, 卽常信所繪也。請今夕賜一詩惟幸。醫生野篤卽僕弟也。" 鵬溟卽書一絶, 以示常信。余出蒙山人之詩, 示二進士曰: "此士西海之領守, 今隱于江府之西山, 請二進士之和。" 翠虛、鵬溟卽和以示之。總州太守出《潘閬之圖》, 使翠虛贊之。余書示曰: "是潘閬也。" 翠虛曰: "正字乎? 草書乎?" 余曰: "正字可也。宜爲贊。" 翠虛曰: "何不先言乎? 旣作五言小絶, 奈何?" 余曰: 可也。可書紙傍。" 於是二進士或書屛風, 或書大字, 或和淸介之詩。李三錫、李華立各寫字, 咸東巖作畫, 座各隨意請之。余到南廂, 與滄浪筆話。

和州太守曰: "會晤數回, 如舊識之久, 歸期旣在近, 欲受敎戒, 而無日可嘆矣。先日得孝思之明誡, 又欲聞忠誠之一戒。" 滄浪曰: "事君無隱, 臨難不愛身, 可謂忠誠矣。" 和太守曰: "古來事不善之君或諫死, 臨危難之時, 能致命者, 士之常也。或至諫而去, 太不快。方今我大君聖明, 僕自父祖世浴厚恩, 當此時何以報國乎? 古人之致忠, 多是似爲己成名者, 乃不欲之。" 滄浪曰: "以諫而死者, 龍逢、比干是也。諫而不聽, 而後去之者, 箕子、百里奚是也。唯其適義而已, 何害於其爲聖爲賢乎? 然後世之人, 當以龍逢、比干爲法。伏聞貴邦大君聖明, 閣下以英偉之資輔之, 以正直之道, 盡其忠藎之心, 則將見君臣合德, 域內底安, 垂名千載而不朽, 豈不美歟? 伏聞閣下以一箇忠, 爲一生之心。" 和太守曰: "僕居聞訟之職, 常恐身不正而戒人之是非, 則有害人子之患乎! 耻之者常多, 想夫足下以此意喩之, 惟希。" 滄浪曰: "自古居訟官之職最難, 必詳[15]明然後可決。毋聽偏言, 毋聽請囑, 平心細思而決之, 似無過矣。" 和太守曰: "凡聞訟者, 尙果斷。若强辨訟者之是非, 置心於其間, 是所僕不欲也。【滄浪点。】乃我心靜明, 而以彼所訟, 如我身所在而決之, 則自然而理明乎! 深想此意何如? 請受敎。" 滄浪曰: "甚善甚善。盖讀書而明理, 我心平正, 則可以知人之是非, 而決之之道, 必以果斷爲主, 未知高明, 以爲如何?" 滄浪又曰: "閣下之所問, 不敢不答, 敢以瞽見率爾而對之, 竊恐有違於理, 而貽笑於通識之士。" 和太守曰: "僕不才而無所見識, 唯愧所問多拙, 然平日好讀書, 不欲嘗古人之糟粕。如足下才識明斷, 能辨折之。足下若留在我邦, 而平日相問相話, 則有化其明睿者乎!"

---

15 "詳": 底本에는 "洋"으로 되어 있으나, 《人見竹洞詩文集》에 따라 "詳"으로 고침.

總州太守書示滄浪曰: "請僕別號, 乃欲爲平日之戒." 滄浪曰: "齊軒如何?" 總州曰: "可也."

滄浪卽書齊軒二大字, 而細書曰: "見古人忠孝思齊焉, 見古人之德業思齊焉, 見古人之文章思齊焉, 見古人之功名思齊焉, 是思齊之意也."

一葉軒, 以和扇三柄彩畫五葉, 贈滄浪子。滄浪謝曰: "厚誼將何報之? 自感佩."

余書示曰: "頃日有以《虎鑑水圖》, 乞贊者乎! 是元老所請也. 其贊語, 欲以鑑水爲主, 旣聞之然乎?" 滄浪曰: "其贊曰: '懸鏡其眼, 竪劒其牙. 盤旋顧影, 意欲超河.' 未知如何?" 余曰: "贊語特秀, 太有達勇之心也. 多可多可. 旣書之乎?" 滄浪曰: "書而置諸篋中矣." 余問曰: "士人無子者, 以族類之子爲嗣, 其實父母或兄弟, 有喪則何如?" 滄浪曰: "此是古人之禮. 若無兄弟之子, 則取同姓遠族之子爲嗣, 亦不違禮乎!" 余曰: "旣以遠族之子爲嗣, 而年己久然後, 其所生之父母沒, 則以父母之常服服之乎? 但雖所生而輕喪乎?" 滄浪曰: "旣爲人之後, 則本父母之喪, 亦不服三年. 載在禮文, 何疑之有?"

一葉軒亦請別號於滄浪, 卽書兩全軒三大字, 書其義於其末以呈之. 其餘在座之人, 或請大小字, 或請畫贊. 時裨將尹竹堂來, 與滄浪言, 或與通事言, 其言觥然. 座客問通事, 通事言, 前刻以對馬太守之命, 招之不來, 欲使之寫字, 屢遣人促之, 故來而曰: "以太守之招而來, 然太守不在此, 余與從事老爺圍碁, 太輪之不快. 余宜去之"云云. 通事等留之曰: "對馬太守招衆貴客, 請卿欲寫字, 卿勿速去." 竹堂勃然曰: "余輪局, 不快不快. 早歸而欲勝之, 無寫字之意." 通事强留之, 滄浪等亦諭之, 然不聽振衣邃去. 余與座客, 笑其豪放而曰: "昔戴安道之破琴, 今尹竹堂之不寫字, 殆相似乎! 亦是一興也." 座客皆笑. 李三錫書字數刻而倦, 來於余與滄浪座間, 而書《旅窓偶作》一絶示余, 余卽和之。<u>李鵬溟</u>亦倦寫字，來喫菓，<u>成翠虛</u>亦來，與<u>滄浪</u>、<u>三錫</u>等各喫菓。<u>鵬溟</u>喫盤上蒲萄，把筆書示余曰：“此大宛馬乳耶？淸蒲萄耶？”余答曰：“此蔓種，可謂馬乳。貴國之種，亦如此乎？”<u>鵬溟</u>曰：“我國蒲萄，有靑者有赤黑者，體大於此耳。”

　<u>鵬溟</u>書呈<u>和州</u>太守，其言曰：“不佞與<u>成進士</u>同職，此行騎馬而來，病身太苦，<u>成進士</u>乘輿而來。方今欲歸千里又騎馬，則無奈病軀耳。”<u>和</u>太守曰：“足下病身騎馬千里之行，因不堪勞苦，可以憐察之。何不請對馬太守乎？”<u>鵬溟</u>點頭，而袖其筆語。

　<u>和州</u>問<u>鵬溟</u>曰：“事君致其身，然大臣諫不聞而去，是何故乎？”答曰：“前修旣有所晰，不須容喙，而盖言不顯，計不用，則可以去。”<u>和州</u>曰：“版蕩識忠臣，雖不版蕩，然不顯忠義乎？然不顯何如？”<u>鵬溟</u>答曰：“霜雪之前，安知松栢之節耶？推此理，則可知是夫！”<u>和州</u>曰：“夜將闌矣。座客多貪運健毫，想可太勞疲。偶問貴國行役出入，必放火藥，自何時而然？”答曰：“昉自開國之日。”

　<u>總州</u>太守問<u>鵬溟</u>曰：“足下官職如何？”<u>鵬溟</u>答曰：“鄙人職名成均館進士，姓<u>李</u>、名<u>聃齡</u>、字<u>耳老</u>、號<u>鵬溟</u>。時居<u>盤谷</u>。”余問曰：“盤谷者，足下之所産乎？所隱處乎？與愿同姓，尤勝事也。”<u>鵬溟</u>答曰：“卽鄉曲也。道不如愿，愧居<u>盤谷</u>。”余曰：“何不如乎？特以奇才壯年乎！足下所及第，乃何題乎？”答曰：“詩題則‘五色宮袍當舞衣’，賦則‘蒸香祈才’。”<u>和州</u>太守問<u>滄浪</u>曰：“前日旣所苦《靜修齋記》，副使老爺未成章乎？愈所願也。”<u>滄浪</u>曰：“老爺有所患，時未成章。然不佞當從傍贊成之耳。”<u>和州</u>答曰：“如所言，何幸加之。”時夜已三更，座客及余辭去。

　六日。

　今日，有<u>朝鮮</u>信使賜官暇之事，詳見于紀事。<u>整宇</u>及余，到<u>本誓寺</u>，觀其儀。遇成翠虛、李鵬溟等，相揖耳。儀畢到中堂之北，見洪滄浪，憑几書文，欲筆語。然草草不能矣，亦相揖而去。

七日。

今日宗 對馬太守饗三使於下谷之宅，同知朴再興、僉知卞承業、洪禹載、進士成琬、李聘齡，及諸裨將諸判事童子等數百人，皆至。松平 因幡守、松平 備前守，以對馬守之外親，各來觀焉。整宇、木順菴及余亦會焉。饗畢，三使休于側室，因州、備州、整宇、順菴及余，喫飯於內室。既畢，倚欄而坐，諸裨將童子游觀於後園之假山池橋，其中有相知者，遠視相笑。 少焉翠虛、滄浪見余儕，而步來上堦就座，引硯欲筆話。 對馬太守之從士等來曰：“有遊戲之觀。” 整宇及余等，猶欲筆語，朝三等曰：“朝鮮人皆好此戲。”余儕卽止，各到前堂，或有猿戲，或有幻戲，或有飛戲，喧囂鄙陋，太懶看之。整宇謂朝三曰：“此間可謁三使？”朝三曰：“三使及衆客皆好此戲，暫可俟矣。”整宇不能強之，艴然而止。 余耳語戲曰：“朝三何言朝鮮三使好猿舞乎？” 整宇、順菴笑之。衆戲畢，既近黃昏。三使就座，對馬太守使整宇、順菴及余，會於三使。整宇及余，使朴同知、安判事通言曰：“既欲黃昏宜退。”三使曰：“作詩乎？”整宇及余，辭謝再三。時正使尹東山把筆書詩，乃頃日整宇及余所寄詩之和章也。於是整宇賦五言律，余賦絶句，呈三使。順菴書頃日所賦之律詩。既而點燭，其間副使李鷺湖和整宇之詩，從事朴竹菴和余詩。李鵬溟、洪滄浪亦在座隅。余想若與三使及翠虛、鵬溟、滄浪等，把筆閑話，或相共酬和，則佳興太多矣。然草草之間，不能催興。整宇、順菴及余，揖退而後，又供膳於三使。儀畢，三使及朝鮮群輩皆去，余儕亦辭歸。

八日。午後到本誓寺, 秋元 攝津守、大久保 安藝守、大久保 帶刀亦至。索翠虛、鵬溟、滄浪、安愼齋等, 皆到對馬守之宿館。少焉整宇亦來, 以爲遺憾。於是尹竹堂飄然而來, 衆客索硯, 使竹堂寫字, 竹堂欣然寫數十紙, 其豪放固知異人也。余問曰: "卿何官乎?" 答曰: "昌城府使人。" 又問曰: "卿所書, 與他人之筆法不同, 其所學亦不同乎?" 答曰: "僕久學斯字法, 號爲額體。" 此間畫師永眞亦帥其子弟來, 命其子弟作畫, 授於竹堂。竹堂喜又作數紙之字。於是竹堂入內館, 衆客各去。

九日。今日重陽。登營儀畢, 午後到宗 對馬守之下谷宅。堀田 總州、酒井 和州、堀田 織部相會。 少焉元老古河 羽林來臨, 對州迎於門而入內堂。饗畢, 成翠虛、洪滄浪、安判事等, 出謁焉。其餘寫字官畫師小童等, 亦在外堂。元老招洪滄浪、安愼齊, 書屛風。小童朴成益、裵鳳章亦在座隅。元老命滄浪, 作《靜復靜》之詩, 滄浪卽書大字, 而題詩於其下。元老使余, 以筆話問曰: "宋儒多謂變化氣質, 凡氣質有淸濁粹駁, 想夫難變化乎? 但有變化之理乎?" 滄浪答曰: "勉爲學問, 充其所不足, 則賢者益賢, 愚者有知其非變化之道乎!" 又問曰: "固如所答。然愚者變化, 則可必爲賢之理乎?" 滄浪答曰: "其所受天性, 則難不可移, 其心則固可變也。是故與賢者遊, 則學其善行; 與不賢者遊, 則亦學其惡行。善乎! 孔斌之言曰: '習與性成, 聖賢同歸。'" 問曰: "'吾道一以貫之。' 乃貫之者, 至誠乎?" 滄浪答曰: "《中庸》之所謂誠者是也, 誠如下問。" 元老曰: "旣聞其姓號, 今日始會晤。雖邦隔千里, 然所初會, 如親交舊識, 欣幸。" 滄浪答曰: "不佞自入貴境, 已聞閤下大名, 及抵館獲見二令胤公, 俱不世之材。因想典刑, 嚮風瞻慕者久矣。不意玆者得拜於牀下, 恭承晤語, 何其幸矣? 不佞雖得千金, 殆不如也。" 問曰: "崔子弑君, 陳文子有馬十棄而去。以我國之風論之, 則文

子棄君而去, 其所淸者, 非如夷、齊。乃夫子之言, 則於其所問, 乃可
有故。此說何以解之?" 滄浪答曰: "子曰: '危邦不居。' 此陳子之所以去
而爲賢者也。然其心未必知其可去之理, 故夫子不許其淸[16]也。

　滄浪書示和州曰: "朝者伏受硯筥之惠, 不勝感荷之至。向所敎寫字,
今已寫了, 藏在篋中, 當奉呈耳。" 和州曰: "旣想一別, 未可再會, 今日
又得晤語, 惟幸。今朝呈一箇之麤物, 乃所厚謝, 可以汗顏。且往所請
之字, 旣被勞健筆, 幸甚。" 滄浪曰: "唯《靜修齋記》, 老爺時未脫藁, 今
夜似當完了矣。完卽呈上耳。" 和州曰: "多幸多幸。宜先謝之。" 和州問
曰: "版蕩識忠臣。雖不版蕩, 豈不顯忠義乎? 然其難顯何乎?" 滄浪答
曰: "人臣事君, 何時不忠? 然於無事時, 則雖懷忠赤之心, 人或不知之。
及其危亂板蕩之際, 忘身報國, 凜然立節, 然後人始服之。"

　滄浪書示余曰: "昨日副使老爺所做《靜字說》, 某果傳達于元老前
耶?" 余答曰: "昨日卽先傳還於平田直右衛門。初請之於副使老爺, 使
譯者言之, 其中書元老之姓號矣。說中不及其事, 想夫譯舌繆誤, 未
達於老爺乎? 乃此字說, 常置巾笥, 欲爲座右之誡, 故欲書姓號。是故
未達於元老。" 滄浪曰: "欲書姓號者, 誰之姓號耶? 欲要老爺紙末書元
老, 請之之意耶?" 余答曰: "然矣。往曰: '以姓字號各備書於紙尾, 故
請書其所以求之。足下宜傳告之。' 如此所請, 乃難再遇之, 故欲如元
老所請之旨耳。" 滄浪曰: "其所書, 平田直旣已持出, 則不侫當以此意
告之, 依敎還上。" 余曰: "前刻以玉軸附任處士而來, 多幸多幸。遠別
旣不日矣, 可嘆。卒欲和呈之, 艸艸來此, 故期明日。副使老爺, 昨日
所賜之高和, 請足下爲僕能謝之。前刻作謝書, 欲使足下執啓之。今
日在此, 故附平田直去, 不知旣達乎否?" 滄浪答曰: "拙語寫眷眷之懷,

16　"淸": 底本에는 "請"으로 되어 있으나, 《人見竹洞詩文集》에 따라 "淸"으로 고침.

詩云乎哉! 老爺和詩之事, 當爲足下謝之." 余曰: "前日初謁老爺時賜
小詩, 太覺一時之雅興, 故前刻所呈之書中, 請改書. 足下亦被傳告
之, 則幸甚." 滄浪曰: "欲要老爺改書好紙耶?" 余曰: "然矣. 豈爲求名
而然耶? 萬里一別, 聊爲屋梁月光耳." 滄浪曰: "當歸告, 而明日改書,
以傳致耳."

時旣夕陽. 對州曰: "朝鮮乘馬之人在此, 可觀馬藝乎?" 元老曰: "固
佳." 於是元老到馬場之榭, 總州、和州、織部及酒井 權佐皆至. 余引
滄浪, 共入其亭. 神將鄭泰碩、邢時廷, 着紅錦戰服走馬, 或立鞍上,
或筋斗, 或攀鞍垂地, 或仰臥駿駿而馳. 每馳相叫, 如笑如叱, 及場末
不能停之, 乘登墩上而停馬.

滄浪書示余曰: "所見如何?" 余曰: "太奇." 滄浪曰: "貴國亦有此等
技藝乎?" 余曰: "有之, 然所用稍殊."

元老命對州之侍童, 勸菓於滄浪, 而相顧進席. 滄浪曰: "不佞無他
才識, 而兩閣下眷愛特深, 不佞將何以報之?" 余曰: "足下奇才, 孰不
眷愛乎?" 滄浪莞爾而揖. 余曰: "騎馬之妙藝, 名之曰馬戲乎? 所稱何
如?" 滄浪曰: "本國稱以馬上才." 余觀走馬而呼者曰: "笑耶? 叱馬耶?"
滄浪曰: "咆哮用氣之聲也." 余曰: "不用鞭乎?" 答曰: "不用鞭, 而馬自
走." 余曰: "足下乘如此乎?" 答曰: "不佞則非武官也. 使臣以爲解文
詞, 啓聞于朝而帶來, 其實文學之徒也. 然猶能馳馬擊射. 弊邦尚騎
射, 故人多能之, 此等輩甚多."

乘馬事畢, 元老入內堂. 衆客皆坐, 滄浪亦就坐, 安判事及二小童猶
在座. 於是秉燭. 和州問安判事曰: "足下見富士山, 爲如何?" 安判事
能通言曰: "峯容奇秀, 固是第一之山也." 和州曰: "貴國大山, 孰是勝
乎?" 判事曰: "大山不少, 金剛山亦太高垓." 滄浪自側書曰: "金剛山一
名楓岳, 一名皆骨山." 總州使余問滄浪曰: "斜笠之上所挾, 乃何毛

乎?" 答曰: "是名虎鬚." 問曰: "或謂鶴翎, 亦用之乎?" 答曰: "虎鬚極好, 然捉虎而後, 其鬚可得, 於本國甚貴, 故或以鶴翎代之." 問曰: "一斜笠, 乃一虎之鬚而足耶?" 答曰: "不足. 必合數虎之鬚而爲之."

元老謂余曰: "宜使滄浪賦復靜軒詩乎?" 余對曰: "固可也." 因書示滄浪曰: "元老後園有復靜軒, 足下宜題一詩. 機務之暇, 乃養心之地也." 滄浪曰: "旨哉, 命名之意!" 滄浪又曰: "情懷無限, 口不能言, 是可痛恨也." 而作呈明發、靜修兩公閣下一絶, 兼示余曰: "天涯今日遇良辰, 錦石秋花照眼新. 賴有諸公能慰我, 不知身作異鄕人." 元老卽吟誦謝之, 和州亦以謝其厚情. 余卒和之曰: "天上還看參與辰, 心交如舊白頭新. 黃花猶勸三孟酒, 一別雲霞萬里人."

元老以所把之扇, 贈滄浪. 余書示曰: "此扇元老欲附送足下, 更使妙畵, 兩人描一面." 滄浪謝曰: "懷在袖中, 淸風不盡. 不佞之慕閣下, 當與此扇而俱弊, 感謝不容口." 元老使余問曰: "貴國田圃之所耕耡者, 與我邦塗中所見, 相似乎?" 滄浪答曰: "同." 滄浪曰: "復靜軒詩已成, 書於此地乎?" 余卽剪桃花紙, 示之曰: "宜書之. 筆不佳乎?" 滄浪曰: "何用擇筆?" 於是書二大字於上, 題五言小絶於其下. 元老覽之吟之, 揖而謝之. 洪滄浪、安愼齋, 前刻所書之屛風, 半面墨不乾, 旣而全乾, 二人書其半面. 此間元老觀朴成益、裵鳳章二童子之寫字, 和州戲與二童筆語, 問朝鮮之國事, 二童各有所答. 和州亦把毫, 書大字與二童. 滄浪見之曰: "太佳. 請書賜之." 和州卽書二大字贈之. 滄浪謝曰: "見公筆力, 遒壯甚可貴也, 故玆請携去. 一丈銀鉤, 足爲別後之顏面耳. 未發前, 一奉閑話, 深企深企." 和州曰: "拙筆可太傀, 遠別旣逼, 遺憾如魚中鉤, 一兩日又相會惟希." 夜過一更, 元老辭去, 對州送謝於門. 衆客及余, 辭謝而歸.

十日。午後到本誓寺，成翠虛、李鵬溟、洪滄浪等，到願行寺，不遇之逢。平田直右衛門相語，而到堂北。裨將宣傳官梁益命，少知日本之言，謂余曰："副使欲逢公。"余曰："諾。"與宣傳入副使之內館，副使出絹素，所書之詩示余，乃昨日余之所請也。余吟誦而幷謝之，而後請硯書曰："往請高和之改書，辱勞健筆賜之，遠別旣逼，一時佳興，亦不可忘之。別後遐想，以爲屋梁之顏色耳。感謝不可以言盡之。"副使曰："草率之言，可以太憨。"且問："甲府公、水戶侯皆有學術然乎？"余答曰："然矣。水戶侯特文章博物之貴介也。能屬文。"副使出一簡，示之曰："是水戶侯之簡也。孰作之乎？"余曰："想是所自作也。"裨將金松溪書片紙，自側問余曰："貴國之人，所相贈遺之別幅，書姓名乎？不然乎？"余答曰："不書其名者鄙俗。親滅草草，相遺問者，或偶有之。凡知禮之士，皆書其姓名。"副使座邊，有《水滸傳》、《續西遊記》等書，指之示余曰："足下偶觀此等書乎？"余曰："否。此等書多中國之俗諺，不通中國之言，則難解之，又无益書乎！尊公通中國之言乎？"副使曰："稍通中國之言，故旅館偶觀之，慰寂寥耳。"

時副使睡起，望之氣宇不快，嘗言多病之人也。於是草草拜謝，而退見其絹，索初書往日所示之還字韻詩，跋之曰：

日鶴山訪余於館舍，與之語情意款款，頗慰寂寞之懷，無何以日昃求退，余留之不得，遂取赫蹏，書一絕以贈。居數日，鶴山送一幅絹，要余繕寫，俾爲別後替面之地。倉卒寂寥之語，不合裏兌淸覽，而顧盛意，不可孤。遂書此以歸云爾。壬戌重陽後一日，鷺湖。

旣出本誓寺，到元老之河上墅，偶有請洪滄浪之事，又到願行寺。喻宗對州之家臣，而遇洪滄浪於內堂。其所談已了，暫時筆語。

余曰："多公事，未能自叙別悵。然方今有元老所請之字，更勞足下之運筆。因求佳紙未來, 暫待之。"

余携副使所改書之詩, 使<u>滄浪</u>見之, 而書示曰: "請足下可被厚謝於老爺。" <u>滄浪</u>曰: "歸期已迫, 元老前更難告別, 幸足下以此不佞之意, 從傍告之。" 余曰: "今夕可卽達之。前刻謁老爺筆語數回, 太添一別之悵然。此意亦宜被傳告。"

<u>滄浪</u>出《靜字說》二卷, 一卷有印, 一卷無印。余曰: "各佳。請加圖書。" <u>滄浪</u>袖一卷。平<u>田直暨</u>通事輩以爲: "字小更爲大書似當云, 故改書之際, 以致遲延。今依足下之敎, 當告于老爺前, 又印以送耳。" 余曰: "大槪言語, 難全通。或偶通者, 無學而誤其口, 違其耳。足下之輩, 可笑者多而已。"

於是待佳紙未來, 相共筆語數紙, 各言其志。<u>滄浪</u>欣然袖之, 而書示曰: "足下可謂明快之士也。" 余曰: "凡人非明快, 則無可取之。足下亦明快穎達, 故言不通而志卽同, 可謂老爺帳下之士。" 余指副使之印, 解篆文問之, <u>滄浪</u>頷之。余問曰: "<u>慶源</u>有<u>李</u>氏, 不知非此裔乎?" <u>滄浪</u>曰: "弊邦有<u>李</u>姓者三四, 而姓本而異。" 余曰: "<u>完山</u>之家, 則國姓之裔乎?" 答曰: "然。" 少焉曰: "今紙不來, 老爺有命召之所, 書紙及靜字說携去, 明朝並書以送, 如何?" 余點頭相揖而別。

十一日。午前到<u>本誓寺</u>, 與<u>洪滄浪</u>會外堂之南廂。余書示曰: "元老謂今回屢勞足下, 未盡謝之, 此二剪刀, 使余附足下, 爲後來之信耳。" <u>滄浪</u>謝曰: "數三寫字, 何謝之有? 厚誼誠篤, 然以微勞, 而受人之賞, 無乃不可乎?" 余曰: "不是以賞稱之, 細少之物, 何足辭乎? 僕旣作送行之拙詩, 今朝多官事, 未淨書之。" <u>滄浪</u>曰: "多謝多謝。今日內書送, 則雖匆卒之中, 和以呈之耳。" 余曰: "僕有所請者。聞足下慈母公及幼令男在故里。今以此二物, 欲各呈之。必勿辭謝, 乃僕之志也。惟希。"

滄浪曰: "古之人有贐行之送。足下且以歸奉老母爲辭, 茲不敢辭。"

余於是辭去, 到館件內藤義槩之宅, 書呈三使詩, 及送滄浪古風二章, 贈銀朱、扇、墨於三使, 以使任處士, 持去贈之。及哺又到內堂北廂, 遇滄浪叙別。

滄浪書示曰: "諸作儘是佳絕, 贈僕之詩尤奇, 是覺情多語切而然也。" 余曰: "若有高和, 自塗中可送之。達於平田直, 則可來送耳。" 滄浪: "吾儕相逢, 天實爲之。新知之樂未洽, 遠作一生之別, 何其悲哉?" 余曰: "所喻者然矣。千里一別, 眞無再會。然佗後有信使之來, 則足下爲正使而來, 亦不可知之。若然則大歡可勝言乎?" 滄浪曰: "僕有筆墨少許, 欲表寸衷, 而物薄醜甚, 不敢出乎, 未知如何?" 余卽受謝曰: "固是出於深意, 何敢辭之爲矣? 元老所贈者, 亦自塗中可寄送謝詞, 自馬島亦可也。前頃兒輩亦賜筆墨, 多幸多幸, 艸艸未謝之。" 滄浪卽作奉謝元老之書, 封以示余, 余袖之。

滄浪曰: "纔者副使老爺, 送呈筆墨紙若干物于足下, 其已傳致否?" 余曰: "未達之。料知可定達耳。足下先被厚謝, 惟幸。佗後便風可述謝詞。" 余曰: "僕有剪刀, 其柄使妙工刻之, 寓四勿之意, 以欲呈老爺, 爲塗中之慰觀, 如何?" 滄浪受之曰: "卽可達之。" 滄浪出淸心丸、蘇合丸於囊中, 贈余而書示曰: "此兩藥乃治上熱、瘀熱、氣厥等, 良藥也。僕愛敬足下之意無窮, 故以此奉之。笑領如何?" 余曰: "多謝多謝。懇懇之情, 何以報之乎? 就問, 聞老爺求印石, 僕多貯之, 晚來可呈之。若不然則以便風可呈之。大者幾寸而可乎?" 滄浪曰: "老爺果欲得之石樣, 則隨所得可也。然大者尤好。" 余曰: "佗日對馬太守便風傳送之耳。前年, 信使來聘臨歸, 便風或自箱根, 或自西京, 或自大坂, 或自長門下關, 或者馬島, 皆能達之。今回亦倚便風送一封皆達耳。" 滄浪曰: "本國自釜山有往來馬島之便, 僕當修書, 以付朝三, 則傳達於足下乎?" 余曰: "若<u>朝三</u>, 若<u>平田直</u>, 可能達之。<u>平田直</u>者, <u>馬島</u>家臣之稍長
者也。" 於是欲夕陽, 余悵然不忍別去, 然淑裝紛紛, 不能穩坐而辭之。
<u>滄浪</u>惻惻顔赤。余勤之曰: "山海數千里, 其能保嗇, 則在忠孝雙全耳。
足下懋哉!" <u>滄浪</u>揖謝之。於是握手相別, 余歸家, 則有<u>馬島</u>太守之使,
傳送三使所餽之若干物。

  十二日。今日三使發途, 余作謝書, 以<u>任處士</u>爲使, 贈龍霰糖各壺於
三使。事詳<u>任處士</u>之紀事。
  《韓使水口錄》畢。

【영인】

韓使手口錄

壬戌之秋朝鮮致聘来於東都者三百餘人其中有文
者三官使尹東山李鷺湖朴竹庵及進士成翠虛李鑿
谷稈將洪滄浪判事安慎齋數人耳稍解文官者醫官
鄭斗俊稈將車義鱗寫字官李三錫童子朴成益襄鳳
章之類問有爲余屡之其客館接過之然言詼不通或
以譯語或以指畫地或以扇書林或以筆相詁偶俉喵
之者有袖筆語者略記之其不記者猶多矣數日之間
同席連牀筆語者數人乃假余之筆者亦多矣閃倂錄
之曰韓使手口錄昔麗安常　聾疾東坡与之筆談戲

曰我以手為口卿以目為耳偶想口舌不通亦然矣故

以手口為之名云

天和壬戌 玄黓 鶴山道人書

廿三日初至本誓寺朝鮮進士成琓[字伯主号翠虛]進士李聘

齡号鵬溟禪將洪世恭[字諫叔号滄浪]三人来于中堂相會

整　先筆語而後整　鷄峯春庵伯立等各以詩相

唱酬翠虛呈諸客鵬溟亦呈整宇及予相與唱酬多

〻予亦和鵬溟　予偶持李石湖所蓄之扇示兩進

士及禪將各傳觀曰廿八年前既久矣不失而至今

可喜之　問曰李石湖今何官乎　曰為州官耳

曰乙未三使趙翠屏俞秋潭南壺谷何官乎　曰翠

屏既没秋潭無恙壺谷至一品

時岡崎城主右衛門大夫水野忠春郡内城主攝津

守秋元喬朝房州領主大和守酒井忠国等各在座

忠国問翠虛曰卿等衣冠似中國之製凡貴國之礼

儀官服何代而如此乎翠虛曰礼儀官服檀君以來

既定獎邦至今太盛忠国曰聞檀君當堯之世中國

亦三代以前礼儀官服未全備況又礼樂則世々沿

革貴国何獨檀君以來如此乎於是翠虛酬和無暇

故不有答語　座客唱酬之際忠國問滄浪曰欲聞

話紛々未能及此貴國軍礼之事欲聞之然國法不

可知之如何滄浪荅曰軍礼之事非立談間所論也

忠國曰他日閒暇之時欲開話如何　荅曰固所願

也何敢辞爲君示會話之期則當企待耳
二十四日近午任處士与元亀友雪内藏百藏及元浩
到本誓寺亀子雪子内児百兒到内館謁正使尹東
山事見任處士之記事午後余到本誓寺水野忠春
及館伴内藤左京兆義概小笠原大介長澂在中堂
朝鮮判事安愼徽号眘叅及写字官李三錫号霊月堂李華
立号寒松齋畫師咸悌健号東巖或代書大字或作水墨圖
余至坐于忠春之側觀之悌健先畫竹數幅而畫小
鳥如八八鳥余使通事者問之悌健曰加志加志余
問曰鳥名何字、悌健不知字与李三錫相言、於是三

錫把筆書片紙曰楮鳥以其鳴音俗稱加志加志余

問三錫曰貴國法書特所尚者學何人之法乎三錫

答曰王羲之趙子昂米元章懷素此數人之書法也

余問曰貴國書法似多學子昂之法自古而然乎

安慎微曰我太祖貴子昂法故學之者多矣於是摄

津守秋元喬朝大和守酒井忠國來忠國語余曰權

佐忠雄慧曰將來余迎之到外堂特堀田織部正昭及

兵部俊兼元老之次來忠雄亦來余導三子到中堂諸

客圍棊觀書畫或有請大字之人或有命畫之人少

為喬朝忠國正昭俊兼忠雄及余到中堂之南廂有

正使侍童金重千之過眾客呼其童及副使小童裵

鳳章二十等共筆語又有一童子曰朴成益辭謂是太

守之子也諸童皆知文字眾客出扇紙書之朴判事

者在座語音稍通各与之談朝鮮之事禪將三四人

来其中洪滄浪亦在為滄浪見忠國及余揖使之

坐其餘禪將亦坐皆戴烏鐔帽飾帽尖以金花謂是

軍官之冠也　余把筆書示滄浪曰昨對話艸々佗

日期開話滄浪把筆書曰昨日之奉良幸々余答

曰欲開話暮夜紛々未盡猶期一夜之話滄浪曰一

夜開話極妙々々　忠國問滄浪之名号及其鄉里

滄浪曰不佞姓洪字來叔自号滄浪漢陽人也漢陽

即本国所都也副使老爺以不佞觧文筆碎為裨將

而来矣　忠國書一絶示滄浪

相過登瀛客星槎滄海東吾邦交義重千里是同風

　　　　　　　　　　　　　　　　靜修齋

滄浪吟之即和之

不有前縁在那能到日東看君愛客意足継古人風

忠國謝以懷之於是翠虛成進士来見余而揮衆客

請書大字使余言之余書示曰昨對話艸〻佗日期

閑話今座中有一貴介乞足下之寫字以勇武之事

欲為扁額如何翠虛曰有大筆乎當書之耳磨墨必

多大書似好耳　余命館伴之衛士即持大筆墨盆

而来於是翠虛書大字眾客亦各請之或書古詩數

牋裸將數人来觀之中有一裸將立觀之咲曰字不

好也余問其名曰竹堂使通事問諸裸將皆曰是乃

非寫字官然能書矣眾客請竹堂之書竹堂辞之然

強使之書竹堂書數牋字稍佳余問其姓名曰尹就

之此間余将任處士来忠國正昭俊㒵忠雄命處士

作筆語正昭俊兼求滄浪之書　余書示曰座中有

二公子欲足下書示勤戒之一語　滄浪曰欲書何

語當承命耳　余曰忠孝字義可也　滄浪曰欲作

句語耶欲作戒語耶 余曰忠則句語而可也孝則

戒語可也紙太觕可求佳紙 滄浪曰僕橐中有本

囷紙請少待之當携來矣 余曰惟幸待携来耳於

是滄浪入內館而携桃花紙来曰大小任其裁折且

書二公姓名以呈之乎余剪紙作二片而曰紀姓其子

天民号本立齋是兄也字叔良号一葉軒是弟也滄

浪即書忠孝二字題其義於下呈二君余書示曰二

公子欲爲足下謝之既過食時想夫太勞矣滄浪曰

少勞何謝之有余曰晚来亦可相晤語先去當食（）

了可亦来會乎滄浪曰若欲更来則當来矣　及夕

滄浪在中堂余導之到外堂之南廂馳使呼朝三未

來以指畫地而語少為翠虛及李鵬溟亦來使通事言

而相語朝三亦至　余問滄浪曰足下年幾何答曰

三十足下歲幾子余曰四十六足下所生何處子既

登高科子荅曰貴容太少与齡不相應僕漢陽人庚

申歲居喪今春除喪承命從信使而來故未預科舉

之事余曰今居何職子荅曰本文翰之士也故未為

腰弓此行偶為副使老爺之禆將而來稱副司果余

曰副使老爺何處之人子荅曰漢陽人自少年与僕

同學故受其懇遇余曰足下客中之書子囊中佩何

書乎答曰行旅乏書僕好柳子厚詩故縻帶此等書

耳余曰聞成均館有聖廟每歲春秋有釋奠乎答曰

成均館春秋有祭學生各無不預之僕等亦預之翠

虛鵬溟自側看之曰僕儕各預之　翠虛把筆曰嚮

逢諸郎君各皆頴悟足下之貴崙乎答曰然矣有五

男翠虛曰今日各來於正使道之旅舘正使道有所

問而有所答正使道感其頴達祝：乃多男是福也

余問曰足下貴男女幾多乎答曰有三子余曰足下

亦有多子之福聞足下年少於僕二歲非不老也客

中終日多斯接事今夕若有倦勞則宜休也答曰何

勞乎然有眼疾不能到深更余曰旣用眼鏡乎答曰

未用之 余出眼鏡授之曰足下有眼疾則借之爲

明乎若可則宜贈之翠虛把眼鏡揷眉梁觀字而笑

曰朦朧難見 翠虛把筆書冨士琵琶湖之詩滄浪

亦書箱根駿州道中之數詩示余曰此途中之所作

也余吟之曰風物景致如隨其行今夕皆欲和呈之有

妙筆語明朝可和呈之翠虛多号塗中之作或称大觀府或号海月軒 余問漢州居

士李鵬溟曰足下之名号皆隨老莊乃好讀其書乎

鵬溟色不喜曰何好老莊子滄浪自側書曰祝壽然

矣余曰足下尊父祖寫規祝而命名乎鵬溟欣然曰

然矣然矣　問曰間足下氣宇不快何如行旅之間

能保嗇之而可也答曰鄙人有痰患難愈若有良醫

欲遇之余曰斃邦多醫一二日之間必有来者可使

之診脉乎曰誂之　於是使通事言翃相談且各和

書生四五人之詩少焉翠虛鵬溟辭謝而去滄浪猶

未入館内余語滄浪曰前刻与靜修齋唱酬此公与

不佞舊相識自少年有志今至大官一二日与足下

相遇驚其英偉此公雖稍有學才自不欲作詩其質

直忠篤之人也滄浪荅曰靜修公一見可知其豪傑

之士也其詩亦沉悍有力可貴頻向不佞以致眷愛

之意感謝無己愧无以報知遇之恩也 余指滄浪

所戴之笠問曰此名何如荅曰稱斜笠問曰武官之冠

乎滄曰獎邦初冠必先戴此笠非武官而已問曰兩進士

所著者巾耶冠耶滄曰以金絲飾者稱金絲冠以青絲

飾者稱青絲冠問曰此行貴邦伶官有鼓琴者乎与

中国之琴其製同乎滄荅曰伶官有彈琴者與中

國之製少異曰中国之僧心越者投化獎邦能琴太

妙謂是西湖之僧也滄曰西湖是天下勝地願一

聞其形勝而恨無路矣足下其有得聞於心越者乎

曰西湖景勝不可枚舉或以筆語或以譯語稍得聞

其地勝如遊中國滄浪曰恨不与足下携心越鼓琴

於西湖之上曰惟希此僧来獎邦作熙春操佗日入

電覧耳滄浪曰此人何時来耶抑有前期耶曰三四

年前偶来耳滄浪曰足下雖不在中國數与中國之

人相對異於我葦井蛙之拘也曰然此人謂蔣氏為

漢蔣詡之裔也滄浪曰果古賢之後裔則尤可貴也

時已三更余曰夜已闌矣可辞去矣以二十六日

為期荅曰深企〃〃滄浪揖入館内余依館伴内藤

義槩之請到其宿館嬬家它過四更

二十五日早朝書和成進士富山琵琶湖詩和洪滄浪

箱根橘原道中詩使任處士到本誓寺投示之成洪

二子喜之　晡前余到本誓寺少焉整字携林春益

伊庭春貞狛庸林攢等數人來整字与余相共觀朝

鮮来客之庖厨厨廊之傍有一房是褌將之所寓也

或有張弓者或有橫臥虎皮者其室内數人環坐圍

綦竹堂亦有其中知余起坐着笠而揖諸座整字与

余坐觀慕暫時辞去到中堂則滄浪倚柱而坐觀整

字及余起揖整字及余亦揖因以指畫掌問曰今夕

有暇則可會外堂滄浪荅曰宜隨吉於是導滄浪到

外堂之南廂成翠塵亦至整字華語春益及春貞狛

庸林檜和堅等數人呈詩翠虛滄浪相酬和而揮筆

不絕右衛門大夫水野忠春亦在座嘆其俊逸余以

指畫地語滄浪子曰座客酬唱多端乃不勞乎否滄

浪曰何有所勞乎余曰足下年壯氣峻非肝企及滄

浪笑余亦相笑 今日余有語對馬守家臣平田直

右衛門之事故辭去而到對馬太守之宿館寺行行興

平田相語而歸

二十六日近午到本誓寺遇平田氏相語而到外堂木

下順菴在南廟与翠虛滄浪相酬和余至與翠虛滄

浪相揖与順菴相語而入中堂遇朴同知暫語朝鮮

之事到祥將之房竹堂圍碁觀座有彈奚琴者竹堂
看余起揖引余請坐鐏余坐使通事者問曰彈琴耶
於是彈琴余曰有歌者耶於是祥將即歌余問曰何
曲子曰霓裳也余又問曰若斯曲幾在子曰有數十
曲矣余懷我國高麗部樂名目錄出示彈琴者曰此
樂名鄉等所知乎食讀目錄其音多如我國所言而
後眾皆曰不解之余於是謝絃歌者起竹堂又起拜
余亦揖去出外堂順菴既去翠虛滄浪与他書生猶
唱酬余出高麗樂目錄示滄浪翠虛曰此樂曲昔自
貴國来其曲調舞容至今獎邦傳之然其名意難知

舞容難縈貴國今有此曲耶二人讀之曰不知之少

爲翠虛把筆曰此中新鞨昔有爲高麗王建太祖

之時北夷靺鞨入臺馳一百於松都之日太祖命樂

官製此曲云余因問曰百結先生碓樂今存耶翠虛

荅曰百結先生即我國新羅朝隱君子也衣以百結故

稱之曾傳碓樂傳于世　余附高麗樂目於朝三曰

此行朝鮮衆客之中知他樂曲者或有爲若然則子宜

記之朝三唯々而懷之　余欲謁副使而遇平田氏

告之初元老古河羽林欲請靜字義於三使之特秀

者故昨之昨問乎田氏曰三使之間有高義文章者

孰賢平田氏入内館啓問朝鮮諸官而出告余曰僉謂副使質直高義文章超倫故有寵於朝鮮王余曰然則元老欲請静字義以之請副使而可乎平田氏曰可余書元老所請之意以附平田氏平田氏既復使通事者以其所書請副使副使未解其意今日平田氏語余〻曰彼国法若無禁則余謁副使而演説之何如平田氏諾及此僉知卞承業引余到副使之所副使相迎而揖就座洪滄浪以其裨將侍其膝右裨將梁益命李有麟等亦在側余就座以下承業之譯謝其所謁述道路遠至之勞且説寒暑而後告元

老所請之旨承業老癡語意多遷副使以其難解呼
侍童裴鳳章持硯而来即援筆相語　副使曰此論
靜字未知誰所作耶余把毫荅曰此意我元老所論
也語音不通僕以口舌難言之故作字傳告之耳
副使曰欲令僕說靜字義耶既有元老定論則何可
墨林耶且未知元老惜何人耶如老成之稱敛抑先
輩之謂敛高官之号耶余荅曰我國朝廷一員彆闕
白武家一員称元老闍國之機務皆与此人咨詢之
乃輔弼之臣也今所請者以靜字為大字其下以此
意推而述之欲被運健筆是元老之所願也元老謂

此鄙論而不可足取之若有違理者以貴公之意被

作此論幸甚副使曰示意始備悉但此等文字非倉

卒所可為者章句之儒本不通性理家恐難承教也

荅曰承教意是所謙退乎旅館之暇以數字為記何

妨之乎是乃元老之意也副使曰既辱勤索當忘拙

畧搆而恐不合於高眼耳副使又曰願聞高姓貴字

軒号荅曰姓野名節字冝卿号鶴山又号葛民副使曰

年紀多少見居何職荅曰年四十六如駑駘之老耳

頃与裨將語我国文貟不多唯貴武官三百年来為

國俗而然耳故無官名唯称儒官耳副使曰既無文

古俗徒稱儒官教令皆隨俗字故不稱官職羅山尚

俗唯隨古何妨乎乃以容貌衣服不可取人也故以

隣交非所隱諱方今風俗漸革非如百年之前然官

隨俗事稱國俗之名號耳貴邦可定知之以信後道

政皆出武家故無官員之稱乃避朝廷不稱官名唯

霸者稱武家故朝廷則文武官員各備今唯名耳國

古来風俗如此三百年来特變俗如東周有五霸其

整字方為何官耶即今儒官其數幾人耶答曰獘邦

亦無定額耶林羅山世稱貴國大學士此亦儒官耶

員但稱儒官則元無職司之所幹者耶所謂儒官者

陽整字三世皆稱儒官副使問曰我國之前後拳使

来者必擇文翰之士樵路酬唱亦有流傳於貴邦者

余荅曰然矣僕以為奉使来臨想可以寄百里之命

之人乎何以擇文翰之乎副使曰古稱誦詩三百得

對四方誦三百之詩者不可謂之文翰耶余曰盛教

固然矣 時日將斜筆語有興猶欲相言者多通事

者来曰堀田下總守公兄弟之人来臨矣来告者再

三 余曰日近斜暉佗曰宗太守之舘談之耳副使

曰旅舘寂寞之中殷勤来訪厚意良感曰晚求退未

得穩語歉歎之之 於是副使別把片牋書一絶曰

寂寞扶桑舘欲逢野鶴山夕陽無限好何乃早求
還

余即援筆和之曰 相遇東方國高望北斗山日斜

談未了客至促人還 副使令譯官下承業言曰高

和趙梓叅樅是請退而起座副使亦起揖余亦揖去

晡時堀田下總守秋元攝津守酒井大和守堀田

兵部酒井權佐及余到宗對馬守之宿舘 顧行寺朝鮮

裨將洪世泰滄浪判事安愼徵羲鼐軍官尹就之竹堂寫字

官李三錫李華立畫師咸懷健與樂金蔓述尹萬碩

童子朴成益裴鳳章來在宿舘眾客食畢使愼徵就

之三錫簜立扁額屏風使憬健作畫　大和守与滄浪

在南廟筆語余把毫問曰旅舘蕭々已休耶可勞々

滄浪荅曰向倍懿範濫被盛眷贈以瓊琚感佩之心

銘在肝腑今者又承慰問不勝感激之至問曰従省

既謂談軍礼然國殊事々不一故不談之俎豆之事

乃経綸之道也何及軍礼子冗勇士之心以洛沂風

雩之心為本而可乎是不安平日所思也荅曰實如

盛教浴沂一語大有儒家氣象自古武將多少文者

而尊公獨能若是所謂才兼文武者乎尤可敬也問

曰射礼乃君子之所貴也所謂其事者射礼之所爭

也乎又一說其所爭者豈君子哉之意也二義孰為

是荅曰君子無所爭必也射乎蓋其爭也非如人之爭競

也其爭之以礼是謂君子之爭也問曰足下徃言鄉

里有北堂之老曰可馳遲想鳴呼不徒二親已沒有

風木之嘆固可羡足下就言父母歿後猶冝有孝勤如

不徒何以常為孝勤之行可乎荅曰不徒嚴親已發萱堂

亦老今遠膝下客於万里之外遊方之戀誠難堪羡尊

公則有永感之歎聞来令人出涕盖人能常以孝勤行

于世則無徃而不自得矣問曰說話紛紛不勞子否荅

曰倍大人君子談柝道理誠為多幸何勞之有不徒但

恐尊公之勞耳問曰今夕座中紛紛不侫於如此惡之
而切欲求靜是癖也此病何以治之答曰養靜熟則雖
在喧中而心自靜矣問曰匿怨友其人者聖人已恥之
乃不惡怨則忘之可也乎何以勤之乎答曰惡怨而攺
之非人情也是以聖人恥之大怨則絕之可也小怨則
忘之可也問曰不侫性急而欲事之皆緊故與人交者
隔心勞神之病平日所戒何以可乎答曰守靜而養性
則心和而氣自平矣問曰不侫以是故自号靜修齋副
使公暇日賜一語乎何如答曰善哉命名之意也副使
老爺行役之餘不無所患專發吟咏恐不必頷可而姑

帰而告之観其去就然後因鶴山回報耳　此間或書

大字或与佗客筆語夜將二更對馬太守出而供膳

於座客朝鮮之衆客亦到外堂酒食矣座客食罷而

引典樂金蔓述尹萬碩於南廡坐定蔓述吹笙如洞堂

萬碩彈琴似琴六絃有柱如中因琵琶以撥彈之　或羞奚琴形如阮咸轉軸如琵琶以馬尾弓捎之如我謂小弓者　判事

安慎微唱歌童子成益鳳章亦歌數曲而畢此間余

作五言小絶示滄浪滄浪和之余又用其韻示慎微

慎微有和章憁州兵部權佐皆戲与成益鳳章筆語

己過二更衆客皆辭謝而去余亦帰家

二十七日三使登城事在別記

二十八日三使登城事在別記

二十九日對馬守宗義真右衛門大夫水野忠春為

嗣君之御使有命三使之旨在別記

晡前余到本誓寺欲与成琬李聃齡洪世泰等晤語

三人皆依宗對馬守之招在願行寺故不會到中堂

与判事等相語偶見副使內館之前庭諸禪將等習

射禪將數人以草鞋為的相逐文餘自階上射之十

矢而一矢不中二三十矢而中者一二其矢削木為

鏃中草墻不貫之副使閭垍上之戶自記其中者之

籍不中者笑之余在側觀之偶把其弓弳之太弱於

是知其難中時已近晩余帰家
朔日晴余二児初謁副使及滄浪事在任処士之記
晡時余到本誓寺少間整宇及板蘭齋狛庸岡碧庵
其餘書生二三人来偶逢成翠虚之至与整宇共引
翠虚會外堂之北堂剪燭相對畫工養朴亦至整宇
与翠虚筆話蘭齋碧菴以詩相唱酬養朴語余曰今
日逢滄浪子使僕作畫而製文贈之今夜欲請翠虚
之詩何如余使通事演説之翠虚莞尓請畫養朴即
畫梅蘭柳燕南極星之翠虚忽以為題書小絶四首
謝之此間余亦筆語　問曰貴國官士無子者無親

族之子則以佗人之子為嗣乎翠虛對曰我國之法

一從中國而人若無子以同生之子為其嗣如或同

己無子則遠取五寸六寸七寸八寸九寸十寸之寸

為後嗣故同姓則雖百寸不相連婚良以此法之重

也問曰五寸六寸等之寸字何如荅曰周公孔子制

此礼自己生父之兄弟之子言之叔父之子女与己

為四寸而四寸之子為六寸而六寸之子為八寸兄

弟姊妹次之以及九寸本是同根而生故不乱同姓

与他姓為婚姻此礼甚嚴如有私通則必夷族也一

與漢唐以前三代礼法耳

二日午前到本誓寺水野右衛門大夫忠春秋元攝津

守喬朝大久保安藝守忠增館伴内藤左京亮義概

小笠原大介在中堂招安判事成翠虛等書大字畫

師咸東岩作水墨翠虛請余問座客之封戶余書示之

醫官鄭斗俊亦在座安藝守使之診脉問其藥劑翠

虛書字多々似倦勞余書示曰足下若勞則宜歸旅

館多謝翠虛答曰使道將有招問事後日更拜為計

然大字何其小數書之耶想其疲勞而然耶呵々

於是翠虛揖去安判事猶書大字堀田織部正昭兵

部俊兼及酒井權佐忠雄各來觀焉今日与對馬太

守約到願行寺故洪滄浪及李三錫李華立等先在

願行寺忠雄伴任處士先到願行寺与滄浪筆語

忠雄問曰頃雖接清儀未通姓名僕是靜修齋之爹

名忠雄号忘己齋今日欲靜話故未願受教誨滄浪

荅曰僕甚荷靜修公厚誼今過足下如拜靜修公誠為

幸矣靜修公来則僕那不企待忘己曰靜修亦今日来

有官事未果雖到夜必来會 今夜靜修有官事而不至

忘己又問曰達巷黨人實知孔子者也所以極稱其

又曰蓋慕聖人不知者也若斯則可曰惜哉而以大

哉嘆美之則其義燦然無可疑也孔子稱堯曰大哉

堯之為君也蕩蕩乎民無能名焉若以黨人為惜孔
子不成一名於藝則亦以孔子為惜堯不得一名於
民耶以予觀之則四書六藝之文自有宋儒曲說繁
解而失本義者不少乎滄浪答曰黨人之意盖稱極
稱孔子而惜其不得行道於世以成其名矣集註則
以為孔子之行道与不行皆天也孔子亦不以不行
其道為歉焉則其成名与不成名固不足言矣是所
謂不知者也忘己曰受誨固然得此說如披雲霧耳
又問曰格物之義古來說多想是易所謂精義入神
之理乎滄浪答曰愚意以為格物致知然後無不通

猶鄉也謂無道之世身鄉幽隱之処應須靜默若行　隱行怪後世有述焉吾弗為之矣疏曰素讀為傃　以我所得不當遽非先賢之言也志己問曰子曰素　夏五月兵皆罷歸家二證也滄浪荅曰亦論儘好但　齊罷歷下軍一證也漢書高帝紀曰帝乃西都洛陽　廷曰退燕遊曰歸師役曰罷揚子法言曰鄘食其說　説皆非也鼓師進也罷師還也儀礼言語之礼云朝　鼓或罷是活字主擊鼓言是奮發之意程傳蒙引二　鼓或罷或泣或歌程傳曰或鼓張或罷廢蒙引曰或　可以入聖神之域矣志己問曰中孚六三曰得敵或

怪異之事求立功名使後世有所述為集註素檢漢

書當作索蓋字之誤也索隱行怪言深求隱避之理

云：羣書之中引用經典与元史不同將處半未必

所引正元史誤也凡解經典者經典之文其脫誤分

明不得已而後因羣書之中所引之文解之可也俄

以所引為是而舍元史則經典橫生瘡疣其害尤大

也何子容曰漢人引用經文与今本多不同間有可

以證其闕誤然傳繆亦不為無之不可以漢人所引

為是蓋各得其師不同如此況探賾索隱周易之繫

辭儒學之根柢也未必求隱僻之理以予觀之則素

如字讀而可文義燦然服絡貫通乎滄浪荅曰愚意

以為經解當從朱晦菴先生為正忘己問曰詩鄘風

升彼虛矣以望楚矣管子曰狄人伐衞〻君出致於

虛桓公築楚丘以封之註虛地名詩所謂升彼虛矣

朱註曰虛故城也者恐是失於考乎滄浪曰此論極

有見但以其故城故改壽之可見其中興之意忘己

問曰貴國有龜卜耶我邦無知之〻人故問焉滄浪

荅曰獎邦亦無之任處士問曰貴邦尊宗朱文公則

排老莊之言乎滄浪曰凢為儒者莫不法孔孟而尊

程朱至於老莊之學則只取其格言而己任處士又

問曰自古雖稱孔孟或有刺孟非孟疑孟之書且如

司馬公猶有此說如何滄浪曰天地間孔孟如日月

不可廢一司馬公之言愚不敢信忘己問曰不可磯

亦不孝也此義難辨細間之滄浪曰此義古人多有

辨之者終是不快活忘己問曰不佞不好詞章之學

唯以存糧省察為工夫耳請間靜坐之說滄浪答曰

詞章之學一小技也君子宜不取収心靜坐最是向

學工夫及其熟也則人欲消而天理明矣忘己又問

靜坐之受用如何滄浪曰居常讀書學聖賢之事無

事時當靜坐澄心不使雜閙底意思于吾靈臺則吾

心之明如鏡之磨漸自光明無不洞然矣忘己曰此

静坐之說与李延平同得間命滄浪首肯忘己曰美

談不知日夕將今弄筆墨之人來姑止重来受教誨

滄浪曰獲間清談靈靈不厭自今以可継拜乎

織部兵部及余到顧行寺滄浪与忘己齋任處士相

對坐于南廂滄浪見織部兵部及余相揖而書呈織

部曰見足下儀貌端重可知其尊貴人也可敬靈靈

且問讀過幾家書乎織部答曰僕為武官常以騎射

為業無讀書之暇然如四書孝経小學等則平日稍

澄心讀之滄浪曰武官而能為學尤為奇特 余自

側書示曰姓紀名正昭字天民元老之次子本立齋

即是也滄浪書呈織部曰向因鶴山得聞大名今按

清難不勝欣幸本立齋問曰善人之子孫或絶不善

人之子孫或嗣有此理乎滄浪答曰此天理不可知

者古今賢人君子之不能無憾也本立曰聞故郷有

老母我贈之以我邦畫工之丹青三方圓之香盒二

因足下達之滄浪答曰古云老吾老以及人之老閣

下之謂也感荷千萬　滄浪危坐余曰可穩坐滄浪

笑謝而安坐　本立問曰人之氣質依學問之故而

変乎又不変乎滄浪答曰天稟之強弱清濁雖不可

変人能學問則粗者精麄者實蕩者定守者固　此

問俊兼忠雄使李三錫李華立寫字東巖作畫余以

通事与滄浪時：相言耳滄浪書示余曰僕每對定

下不語而意自通矣　元老家臣等數華奉従本立

齋而来中有大野清介者能學於是書呈滄浪曰僕

姓藤氏大野名清介号觀瀾子公何鄉人何姓名而

何官滄浪荅曰勤示姓名多感僕姓洪名世泰字来

叔号滄浪子官為僉正副使老爺以僕稍和文墨辟

為裨將而来矣清介問曰先生離鄉万里室家須相

思羈旅顧惓之情不堪想像昌月昌日而出於朝鮮

乎且聞渡海艱難也布帆得無恙乎洋中或見怪物

乎荅曰客中之懷不言可想僕以五月初八日發程

見怪事清介問曰貴邦多有好學者乎荅曰樊邦最

六月十八日開洋風浪蕩激之中僅得無恙而亦無

尚文學文章之士代不乏人故有小中華之說清介

問曰僕自成童好讀書未得其要近頃竊意心昏昧

而好讀書是甚無益也只其心無欲則心頭清明書

与心相照文義迎双而觧且無物役其心而擴然大

公也此所謂居敬者乎以是觀之則初學先湏用敬

不可以与書茲讀古人自八歲入小學而學洒掃應

對之事是自然居敬也如今無此等事故皆馳空文

而無踐履之實多博文強記之徒而寡忠信篤敬之

人是敎之不明故乎如何用工夫荅曰讀書必以窮

理踐實為主則無空文之蔽敬者不可須史離必讀

書而不為敬者非也為敬而不讀書者亦非也當讀

書而為敬矣然愚論何足取也須問於博雅之士且

何不問於鶴山整宇諸名儒子淸介問曰宋儒有變

化氣質之說以余觀之則不能無疑蓋氣質稟有生

之始無可変化之理且夷惠則聖人而顏孟則亞聖

也皆不能移其性而有淸和溫嚴之不同只氣質則

不可變化欲則可克去之欲既克去則天真也雖有

氣質不同者不害皆謂之聖賢如何答曰有生知之

聖有學而至於聖之聖生知之聖堯舜禹湯文武周

孔是也學而至於聖之聖顏孟以下是也若其氣質

之不同則堯舜周孔皆不同也然則何害於其為聖

乎變化之說愚以為必有此理也試觀草木乎人之

培養者易為豐而枝條不曲生於朽壞之内者多有

穢惡而擁腫不中人亦何異於是也讀書而學聖賢

之道則蒙者有知賢者益善其非變化之效乎清介

問曰事君之道以義乎以誠乎荅曰事之以義報之

以忠清介謝曰玄談奇論仍慕高明之盛德顧書自

警之一律以教僕之不肖 余在側書示曰足下雖

太勞宜吟案之滄浪荅曰僕平生見文士未嘗不盡

心況足下曁諸名士在座誠未知勞也滄浪即書曰

率爾口占錄示座上諸公 以義事吾君以孝事

吾親終身行此道方為君子人

語雖俚義或可取 壬戌季秋滄浪草

清介揖謝懷之余把片紙次韻而書示曰

移孝忠其君致忠顯其親能事洪子語宜不愧天

人 鶴山稿

滄浪把片紙見之欣然擊扇扱入袖中 清介又聞

曰蒸聞貴邦之先君所謂殷三仁箕子也今猶其姓

乎滄浪荅曰箕子之世已過數千歲易姓者屢唯其

子孫在耳清介問曰聞貴邦有三代之風猶存爲三

年之喪亦行之乎荅曰三年之喪自國王至庶人

本立齋問曰爲學者勤之倦勞則必病者多想夫爲

學者不益強健何到病子是亦息惰之疾子滄浪荅

曰學者剋苦太甚則病或生爲息惰強爲則病亦生

爲剋苦者當養氣息惰者當務敬本立問曰武王伐

紂之事千古論者多乃爲忠臣者爲可乎爲不可乎

荅曰武王奉天命順人心不得已有孟津之役然異

於堯舜之禪矣本立曰足下亦戴者何名乎若脫之

而穩則請脫却矛但貴国之法然則難客言雖然一

曲而兩心已熟乃如旧議雖所脫而無妨乎滄浪荅

曰其斜笠也樊邦之人加冠則必著此著之已習少

無所勞今承脫之：語足見愛人之厚意也　余書

示曰昨賜芳簡偶多官事未作報亦附之兩品即達

于和州太守及整宇和太守云今多囯則面話謝之

有官事未知至否先使僕謝之整宇云紛冗之間被

寄佳什幸甚佗日呈和章謝之云：就言昨日二兒

至宿館多乔謝然座客多而足下用筆力亦多故期

佗日滄浪答曰二郎君極佳大有鶴山風度異日必

能緻家聲鶴山其有福人哉余曰昨副使老爺賜筆

墨於二兒多謝足下為僕被謝之牽甚滄浪曰老爺

見二郎君極其嘆美目之以竇鳳之雛足下生子何

其若是之奇也僕繞有一子不勝健羨之至余問曰

貴男年幾許既讀書耶滄浪答曰二子夭今有一兒

而緫三歲矣余問曰闕城均館真五百火其生負專

學性理乎或又有生員進士兼之者乎答曰成均館

儒生皆誦法孔子常讀四書六經國家有取士之規

有生員試進士試或有兩中之者　滄浪出副使所

筆之書目所謂水滸傳後西游記玉之機玉嬌梨平山冷

燕肉蒲團傳香集夢金苔掀髯談金粉惜催曉夢濟

顛全傳云ニ滄浪書示曰隨所得覓借為牽此不唯

不佞欲見之老爺無聊之中欲一覽破寂雖一二冊

未可惠借耶見後即當完壁耳　余出陳希夷睡圖

請曰或人切請於僕謂此圖畫工常信之所繪也足

下贊之多牽滄浪曰何難欲直書畫帖之空予別書

他紙乎　余指畫帖之空而使之書贊而曰足下姓

名之印則此行不佩之乎滄浪答曰姓名印則在釜

山日忘却不携来矣又曰不楷書而草書乎余曰楷

書特可也余曰僕所藏有寒江獨釣圖常信所畫也

足下好柳之州之詩欲贈之不知納之乎然則佗日

可呈之滄浪曰古圖文人之所嗜何幸如之余曰今

所示之書目或有電矚者僕不藏之水滸傳更覺在

家藏之中搜索而呈之其餘亦可有藏之者若然則

可呈之滄浪曰水滸傳明日未可惠借耶余曰搜得

呈之耳滄浪曰間足下有黃勉齋集信否願借暫時

之覽余曰是朝三所頻求也僕不藏之十數年前間

西京人藏之太秘今欲借之道路太阻其實否亦不

可知之若以數日問之可察其實否今草之之問朝

三頻求之最難得之間貴國亦有藏此集太秘之者

然予滄浪曰此集自中國而來弊邦之人亦多藏之

僕常好觀之而恨其多有誤字欲覽貴國所藏而考

較之耳然足下既無所藏則難得而見矣余曰卷數

幾許僕數年前所見今思之有八卷如何滄浪曰弊

邦所刊行則或有七八卷或四五卷細者或數卷蓋

隨篇而為之故也　滄浪書示曰異日相別之後雖

隔万里自釜山常有馬島往來之便不妨當寄書札

於朝三因以傳致於足下未知得免浮沉而必傳之

否余曰僕亦未知之料知被寄朝三可達之滄浪曰

公見不安奉靜修公書其言如何恐不合掛於長者

之眼余答曰往傳足下所書於靜修齋齋主讀之大

喜謂終身之孝心不可不如此且其所自警者一；

足為戒省譬如瞑眩之藥能愈其疾也今夕不来定

知其太有遺憾耳往日其所謂之靜修齋記未知既

告副使老爺子否且又元老所請之靜字記亦可被

書子否滄浪答曰老爺欲搆之而因公冗紛擾且以

微恙尚未出蓋然從當書送耳

五日今日有公事退朝過晡有約到願行寺既近黄昏

堀田總州太守酒井和州太守堀田兵部酒井權佐

各在座与洪滄浪筆語任處士執毫成進士李進士

寺亦在座李三錫李華立畫師咸東巖各來成李二

進士洪滄浪視余各進席把毫而書　滄浪曰昨因

溪堂獲承足下問書：中語欵曲勤懇足見愛人之

意也即當奉荅而其時適有事且欲別長書以謝近

今匆率未能悉恨何喻惠冊曁畫依受感謝之至今

夜頗從容願促膝談笑以破欝陶之懷　余欲荅之

和州太守招滄浪於南廟使大野清介把筆問曰爾

来不暇於公事關拜謁足下無恙否且昨示教戒之

書多率乄僕終身守之 二十六日之夜以戒語

約滄浪作數條之目附之滄浪書之昨日傳送於余

而達之其詞曰

父母在宜盡孝父母沒亦不可廢惟孝百行之源

無是無其根志於孝者不辱所生雖有過不至於

大矣多怒者心氣不平發不節故也收心而養性

則喜怒中而理不悖矣多欲者天理不明而人欲棄

之也讀書而學道窮理而盡性則天理明而人欲

去矣觀於水乎水靜則波不興觀於人乎心靜則

氣自平惟靜其養心之要乎

不佞素昧性理家學識膚淺而過蒙　閣下欵

接至問以孝行之道收養之要不佞初辭以不

敢當退而思之　閣下之知遇如此　閣下之

勤問又如此昌不盡在我者乃敢逐俗作說以

書醫見其得罪於聖賢之門烏可免乎伏惟

閣下垂察而怒之幸甚　壬戌仲秋晦日　朝

鮮国滄浪子為　静修齋書

滄浪曰者敢將蕪語仰塵高明而竊恐不合擣於

大人君子之眼今承褒獎出於分表不勝懲靦之至

和州太守曰足下歸鄉當在近日遺恨不少今夕幸

得間而打話願安意受教滄浪曰偶然相會過蒙眷

曲尋常感佩今將返路參商一隔前期杳然無任悵

黯之懷　此間余与成李二進士相對成翠屢書示

曰噴奉雅儀而未得從容每以為恨今夕佳會是料

袁深切忻幸且曰貴胤李孟並得免恙否一自良覿

以來蘭姿玉質頻入夢想歸期迫頭近間未可一對

遠別耶余答曰戀戀之情可深謝之足下歸期在近

不可不叙万里之別情一二日之後期間話耳李鵬

滇曰僕每有病故久未相叙尋常悵缺此接　範欽

朴昌勝再昨見令胤於館所真所謂天上猜獬不惡

青鐘之不保余答曰客舍之中想貴恙難修養乎欲
接光霽頃日官事紛紛且怨此茵何如欲問僕未果
今夕座客多至一兩日之中期一夜話僕兒輩昨日
接芝眉多幸々々　忘己齊問成進士曰孟子所謂
操則存舍則亡出入無時莫知其鄉惟心之謂與程
子曰心豈有出入特以操舍而言矣或說曰此正指
妄心言也既可操舍非妄而何此辭如何翠虛答曰
心者天君也一身之主宰豈有一出一入之理哉明
道先生既已打破千古之惑皎如白日或者之說
何能敢誣於其間者哉愚見如此抑未知高明於意

的合乎否忘己齋問李鵬滇曰鹿鳴之詩朱文公之

曰呦呦声之和也淮南子曰鹿鳴興於獸君子大之

取其見食而相呼朱鮮不謂其起興之本如何鵬滇

荅曰朱鮮之聲和二字可謂折衷貫通其論本末少

無餘蘊　時畫師養扑在座余書示鵬滇曰頃日野

篤呈李白觀瀑圖其畫妙即常信所繪也請今夕賜

一詩惟幸醫生野篤則僕弟也　鵬滇即書一絕以

示常信　余出蒙山人之詩示二進士曰此士西海

之領守今隱于江府之西山請二進士之和翠麈鵬

滇即和以示之　總州太守出潘閬之圖使翠麈贊

之余書示曰是潘閒也翠厓曰正字子草書子余曰

正字可也宜驚贊翠厓曰何不先言子既作五言小

絶奈何余曰可也可書紙傍　於是二進士或書屏

風或書大字或和清介之詩李三錫李華立各寫字

咸東巖作畫座各隨意請之余到南廂与滄浪筆話

和州太守曰會晤數回如舊識之久歸期既在近

欲受教戒而無日可嘆矣先日得孝思之明誠又欲

聞忠誠之一戒滄浪曰事君無隱臨難不愛身可謂

忠誠矣和太守曰古來事不善之君或諫死臨危難

之時能致命者士之常也或至諫而去太不快方今

我

大君聖明僕自父祖世沾厚恩當此時何以報

國乎古人之致忠多是似為已成名者乃不欲之滄

浪曰以諫而死者龍逄比干是也諫而不聽而後去

之者箕子百里奚是也唯其適義而已何害於其為

聖為賢乎然後世之人當以龍逄比干為法伏聞貴

邦大君聖明閣下以英偉之資輔之以正直之道盡

其忠蓋之心則將見君臣合德域內底安垂名千載

而不朽豈不美歟伏聞閣下以一箇忠為一生之心

和太守曰僕居間訟之職常恐身不正而戒人之是

非則有害人子之患乎耻之者常多想夫足下以此

意喻之惟希滄浪曰自古居訟官之職最難必洋明

然後可決毋聽偏言毋聽請囑不必細思而決之以

無過矣和太守曰凡聞訟者尚果斷若強辯訟者之

是非置心於其間是所傑不欲也　滄浪点　乃我心靜明

而以彼所訟如我身所在而決之則自然而理明乎

深想此意何如請受教滄浪曰甚善、、蓋讀書而

明理我心平正則可以知人之是非而決之、道必

以果斷為主未知高明以為如何滄浪又曰閤下之

所問不敢不答敢以瞽見率爾而对之窃恐有違於

理而貽笑於通識之士和太守曰僕不才而無所見

識唯愧所問多拙然李日好讀書不欲嘗古人之糟

粕如足下才識明斷能辯拆之足下若留在我邦而

平日相問相話則有化其明曆者李　總州太守書

示滄浪曰請僕別号乃欲為李日之戒滄浪曰齋軒

如何　總州曰可也　滄浪即書齋軒二大字而細書

曰見古人忠孝思齋爲見古人之德業思齋爲見古

人之文章思齋爲見古人之功名思齋爲是思齋之

意也　一葉軒以和扇三柄彩畫五葉贈滄浪子滄

浪謝曰厚誼將何報之自感佩　余書示曰頃日有

以虎鑑水圖乞贊者李是元老所請也其贊語欲以

鑑水為主既聞之然予滄浪曰其贊曰懸鏡其眼豎

敘其牙盤旋顧影意欲超河未知如何余曰贊語特

秀太有達勇之心也多可∴既書之予滄浪曰書

而置諸篋中矣余問曰士人無子者以族類之子為

嗣其實父母或兄弟有喪則何如滄浪曰此是古人

之礼若無兄弟之子則取同姓遠族之子為嗣亦不違

礼予余曰既以遠族之子為嗣而年已久然後其所

生之父母没則以父母之常服∴之子但雖所生而

輕喪予滄浪曰既為人之後則本父母之喪亦不服

三年載在礼文何疑之有　　葉軒亦請別号於滄

浪即書兩全軒三大字書其義於其末以呈之其餘

在座之人或請大小字或請畫贊時稗將尹竹堂来

与滄浪言或与通事言其言艴然座客問通事、、

言前刻以對馬太守之命招之不来欲使之寫字屢

遣人促之故来而曰以太守之招而来然太守不在

此余与從事老爺圍碁太輪之不快余宜去之云、

通事等留之曰對馬太守招衆貴客請鄕欲寫字卿勿

速去竹堂勃然曰余翰局不快、、早帰而欲勝之

無寫字之意通事強留之滄浪等亦諭之然不聽振

衣遂去余与座客笑其豪放而曰昔戴安道之破琴

今尹竹堂之不寫字殆相似乎亦是一興也座客皆

笑李三錫書字數刻而倦来於余与滄浪座間而書

旅窓偶作一絶示余∵即和之李鵬溟亦倦寫字來

喫菓成翠虗亦來与滄浪三錫等各喫菓鵬溟喫盤

上蒲萄把筆書示余曰此大宛馬乳耶清蒲萄耶余

答曰此蔓種可謂馬乳貴国之種亦如此乎鵬溟曰

我国蒲萄有青者有赤黒者體大於此耳　鵬溟書

呈和州太守其言曰不佞与成進士同職此行騎馬

而來病身太苦成進士無興而來方今欲帰千里又

騎馬則無奈病軀耳和太守曰足下病身騎馬千里

之行因不堪勞苦可以憐察之何不請對馬太守乎

鵬溟點頭而袖其筆語　和州問鵬溟曰事君致其

身然大臣諫不聞而去豈何故乎答曰前修既有所

晰不湏容喙而盡言不顯計不用則可以去和州曰

版蕩識忠臣雖不版蕩然不顯忠義乎然不顯何如

鵬溟答曰霜雪之前安知松栢之節耶推此理則可

知是夫和州曰夜將闌矣座客多貪運健毫想可太

勞疲偶問貴國行役出入必放火藥自何時而然答

曰昉自開國之日　總州太守問鵬溟曰足下官職

如何鵬溟答曰鄙人職名成均館進士姓李名聘齡

字耳老号鵬溟時居盤谷余問曰盤谷者足下之所

產子所隱處子与愿同姓尤勝事也鵬溟荅曰卽鄉

曲也道不如愿愧居盤谷余曰何不如子特以奇才

壯年子足下所及第乃何題子荅曰詩題則五色宮

袍當舞衣賦則藝香祈才　和州太守問滄浪曰前

日旣所苦靜修齋記副使老爺未成章子愈所願也

滄浪曰老爺有所患時未成章然不佞當從傍賛成

之耳和州荅曰如所言何辜加之　時夜己三更座

客及余辭去

六日　今日有朝鮮信使賜官假之事詳見于紀事慈

字及余到本誓寺觀其儀遇成翠虛李鵬溟等相揖

耳儀畢到中堂之北見洪滄浪倚几書文欲筆語然

草、不能矣亦相揖而去

七日 今日宗對馬太守饗三使於下谷之宅同知朴

再興僉知卞承業洪島戴進士成琬李聃齡及諸稗

將諸判事童子等數百人皆至松平因幡守松平備

前守以對馬守之外親各來觀爲整字木順菴及余

亦會爲饗畢三使休于側室因州備州整字順菴及

余喫飯於內室既畢倚欄而坐諸稗將童子游觀於

後園之假山池橋其中有相知者遠視相笑少爲翠

虛滄浪見余儕而步来上皆就座引硯欲筆話對馬
太守之從士等来曰有遊戲之観整字及余等猶欲
筆語朝三等曰朝鮮人皆好此戲余儕即止各到前
堂或有猱戲或有幻術或有飛戲喧嘵鄙陋太懶看
之整字謂朝三曰此間可調三使朝三曰三使及衆
客皆好此戲暫可俟矣整字不能强之脆然而止余
耳語戲曰朝三何言朝鮮三使好猱舞乎整字順巻
笑之衆戲畢既近黄昏三使就座對馬太守使整字
順菴及余會於三使整字及余使朴同知安判事通
言曰既欲黄昏宜退三使曰作詩乎整字及余辞謝

再三時正使尹東山把筆書詩乃頃日整字及余所

寄詩之和章也於是整字賦五言律余賦絶句呈三

使順菴書頃日所賦之律詩既而點燭其間副使李

鷺湖和整字之詩從事朴竹菴和余詩李鵬溟滄洪滄

浪亦在座隔余想若与三使及翠崖鵬溟滄浪等把

筆開話或相共酬和則佳興太多矣然草々之間不

能催興整字順菴及余揖退而後又供膳於三使儀

畢三使及朝鮮羣輩皆去余儕亦辭歸

八日午後到本誓寺秋元攝津守大久保安藝守大久

保帶刀亦至索翠崖鵬溟滄浪安脊齋等皆到對馬

守之宿館少焉整字亦來以為遺憾於是尹竹堂飄

然而來衆客索硯使竹堂寫字竹堂依然寫數十紙

其豪放固知異人也余問曰卿何官乎答曰昌城府

使人又問曰卿所書与他人之筆法不同其所學亦

不同乎答曰僕久學斯字法号為額體　此間畫師

永真亦帥其子来命其子弟作畵授於竹堂竹堂

喜又作數紙之字於是竹堂入内館衆客各去

九日今日重陽登營儀畢午後到宗對馬守之下谷宅

堀田總州酒井和州堀田織部相會少焉元老古河

羽林来臨對州迎於門而入内堂饗畢成翠屋洪滄

浪安判事等出謁焉其餘寫字官畫師小童等亦在
外堂元老招洪滄浪安夔齊書屏風小童朴成益裵
鳳章亦在座闕元老命滄浪作靜復靜之詩滄浪卽
書大字而題詩於其下元老使余以筆話問曰宋儒
多謂變化氣質凡氣質有清濁粹駁想夫難變化乎
但有變化之理乎滄浪答曰勉為學問充其所不足
則賢者益賢愚者有知其非變化之道乎又問曰固
如所答然愚者變化則可必為賢之理乎滄浪答曰
其所受天性則難不可移其心則固可變也是故乌
賢者遊則學其善行与不賢者遊則亦學其惡行善

乎孔赋之言曰習与性成聖賢同歸問曰吾道一以

貫之乃賁之者至誠乎滄浪荅曰中庸之所謂誠者

是也誠如下問元老曰旣聞其姓号今日始會晤雖

邦隔千里然所初會如親交舊識欣幸滄浪荅曰不

俟自入貴境己聞閤下大名及抵舘獲見二令亂公

俱不世之材因想典刑嚮風瞻慕者久矣不意玆者

得拜於狀下恭承晤語何其幸矣不俟雖淂千金殆

不如也問曰崔子弑君陳文子有馬十乘而去以我

國之風論之則文子棄君而去其所清者非如夷齊

乃夫子之言則於其所問乃可有故此説何以解之

滄浪答曰子曰危邦不居此陳子之所以去而為賢

者也然其心未必知其可去之理故夫子不許其請

也 滄浪書示和州曰朝者伏受硯筥之惠不勝感

荷之至向所教寫字今已寫了藏在篋中當奉呈耳

和州曰既想一別未可再會今日又得晤語惟幸今

朝呈一箇之麤物乃所厚諒可以汗顏且往所諸之

字既被勞健筆幸甚滄浪曰唯靜修齋記老爺時未

脫藁令夜似當完了矣完即呈上耳 和州曰多幸ミミ

宜先謝之和州問曰版蕩識忠臣雖不版蕩豈不顯

忠義乎然其難顯何乎滄浪答曰人臣事君何時不

忠然於無事時則雖懷忠赤之心人或不知之及其

危乱板蕩之際忘身報国凜然立莭然後人始服之

滄浪書示余曰昨日副使老爺所做靜字説某果

傳達于元老前耶余荅曰昨日即先傳還於平田直

右衞門初諧之於副使老爺使譯者言之其中書元

老之姓号矣說中不及其事想夫譯舌繆誤未達於

老爺乎乃此字説常置巾笥欲為座右之誡故欲書

姓号是故未達於元老滄浪曰欲書姓号者誰之姓

号耶欲要老爺紙末書元老諧之三意耶余荅曰然

矣往曰以姓字号各備書於紙尾故諧書其所以求

之足下亘傳告之如此乎請勿難再遇之故欲如元

老爺請之旨耳滄浪曰其乎書平田直既已持出則

不俟當以此意告之依教遲上余曰前刻以玉軸附

任處士而未多辛二二遠別既不日矣可嘆卒欲和

呈之艸二未此故期明日副使老爺昨日乎賜之高

和請足下為儌能謝之前刻作謝書欲使足下執啓

之今日在此故附平田直去不知既達乎否滄浪答

曰拙語寫卷二之懷詩云乎哉老爺和詩之事當為

足下謝之余曰前日初謁老爺時賜小詩太覺一時

之雅興故前刻乎呈之書中請改書足下亦被傳告

之則幸甚滄浪曰欲要老爺改書好紙耶余曰然矣

豈為求名而然耶萬里一別聊為屋梁月光耳滄浪

曰當歸告而明日改書以傳致耳時既夕陽對別

曰朝鮮乘馬之人在此可觀馬藝乎元老曰固佳於

是元老到馬場之謝總州和州織部及酒井權佐皆

至余引滄浪共入其亭褌將鄭泰碩邢時延着紅錦

戰服走馬或立鞍上或筋斗或攀鞍垂地或仰卧駿

々而馳每馳相叫如笑如叱及場末不能停之乘登

墩上而停馬　滄浪書示余曰所見如何余曰太奇

滄浪曰貴國亦有此等技藝乎余曰有之然所用稍

殊 元老命對州之侍童勸橐於滄浪而相顧進席

滄浪曰不佞無他才識而兩閣下眷愛特深不佞

將何以報之余曰足下奇才才熟不眷愛乎 滄浪莞

爾而揖 余曰騎馬之妙藝名之曰馬戲乎聙稱何

如滄浪曰日本國稱以馬上才 余觀走馬而呼者曰

笑耶叱馬耶滄浪曰咆哮用氣之聲也余曰不用鞭

乎荅曰不用鞭而馬自走余曰足下乘如此乎荅曰

不佞則非武官也使臣以為解文詞啓聞于朝而帶

未其實文學之徒也然猶能馳馬擊射獎邦尚騎射

故人多能之此等輩甚多 乘馬事畢元老入內堂

衆容皆生滄浪亦就坐安判事及二小童猶在座於

是衆燭 和州問安判事曰足下見富士山為如何

安判事能通言曰峯容奇秀固是第一之山也 和州

曰貴國大山孰是勝乎判事曰大山不少金剛山亦

太高峻滄浪自側書曰金剛山一名楓岳一名皆骨

山 總州使余問滄浪曰斜笠之上吖挾乃何毛乎

答曰是名虎鬚問曰或謂鶴翎亦用之乎荅曰虎鬚

極好然挍虎而後其鬚可得於本國甚貴故或以鶴

翎代之問曰一斜笠乃一虎之鬚而足耶荅曰不足

必合数虎之鬚而為之 元皃謂余曰宜使滄浪賦

復靜軒詩于余對曰固可也因書示滄浪曰元老後

因有復靜軒足下匝題一詩機務之暇乃養心之地

也滄浪曰旨哉爺名意意滄浪以怏情懷無限口不

能言是可痛恨也而作呈明發靜修兩公閣下一絶

兼示余曰　天涯今日過良辰錦石秋花照眼新頹

有諸公能慰我不知身作異鄉人　元老即吟誦謝

之和州亦以謝其厚情余卒和之曰　天上還看參与

辰心交如旧白頭新黃花猶勸三盃酒一別雲霞万

里人　元老以所把之扇贈滄浪余書示曰此扇元

老欲附送足下更使妙畫兩人描一面滄浪謝曰懷

在袖中清風不盡不俟之慕閣下當与此扇而俱獎

感謝不容口　元老使余問曰貴国田圃之所耕耡

者与我邦塗中所見相似乎滄浪荅曰同　滄浪曰

復靜軒詩已成書於此地乎　余郎剪桃花紙示之

曰宜書之筆不佳乎滄浪曰何用擇筆　於是書二

大字於上題五言小絶於其下元老覧之吟之揖而

謝之　洪滄浪安春齋前刻所書之屏風半面墨不

乾既而全乾二人書其半面此間元老觀朴成益裒

鳳章二童子之写字和州戲与二童筆語問朝鮮之

国事二童各有所荅和州亦抱毫書大字与二童

滄浪見之曰太佳請書賜之和州即書二大字贈之

滄浪謝曰見公筆力遒壯甚可貴也故茲請携去一

丈銀鈎足為別後之顏面耳未發前一奉閒話深企

三三和州曰拙筆可太愧遠別既逼遺憾如魚中鈎

雨兩日又相會惟希　夜過一更元老辭去對別送

謝於問衆客及余辭謝而帰

十日午後到本哲寺成翠慮李膓滇洪滄浪等到顧行

寺不遇之逢平田直右衛門相語而到堂北裨將宣

傳官渠益命少知日本之言謂余曰副使欲逢公余

曰諾与宜傳入副使之内舘副使出絹素所書之詩

示余乃昨日余之所請也余吟誦而拜謝之而後請

硯書曰往請高和之改書辱勞健筆賜之遠別既過

一時佳興亦不可忘之別後遅想以為屋梁之顏色

耳感謝不可以言盡之副使曰草率之言可以太懇

且問甲府公水戸侯皆有學術然乎余荅曰然矣水

戸侯特文章博物之貴仆也能屬文副使出一簡示

之曰是水戸侯之簡也就作之乎余曰想是所自作

也　裨將金松溪書片紙自側問余曰貴国之人所

相贈遺之別幅書姓名乎不然乎余荅曰不書其名

者鄙俗親戚草ミ相遺問者或偶有之凡知礼之士

皆書其姓名　副使座邊有水滸傳續西游記等書

指之示余曰足下偶觀此等書乎余曰否此等書多

中國之俗諺不通中國之言則難觧之又无益書乎

尊公通中國之言乎副使曰稍通中國之言故旅館

偶觀之慰痾寥耳　時副使睡起望之氣宇不快嘗

言多病之人也於是草々幷謝而退見其絹素初書

往日所示之退字韻詩跋之曰

日鶴山訪余於舘舍与之語情意欵々頗慰痾

寞之懷無何以日晟求退余留之不得遂取赫蹄

書一絶以贈居數日鶴山送一幅絹要余繕寫俾

為別後替面之地倉卒寂寥之語不合重煩淸覽

而顧盛意不可孤遂書此以帰云爾　壬戌重陽

後一日醫湖

既出本誓寺到元老之河上墅偶有請洪滄浪之事

又到願行寺喩宗対州之家臣而遇洪滄浪於內堂

其所談已丿暫時筆語　余曰多公事未能自叙別

帳然方今有元老所請之字更勞足下之運筆因求

佳紙未末暫待之　余携副使所改書之詩使滄浪

見之而書示曰請足下可被厚謝於老爺滄浪曰帰

期已迫元老前更難告別幸足下以此不佞之意從

傍告之余曰今夕可即達之前刻謁老爺筆語數回

太添一別之悵然此意亦宜被傳告　滄浪出靜字

說二卷一卷有印一卷無印余曰各佳請加圖書滄

浪袖一卷平田直曁通事輩以為字小更為大書似

當云故改書之際以致遲延今依足下之教當告于

老爺前又印以送耳余曰大概言語難全通或偶通

者無學而誤其口邊其耳足下之輩可笑者多而已

於是待佳紙未未相共筆語數紙各言其志滄浪

欣然袖之而書示曰足下可謂明快之士也余曰凡

人非明快則無可取之足下亦明快穎達故言不通

而志郎同可謂老爺帳下之士　余指副使之印解

篆文問之滄浪頷之　余問曰慶源有李氏不知非

此裔乎滄浪曰豈郊有李姓者三四而姓本而異余

曰完山之家則国姓之裔乎苔曰然　少焉曰今紙

不未老爺有命召之听書紙及静字説搆去明朝並

書以送如何　余黙頭相揖而別

十一日午前到本誓寺與洪滄浪會外堂之南廟余書

示曰元老謂今回屢勞足下未盡謝之此二剪刀使

余附足下為後未之信耳滄浪謝曰數三写字何謝

之有厚誼誠篤然以微勞而受人之賞無乃不可乎

余曰不是以賞稱之細必之物何足辭乎僕既作送

行之拙詩今朝多官事未淨書之滄浪曰多謝三三

今日內書送則雖多卒之中和以呈之耳余曰僕有

所請者聞足下慈母公及幼令男在故里今以此二

物欲各呈之必勿辭謝乃僕之志也惟希滄浪曰古

之人有贐行之送足下且以歸奉老母為辭茲不敢

辭　余於是辭去到館伴內藤羲梳之宅書呈三使

詩及送滄浪古風二章贈銀朱扇墨於三使以使任

處士持去贈之及晡又到內堂北廟遇滄浪叙別

滄浪書示曰諸作儘是佳絕贈僕之詩尤奇是覺情

多語切而然也余曰若有高和自塗中可送之達於

平田直則可求送耳滄浪吾儕相逢天家為之新知

之樂未洽遽作一生之別何其悲哉余田尔喻者然

矣千里一別真無再會然佗後有信使之来則足下

為正使而未亦不可知之若然則大歡可勝言乎

滄浪曰僕有筆墨少許欲表寸衷而物薄醜甚不敢

出手未知如何　余即受謝曰固是出於深意何敢

辭之為矣元老尔贈者亦自塗中可寄送謝詞自馬

島亦可也前頃兒輩亦賜筆墨多幸二二卅二末謝

之　滄浪即作奉謝元老之書封以示余余袖之

滄浪曰總者副使老爺送呈筆墨紙若干物于足下

其已傳致否余曰未達之料和可定達耳足下先被

厚謝惟幸佗後便風可述謝詞　余曰僕有剪刀其

柄使妙工刻之寓四勿之意以欲呈老爺為途中之

慰觀如何滄浪受之曰即可達之　滄浪出清心丸

蘇合丸於橐中贈余而書示曰此兩藥乃治上熱疼

熱氣厥等良藥也僕愛敬足下之意無窮故以此奉

之笑領如何余曰多謝々々懇々之情何以報之乎

就問聞老爺求印石僕多貯之晚未可呈之若不然

則以便風可呈之大者幾寸而可乎滄浪曰老爺果

欲淂之石樣剆隨所淂可也然大者尤好余曰他曰

對馬太守便風傳送之耳崩年信使未聘臨歸便風

或自箱根或自西京或自大坂或自長門下關或自

馬島皆能達之今囬亦倚便風送一封皆達耳滄浪

日本囯自釜山有往來馬島之便僕當修書以付朝

三則傳達於足下乎余曰若朝三若平田直可能達

之平田直者馬島家臣之稍長者也　於是欲夕陽

余悵然不忍別去然淑裝紛紛不能穩坐而辭之

滄浪惻惻顔赤　余勤之曰山海數千里其能保嗇

則在忠孝雙全耳足下戀哉滄浪揖謝之　於是握

手相別余歸家則有馬島來學逆使傳送三使所餽

之若干物

十二日今日三使發途余作謝書以任處士為使贈龍

霰糖各壹於三使事詳任處士之紀事

韓使手口錄畢

임처사필어

任處士筆語

1682년 에도 객관의 생생한 기록,
『임처사필어(任處士筆語)』

『임처사필어(任處士筆語)』는 1682년 필담창화집 가운데에서도 매우 독특한 내용을 담고 있다. 대부분 필담창화에 임한 일본 문사는 자신을 드러내고, 조선인에게 평가받고, 그것을 통해 다른 일본문사에게 자신의 역량을 보여주고 싶어 하였다. 그러나 『임처사필어』는 제목에서 보듯 스스로를 "처사(處士)"라고 하며 자신을 감춘 한 문사의 기록이다. 필담이 어느 정도 진행된 후 성은 '임(任)', 이름은 '공정(公定)', 호는 '계당(溪堂)'이라고 밝히고 있지만, 정황으로 짐작할 수 있을 뿐 더 이상 그에 대해 알만한 단서는 보이지 않는다. 실제로 임공정(任公定)이 실명인지, 조선인에게 쓰려고 만든 중국식 이름인지조차 판단하기 어렵다.

그는 히토미 가쿠잔[人見鶴山]의 제자로, 스승의 아들들에게 시문을 가르치는 일을 맡고 있었다. 1682년 통신사가 왔을 때 막부의 유관이었던 가쿠잔은 한문이 능통한 임공정에게 필담으로 통역을 하는 일을 자주 맡겼다. 또한 스승의 아들들과 조카를 이끌고 사신을 뵙기도 하였다. 히토미 가쿠잔의 문집에도 『임처사필어』의 전문이 실려 있고,

그의 필담집 『한사수구록(韓使手口錄)』에도 생략한 내용이 임처사의 필어에 실려있다고 한 것을 보아, 정식 관리는 아니었지만 관반의 심부름을 위해 가쿠잔의 부탁으로 차출되었던 것으로 보인다.

비교적 신분에 얽매이지 않은 탓인지 임공정의 필담은 매우 자유분방하고, 상대를 가리지 않아서 군관이나 소동 등과의 대화도 많을 뿐 아니라 매우 사소하거나 우스꽝스러울 수 있는 부분도 가감 없이 전달하고 있다. 에도에서 머물던 객관의 번잡하고 분주하던 상황이 여과 없이 전달된다. 신분에 얽매이지 않은 자유로운 태도를 지니고 있던 임공정은 유머러스한 필치를 통해 생생하게 기록했던 것이다. 『한사수구록』과 짝을 이루어 읽는다면 당시 상황을 입체적으로 살펴볼 수 있을 것이다.

『임처사필어(任處士筆語)』는 사본 1책으로, 유일본이다. 현재 일본공문서관에 소장되어 있으며, 『인견죽동문집(人見竹洞文集)』에 실려있는 「임처사필어」의 내용과 일치한다.

임처사필어

임술년(1682) 가을 8월, 계림(鷄林 : 조선)의 세 사신이 내빙해 두 나라의 우호(友好)를 닦았다.[1] 나는 포의위대(布衣韋帶)[2]의 보잘것없는 선비로서, 비록 그 일을 담당하는 관직(官職)은 아니었지만 관반사(館伴使)[3]의 사신(史臣)과 우연히 만나서 사신의 객관에 같이 들어가서 부사(副使) 이 공(李公) 노야(老爺)[4]의 관사(館舍)에 한 번 문안을 드렸다. 내 시위(侍衛)가 말하였다.

---

1 임술년 … 닦았다. : 1682년(숙종 8년) 통신사(通信使) 윤지완(尹趾完), 부사(副使) 이언강(李彦綱), 종사관(從事官) 박경후(朴慶後)가 파견된 일을 가리킨다.

2 포의위대(布衣韋帶) : 베옷을 입고 가죽띠를 띠었다는 뜻으로, 빈한한 사람의 옷차림을 가리킨다. 후대에 벼슬을 하지 못한 선비를 가리키는 말로 사용하게 되었다. 《漢書 卷51 賈山傳》

3 관반사(館伴使) : 내등의개[內藤義槪, 나이토 요시무네, 1619~1685]를 가리킨다. 1670년 아버지의 뒤를 이어 육오[陸奧, 무쓰] 반성평[磐城平, 이와키다이라] 번의 3대 번주가 되었다. 하이쿠[俳句]에도 능하였다. 관위는 종사위하(從四位下), 좌경대부(左京大夫)에 이르렀다. 1682년에는 좌경조(左京兆)의 지위에 있으면서 통신사 접대역을 담당하였던 것으로 보인다. 《韓使手口錄》

4 부사(副使) 이 공(李公) 노야(老爺) : 이언강(李彦綱, 1648~1716)으로, 본관은 전주(全州), 자는 계심(季心), 호는 노호(鷺湖)이다. 1678년 문과에 급제하였고, 사헌부 지평·홍문관 수찬·교리 등이 청요직을 두루 거쳤다. 1682년 통신사 부사로 일본에 다녀왔다.

"지난번 조선의 손님께서 통역을 통해 언어가 통하지 않으니 붓을 쓰겠다고 하셨습니다. 다행히 지금 각자 왔는데, 조선의 손님들이 바라던 바를 따를까요?"

그러자 조선 손님 두 사람이 자리를 잡고 앉았다. 기실(記室) 위독(爲篤)[5]이 붓을 잡고 써서 말하였다.

"관반사의 사신(史臣)입니다. 지금부터 묻는 모든 일에 대해서 가르침을 내려 주시면 다행이겠습니다."

또 한 사람이 와서 앉아서 위독(爲篤)이 한 말을 전해주니, 곧 써서 말했다.

"글이 잘 이해가 되지 않으니 더 분명하게 써 주십시오."

내가 위독과 번갈아 가면서 관작(官爵)과 성명(姓名)을 써서 알려주자 통하였다. 이윽고 조선 손님의 이름을 물으니 썼다.

장필경(張弼卿)[6], 이진경(李振卿)[7], 홍래숙(洪來叔)[8] 저입니다. 관(官)은 비장(裨將)입니다.

조선 손님도 역시 좌중에 있는 사람들의 성명을 묻자, 위독이 먼저

---

5 위독(爲篤) : 본문의 대고계명(大高季明)으로, 미상이다.
6 장필경(張弼卿) : 군관 장한상(張漢相)으로 추정된다. 생애는 미상.
7 이진경(李振卿) : 자제군관 이유린(李有麟)으로 추정된다. 생애는 미상.
8 홍래숙(洪來叔) : 홍세태(洪世泰, 1653~1725)로, 본관은 남양(南陽), 자는 도장(道長), 호는 창랑(滄浪)·유하(柳下)이다. 1675년 역과에 응시, 한학관에 뽑혀 이문학관에 제수되었다. 1682년 부사의 자제군관으로서 일본에 다녀왔다.

쓰고 좌현룡(佐玄龍)이 붓을 잡고 썼다.

대고계명(大高季明) 자(字)는 모(某)입니다., 처사(處士) 계당(溪堂),⁹ 좌현룡(佐玄龍)¹⁰ 자(字)는 모(某)인데 바로 저입니다.

홍 비장(洪裨將)이 먼저 나의 이름 밑에 써서 질문을 시작하여 종시 나와 필담을 나누었다. 이 손님의 차림이 무관(武官)이어서 문사(文事)를 알 수 없을 것이라 억측했는데, 나라의 풍습이 그렇게 만든 것 같아 가상(嘉尙)하였지만, 역시 필담을 나누기에는 부족하였다. 그래서 성명을 감추고 말하지 않았으므로 말 중에 탐탁해 하지 않는 점이 있다. 필담을 나눈 이 사람은 뒤에 나오는 이른바 창랑자(滄浪子)라는 사람이다. 홍래숙이 말하였다.

"계당(溪堂)은 이름입니까? 호(號)입니까?"

"계당은 나의 호입니다"

"이름은 무엇입니까?"

"처사(處士)는 이름을 숨깁니다."

"처사란 은둔한 사람의 통칭(通稱)인데, 어찌 당신만의 이름이 될 수 있겠습니까?"

---

9 계당(溪堂) : 임공정(任公定)의 호이다. 본 필담의 필자이다. 생애는 미상이다.

10 좌현룡(佐玄龍) : 좌좌목지암[佐々木池庵, 사사키 치안, 1625~1723]으로 이름은 현룡(玄龍), 자는 환보(煥甫·煥父), 호는 지암(池庵)이다. 막부에 고용된 서예가로, 조선체 서체에 능숙한 것으로 이름이 났다. 1682년과 1711년 2차례 내빙한 통신사 일행과 시문을 주고받았다.

“은자(隱者)입니다.”

“이름을 숨겨서 다른 사람이 알지 못하게 하려는 것입니까? 그렇게 이름을 숨기려 하였다면 무엇 하러 왔습니까?”

같이 있던 사람들 가운데 “그렇다. 그렇다.”라고 답하는 사람이 있었다.

홍래숙이 물었다.

“책은 얼마나 읽었습니까?”

“은자(隱者)는 한가하게 노닐 뿐입니다”

“재주와 덕을 품고 은거하여 벼슬을 하지 않는 사람이 진실로 은자(隱者)입니다. 어찌 은둔하였다는 명분만 있고 실제가 없는 사람이 있겠습니까?”

“그것은 그렇습니다.”

동자(童子)가 와서 옆에 서자, 좌현룡이 그의 성명(姓名)을 물었는데, 성은 배(裵)씨이고, 이름은 봉장(鳳章)이며, 자(字)는 자화(子華)이고 나이는 12세였다.[11] 물었다.

“시(詩)를 배웠습니까?”

봉장이 말하였다.

조금 배웠습니다.”

이 아이가 가장 기특하였는데, 뒤의 죽림(竹林)이 바로 이 아이이다.

---

11 성은 … 12세였다. : 배봉장(裵鳳章, ?~?)으로, 생애는 미상이다. 1682년 소동(小童)으로서 일본에 다녀왔다.

관반사의 사신들은 대마도 태수의 기실(記室)인 조삼(朝三)[12]을 통해서 성(成) 진사(進士)[13]와 이(李) 진사[14]를 만났다. 이때 나는 말석(末席)에 끼어 따라왔는데, 모두 시(詩)를 가지고 예물로 삼았다. 조삼(朝三)이 먼저 시를 읽은 뒤에 시가 혹시 괜찮은 것인지 아닌 것인지 전달하려고 하였다. 나에게 물었다.

"시(詩)가 있습니까?"

"강호(江戶) 성(城)의 물건이 비쌉니다만 아무리 재주가 없더라도 어찌 시를 가지고 뵙겠습니까?"

이윽고 모두 같이 앉자 나의 이름을 물었다.

"만약 두 선생의 관사(館舍)에서 만났다면 명함을 갖추어서 정중하게 가르침을 받았을 것입니다. 그런데 지금은 부평초처럼 우연히 만났으니 어쩔 수 없군요. 저의 이름은 공정(公定)이고 성은 임(林)씨입니다."

조삼이 호(號)를 물어서 말하였다.

"선생을 만나는데 호(號)를 씁니까? 친구들은 저를 계당(溪堂)이라고 부릅니다. 저는 깨끗한 세상에서 노니는 사람입니다. 그래서 방호외

---

12 조삼(朝三) : 소산조삼[小山朝三, 고야마 도모카즈, ?~1684]으로, 일본의 유학자이다. 임아봉[林鵞峰, 하야시 가호]의 문하 출신으로, 대마[對馬, 쓰시마] 번에서 벼슬하였다. 1682년 통신사 호행을 담당하였다.

13 성(成) 진사(進士) : 성완(成琬, 1639~?)으로, 본관은 창녕(昌寧), 자는 백규(伯圭), 호는 취허(翠虛)이다. 1666년 진사에 합격하였고, 관직은 찰방에 이르렀다. 1682년 제술관으로서 일본에 다녀왔다.

14 이(李) 진사(進士) : 이담령(李聃齡, 1652~?)으로, 본관은 경주(慶州), 자는 백로(百老), 호는 반곡(盤谷), 붕명(鵬溟) 등이다. 1679년 진사에 합격하였다. 1682년 종사관 서기로 일본에 다녀왔다.

사(方壺外史)[15]라는 별호를 쓰기도 합니다. 지금 다른 나라의 귀한 손님을 만났으므로 성명을 감출 수 없어서 이렇게 말씀드리는 것입니다."

조삼(朝三)이 말하였다.

"호(號)가 특히 좋군요. 조선에서는 이름을 부르지 않는 것이 예(禮)입니다. 성은 항상 임씨를 씁니까?"

"저번에 말씀드렸습니다. 저는 은사(隱士)라서 항상 성명을 부르지 않고 단지 처사 계당이라고만 합니다."

"괜찮습니다. 부질없이 많은 말을 하여 귀를 쓰지 맙시다."

그리하여 처음 뵙게 되었다. 성(成) 학사가 말하였다.

"이렇게 만나서 반갑습니다. 만약 주시는 시가 있으면 나중에 화운시를 드리겠습니다. 지금은 그저 인사만 드리겠습니다."

조삼이 말하였다.

"조선에서는 인사할 때 반드시 서서 합니다."

각자 모두 일어났다가 앉았다. 내 생각에 반드시 서서 예를 행하는 것이 어찌 조선뿐이겠는가? 고례(古禮)도 모두 그러하다. 예(禮)라는 것은 선생이 일어났다 앉으면 서생(書生)들은 절을 하는 법이다. 지금 이와 같이 만나는 것은 예를 잘 갖추었다고 말할 수 없는데 더욱이 중개하는 자가 어찌 예를 알겠는가? 나는 영주(瀛洲)에 오른 선비[16]를

---

15 방호(方壺) : 고대 전설상의 선산(仙山). 방장산(方丈山). 외사(外史) : 고대의 벼슬 이름. 지방에서 전하는 왕명이나 지방지(地方誌) 등의 일을 맡았음.

16 영주(瀛洲)에 오른 선비 : 영화로운 지위에 오른 선비를 가리킨다. 당 태종(唐太宗)이 문학관(文學館)을 짓고 방현령(房玄齡)을 비롯한 재주 있는 선비 18명을 삼아 우대하자 사람들이 이들을 영주에 올랐다고 한 데서 연유하였다. 《翰林志》

접대하고 글로 만나기를 바랐다. 그러나 홀로 무리들을 거스르기 어려워서 따라했다.

성 학사와 이 진사가 일어나자 홍 비장이 옆에 앉아 있다가 역시 일어났다. 사신(史臣)들과 나도 모두 일어났다. 조선의 손님이 한 번 읍(揖)하니 모두 답하여 읍하였다. 그 모양을 가지고 읍이라고 하니 읍을 하긴 하였지만, 이것이 조선의 읍인지는 모르겠구나! 모두 답하여 읍하였지만 실제로는 단지 앉았다가 일어났을 뿐이었다.

야학산(野鶴山)[17]의 아들들과 조카가 사신의 관소에 와서 정사(正使) 동산(東山) 윤공(尹公) 합하(閤下)[18]가 계신 곳으로 갔다. 대마도 태수의 가신(家臣)인 평전직(平田直)[19]이 말하였다.

"자제분들이 정사(正使) 노야(老爺)를 뵈어도 괜찮겠습니까?"

곧 박동지(朴同知)[20]와 역관에게 소개하고 나아가게 하였는데, 야학

---

17 야학산(野鶴山) : 인견우원[人見友元, 히토미 유겐, 1629~1696]으로, 이름은 절(節), 자는 선경(宣卿), 호는 학산(鶴山)·죽동(竹洞)이다. 임아봉[林鵞峰, 하야시 가호]에게 수학하였고, 막부의 유관을 역임했다. 1682년 스승의 아들이자 막부의 유관이었던 임봉강[林鳳岡, 하야시 호코]를 도와 에도에서의 통신사 접대를 주관하였다.

18 정사(正使) 동산(東山) 윤공(尹公) 합하(閤下) : 윤지완(尹趾完, 1635~1718)으로, 본관은 파평(坡平), 자는 숙린(叔麟), 호는 동산(東山)이다. 1662년 문과에 급제하였고, 경상도 관찰사·함경도 관찰사 등을 역임하였다. 1682년 통신사 정사로 일본에 파견되었다. 시호는 충정(忠正)이다.

19 평전직(平田直) : 평전직 우위문(平田直右衛門)으로, 생애는 미상이다.

20 박동지(朴同知) : 박재흥(朴再興, 1645~?)으로, 자는 중기(仲起), 본관은 무안(務安)이다. 1663년 역과에 급제하여 문위역관(問慰譯官)·왜역훈도(倭譯訓導)·동래역관(東萊譯官) 등을 역임하였다. 1682년 정사의 수역(首譯)으로 일본에 다녀왔다.

산의 아들 네 명이 모두 따랐다. 조카는 이미 장년이라 나와 함께 을
사(乙舍)에 앉았고 야학산의 아들 중 위로 두 형이 스스로 성명과 나이
를 적은 붉은 단자를 올리고 좌정하였다.

정사 윤 공이 두 동생의 이름과 나이를 묻고는 두 형과 함께 같이
적어서 그 순서를 알아볼 수 있게 하라고 하였다. 박동지가 나에게 전
해서 내가 다음과 같이 적어 올렸다.

야원귀(野元龜), 야우설(野友雪), 야내장(野內藏) 나이 10세, 야백장(野百
藏) 나이 8세.

정사 윤공이 물었다.

"두 형은 머리를 깎았는데, 두 동생은 아직 깎지 않았으니, 이들은
유자(儒者)인가, 아니면 장차 무인(武人)이 되려고 하는가?"

금헌(琴軒) 야원귀(野元龜)이 대답하였다.

"두 동생은 유자가 될지 무인이 될지 모릅니다. 그래서 머리를 깎지
않았습니다."

정사 윤공이 단검(短劍)을 청해서 상세히 보고는 말하였다.

"예로부터 유자는 칼이나 창을 지니지 않는다. 하물며 어린 나이에
이러한 단검을 차고 있단 말인가?"

금헌이 대답하였다.

"우리나라는 무사의 나라입니다. 비록 유자라도 태어날 때부터 각기
칼을 갖추어 둡니다. 그래서 어린 나이에 이것을 갖고 있는 것입니다."

정사 윤공이 그 말을 기특하게 여기고는 소동을 불러 상자를 가져

오게 하였다. 상자를 열고 지필묵[翰墨]²¹과 부채[輕篷]을 꺼내서 네 아이들에게 손수 나누어 내려주었는데, 송선(松扇) 1악(握), 황모필(黃毛筆) 1지(枝), 증자묵(曾蔗墨) 1홀(笏)이었다. 내가 박 동지를 통해서 후의(厚誼)에 감사하고 물러나왔다.

내가 물었다.

"그대의 성명(姓名)은 무엇입니까?"

"성은 이(李)씨이고 이름은 지화(枝花)이며 나이는 15세입니다."

"봉장(鳳章) 군은 어디에 있습니까?"

"어느 곳에 있습니다."

"그대는 정사를 모십니까?"

"정사를 모시는 소동(小童)입니다."

"어찌 지금 모시지 않고 있습니까?"

내가 물었다.

"봉장은 부사(副使)를 모시는 소동입니까?"

"부사를 모십니다."

임정우(林整宇)²²의 자제 임계봉(林鷄峯)²³을 이끌고 세 사또의 관사

---

21 한묵(翰墨) : 문한(文翰)과 필묵(筆墨)이라는 뜻으로, 글을 짓거나 쓰는 것을 이르는 말.

22 임정우(林整宇) : 임봉강[林鳳岡, 하야시 호코, 1645~1732]으로, 이름은 신독(信篤), 자는 직민(直民), 호는 정우(整宇)이다. 임나산[林羅山, 하야시 라잔]으로 시작된 임가(林家)의 3대로, 1680년 즉위한 장군(將軍) 덕천강길(德川綱吉)에게 중용되어, 1691년 유시마[湯島] 성당이 준공된 후 초대 대학두(大學頭)에 임명되었다.

(館舍)에 갔다. 대마도 사람을 길잡이로 삼았는데, 지나는 사람 모두 탄식하였다. 우연히 소동 이지화를 만났는데, 이지화(李枝花)가 말하였다.

"미소년입니다. 미소년입니다."

내가 말하였다.

"이런 아이가 어디가 예쁩니까, 어디가 예쁩니까?"

성 학사를 고당(高堂)에서 만났는데 역관이 말하였다.

"정사의 관사에서는 어젯밤 시 짓는 놀이를 하면서 밤이 깊어가는 줄을 몰랐습니다."

"그 놀이는 어떻게 하는 것입니까?"

"시구(詩句)를 내고 그 운자(韻字)를 가리고서 어울리는 운자를 생각하는데 맞기도 하고 안 맞기도 하는 그런 놀이입니다."

"'온 산의 새가 날라간다'[千山鳥飛過]라는 구절의 운자를 '하(下)' 자로 하거나 '거(去)' 자로 하는 것은 소자(蘇子 : 소식(蘇軾))가 하던 놀이입니다. 이런 놀이를 말하는 것입니까?"

"바로 그렇습니다."

"놀이의 이름이 무엇입니까?"

"사운(射韻)이라고도 하고, 적운(摘韻)이라고도 합니다."

"어젯밤에 직접 뵙고 좋은 말씀을 들어 매우 다행이었습니다. 야학산이 부탁한 〈비파(琵琶)〉와 〈부사봉(富士峯)〉 등 5언 고시(古詩) 2편의

---

23 임계봉(林鷄峯) : 임봉강(林鳳岡)의 아들 임춘종(林春宗)을 가리킨다. 생애는 미상이다.

화운시를 올립니다. 야학산은 공사(公事)가 있어서 와서 뵐 겨를이 없으므로 제게 부탁했습니다."

"알겠습니다. 매우 감사합니다. 다만 학산 공이 일 때문에 왕림(枉臨)하지 못하신 것이 아쉽기는 합니다만, 두 수의 주옥같은 글이 수중에 들어오니 몸은 비록 오시지 않았지만 마치 모습을 뵌 것 같아 매우 다행스럽게 생각합니다."

고당(高堂)의 좌측 사랑에서 창랑자(滄浪子)를 만나서 읍하고 글을 올려 말하였다.

"어젯밤에 좋은 말씀을 많이 들려주셔서 매우 감사합니다."

"어제 저녁에 모습을 뵙고 밤이 깊어가는 줄을 몰랐습니다. 감사합니다."

"학산에게 주셨던 아름다운 시편에 화운시를 지어 저에게 부탁했으니 괜찮다면 바로 드리려는데 어떻습니까?"

"무슨 해될 것이 있겠습니까?"

"그렇다면 남쪽 사랑으로 갑시다."

곧바로 함께 가서 시통에서 꺼내서 주니, 한참을 읊으며 감상하고 말하였다.

"매우 훌륭합니다."

"이 글의 끝에 찍힌 도장은 제가 새긴 것입니다."

"매우 정교합니다. 매우 정교합니다. 이러한 훌륭한 화답시는 진정 이 자리를 빛나게 하는 진기한 것입니다. 어떻게 감사해야 좋을지 모르겠습니다. 그런데 오늘도 학산 공이 오십니까?"

"공사(公事)가 있어서 알 수 없습니다. 임정우(林整宇)는 곧 온다고 들었습니다."

"또 시 짓는 모임을 할까요?"

"그럽시다. 그러나 저는 옆에서 귀를 기울이며 아름다운 시문을 들으렵니다."

임정우가 자기 조카 임부헌(林孚軒)를 데리고 관사에 들어와서 남쪽 행랑에 앉았다. 배봉장이 내 옆에 와서 부채를 빌려 방석에 글을 썼으나 내가 대답하지 않자, 붓을 가져다 썼다.

"어떤 사람의 자제입니까?"

내가 말하였다.

"유관(儒官)의 자제입니다."

"유관은 어떤 사람입니까?"

"사람들이 말하는 나산선생(羅山先生)²⁴의 증손(曾孫)입니다."

봉장이 눈길을 보내며 말하였다.

"알겠습니다."

학산이 금부채를 꺼내서 봉장에게 쓰게 하니 나의 무릎에 기대서 썼다. 또 부채 하나를 꺼내자 내가 알려주었다.

---

24 나산선생(羅山先生) : 임나산[林羅山, 하야시 라잔, 1583~1657]으로, 이름은 신승(信勝)·충(忠), 자는 자신(子信), 법호는 도춘(道春), 별호는 석안항(夕顔巷)·나부자(羅浮子) 등이다. 등원성와[藤原惺窩, 후지와라 세이카]의 제자로, 덕천가강(德川家康)에게 등용되어 4대에 걸쳐 장군(將軍)의 시강으로 있었다. 법령 제정, 외교문서 기초, 전례 조사 및 정비 등에 간여하였다.

"이 사람이 지닌 것입니다. 그를 위해서 써 주시지요."

즉시 썼다. 내 은부채를 가지고 써 주기를 청하자 즉시 다음과 같이 썼다.

"그대를 생각하나 더 드릴 것이 없어 백운죽(白雲竹)을 드리노라."

학산의 두 아들 금헌(琴軒)과 석계(石溪)가 관사로 들어왔다. 창랑자 (滄浪子)와 이진경(李振卿)이 앉았다. 먼저 창랑자에게 고하였다.

"학산의 두 아들입니다."

"모습이 옥과 같습니다."

"이것은 연초(煙草) 한 봉지입니다. 여행 중 시름에 위로가 되기를 바랍니다. 두 아이의 선물은 싱싱한 꼴 한 묶음[25]과 같으니 웃으며 받 아주십시오."

"귀국에서 난 것은 특히 좋습니다. 매우 감사합니다."

"누가 학산을 닮았습니까?"

이진경이 갑자기 말했다.

"형이 더 닮았습니다."

창랑자가 말햇다.

"상세히 살펴보니 누가 더 훗날 집안의 명성을 떨칠지 구별하지 못 하겠습니다."

안신휘(安愼徽)[26]가 와서 물었다.

---

25 싱싱한 꼴 한 묶음 : 《시경(詩經)》〈백구(白駒)〉에 "싱싱한 꼴이 한 묶음일세. 사람이 마치·백옥과 같구나[生芻一束, 其人如玉。]"라는 구절이 나온다.

"학산(鶴山) 공(公)은 별호(別號)가 어떻게 됩니까?"

"갈민(葛民)입니다."

또 물었다.

"오이암(吾伊菴)인데, 독서하는 곳입니다. 혹 오이(吾伊) 주인이라고도 합니다."

"감히 묻겠습니다."

"별장을 '수죽심소(水竹深所)'라고 하는데, 지난해에는 혹 죽동(竹洞)이라는 호를 썼습니다."

또 물었다.

"괄봉산인(括峯散人)이라고도 하는데, 탕목읍(湯沐邑)²⁷에서 따온 것입니다."

"이것 외에 어떤 것이 있습니까?"

"국려(菊廬) 혹은 매죽주인(梅竹主人), 이것이 지난날의 호였습니다. 한창려(韓昌黎)가 말한 헌원미명(軒轅弥明)과 같은 부류여서²⁸ 미루어서 알 수가 없습니다."

"근래에 그 호가 있었는지 알 수 없기 때문에 말씀드린 것입니다."

---

26 안신휘(安愼徽) : 安愼徽, 1640~?. 본관은 순흥(順興), 자는 백륜(伯倫), 호는 신재(愼齋)이다. 1662년 역과에 합격하였다. 1682년 상통사(上通事)로 일본에 다녀왔다.

27 탕목읍(湯沐邑) : 읍(邑)에서 거두는 구실로 목욕의 비용에 충당하는 읍이라는 뜻으로 천자나 제후의 사유(私有) 영지(領地), 곧 채지(采地)를 말한다.

28 헌원미명(軒轅弥明) : 한유가 만든 가상의 도사(道士)이다. 형산 도사(衡山道士)인 헌원미명(軒轅彌明)이 한유(韓愈)의 제자들과 석정(石鼎)이란 제목으로 연구(聯句) 짓기를 해 한유 제자들을 압도했다고 한다. 《昌黎集 石鼎聯句詩序》

창랑자가 말하였다.

"이 두 아이들은 책을 암송합니까?"

"조금 암송합니다."

"어떤 책을 암송합니까?"

"지금은 시(詩) 3백편을 암송합니다."

"누가 가르칩니까?"

"제가 모시고 읽습니다."

"날마다 과제가 있습니까?"

"학산(鶴山)이 다른 사람을 가르칠 때 억지로 깨우치려고 하지 않는데, 하물며 자식들을 억지로 가르치겠습니까? 그릇을 완성하는데 어찌 빠르고 늦은 것을 따지겠습니까? 왕양노락(王揚盧駱)²⁹과 같은 사람은 취하지 않습니다. 그러나 저는 노둔한 재주로 그릇을 완성하려 해도 할 수 없는 사람인데, 우연히 학산 문하(門下)의 객(客)이 될 수 있었습니다. 그리고 이 아이와 동생을 매우 좋아하여 부득이하게 가르치는 것이지 재주는 부끄러운 수준입니다."

"아버지도 그렇고, 아들도 그렇고, 학산은 부자로군요?"

"그런데 이런 박박 깎은 머리는 귀국사람들에게는 가소로운 것이지요."

"상투를 틀었을지라도 역시 우리나라와는 다르니 무엇을 비웃겠습니까?"

---

29 왕양노락 : 초당(初唐) 시대 문장가의 사걸(四傑)로 일컬어졌던 양형(楊炯)·왕발(王勃)·노조린(盧照鄰)·낙빈왕(駱賓王)을 합칭한 말이다.

"저와 같은 모습을 한 사람이 있습니까?"

"우리나라에는 상투를 튼 사람과 머리를 깎은 승려뿐입니다."

"도사(道士)가 있습니까?"

"없습니다."

"저의 행색은 하나의 미치광이니, 도사(道士)의 하류(下流)입니다. 근래 백옥섬(白玉蟾)[30]의 초상화를 보니, 쑥대머리에 맨발이라는 자찬(自贊)이 있던데, 저와 형색(形色)이 비슷했습니다."

창랑이 물었다.

"그대가 입은 옷은 무슨 옷입니까?"

"우리나라의 도복(道服)입니다."

"잠시 앉으시지요."

"알겠습니다."

들어가더니 조금 있다가 와서 말하였다.

"제 방에서 말씀을 나누시겠습니까?"

"상관없습니다. 감사합니다."

즉시 들어가 자리를 잡고 앉았다.

"금가루를 뿌린 향합과 손거울은 두 아이가 그대 고향의 어머니에

---

30 백옥섬(白玉蟾) : 1194~1229. 자는 여회(如晦) · 자청(紫淸), 호는 해경자(海瓊子) · 무이산인(武夷散人)이다. 도교 금단파(金丹派) 남오조 가운데 하나이다. 금단파 남종(南宗)의 교단을 조직한 것으로 알려져 있다. 무이산(武夷山)에 은거하여 살았다. 본명은 갈장경(葛長庚)이었는데, 뒤에 백씨(白氏)의 양자(養子)가 되면서 이름까지 옥섬(玉蟾)으로 바꾸었다.

게 바치는 선물입니다."

"어떻게 제 어머니를 아십니까? 분명히 학산이 가르쳐주었겠군요?"

"그렇습니다. 그래서 알았습니다."

"이 두 아이를 노야(老爺)에게 보이기를 원합니까?"

"원하는 바입니다."

"그대는 여기 앉아 계십시오. 제가 이 두 아이를 데리고 들어가서 만나 뵙게 하고 나오겠습니다."

"알겠습니다. 가르쳐주신 대로 따르겠습니다."

"노야가 두 아이를 보고 매우 감탄하고 찬미하였습니다. 이러한 뜻을 돌아가서 학산에게 알려도 좋습니다."

"매우 감사합니다. 부모가 함께 기뻐할 일입니다. 특별히 노야께서 황모필(黃毛筆) 2자루[枝]와 고죽청풍(孤竹淸風)이 새겨진 먹 1홀(笏)을 내려 주셨으니, 그대를 통해서 베풀어 주신 은혜에 존경과 감사를 드립니다. 그런데 두 아이가 드리려는 것이 있는데 어떻게 할까요?"

"이것을 노야께 바치려고 합니까? 노야의 뜻이 어떨지 모르겠습니다."

"가지고 왔으니 우선 바치겠습니다."

"지금 가지고 오셨습니까? 이것이 무슨 물건입니까?"

"담배와 손거울입니다."

"이 작은 상자는 뭐라고 부릅니까?"

"금회저합(金繪楮盒)인데, 우리 서경(西京)의 특산물입니다."

창랑이 들어가서 노야에게 고하니, '담배는 어린 아이가 주는 것이라 굳게 거절할 필요가 없으니 놓아두고, 거울은 돌려보내도록 하라.'고 하였다고 한다.

내가 말했다.

"그렇지만 이것은 보잘 것 없는 물건이니 올리기를 원합니다."

"노야의 뜻이 이와 같으니 억지로 받아둘 수 없습니다."

"매우 감사합니다. 매우 감사합니다."

내가 말했다.

"이 저합(楮盒)와 손거울은 두 아이가 봉장 군에게 선물한 것인데, 전달하고 싶습니다."

봉장이 곧 오자, 창랑자가 말을 하면서 주었다. 봉장이 말하였다.

"이 아이들은 정말 사랑스럽기 짝이 없습니다. 하물며 이처럼 생각지도 못한 물건을 보내주기까지 하니 감사하는 마음에 잊을 수 없습니다. 그대는 나의 이러한 뜻을 그들에게 전해 주십시오."

내가 말했다.

"두 아이가 이러한 작은 물건을 선물한 것은 앞으로 영원히 잘 지내자는 뜻을 표시하려는 것일 뿐입니다."

봉장이 물었다.

"이 아이들 가운데 누가 형이고 누가 아우입니까?"

"금헌(琴軒)이 13살로 형이고, 석계(石溪)가 12살로 아우입니다."

"글씨를 잘 씁니까?"

"서법(書法)을 조금 익혔습니다."

봉장이 두 아이의 손을 잡고 등을 어루만지며 말하였다.

"매우 사랑스럽습니다. 매우 사랑스럽습니다."

창랑자가 부채와 먹을 내와서 두 아이들에게 주었다. 금헌에게는 파란 부채를 주었는데 쓰기를, "공자도 석가도 기린이 친히 안아다 주었다는데, 두 아이 천상(天上)의 기린아(麒麟兒)로세"³¹라고 하고, 석계에게는 하얀 부채를 주었는데 쓰기를, "장부(丈夫)가 이 두 아이만한 아들을 낳기만 한다면, 명성과 지위가 어찌 하찮은 데에 그치랴"³²라고 하였다. 이것은 두보(杜甫)가 지은 「서경이자가(徐卿二子歌)」의 처음과 끝 구절이다.

내가 말했다.

"이 자리에 가득 찬 손님들이 모두 고개를 돌려 바라보는데, 하물며 이처럼 은혜로운 선물을 주시니 감사합니다. 감사합니다."

이윽고 돌아가려 할 때 배봉장이 고당(高堂)의 남쪽 행랑으로 쫓아왔다. '금주(金州) 진풍당(振風堂)'이라고 쓴 대자(大字) 및 봉함서 하나를 가지고 왔는데 "형제에게 삼가 드립니다."라고 쓰여 있었다. 모든 사람들 앞에서 봉함을 여니 다음과 같이 쓰여 있었다.

"처음 만나서 서로 사랑하는 정을 느꼈는데, 의외의 선물을 보내주시니, 감사하는 마음을 어찌 이길 수 있겠습니까? 행색이 초라하여 드릴 것이 없으니, 안타까운 마음으로 작은 선물이나마 드립니다. 임술년 가을 죽림(竹林)이 쓰다."

대자를 금헌에게 주고 물러갔다.

---

31 공자도 … 기린아(麒麟兒)로세 : 당(唐) 두보(杜甫)의 「서경이자가(徐卿二子歌)」의 첫 부분에 나오는 "공자도 석가도 기린이 친히 안아다 주었다는데, 두 아이 천상(天上)의 기린아(麒麟兒)로세.[孔子、釋氏親抱送, 並是天上麒麟兒。]"라는 구절을 인용하였다.

32 장부가 … 그치랴 : 당(唐) 두보(杜甫)의 「서경이자가(徐卿二子歌)」의 마지막 부분인 "장부(丈夫)가 이 두 아이만한 아들을 낳기만 한다면, 명성과 지위가 어찌 하찮은 데에 그치랴[丈夫生兒有如此二雛者, 異時名位豈肯卑微休?]"라고 한 구절을 인용하였다.

나는 청풍명월(淸風明月)을 즐기는 한가한 사람에 불과하므로 비록 시를 짓더라도 너무 서툴러서 억지로 읊기를 기다리지 않았다. 관반사(館伴使)의 별사(別舍)에서 모여 필담을 하였으나 나누는 말이 드물었다.

붕명(鵬溟) 이담령(李聃齡)이 말하였다.

"저에게 가라고 청하는 것입니까?"

"아닙니다. 이렇게 경황이 없는 때라 뜻대로 말을 다하지 못하여 유감스럽습니다. 유감스럽습니다."

"진실로 그렇습니다."

"저번에 자주 뵈었는데, 저의 성명을 기억하십니까?"

"평소 들었으나 잊었습니다."

"임처사 공정(公定)입니다."

"지금 기억해두겠습니다."

이담령이 물었다.

"임씨 성이 귀국에도 있습니까?"

"우리나라에도 있었습니다."

"중국에서 온 것입니까? 다른 종족입니까? 잘 모르겠군요."

"임공자(任公子)³³는 황제(黃帝)³⁴의 후손입니다만 저는 동방(東方)의

---

33 임공자(任公子) : 전설 속에 나오는 물고기를 잘 잡는 사람으로, 일반적으로 세상을 초월한 고사(高士)를 가리킨다. 《장자(莊子)》 외물(外物)에, "임공자가 큰 낚시와 굵은 줄을 준비한 다음 오십 마리의 황소를 미끼로 하여 회계산(會稽山)에 걸터앉아 동해에다 낚시를 던졌다." 하였다.

34 황제(黃帝) : 중국 전설상의 임금. 소전(少典)의 아들. 성(姓)은 공손(公孫), 헌원(軒轅)의 언덕에 살았으므로 헌원씨라고도 하고, 희수(姬水)에 거주하여 성을 희로 고쳤으

일개 보잘 것 없는 임씨입니다. 생각하면 임씨의 자식들은 재주가 많은데, 임처사라고 칭하는 것이 매우 부끄럽습니다."

"그대의 성이 어찌 부끄럽겠습니까?"

"『논어(論語)』를 읽었습니까?"

배봉장(裵鳳章)이 말하였다.

"읽었습니다."

"그대의 자(字)는 자화(子華)이니, 그렇다면 사신으로 제나라에 가야겠군요."[35]

"살찐 말과 가벼운 갖옷을[36] 제가 구할 수 없습니다."

"박성익(朴成益)[37] 군은 누구를 모시는 아이입니까?"

김광필(金匡必)이 말하였다.

"우리나라 태수(太守)의 아들인데, 종사관 사또를 모시고 왔습니다."

"그렇다면 종사관 박 공 죽암(竹菴)[38]과 성(姓)이 같습니까?"

며, 유웅(有熊)에 나라를 세워 유웅씨(有熊氏)라고도 한다.

35 "그대의 … 가야겠군요.": 자화(子華)의 성은 공서(公西), 이름은 적(赤)이다. 공자의 사자(使者)가 되어 제(齊) 나라로 갔는데, 염구(冉求)가 자화의 어머니를 위하여 곡식을 주기를 공자에게 청한 내용이 《논어》에 나온다. 《論語 雍也》

36 살찐 말과 가벼운 갖옷을 : 곡식을 청하는 염구에게 공자가 "자화가 제나라에 갈 때 살찐 말을 타고 가벼운 갖옷을 입고 갔다. 내 들으니 군자는 궁핍한 사람을 구해주고 부유한 사람을 보태주지는 않는다고 하였다.[赤之適齊也、 乘肥馬、 衣輕裘。 吾聞之也, 君子周急不繼富。]"라고 대답하였다. 《論語 雍也》

37 박성익(朴成益) : ?~?. 생애는 미상이다. 1682년 예단진(禮單直)으로 일본에 다녀왔다.

38 박 공 죽암(竹菴) : 박경후(朴慶後, 1644~1706)로, 본관은 함양(咸陽), 자는 휴경(休卿), 호는 취옹(醉翁)·만오(晩悟)·죽암(竹庵)이다. 1675년 문과에 급제하였고, 승정원

"성은 같지만 아들은 아닙니다."

"별호는 무엇입니까?"

홍여랑이 말하였다.

"그 아이의 호는 죽헌(竹軒)이라 합니다."

"태수는 누구를 말합니까?"

"귀인(貴人)의 일이라서 말할 수 없습니다."

"내일 빙례를 행할 때 세 사신께서 막부에 입조하니, 그대들은 그들을 따라서 입조하겠군요."

이진사가 말했다.

"그렇습니다. 그렇습니다."

통(桶)을 가지고 온 자가 있어서, 진사가 열어보니 관이 들어 있었다. 자주색 비단으로 쌌는데, 사모(紗帽)[39]라고 말할 수 있었다. 내가 물었다.

"이것은 당(唐) 나라 조정에서 사용하던 오사모(烏紗帽)입니까?"

붕명(鵬溟)이 말했다.

"말씀하신 것과 같습니다."

"조복(朝服)에 이 모자를 씁니까?"

주서·홍문관수찬·사간원정언 등 삼사(三司)의 요직을 두루 거쳤다. 1682년 통신사 종사관으로 일본에 파견되었다.

39 사모(紗帽) : 조선(朝鮮) 시대(時代), 문무관(文武官)이 평상복에 착용(着用)하던 모자이다. 검은 사(紗)로 만들며, 뒤에 뿔이 2개 있다. 지금은 흔히 전통(傳統) 혼례식(婚禮式) 때 신랑(新郎)이 쓴다.

"조정의 예복입니다."

"어제 말을 타고 오면서 몰래 보았는데 어떠하였습니까?"

김중천(金重千)이 말하였다.

"어제 잠깐 만나 즐거웠습니다."

"홍(洪) 비장(裨將)은 비록 말은 나누지 않았으나 눈짓을 하였습니다. 윤(尹) 비장은 웃으면서 말하고 갔습니다. 이 외에 여러 동자(童子)들도 모두 바라보았습니다. 김광필(金匡必)과 말을 끄는 동자는 눈짓을 보내며 웃음을 나누었습니다. 오직 배봉장만이 말 위에서 매우 힘들어 하였습니다. 내가 그의 얼굴을 바라봐도 그는 쳐다보지 않았습니다. 생각건대, 오늘 병이 났나요?"

"평상시와 같습니다. 단지 어제 말을 타고 오느라고 피로하였을 뿐입니다."

"어제 막부에 입조할 때 길을 가면서 잠깐 보았는데 어떠했습니까?"

이학사가 말하였다.

"말을 타고 가면서는 말을 통할 수 없어 단지 눈짓을 보냈습니다."

내가 물었다.

"그대가 입고 있는 옷은 한림학사(翰林學士)의 옷이겠군요."

"성균관 학사가 입는 옷은 따로 있는데, 비록 상세히 말해도 알아들을 수 없을 것입니다. 일에는 순서가 있어서 상세하게 말씀드리기는 어렵습니다만, 어쨌든 학사(學士)의 옷은 아닙니다. 도포(道袍)와 사관(紗冠)은 조정이라 해도 착용합니다."

"입고 있는 옷은 무엇이라고 합니까?"

이지화(李枝花)가 말하였다.

"자삼(紫衫)입니다."

"아래는 잠방이[褌]입니까? 치마[裙]입니까?"

"이것은 바지[袴]입니다."

"이것이 바지면 위에는 저고리[襦]입니까?"

"이 옷을 저고리라고 하는지는 모르겠습니다."

"후한(後漢)의 염범(廉范)이 촉군(蜀郡) 태수(太守)로 있을 때 백성들이 노래 부르기를, '옛날에는 저고리가 없었는데, 지금은 바지가 다섯이다'고 하였는데,[40] 이것을 〈유고가(襦袴歌)〉라 하는 하나의 증거입니다. 또 있습니다. 어떤 어미가 아들을 위해 저고리를 만들고 아들에게 다리미[熨斗]를 가져오게 하면서 말하기를, '저고리가 이미 지어졌으니 이제 바지를 지으면 된다.'고 하자, 아들이 말하기를, '이 저고리가 있으면 비록 바지가 없어도 어찌 춥겠습니까? 다리미에 불이 있으면 자루도 따뜻한 법입니다.'라고 하였습니다. 여기서도 저고리와 바지를 말하고 있습니다. 또 이 바지 외에 별도의 잠방이가 있습니까?"

"잠방이는 무엇인지 모르겠습니다. 그대가 입고 있는 옷은 무엇입니까?"

"도포입니다."

빙그레 웃으면서 말하였다.

---

40 후한(後漢)의 … 하였는데 : 염범(廉范)은 후한(後漢) 사람으로 자(字)는 숙도(叔度)이다. 촉군 태수(蜀郡太守)로 나가 불편한 법령을 없애는 등 민생(民生) 위주의 정사를 펼치자, 백성들이 노래하기를 "염숙도여 어찌 이리 늦게 왔는가. 평생에 속옷도 입지를 못했는데 지금은 바지가 다섯 벌이나 되는구나.[廉叔度! 來何暮? 平生無襦, 今五袴。]"라고 한 고사가 전해 온다.《後漢書 卷31 廉范傳》

"도포라, 도포라. 이름은 같지만 형태가 다르군요."

"조선과 일본은 물론, 모든 천지간에 똑같이 사람이라고 부릅니다. 부르는 이름은 같지만 형태가 다른 것이 오직 도포 때문이라 웃는 것입니까?"

"그렇습니다."라고 하면서 머리를 끄덕였다.

호연당과 함께 창랑자가 쉬는 곳에 갔다. 창랑자가 물었다.

"그대의 성명은 무엇이고, 나이는 몇입니까?"

"성은 야(野)이고 이름은 원호(元浩)이며, 나이는 14세인데, 학산(鶴山)의 조카입니다."

소나무 부채 한 자루를 상자에서 꺼내서, 즉시 다음과 같이 초서로 썼다.

여러분이 이 사람을 찾은 마음에	多君訪我意
둥근 부채 하나를 보답하노라	贈以一團扇
나중에 언젠가 그리워지면	他時定相思
천 리 밖 이 얼굴을 본 듯 여기소	千里如見面

나를 돌아보고 말하였다.

"지금 막 지은 것입니다."

나는 말하였다.

"한번 노래하여 세 번 감탄하게 하니, 무슨 선물이 이보다 더하겠습니까?"

원호(元浩)가 나를 통해 매우 감사하는 뜻을 전했다.

"나는 운어(韻語)를 암기하지 못하는데, 귀국에서는 어떻게 암기할 수 있습니까?"

"우리 같은 사람들은 운자(韻字)를 반드시 알아야 할 필요가 없습니다. 깊이 생각하는 사이에 그 높낮이와 평측(平仄)이 자연스럽게 이루어집니다."

내가 말했다.

"지금 주신 노래는 급하게 완성하였는데도 매우 뛰어난 작품입니다. 보면 운(韻)이 있다는 것을 알겠지만 스스로는 기억할 수 없으니 한스럽습니다. 원컨대 이 종이에 큰 글씨를 써 주신다면 다행이겠습니다."

"뭐라고 써 드릴까요?"

"오봉(鰲峯) 호연당(浩然堂)이라고 써 주십시오."

"알겠습니다."

즉시 썼다. 따로 '계음당(溪陰堂)'이라고 쓰고, "계당(溪堂) 공을 위해 썼다. 홍래숙(洪來叔)."이라고 썼다. 나는 감사한 마음을 이기지 못하고 가지고 있던 붓으로 써서 말하였다.

"계음당은 종남산(終南山) 아래 남계(南溪)입니다. 소동파(蘇東坡)가 살면서 절구(絶句)를 지었던 곳입니다.[41] 저는 훤곡(暄谷)에 살았던 적이 있습니다. 그 곳 옆으로는 시냇물이 흐르고, 집 앞에는 푸른 홰나무가 있는데 매미가 시끄럽게 웁니다. 시냇물 남쪽에는 10무(畝)의 밭

---

41 소동파(蘇東坡)가 … 곳입니다. : 「계음당(溪陰堂)」을 가리킨다. 《蘇東坡詩集 卷4》

이 있고, 한 쌍의 백로가 맑은 물에서 노닙니다. 술에 취해 돌아가서 아침에 일어나면 해가 세 길이나 올라와 있습니다. 그래서 그 집을 계당(溪堂)이라고 부른 것입니다. 지금 예전 일을 따라서 친구들이 계당이라 부르니, 제 계획이 이루어진 것입니다. 미원장(米元章)에게 계당(溪堂)이라는 호가 있었고,[42] 사일(謝逸)[43]은 일찍이 「당수정지기(溪堂壽亭之記)」[44]를 지었는데, 이곳의 이름인지 모르겠습니다. 『열자(列子)』에 당계공(堂溪公)이라는 사람이 나옵니다.[45] 그대가 지금 쓴 '계음당'은 무슨 뜻을 취한 것입니까?"

"소동파의 「피세당(避世堂)」 시[46]에 '계당이 얕은 것이 한스러워 깊은 죽림 속으로 더 욱 들어갔네.'라고 하였으니 이것이 오히려 남계(南溪)에 새로 대나무 집을 세운 까닭입니다."

"저는 근래 자주 뵈었지만 한 수의 시도 드리지 못하고 분주한 사이에 필담을 하였을 뿐입니다. 생각하면 저는 풍월이나 읊는 한가한 사람입니다. 알 수 없습니다만, 바람을 타고 그대 나라에까지 도달한다면 공은 잊지 않고 있을까요?"

---

42 미원장(米元章)에게 … 있었고 : 미원장(米元章)은 북송(北宋) 시대의 서화가 미불(米芾)로, 원장은 그의 자(字)이고 호는 남궁(南宮)이다. 그가 남긴 「독소첩(獨素帖)」에 계당(溪堂)이라는 호를 쓴 것을 찾아볼 수 있다.

43 사일(謝逸) : ?~1113. 자는 무일(無逸), 호는 계당(溪堂)이다. 송나라 때 시인이다. 황정견(黃庭堅)을 종(宗)으로 삼은 시파(詩派)인 강서종파(江西宗派)에 참여하였다. 저서에 『계당집(溪堂集)』이 있다.

44 계당수정지기(溪堂壽亭之記) : 《溪堂集 卷7 壽亭記》

45 『열자(列子)』에 … 나옵니다. : 《列子 卷4》

46 소동파가 … 시는 : 《東坡全集 卷2 南溪之南竹林中 新構一笰堂 予以其所處 最爲深 邃 故名之避世堂》

창랑자가 말하였다.

"그대의 몸가짐을 보면 세속 선비가 아니라는 것을 알 수 있습니다. 어찌하면 그대와 더불어 산과 바다에 놀러 다니면서 풍월을 노래할 수 있을까요? 남과 북으로 떨어져 살고 있는 것이 매우 한스럽습니다."

"저는 스스로 강호(江湖)에서 실의(失意)에 빠져 살면서 노장(老莊)의 무리를 칭하고 있습니다만 사방(四方)으로 돌아다니고 싶은 마음은 상호(桑弧)의 뜻[47]을 저버린 적이 없으니, 하물며 유학(遊學)이겠습니까? 학산(鶴山)이 저의 뜻을 따라준다면 천리를 멀다 하지 않고 그대가 사는 곳으로 갈 것이라는 것은 확실합니다."

"학산과 그대의 높은 품격은 진실로 세상에서 보기 드문 것입니다. 감사하는 마음을 잊지 못하겠습니다. 그런데 학산은 언제 관소에 옵니까?"

"오늘은 공무가 있어서 조정에 들어갔으니, 정오 무렵에는 여기에 도착할까요? 확실히 모르겠습니다."

"떠날 때는 마땅히 별도로 못 짓는 시라도 지어서 후의(厚誼)에 감사드리겠습니다."

"원하는 바입니다. 매우 감사합니다."

---

47 상호(桑弧) :《예기(禮記)》 사의(射義) 편에, "남자가 태어나면 뽕나무 활 6개 쑥대살 6개로 천지사방을 쏜다[男子生, 桑弧六, 蓬矢六, 以射天地四方。]"는 말이 나온다. 중국의 옛적 풍속에 아들를 낳으면 뽕나무 활로 동서남북 사방을 쏘았는데 자라서 사방으로 다니기를 기원한 것이다.

대마도 태수의 가신(家臣) 통구(樋口)씨의 아들이 왔다. 나는 누구의 아들인지 몰랐는데, 나에게 필담을 쓰도록 하였다. 창랑자가 성명을 물으니, '통구(樋口) 모(某)'라고 쓰고 투정향(透頂香)[48]을 선물하였다. 창랑자가 말하였다.

"이것이 무슨 물건입니까?"

"세속에서 외랑(外郎)이라고 부르는 것입니다."

"먹는 것입니까?"

"그렇습니다. 먼저 맛을 보겠습니다."

"맛이 어떻습니까?"

"매우 답니다."

"먹어보니 과연 알겠습니다."

"듣건대 진외랑(陳外郎)이라는 자가 있어 중국에서 왔는데, 이것과 만두(饅頭)를 가지고 와서 민간의 어린 아이들을 가르쳤기 때문에 외랑이라고 칭한다고 합니다."

"먹으면 어떤 효과가 있습니까?"

"기를 풀어주고 마음을 상쾌하게 합니다. 그래서 아녀자들이 항상 복용하고 싶어합니다. 원컨대 웃으며 받아주십시오."

"제가 시를 지어서 드리겠습니다만 우선 조용해지기를 기다리겠습니다. 이 분은 대마도 태수 봉행의 아들입니까? 이 아이는 크게 될 기

---

48 투정향(透頂香) : 일본 약품인 외랑[外郎, 우이로]을 가리킨다. 본래는 중국에서 왕이 벗은 관의 땀냄새를 제거하기 위해 사용했던 약이라 하나 입안의 청량감이나 구취 해소를 위해 사용되었다. 원(元) 나라의 예부(禮部) 원외랑(員外郎) 직임에 있던 진종경(陳宗敬)이 망명하면서 전래되었으므로, 외랑이라 불린다고 한다.

상(氣像)이 있으니 귀하게 여길 만합니다."

"그대의 가르침과 같이 된다면 다행이겠습니다."

"이진경(李振卿)이 입고 있는 옷은 이름이 무엇입니까? 생각해보니, 피풍(披風)[49]입니까? 반비(半臂)[50]입니까? 피풍은 소매가 있습니다. 그런데 『삼재도회(三才圖會)』[51]에도 실려있는데, 진시황제(秦始皇帝)가 조복(朝服) 위에 입은 것은 소매가 없습니다."

"이 옷 이름은 전복(戰服)[52]으로, 우리나라 무관(武官)이 많이 입습니다."

"그렇다면 송(宋) 나라 초기에 입은 자착삼(紫窄衫)[53]과 같은 부류입니까?"

"제도는 우리나라로부터 나왔고, 조금 있다가 중국에서 배운 것입니다."

"『학림옥로(鶴林玉露)』[54]에는 자착삼과 야복(野服)이 있습니다. 야복

---

49 피풍(披風) : 청(淸) 나라때 부인(婦人)이 예복(禮服)으로 입은 외투(外套) 이름이다.

50 반비(半臂) : 상의의 맨 위에 입는 소매가 없거나 아주 짧은 겉옷을 가리킨다.

51 삼재도회(三才圖會) : 중국의 유서(類書). 여러 가지 책을 모아 항목에 따라 분류하여 찾아보기 편리하게 했다. 명대(明代) 가정(嘉靖)·만력(萬曆) 연간(1522~1620)에 왕기(王圻)에 이어 왕사의(王思義)가 편찬했다. 여러 책의 도감(圖鑑)을 모아 문자설명을 덧붙였으므로 그림·문자가 모두 강조된 유서라고 할 수 있다. 모두 106권이며, 천문·지리·인물·시령(時令 : 절기)·궁실(宮室)·기용(器用)·신체·의복·인사(人事)·의제(儀制)·진보(珍寶)·문사(文史)·조수(鳥獸)·초목(草木) 등의 14부문으로 나누어져 있다. 고대 문물·인물 그림을 찾아보기 위한 책이다.

52 전복(戰服) : 조선 후기에, 무관들이 입던 옷이다. 깃·소매·섶이 없고 등솔기가 허리에서부터 끝까지 트여 있다.

53 자착삼(紫窄衫) : 송 나라의 군복이다. 남송 이후 사대부들이 입기 시작하였다고 한다.

은 주문공(朱文公)이 만든 것인데, 귀국에도 야복이 있습니까?"

"문·무관의 관복에 색깔을 쓰고, 별다른 제도는 없습니다."

봉장이 물었다.

"존사(尊士)께서는 무슨 일이십니까? 해가 곧 저물 것인데 어찌 계십니까?"

내가 말했다.

"나는 작년에 동오(東奧)[55]에 있었습니다. 귀국에서 손님이 오신다는 말을 듣고 이것은 매우 얻기 어려운 천재일우(千載一遇)의 기회라고 생각하였습니다. 그래서 멀리서 고향으로 돌아와 기다리고 있었습니다. 그래서 날마다 와서 뵙는 것입니다."

"저에게 이렇게 말씀하시니 더욱 황공(惶恐)합니다. 과연 숨어있는 덕사(德士)와 같으니 마음속으로 매우 감사드립니다. 이 벼루가 매우 좋아 보여서 사고 싶은데, 값을 얼마나 주어야 합니까?"

"원하신다면 제가 선물하겠습니다. 이것은 다른 사람의 벼루입니다."

"저는 본래 작은 문인(文人)이어서 벼루를 좋아합니다. 존댁(尊宅)에 이러한 작은 벼루가 있습니까? 내일 주시면 어떻겠습니까?"

---

54 학림옥로(鶴林玉露) : 시화(詩話)·어록(語錄)·소설(小說)의 문체(文體)로 문인(文人)·도학자(道學者)·산인(山人)의 말을 실어, 주희(朱熹)·장재(張載) 등(等)의 말을 인용하고, 구양수(歐陽修)·소동파(蘇東坡)의 글을 찬양(讚揚)한 책이다. 천(天)·지(地)·인(人)의 세 부로 분류(分類)되어 있고, 송(宋)나라의 나대경(羅大經)이 1251년 완성(完成)하였다.

55 동오(東奧) : 일본 본주의 동쪽에 있는 육오주(陸奧州)를 가리킨다. 현재 일본의 북동부에 위치한 아오모리[青森], 이와테[岩手] 등 여러 현에 걸쳐 있었다.

"있습니다. 반드시 드리겠습니다."

대마도 태수 별관에서 이화립(李華立)[56]・이삼석(李三錫)[57]이 빈 병풍
한 쌍에 글씨를 써 주기로 하였다. 학산(鶴山)이 나에게 그 일을 맡기
면서 말했다.

"소강절(邵康節)[58]의 절구를 쓰는 것이 좋겠네."

즉시 필담으로 두 이 씨에게 알리니, '달이 하늘 가운데 이르고[月到
天心處]'[59]라는 한 구절을 알 뿐이었다. 또 두 진사를 돌아보고 물으니,
이 또한 알지 못하는 것 같았다. 내가 암기하고 있는 것을 써서 보여
주고 병풍 하나에 두 수를 썼는데 여백이 여전히 남았다. 내 생각에
큰 글자로 써야 할 것 같아서 알렸다.

"하나는 취리건곤(醉裡乾坤), 하나는 한중금고(閑中今古)[60]를 더 써 넣
는 것이 어떻습니까?"

학산이 고개를 끄덕여서 또 두 이 씨에게 알리니 병풍에 썼다. 삼석
이 쓴 '리(裏)' 자의 'ノ' 획 먹물이 흘렀다. 옆에 있던 사람이 자기도

---

56 이화립(李華立) : ?~?. 생애 미상이다. 1682년 사자관으로서 일본에 다녀왔다.

57 이삼석(李三錫) : 1656~?. 본관은 전주(全州), 자는 달부(達夫), 호는 설월당(雪月堂)
   이다. 1682년 사자관(寫字官)으로 일본에 다녀왔다.

58 소강절(邵康節) : 소옹(邵雍, 1011~1077)으로, 자는 요부(堯夫), 호는 안락선생(安樂
   先生), 시호는 강절(康節)이다. 중국 송(宋)나라의 학자이자 시인이다. 도가사상의 영향
   을 받고 유교의 역철학(易哲學)을 발전시켜 특이한 수리철학(數理哲學)을 만들었다. 도
   학적인 시로도 유명하다. 《이천격양집(伊川擊壤集)》 등을 남겼다.

59 달이 하늘 가운데 이르고[月到天心處] : 《伊川擊壤集 卷12 淸夜吟》

60 하나는 … 한중금고(閑中今古) : 주희(朱熹)가 소옹(邵雍)을 평가한 말 가운데 따온
   것이다. 《朱子大全 卷85》

모르게 "오호!"라고 외쳤다. 삼석이 꺼리지 않고 웃으면서 흐르는 먹
물을 이용하여 이 글자를 썼는데, 글자는 더욱 기이하였다. 조금 있다
가 처음에 만난 자화(子華)가 와서 물었다.

"매우 아껴주셔서 평생 잊지 못할 것입니다. 황공하게도 우리들이
말씀드리고 싶은 말씀이 있습니다만 존사(尊士)를 위해 주고받은 글을
좋은 종이에 잘 베껴 써서 보내드리고 싶은데 어떻겠습니까?"

"매우 바라던 바입니다."

그래서 자화에게 가서 말하였다.

"알았습니다. 제가 어떻게 쓰면 되겠습니까? 친근한 감정은 오래 되
었으나 존공(尊公)의 이름을 모릅니다."

"저는 이름을 숨겨서 다른 사람 모르게 하려 하려고 일부러 지금에
그래 왔는데, 이 말씀 또한 좋군요. 저는 이름이 공정(公定)이고 성은
임(任)씨입니다."

"처사(處士)는 수명이 긴 법입니다. 다음에 오는 통신사에 비록 제가
따라 오지 않더라도 다른 소동(小童) 편에 서로 안부를 교환하기를 바
랍니다."

"저 역시 바라던 바입니다. 저는 풍월이나 읊는 한가한 사람이어서
여기저기 흘러 돌아다니니 닿는 곳을 모릅니다. 귀국에도 이런 사람
이 있는지 모르겠습니다."

"이런 말씀을 존공께서도 하시는군요. 역시 좋습니다. 존공과 같은
사람은 우리나라에는 많지 않습니다."

"재주가 없는데 어찌 그렇겠습니까? 그대와 같은 사람은 드물다고
말할 수 있습니다. 사행이 다시 온다면 정사(正使)가 되실까요? 학사

(學士)가 되실까요? 서로 또 보지 못하는 것이 한스럽습니다."

"이 쓸 내용을 모두 알고 있으니, 앞서 아뢴 주고받은 글을 아주 좋은 종이에 베껴 쓰면 어떻겠습니까? 진실로 이것을 바랍니다."

"졸필(拙筆)로 더럽히려고 하니 부끄럽습니다. 그러나 앞날의 우호를 위해서 어찌 굳게 사양하겠습니까? 가르침을 따르겠습니다."

"주신 글을 조용히 베껴 써서 우리들이 보내겠습니다. 바라옵건대 저희들이 쓴 글은 조선인들이 보지 않았으면 합니다."

"알았습니다. 좋은 종이를 가지고 옵니까?"

"내일 반드시 소매 속에 넣어 오겠습니다."

"어제 밤에 학산(鶴山)이 약속한 「한강독조도(寒江獨釣圖)」를 저에게 부탁했습니다. 공께서 유종원(柳宗元) 문장을 사랑한다고 들었습니다. 그래서 전별하는 말을 그림 상자에 쓰려 합니다."

내가 그림을 드리며 말하였다.

"화폭에 써주십시오."

"안 됩니다. 그렇다면 배면지(背面紙)에 쓰겠습니다."

"돌아가는 길이 멀어서 그림 상자는 가지고 가기 어렵습니까?"

그러니 드디어 허락하였다. 창랑자가 말하였다.

"공의 말과 같이 화폭에 쓰고 그리는 것이 더 좋지만, 배면지에 쓰는 것도 하나의 좋은 일입니다. 이 시는 매우 진기합니다."

"『최효몽(催曉夢)』 4책을 서고(書庫)에서 뒤져서 겨우 찾아 살펴보실 수 있도록 하였습니다."

"이것은 노야(老爺)께서 보고 싶어 하던 것인데, 비록 한 부지만 다행입니다. 다행입니다."

"제가 아주 졸렬하지만 인장을 새기는데, 그대에게 새겨 드리고 싶습니다. 그러나 인장 재료가 작아서 그대 마음에 들지 모르겠습니다. 모양은 그림과 같은데, 어떻습니까?"

"두터운 호의에 매우 감사드립니다. 단 모양이 조금 더 크다면 더욱 훌륭하겠습니다."

"제가 비록 처사라는 이름을 가지고 있지만 이처럼 인간세상에 있으면서 내 뜻에만 맞추어 사니 광객(狂客)이라 할 수 있습니다. 또 성은 임씨이고 이름은 공정입니다. 중국에서는 황제(黃帝)의 먼 후손입니다만 우리나라에서는 계보를 모르겠습니다. 계당(溪堂)은 친구들이 부르는 호입니다. 이름과 성씨가 이상한 사람이라고 할 수 있습니다. 하하."

"하늘과 땅 사이에는 일종의 기이한 사람이 자연히 있기 마련입니다. 그대는 세속의 밖에서 마음이 자유로운 사람이라고 할 수 있습니다."

"책상이 없는데, 불편하지 않습니까?"

"벼루집이 오는 도중에 부서져서 지금은 없으니, 보기에 민망해 매우 걱정스럽습니다."

배봉장이 와서 내게 말했다.

"주신 도장의 글자는 무엇입니까?"

"'배씨봉장죽림(裵氏鳳章竹林)'입니다."

김구안(金九安)이 옆에 있다가 말하였다.

"이 도장에 새겨진 것은 '비의씨봉장지인(非衣氏鳳章之印)'입니다."

내가 말하였다.

"'배(裵)'와 '배(裴)'는 같습니다. 그렇기는 하지만 옛날 글자가 모두 '비의(非衣)'라고 쓰기 때문에 이렇게 새긴 것입니다."

봉장이 발끈해서 김구안과 말다툼을 하였다. 나는 말이 통하지 않아서 다투는 것을 구경만 하였다.

김중기(金重器)[61] 비장(裨將)가 물었다.

"어째서 이 두 아이를 자주 데리고 옵니까?"

"유관(儒官)의 아들이라서 자주 옵니다."

"그렇군요. 저도 대접하겠습니다."

"감사합니다."

죽림(竹林) 봉장(鳳章)이 물었다.

"이 아이들이 오고 갈 때 승물[노리모노, 乘物]을 타고 옵니까?"

"이 아이들뿐만이 아닙니다. 저도 비록 은사(隱士)지만 승물을 탑니다. 일본 풍속에 승물이라는 것은 견여(肩輿)입니다."

양익명(梁益命)[62] 선전(宣傳)이 두 아이를 불러서, 부사(副使) 노야(老爺)이 공(李公)을 뵙게 하니, 두 아이의 부채에 글씨를 써서 주셨다. 붓을 든 김에 곧 써서 부사(副使) 이공이 물었다.

"책을 읽느냐?"

금헌(琴軒)이 대답하였다.

"『시경(詩經)』을 읽습니다."

---

61 김중기(金重器) : 생애는 미상이다. 1682년 군관으로 일본에 다녀왔다. 전 첨정(僉正)이다.《東槎日錄》

62 양익명(梁益命) : 생애 미상. 1682년 군관으로 일본에 다녀왔다. 전 첨정(僉正)이다. 선전관(宣傳官)이다.《東槎日錄》

"네 동생은 몇 살이냐?"

"12세입니다."

"이름이 무엇이냐?"

"성은 야(野), 이름은 우설(友雪), 호는 석계(石溪)입니다."

절을 하고 물러났다.

송계(松溪 : 김중기)가 물었다.

"이 두 아이는 그대의 제자입니까?"

나는 말했다.

"저는 학산(鶴山)의 문객(門客)입니다. 그래서 이 두 아이를 데리고 온 것입니다."

"후일에 또 오실 수 있겠습니까?"

"모르겠습니다."

"이 아이들은 매우 사랑스러우니 내일 또 오십시오."

"결정하기 어렵습니다."

"이 두 아이는 매우 영민(英敏)하군요. 글씨를 쓸 줄 압니까?"

"비록 법첩(法帖)을 보지만 이제 성명은 쓸 줄 압니다."

"그렇다면 성명을 써 보아라."

금헌이 붓을 잡고 썼다.

"성은 야(野), 이름은 원귀(元龜), 나이는 13세인데, 아직 관례(冠禮)를 올리지 않아서 자(字)는 없습니다."

"13세의 아이가 글씨를 잘 쓰니 기쁜 일이구나."

"족하(足下)께서 이 부채에 글씨를 써 주신다면 고맙겠습니다."

"나는 글씨가 매우 졸렬해서 쓸 수 없습니다."

"이 붓끝을 보면 그렇지 않습니다. 굳이 원합니다."

"즉시 쓰겠습니다만 다른 부채를 여기에 놓아두었다가 잘 쓰는 사람에게 쓰게 하겠습니다."

"이것이 보잘것없는 부채라 귀한 손님께 글씨를 쓰게 하고 싶지 않습니다. 족하께서는 써서 주고 싶습니까?"

송계(松溪)가 말했다.

"저는 쓰고 싶지 않습니다."

아이를 불러서 떡과 과자 두세 가지를 도자기에 가득 담고 소반에 받쳐 두 아이에게 주면서 말하였다.

"먹어 보렴."

좌중에 어른 아이 할 것 없이 모두 말하였다.

"먹어 보렴."

내가 말했다.

"오덕시(五德柿)라는 나무는 잎은 글씨를 쓸 수 있고, 그늘에서는 쉴 수 있습니다. 이 열매와 나무가 귀국에 많이 있습니까?"

송계(松溪)가 말하였다.

"우리나라에 많이 있습니다."

"이 과자는 만과(蠻果)라고도 하는데, 밀가루나 찹쌀을 설탕과 섞어서 과자처럼 만든 것입니다. 듣건대, 남만(南蠻)의 오랑캐 말을 하는 사람들이 큰 상선(商船)을 통해서 이 물건을 가지고 왔는데, 점점 익숙해져서 이런 과자가 있게 되었습니다. 귀국의 과자는 어떻습니까?"

"우리 읍에서 먹는 것과 다릅니다."라고 하였다.

조정원(趙廷元)[63]이 말하였다.

"청컨대 단검을 좀 보여주십시오."

"사양하기가 부득이하니, 칼집에서 꺼내지는 마십시오."

"알았습니다. 알았습니다."

상세하게 살펴보더니 말하였다.

"우리나라에 이 칼이 있다면 가격이 은(銀)으로 2두(斗)일 것입니다."

"귀국에서 이런 칼[鉤]의 이름은 무엇입니까?"

장계량(張繼亮)이 말하였다.

"반구(半鉤)입니다"

"구(鉤)라는 것은 단검이니, 오구(吳鉤)가 바로 그렇습니다. 어째서 반구라고 합니까? 비수(匕首)라는 것은 형태가 비(匕) 자(字)와 같습니다. 또 단검은 물고기의 배 속에 넣어둘 수 있습니다. 그래서 짧고 작다는 것을 알 수 있습니다. 이 칼도 이 두 가지와 같은 종류일 것입니다."

"우리나라에서는 보기 드문 것입니다."

창랑자가 말하였다.

"어제 선물해주신 도장은 그대가 직접 새긴 것입니까? 그리고 글씨는 누가 쓴 것입니까?"

"제가 직접 것이고, 글씨는 야학산(野鶴山)이 쓴 것입니다. 또한 '창랑(滄浪)'이라는 글자를 새기려고 하였는데 마음에 드는 재료가 없어서 조금 지체하고 있습니다. 곧 새길 것입니다. 오늘 작은 도장은 배봉장에게 주었습니다."

---

63 조정원(趙廷元) : 생애 미상. 1682년 군관으로 일본에 다녀왔다. 호군(護軍)이다. 《東槎日錄》

창랑이 말하였다.

"이 큰 글씨를 임정우(林整宇)에게 보내고 싶습니다."

"알았습니다. 제가 전해드리겠습니다." 돌아가자마자 학산에게서 인강(忍岡)[64]으로 전달되었다.

내가 말했다.

"인장의 색깔이 매우 나빠서 제가 좋은 방법을 알려드리고 싶습니다."

창랑이 말하였다.

"마땅히 말씀하신대로 하겠습니다."

"제가 좋은 인장의 색깔을 구하였으나 전해지는 것이 없었습니다. 오직 『준생팔전(遵生八牋)』[65]·『철경록(輟耕錄)』[66]에 나오는 방법이 매우 좋습니다. 이 두 책을 참고하여 조제(調劑)하면 몇 가지의 좋은 색깔을 얻을 수 있습니다."

학산(鶴山)의 두 아들이 나에게 부탁하여, 배봉장에게 써주었다.

"작은 연갑(硯匣) 금헌(琴軒)이 드리는 것입니다. 아울러 붓, 먹, 연적을 드립니다.,

---

64 인강(忍岡) : 시노부노오카. 현재 일본 동경(東京)의 우에노[上野] 공원 일대를 부르던 옛 지명이다. 이곳에 임나산(林羅山)이 세운 사숙(私塾)이 있었다.

65 『준생팔전(遵生八牋)』 : 명(明) 고렴(高濂)이 편찬한 책으로, 역대 은일(隱逸) 100인의 사적(事蹟)을 서술하였다. 전체 19권인데, 권1·2는 청수묘론전(淸修妙論牋), 권3~6은 사시풍섭전(四時諷攝牋), 권7·8은 기거안락전(起居安樂牋), 권9·10은 연년각병전(延年却病牋), 권11~13은 음찬복식전(飮饌服食牋), 권14~16은 연한청상전(燕閒淸賞牋), 권17·18은 영비단약전(靈秘丹藥牋), 권19는 진외하거전(塵外遐擧牋) 등 8목(目)으로 구성되어 있다.

66 『철경록(輟耕錄)』 : 명(明) 나라 도종의(陶宗儀)가 편찬한 책으로, 원(元) 대의 법제 및 원 말기인 지정(至正) 연간에 동남 지역에서 일어난 병란(兵亂)을 주로 하고, 훈고(訓詁)·서화(書畵) 등을 고증한 것이다.

금색 무늬 인주 그릇 석계(石溪)가 드리는 것입니다. 인색포금(印色包錦)도 아울러
드립니다."

봉장이 기뻐하면서 말하였다.

"어떻게 감사드려야 할지 모르겠습니다."

이에 그가 학산의 두 아들에게 송선(松扇) 1 자루 금헌에게 줌 과 용문
묵(龍門墨) 1홀(笏) 석계에게 줌 을 선물하였다. 두 아들은 붉은 단자를 부
쳐 감사하였다. 내가 말했다.

"금헌과 석계에게 선물을 전해주니 웃으면서 받았습니다."

박성익(朴成益)이 말하였다.

"이 갑(匣)을 뭐라고 합니까?"

"금회저합(金繪楮匣)이라고 합니다. 닥나무로 만들고, 금으로 그림을
그렸기 때문이지요."

"회경(懷鏡)은 소매 속의 보물입니다. 모두 매우 감사합니다."

"귀국의 동경(銅鏡)과 다를 게 없을 것입니다. 생각건대 모양이 같지
않을 것이니, 그래서 진기한 것이겠지요. 우리나라에 있는 만경(蠻鏡)
도 그렇습니다."

"우리나라에는 동경이 많지 않습니다. 얻을 수 있다 하더라도 이처
럼 사물을 분명하게 비추는 것을 어떻게 얻을 수 있겠습니까?"

"두 아이가 저녁때까지 있으니 지금 즉시 베껴 쓰고 싶지만 일이 있
어서 베끼지 못하니 한탄스럽습니다."

봉장이 말하였다.

"조선에서 대판성(大阪城) 땅에 도착해서 옷상자와 쇄금(鎖金)을 잃
어버렸습니다. 그래서 지금까지 사지 못하였는데, 그대에게 돈을 드리

면 사 줄 수 있겠습니까?"

"무엇이 어렵겠습니까? 그런데 금지하고 있으니 어찌해야 할까요?"

"그렇다면 어렵겠지요."

"쇄금(鎖金) 약간 정도는 부채를 가지고도 구할 수 있습니다."

"쇄금 약간이라면 그대가 공공연히 주시는 것입니까? 공공연히 받으면 어떡합니까? 공연히 다른 사람이 주는 것이면 어떡합니까? 값을 지급할 것입니다."

"알았습니다. 생각해보면 방법이 있을 것이니 내일 가지고 오겠습니다."

내가 말했다.

"제가 만약 귀국에 도착한다면 그대는 한림(翰林)이 되어 있을 것인데, 나를 잊지 않겠습니까? 알 수 없는 일입니다."

"그대가 우리나라에 온다면 날마다 대접하고 대접하고 또 대접할 것입니다. 어제 '자화(子華)'를 새길 때, 새기셨습니까?"

"한 면에는 '배봉장인', 한 면에는 '죽림', 한 면에는 시구(詩句)를 새겨서 돌아가면서 올렸습니다. 이것은 약속했던 중국종이인데 조용할 때 베껴서 드리겠습니다."

"그대도 또한 베껴서 보내는 것이 어떻습니까? 나도 또한 조용히 써서 보내겠습니다."

"알았습니다. 어찌 사양하겠습니까?"

"통신사를 따라서 다른 소동(小童)도 많이 왔는데, 우리들만을 매우 사랑해주셨습니다. 매우 사랑해주신 것을 어찌 다시 말하겠습니까만,

언어가 통하지 않는 것이 한탄스럽습니다. 한탄스럽습니다."

"말은 비록 통하지 않더라도 정을 어찌 통하지 못하겠습니까? 저는 그대의 뛰어난 재주를 사랑합니다. 훗날 반드시 갑과(甲科)로 과거에 급제할 것이니, 그러면 대관(大官)이 되어 부모의 이름을 드날릴 것입니다."

"더욱이 매일 말씀하신 것을 일일이 빠르게 보내주시는 데이겠습니까? 평생 잊지 못하겠습니다. 죽은 뒤에 죽은 영혼 앞에서도 잊지 못할 것입니다. 잊지 못할 것입니다. 이 책의 이름은 무엇입니까?"

"『수중시운(袖中詩韻)』입니다."

"죽을 때까지 끝없이 감사드릴 것입니다. 감사합니다."

박성익이 말하였다.

"지금은 일이 있어서 버선과 의복을 벗고 있으니, 불안해서 들어가야겠습니다."

"비록 수고스럽더라도 원컨대 잠깐 앉으세요. 들건대 그대는 귀족이라고 하던데 그렇습니까?"

"근거 없는 말입니다."

정사(正使)의 시동(侍童)을 만나서 물었다.

"박죽헌(朴竹軒)의 병세가 어떠합니까?"

김중천(金重千)이 말하였다.

"병이 잠시 나아졌지만 병의 근원이 제거되지 않아 문밖으로 나가지 못합니다. 혹시라도 바람에 덧날까 걱정되어 집밖을 나가지 못하고 있습니다."

"그렇다면 그대를 통해 아뢰겠습니다. 병세가 조금 나아졌다니, 비록 그렇더라도 보중(保重)하시기 바랍니다. 그리고 제가 나눌 얘기가 있으니 내일 만약 조금 나아지면 서로 뵙고 싶다고 말씀드려 주세요."

"알았습니다. 제가 전해드리겠습니다."

배봉장이 말하였다.

"내려주신 도장의 글씨는 매우 진기하였습니다. 원컨대 저의 형을 위해 또 새겨서 내려주신다면 죽더라도 잊지 못할 것입니다."

"그대가 형을 생각하는 정이 지극하니 어찌 사양하겠습니까? 그런데 형님께서는 지금 여기에 오신 분들 가운데 계십니까? 아니면 고향에 계십니까?"

"종사(從事) 나리의 관인(官人)입니다. 이름은 매곡(梅谷)입니다."

"이것은 호입니까? 한번 만나보고 싶습니다. 원하는 대로 새겨서 드리겠습니다."

"새겨서 내려주시면 반드시 만나실 것입니다. 매곡은 형님의 이름이 분명합니다."

"도장에 새기는 글씨는 비록 호라도 괜찮습니다. 내일 도장의 재료가 도착하면 새기겠습니다. 그런데 형님께서는 글씨를 잘 쓰십니까? 그대의 글씨 솜씨는 형보다 못하기 어려울 것 같은데요."

"형님의 학문과 필적은 저보다 낫습니다."

"내일 도장을 봉장에게 부치겠습니다." 호연이 새긴 것이다.

봉장이 말하였다.

"지금 즉시 만나실 수 있습니다."

나와 호연을 이끌고 소개하러 별사(別舍)로 갔다. 문지기가 있어서 내가 물었다.

"들어가도 괜찮겠습니까? 이 아이의 형이 나를 만나보고 싶다고 해서 왔습니다."

문지기가 안 된다고 하였다. 봉장은 말이 통하지 않아서 내 손을 붙잡고 숙사로 가려고 하므로, 내가 봉장의 손에 글씨를 써서 말했다.

"금지되어 있습니다. 형님께 말씀드려서 방해가 안 된다면 괜찮습니다."

이에 봉장이 숙사로 들어가서 매곡과 함께 나와서 나를 맞이하였다. 문지기가 빨리 가라고 하였다. 내가 그 말을 봉장에게 전해주니, 봉장이 문지기를 대단히 꾸짖었다. 비록 노여운 기색이 있었지만 말이 통하지 않았으므로 문지기 역시 가여워하면서도 웃으면서 대꾸하지 않았다. 그러나 꺼리는 점이 있기에 내가 손가락으로 봉장의 손에 글씨를 써서 감사하다는 말을 하고 가려고 하였다. 매곡은 말을 하려고 하였지만 말을 더듬거렸고, 봉장은 문지기를 계속 꾸짖었다. 나만 이끌고 정자 위로 올라가서 땅에 필담을 써 잠시 앉기를 청하였다. 조금 있다가 매곡이 따라 와서 아래의 숙사로 가려고 하였으나, 이것도 역시 금지되어 있었다. 다른 숙사로 가서 나를 불러서 내가 갔지만 역시 금지 당했다. 형제가 여러 가지로 방도를 찾아보았지만 금지하는 것은 어쩔 수가 없었다. 어떤 사람이 옆에 있다가 괴이하게 여기며 말하였다.

"이 아이는 무슨 일로 이 사람을 만류하는가? 마치 고향사람처럼 친하구나."

그 뒤에 매곡과 함께 한 글자의 필담도 나누지 못하고 떠나오고 말았다.

　매곡이 다음과 같은 편지를 보냈다.

　"임처사께. 비록 전부터 아는 사이는 아니지만 어제 아우 봉장의 말을 통해서 훌륭한 명성을 듣고 매우 경모(景慕)하였습니다. 오늘 몸소 이 사람이 묵고 있는 곳을 방문해 주시어 매우 감격스러웠습니다. 편안히 얘기를 나누고 싶은 마음 간절하였으나, 문지기가 금지하여 말씀을 듣지 못하였으니, 그 한스러움이 어찌 끝이 있겠습니까? 살고 있는 나라는 비록 다르지만 사나이가 회합한 것이 어찌 우연이겠습니까? 어떻게 하면 이야기를 나눌 수 있을까요? 더구나 손수 새긴 도장을 받을 것은 생각지도 못한 것이었습니다. 받아서 어루만지니 기쁘기 한량없었습니다. 감사한 마음을 표현할 길이 없어, 황지(黃紙) 2장에 졸필(拙筆)을 남겨 훗날에도 잊지 않겠다는 증거로 삼고자 하오니 물리치지 마시고 받아주시는 것이 어떻겠습니까? 이만 줄입니다. 임술년 9월 4일 조선(朝鮮) 매곡(梅谷)."

　박죽헌이 소매 속에서 3장의 초서를 꺼내서 나에게 주면서 말하였다.
　"이것은 깊이 감춰온 귀한 글씨입니다. 홍창랑에게도 말하지 않았고, 또 다른 사람들에게도 말하지 않았습니다."
　열어보니, 당시(唐詩) 5언 절구였다. 내가 말하였다.
　"그대는 자(字)가 무엇입니까?"
　"명숙(明淑)이고 별호가 죽헌입니다."

"도장에 그대의 자를 새길까요?"

"새겨서 주신 것으로 이미 족한데, 또 어찌 노고를 끼치겠습니까?"

창랑자가 말하였다.

"어제 족하(足下)께서 제가 머물고 있는 곳에 오셨을 때, 조삼(朝三) 이 말한 것에 꾸짖는 말은 없었는지요?"

"오늘 말을 하고 싶어서, 아침부터 왔지만 만나지 못하였습니다. 오늘 저녁에 모습을 뵈오니 다행입니다. 그런 사람이야 무슨 말할 가치가 있겠습니까? 저번에 학산(鶴山)의 두 아들이 난화(蘭花) 1병(瓶)을 부사(副使) 노야(老爺)께 선물하려고 통사(通事)를 통해서 때를 엿보았지만 판사(判事)가 다른 곳에 가버려서 종일 전하지 못하고, 저녁이 되어서 돌아갔습니다. 제가 두었다가 그 꽃을 가지고 왔는데 그대를 통해서 드리고 싶습니다."

"난화란 술 이름입니까?"

"난초(蘭草)입니다."

"그릇 이름입니까?"

"병 안에 화초를 꽂은 것입니다."

"먹는 물건입니까?"

"산간 계곡에 있는 난초인데, 이른바 향초(香草)라는 것입니다."

"어디에 씁니까?"

"오직 볼 뿐입니다."

"보고 나서 되돌려 주어도 무방하겠군요. 제가 마땅히 고하여 올리겠습니다."

채색화를 선물한 사람이 있었는데, 그림 내용을 설명해서 말하였다.

"이것은 우리나라 용사인 변경(辨慶)이 굴천(堀川)에서의 밤 기습 때 몽둥이로 갑사(甲士)를 때려죽이는[67] 그림입니다."

창랑자가 말하였다.

"대단합니다."

금헌과 석계가 이별을 앞두고 관사에 들어오자 봉장이 와서 필담을 하였다. 두 아이가 물었다.

"귀국 사람들은 이가 어찌 그리 흽니까?"

"치목(齒木)을 씁니다. 그래서 흽니다."

그리고 뒤따라 말하였다.

"떠날 때가 임박했는데, 이곳에 있는 물건을 가지고 갈 계획을 하지 못하고 있습니다. 엎드려 바라건대 그대가 충분히 주선해주시는 것이 어떻겠습니까?"

뽑은 후에 기록한 것에 건령귀(乾靈龜), 족지포(足之浦)가 있었다. 내가 말하였다.

"이 두 가지 물건은 알 수 없으니, 어떻게 하지요?"

봉장이 손으로 수염을 뽑는 모양을 하였다. 금헌이 말하였다.

"족집게입니까? 일본어로 '모발[게누키, 毛拔]'이라고 합니다."

---

67 우리나라 … 때려 죽이는 : 변경[辨慶, 벤케이, 1155~1189]는 일본 헤이안[平安] 시대 말기 무장으로 원의경[源義經, 미나모토노 요시쓰네, 1159~1189]를 보좌하였다. 가마쿠라 막부의 수장이 된 형 원뇌조(源賴朝)와 함께 원평합전(源平合戰)에 참여하여 평씨(平氏)와 대립하였으나, 세력이 커지자 형의 미움을 사서 굴천(堀川)의 저택에 있을 때 야습을 당하였다. 이때 직접 문 앞에 나와 부하들과 함께 응전하여 전투에서 승리하였다. 이 대목은 후에 가부키, 조루리 등의 극으로 만들어져 상연되었다.

"맞습니다."

내가 말하였다.

"건령귀는 무엇입니까?"

손가락으로 그려 보였으나 이해할 수 없었다. 역관에게 쓰게 하니 "진침(眞針)"이라고 하였다. 내가 말했다.

"물건을 꿰매는 도구인 바늘입니까?"

"아닙니다."

"방향을 아는 기구인 지남침(指南針)입니까?"

"그렇습니다."

"우리나라에서는 자침(磁針)이라고도 하고, 자오침(子午針)이라고도 합니다."

검은 바탕에 붉은 꽃무늬 옷을 입은 무사가 당 아래로 지나가자 놀라서 물었다.

"뭐 하는 사람입니까?"

내가 대답했다.

"화재(火災)를 진압하는 일에 종사하는 병졸입니다."

장익이 와서는 봉장을 놀리며 말하였다.

"이 사람은 묘한 사람이니 사귀지 마십시오. 사귀지 마십시오."

학산의 두 아들이 말했다.

"알겠습니다."

봉장이 말하였다.

"저번에 구입하겠다고 말한 것은 물건이 있던가요?"

"물건이 있으면 선물할 것이고, 없다면 어찌 대가를 받겠습니까?"

"늘 받기만 하니 미안합니다."

"그렇군요. 그러나 물건은 가지고 있는 대로 보내 드리겠습니다."

"보내주신 물건의 가격이 얼마인지 상세히 알려 주십시오."

"가격은 어디에 쓰겠습니까?"

"다른 사람의 물건을 공공연히 받는 것은 황당하고 미안한 일입니다. 그대는 보내지 않는 것이 좋겠습니다. 제 말을 용납하신다면 가격을 따져서 보내주십시오."

"숨어사는 몸이 세상에 나와서, 물건을 거래 하겠습니까? 평소에 저축해둔 것을 드리는 것일 뿐이지요. 굳이 그러려면 대판성 주변에 물건이 많으니 통역하는 사람을 시켜서 사고 백은 같은 것으로 부족한 돈을 보충하시지요."

창랑자가 말하였다.

"정수공(靜修公)68 앞으로 편지를 써야 하는데, 자(字)도 같이 써서 올리고자 합니다."

"오늘 만나기로 하였으니, 직접 올리는 것이 좋겠습니다. 필담으로 훌륭한 말씀을 듣는 것도 오늘 뿐이니 한스럽습니다."

"천리 밖에 있으니 오직 정신으로 사귀겠군요. 한스러움을 어찌 하겠습니까?"

---

68 정수공(靜修公) : 주정충국[酒井忠國, 사카이 타다쿠니, 1651~1683]로, 1668년 숙부로부터 영지를 나누어받아 안방[安房, 아와] 승산[勝山, 가쓰야마] 번의 초대 번주가 되었다. 수구성주(水口城主)를 거쳐 1680년 대번두(大番頭), 대화수(大和守)에 임명되었으며, 1681년에는 주자번(奏者番)과 사사봉행(寺社奉行)을 겸임하였다. 호가 정수재(靜修齋)이다.

"그대가 낙천(樂天)과 같다고 하더라도 역시 사실이겠습니다만 제가 어찌 미지(微之)와 비슷하겠습니까?[69] 그러니 정신의 사귐은 무엇을 이르는 것입니까?"

"마음이 정성스러워 사람으로 하여금 눈물짓게 합니다."

이진사가 말하였다.

"이것은 종사(從事) 노야(老爺)가 차운(次韻)한 시입니다. 학산(鶴山)에게 전해주면 좋겠습니다."

"삼가 말씀을 따르겠습니다."

"오늘내일 사이 서로 만날 수 있습니까?"

"조정의 명을 따라 돌아가는 여정이 가까워지고 있으니, 모습을 뵙고 싶습니다."

"저녁 무렵 뵙고 싶군요."

"만약 날이 어두워져서 돌아가게 되면 내일 반드시 오겠습니다."

내가 말했다.

"같이 온 사람들 가운데 범 고기를 가져온 사람이 있습니까?"

창랑자가 말하였다.

"이는 좋지 못한 사람을 말하는 것입니까?"

"맹호(猛虎)의 고기를 말합니다."

---

69 그대가 … 비슷하겠습니까? : 낙천은 백거이(白居易, 772~846)의 자이고, 미지는 원진(元稹, 779~831)의 자이다. 두 사람은 함께 급제하여 벼슬길에 나아간 사이로, 문학적으로도 가까워 두 사람의 창화시를 원백체(元白體)라 칭하였다. 백거이가 좌천되어 오랜 시간 떨어져 지냈으나 교분이 두터워 '교칠지심(膠漆之心)'이라는 말이 전한다.

"어디에 씁니까?"

"약물(藥物)입니다."

"범을 잡으면 얻을 수 있지만 지금은 없습니다."

"이별연이 벌써 다가왔습니다. 저는 그대에게 서문을 지어서 보내려 합니다만 그대는 제게 무엇으로 보답하겠습니까?"

"나는 마땅히 장률(長律)로 보답하겠습니다."

화사(畵師) 양박(養朴)[70]이 고하였다.

"조선의 화공(畵工)이 원숭이[猿猴]를 그리고 싶은데 알지 못한다고 하니, 어떻게 할까요?"

내가 말했다.

"알았습니다. 내가 가서 물어보겠습니다."

그래서 물었다.

"후[猴]라는 것은 팔이 긴 원숭입니까?"

성학사가 말하였다.

"본래 팔이 긴 원숭이입니다."

"귀국의 화공이 그릴 줄 모른다고 하니, 알려주셨으면 합니다."

"알았습니다."

화공을 불러서 일러주었다.

---

70 양박(養朴) : 수야상신[狩野常信, 가노 쓰네노부, 1636~1713]으로, 양박(養朴)·경관재(耕寬齋)·자미옹(紫薇翁)·고천수(古川叟)·청백재(靑白齋)·한운자(寒雲子)·잠옥(潛屋) 등의 호를 사용하였다. 에도시대 중기의 화가로, 수야파(狩野派)의 기초를 닦은 인물로 평가받는다.

"원(猿)이 팔이 길어지면 후(猴)라고 하고, 후(猴)이지만 팔이 짧으면 원(猿)이라고 하네."

그리고 또 말로 많은 설명을 해 주었지만 끝내 그리지 못하였다. 한바탕 웃었다.

금헌(琴軒)과 석계(石溪) 및 내가 죽림(竹林)과 죽헌(竹軒)을 데리고 고당(高堂)의 좌측 행랑에서 단란한 시간을 보내고 있었다. 내가 손가락으로 기둥에 썼다.

"돌아갈 날이 날로 가까워 오니 이별의 한이 매우 큽니다. 만약 우리 대손(大孫)께서 수후사를 낳는 경사가 있으면 사신이 또 올 것입니다. 그러면 죽헌은 통신대사가 되고, 죽림은 한림공이 되어 우리나라에 도착할 것입니다."

죽림이 글 내용을 죽헌에게 알려 주자, 서로 보고 웃으면서 기쁜 기색이 얼굴에 넘쳤다. 부채를 빌려서 바닥에 써서 말하였다.

"존공의 말과 같다면 금헌과 석계는 어떻게 됩니까?"

"선대의 가업을 계승하여 가문의 명성을 실추시키지 않을 것입니다. 그들 역시 학사(學士)가 되어 부친(父親)과 같아져서, 성·이 두 학사와 더불어 상대할 것입니다. 옛날에 발해(渤海)의 사신 배정(裵頲)이 관(菅) 승상(丞相)을 만났는데,[71] 그 후 배정의 아들 배진(裵珍)이 사신

---

71 배정(裵頲) : 양성천황(陽成天皇) 원경(元慶) 6년(882, 경왕13) 12월 27일 을미에 가하국(加賀國)에서 역마(驛馬)를 보내면서 말하기를, "이달 14일에 발해국의 입근사(入覲使) 배정(裵頲) 등 105인이 해안에 도착하였습니다."라고 하였다. 《海東繹史 卷41 交聘志》

으로 와서 승상의 손자인 문시(文時)을 만났습니다. 우리나라에 두 번째로 온 것이었습니다. 이것은 우리나라 국사(國史)에 실려 있는데, 배씨와는 연고가 있는 걸까요?"

죽림이 물었다.

"존공께서는 어찌 되겠습니까? 헤아린 바를 들려주십시오."

"나처럼 노둔한 늙은이가 그 때를 만난다면 먼저 비를 들고 교외를 청소한 다음, 푸른 일산을 기울여 맞이한 후, 그대의 손을 잡고 오늘의 일을 말할 것입니다. 홍려관(鴻臚館)에 이르면, 좌우에서 금헌과 석계가 알현할 것입니다. 역관과 대마도 사람을 쓰지 않고 지금처럼 모여서 얼굴을 마주하고 무릎을 맞댈 것입니다. 붓과 종이는 필담하기에 부족하지 않고 흥이 나면 시부(詩賦)를 읊으면서 그 정을 펼칠 것입니다. 죽헌과 죽림이 산창하면 금헌과 석계가 화답할 것입니다. 화답하는 자가 선창하고 선창하는 자가 화답하여, 주옥같은 시문이 쟁쟁하게 쌓일 것입니다. 그 사이에서 백발에 청삼(靑衫)을 입고 기쁨의 눈물을 씻는 자가 바로 저 임처사일 것입니다."

내가 물었다.

"사립(斜笠) 위에 세워서 꽂는 것으로 무엇을 사용합니까?"

양 선전(梁宣傳 : 양익명)이 말하였다.

"호랑이 수염을 씁니다."

"장사원(張思遠)에게 구하면 쉽게 구할 수 있겠지요? 비장(裨將) 이외 다른 무관(武官)은 감히 꽂지 못합니까?"

"다른 사람은 할 수 없습니다."

내가 물었다.

"성균관에는 진사(進士)도 있고 생원(生員)도 있는데, 그대가 과거에 합격한 것은 어떤 것입니까?"

창랑자가 말하였다.

"성균관 생도는 300명인데, 두 과가 반반입니다. 저는 과거를 보아서 진사에 급제했을 뿐입니다."

"시험장에서는 흰 포곡(袍鵠)[72]을 입습니까?"

"오직 이러한 도포(道袍)를 입습니다."

"장원급제하면 탐화연(探花宴)[73]이 있습니까?"

"차이가 있습니다. 비록 중국을 따르지만 똑같지는 않습니다."

"송나라에서는 선비들에게 시험하는 것이 시(詩)는 율(律)이고, 부(賦)는 300자이고 논(論)도 500자를 넘지 않습니다. 귀국의 과거 제도는 이와 다릅니까? 감히 묻습니다."

"우리나라에는 시(詩)와 부(賦)가 있을 뿐입니다"

금헌과 석계 및 내가 홍려관에 가서 요당(坳堂)을 방문하였다. 이삼

---

72 포곡(袍鵠) : 옛날에 응시생(應試生)들이 입었던 백포(白袍)를 말한 것으로, 소식(蘇軾)의 「최시관고교희작(催試官考較戲作)」시에 "바라노니 그대 이 말 듣고 납촉을 더 올리게나, 문 앞에 백포들이 고니처럼 섰으니 말일세[願君聞此添蠟燭, 門外白袍如立鵠.]"라고 한 데서 온 말이다.

73 탐화연(探花宴) : 당 나라 때 진사에 급제한 자들이 곡강(曲江)의 정자에 모여 잔치를 베풀고 놀았던 행사의 이름이다. 그들 가운데 나이 어리고 준수한 두세 사람을 뽑아 탐화사(探花使), 또는 탐화랑(探花郎)이라 이름을 붙이고 그들에게 동산을 두루 돌아다니며 아름다운 꽃을 꺾게 하였다. 《秦中歲時記》

석(李三錫)과 이화립(李華立)을 만나, 읍(揖)하고 지나쳤다. 또 이 붕명 (李鵬溟)과 홍 창랑(洪滄浪)을 만나서 읍을 하였다. 나아가 말하였다.

"이 사람들은 학산(鶴山)의 두 아들입니다"

이 붕명이 그 등을 어루만지며 말하였다.

"천상(天上)의 기린아(麒麟兒)로다."

내가 말하였다.

"서경(徐卿)의 두 아들[74]과 동급으로 말할 수 있겠습니까? 서서 얘기 하니 비록 오랜 친구 같더라도 말을 다할 수는 없군요. 다른 날 숙사 에서 만나서 가르침을 받을 수 있기를 기대합니다."

"오늘은 대마도 태수의 초대에 응해야 합니다만, 내일은 반드시 대 화를 나눌 수 있을 것입니다. 이 두 아이를 데리고 오십시오."

"두 아이를 같이 보자고 하시니 감사합니다. 꼭 만나뵙겠습니다."

부사(副使) 숙소 앞뜰에서 갈대 울타리에 과녁을 만들어 놓고 화살 을 쏘았다. 이진경과 양익명이 참여하였다. 우측 손으로는 활을 잡고 좌측 손으로 활시위를 당겨서 쏘니 적중하였다. 이진경이 활을 잘 쏘 았다. 내 시위 군사가 보고 있으니 조선 사신이 활을 내주고 활시위를 당겨보게 해주었다. 활의 힘이 너무 약해 두 개의 활을 합쳤으나 여전 히 약했다. 화살을 먹여서 발사하였지만 과녁을 뚫지 못하였다. 과녁

---

74 서경(徐卿)의 두 아들 : 두보(杜甫)가 「서경이자가(徐卿二子歌)」에서 "공자도 석가도 친히 안아다 주었다니, 두 아이도 모두 천상의 기린아일세.[孔子、釋氏親抱送, 竝是天 上麒麟兒。]"라고 하였다.

은 해진 나막신과 짚신을 걸어 둔 것이었다.

당(堂) 아래 옥상에는 여기저기에 새가 있었다. 박 죽헌이 부르는데 그 소리가 "호오호오[包包]"하였다. 내가 손에 글씨를 써서 물었다.

"새를 부르는 것입니까?"

박 죽헌이 고개를 끄덕였다. 내가 말했다.

"이 새의 이름이 무엇입니까?"

손에 "비둘기[鳩]"라고 썼다.

학산의 두 아들이 관소로 들어왔는데, 내가 안 판사를 불러서 말하였다.

"전날 그대 덕분에 이미 정사(正使) 노야(老爺)에게 이 두 아이를 보였는데, 그 후로 안부를 묻지 못하였습니다. 돌아갈 날이 가까워오니, 후의에 감사드리고 싶습니다. 그리고 드리는 선물이 있으니 웃으며 받아주시기 바랍니다."

"알았습니다."

즉시 두 아들에게 정사를 알현하게 하였다. 나와서 안 판사가 말하였다.

"금헌이 선물한 담배갑은 이름이 무엇입니까?"

"금회저합(金繪楮盒)입니다."

"석계가 선물한 상자 위에 쓰인 초서가 읽기 어렵습니다. 무엇입니까?"

"회경(懷鏡 : 손거울)입니다."

정사 윤 공이 물었다.

"두 아우는 왜 데리고 오지 않았는가?"

금헌이 대답하였다.

"다른 곳에 가서 오지 못했습니다."

정사가 꿀과자를 대접하여, 금헌과 석계가 자리에 바로 앉아 먹었다. 맛이 너무 달아서 입에 대지 못하고 그만두었다. 이것은 밀가루에 꿀을 섞어 기름에 지져서 과자를 만든 것인데, 이른바 마제거식(馬蹄車式)이라는 것이다.

"용편필(龍鞭筆) 3 자루, 위진현지죽(薤津玄池竹) 2홀(笏), 청태지(青苔紙)・운남지(雲藍紙) 각 3권(卷)이니 마음대로 글을 써도 좋다."

금헌과 석계가 절을 하고 물러났다. 나는 안 판사를 통해서 감사의 뜻을 전했다.

배봉장이 이별을 앞두고 다음과 같은 짧은 글을 부쳐왔다.

"임처사께. 이 도성에 오니 다른 나라 사람들이 매우 사랑해 주셨습니다. 비록 우리나라로 떠나가지만 밤낮으로 눈에 선하고 꿈속에서도 생각날 테니 마음이 어떠하겠습니까? 이 이별이 어떠하겠습니까? 잊지 못할 것입니다. 돌아가는 길에 어느 때 어느 날 어느 해인들 생각나지 않겠습니까? 이별을 앞두고 훗날 잊지 못할 정을 표시하려고 단지 한 장의 편지에 부칩니다. 본래 재주 없는 사람이라 졸렬한 글로 표현합니다. 임술년 9월 5일. 조선 경상도 김해 사람 배봉장 씀." 별도로 고시(古詩)를 써서 붙이고, 나에게 필적을 달라고 청하였다.

내가 고시(古詩) 한 편을 써서 선물하였다. 행서(行書)이다. 그 시는 다음과 같다.

천리 밖 멀리 서 온 손님 만나니	相遇千里客
삼한(三韓)의 한 지역 영웅이로세	三韓一鄕英
말로는 통할 수가 없었지만은	語言未可通
기미 알아 그 마음을 살펴 알았네	知機察其情
필담하는 자리가 오래 되어도	筆談坐來久
기우는 석양(夕陽)이 애석하였네	却恨夕陽傾
만난 기간 겨우 해야 열흘이지만	會離纔旬餘
이런 만남 다시 찾기 어려우리라	更難尋此盟
이별이 날마다 가까워 오니	分袂日在近
살아서 하는 이별 울음 삼키네	生別亦呑聲
가을 구름 다 사라진 광활한 바다	海闊秋雲盡
서늘한 바람에 돛이 가볍네	凉風歸帆輕
이 깊은 바다 달빛 타고 가	此溟乘月去
급제해서 금의환향 영광 있으리	攀桂錦袍榮
남쪽으로 올 기러기 어찌 없으랴	何無南來雁
내 앞으로 비단 편지 전하러 오리	帛書懸我名.

내가 써서 말하였다.

"지난번에 창랑자 및 성학사, 이학사 등과 며칠 동안 서로 만나보고 필담한 것은 많았지만 시를 창화(唱和)한 것은 없었습니다. 다만 그대의 재주가 뛰어난 것을 애석하게 여겨서 고시(古詩) 한 편을 지어 부쳤으니, 훗날 과거에 합격하거든 천리를 멀다 하지 말고 오셔서 반드시 아름다운 화답시를 주십시오."

봉장이 읊고 나서 말하였다.

"아주 좋습니다. 아주 좋습니다."

"시(詩)든 글씨든 매우 부끄럽습니다. 오직 훗날의 좋은 소식을 기다릴 뿐입니다. 그리고 서로 약속한 것을 어기지 말기를 바랍니다."

말아서 품에 넣고 갔다. 조금 있다가 을사(乙舍)에 와서 만나보고 말하였다.

"지난번에 내려 주신 훌륭한 시편(詩篇)을 노야에게 올리니, 읊어보시고 칭찬하면서 여러 차례 말씀하시기를, '진실로 덕을 감춘 선비가 지은 것이다.'라고 하셨습니다. 존공께서는 비록 노야를 뵙지 못하였지만, 만나본 것과 같으니 존공은 이렇게 십분 헤아려 주십시오."

"구슬은 연못 속에 묻혀 있어도 스스로 아름답고,[75] 옥은 산 속에 감춰져 있어도 광채를 머금는다고 하였으니, 이것이 바로 덕 있는 사람의 자취입니다. 저는 문필가들 가운데 한 사람의 광객(狂客)에 불과하니 어찌 그럴 리가 있겠습니까? 감당할 수 없는 영예와 상서롭지 못한 실제는 비록 있더라도 부끄럽지 않겠습니까? 이별이 다가오니 어떻게 합니까? 어떻게 합니까?"

"이번 이별이 매우 한스럽습니다. 죽은 뒤에도 잊지 못할 것입니다."

---

75 구슬은 … 아름답고 : 《朱子大全 卷1 齋居感興詩》

홍 비장에게 보내는 서(序) 한 수를 드립니다.

조선 손님 창랑자가 돌아가려 하니, 무릉(武陵)의 임 처사(處士)가 마음을 내보여서 귀로의 선물로 삼고자 합니다. 예로부터 귀국과 우리나라는 잘 지내면서 우호를 닦은 것이 오래되었습니다. 글 짓는 자리에서 시맹(詩盟)을 맺은 일 역시 적지 않았습니다. 이번 행차에 따라온 사람들이 구름처럼 많았는데, 유독 그대만이 문장의 재주를 지닌 채 무관의 반열에 계셨습니다. 저는 관반사(館伴使)의 가신(家臣)도 아니고 풍월이나 읊는 한가한 사람입니다. 그런데 우연히 서로 만나 한번 얼굴을 알고부터 매일 홍려관(鴻臚館)에서 만났으니 기이한 만남이라고 할 만합니다. 양국의 선비들은 문무(文武)의 관직을 모두 갖고 있어서 평소에 그 직위에 있으면서 직무를 수행하였지만 저는 거기에 끼지 못하였습니다. 그대는 비장(裨將)이었지만 저는 관직이 없는 사람이니 사문(斯文)에 관계없을 것 같았지만, 상세하게 논하고 필담으로 대화하였습니다. 이처럼 서로 친한 정이 이처럼 형태가 달랐기에, 물러나 스스로 말하기를 '이것은 낭중지추(囊中之錐)[76]인가 아닌가'라고 생각하였습니다.

그리고 부산포를 출발하여 우리나라 경내에 들어오기까지 창화(唱和)한 좋은 시 수십 편이 밤낮으로 쌓여서 책상 위에 수북하고 상자

---

76 낭중지추(囊中之錐) : 전국 시대 조(趙) 나라 평원군(平原君)의 문객(門客)인 모수(毛遂)가 "내가 일찍이 주머니 속의 송곳[囊中之錐]과 같은 입장이었다면, 송곳 끝만 밖으로 나온 정도에 그치지 않고 송곳 자루까지 밖으로 나왔을 것이다."고 하면서 한번 시험해 주기를 요청했던 고사가 있다. 《史記 卷76 平原君列傳》

안에 가득하다고 들었습니다. 제 소견으로도 비단주머니를 무겁게 할 만합니다. 그러나 제가 한 마디 한 글자도 창수한 것이 없는데 사귐은 마치 옛날부터 알고 있던 것과 같으니, 역시 하나의 기이한 일입니다. 비록 글을 써서 뜻을 통하지 않고도 도(道)가 존재하는 것을 목격하였으니 어찌 우연이겠습니까? 저번에 필담으로 말씀드린 것과 같이, 저는 강호(江湖)에서 곤궁하게 살면서 노장(老莊)의 무리를 자칭하였습니다. 손등(孫登)[77]을 스승 삼고 백옥섬[78]을 벗 삼아서, 바다를 건너고 잔도(棧道)를 지나 중원(中原)에 가서 고인의 행적(行蹟)을 찾아보려 하였습니다. 올 가을 이렇게 만나니, 귀국에 놀러가고 싶은 마음이 생겼습니다. 비록 그렇지만 세 사신의 수레가 내년에도 이르지 않는다면 저는 귀국에 갈 수 없을 것입니다. 멀구나, 가는 길의 어려움이여! 안개 파도 만 리를 두고 남북으로 각각 하늘의 한 쪽 끝에 있으나 내가 여기에서 그리워하면 멀고 먼 거리가 있겠습니까?

이제 이별을 앞두고 다음과 같이 노래합니다.

누가 계림을 말하는가?	誰謂雞林之雲
구름은 어떻게 날아가는가?	雲何以將翶
나는 청주에서 생각하노니	我思蜻洲之流

---

77 손등(孫登): 진(晉) 나라 은사(隱士)이다. 소문산(蘇門山)에 은거하여 『주역(周易)』에 탐닉하면서 일현금(一絃琴)을 좋아하였으며 완적(阮籍)·혜강(嵇康)과 왕래하였다. 《晉書 卷94 神仙傳》

78 백옥섬(白玉蟾) : 1194~1229. 자(字)는 여회(如晦), 호(號)는 해경자(海瓊子), 원명은 갈장경(葛長庚)이다. 무이산(武夷山)에서 도(道)를 배워 태일궁(太一宮)에 거주하고 자청명도진인(紫淸明道眞人)에 봉해져 도교 남종(南宗) 오조(五祖)의 하나가 되었다.

물길은 구기조차 용납 못하네 　　　　　　　　流曾不容勺

임술년 가을 중양절(重陽節) 다음날, 임 처사 공정(公定) 배상."

창랑자가 여러 차례 읊어보고, 붓을 들고 다음과 같이 썼다.
"처음에 공을 보고 기품 있고 정직한 사람임을 알았는데, 이 글을
읽어보니 진정 기상(氣像) 있는 사람이었습니다.

임처사와 이별하며 드리는 마음

내가 아끼는 임처사는 　　　　　　　　　　吾憐任處士
속세의 밖에서 실컷 노니니 　　　　　　　　物外飽淸遊
모습은 고고하게 나는 학 같고 　　　　　　　貌似孤飛鶴
마음은 묶여 있지 않은 배 같네 　　　　　　　心同不繫舟
어쩌다 우연히 만난 것인데 　　　　　　　　　萍逢偶一會
곧바로 의기가 투합하였네 　　　　　　　　　意氣卽相求
슬프다, 뜬구름 같은 인생사 　　　　　　　　惆悵浮生事
내일 아침 이별에 또 시름이네 　　　　　　　明朝又別愁

임술년 늦가을, 창랑(滄浪) 홍래숙(洪來叔) 쓰다."

나는 이 빼어나고 웅장한 시편을 세 번 반복해 읊고 말하였다.
"제 마음에 꼭 들어맞으니, 감탄하며 우러르는 마음을 감히 감출 수

없습니다. 어찌 다시 할 말이 있겠습니까? 삼가 감사드립니다."

고당(高堂)의 남쪽 사랑에서 윤만석(尹萬碩)[79]이 거문고를 탔는데, 소리가 중국과 비슷했다. 그러나 거문고의 기러기발이 너댓 개였고, 나무로 만든 술대를 사용해 연주하였다. 정사(正使) 윤 공(尹公)의 근시(近侍) 한 명이 와서 거문고에 맞추어 노래하면서 손사위와 발사위가 기이한 하나의 볼거리였다. 금헌과 석계가 기뻐하면서 곡조가 끝난 것을 아쉬워하였다. 성학사가 요구에 응수하여 큰 글자를 써주었다. 윤창성(尹昌城 : 윤죽당)이 옆에 서 있다가 웃으면서 '안 좋아, 안 좋아.' 라고 하고, 성학사는 '딱 좋아, 딱 좋아.'라고 하면서 서로 놀리기를 멈추지 않았다. 창랑자가 윤창성에게 억지로 써달라고 하니, 즉시 말하였다.

"매우 서툽니다만 귀한 손님의 말씀을 따르겠습니다."

붓을 주자 큰 글씨 몇 줄을 썼는데, 필체가 놀라웠다. 사방에서 이름을 써달라고 요구하니, 그 옆에 작은 글씨로 '죽당' 두 글자를 썼다.

또 어느 날 저녁에는 대마도 태수의 관사(館舍)에 모여서 병풍 글씨를 쓰게 하려고 창성을 초대하여 끌고 왔는데 앉지도 않고 서있었다. 역관이 말하였다.

"오늘 저녁에 바둑을 져서 기분이 좋지 않답니다."

억지로 이 병풍에 글씨를 쓰게 하려 했으나 여전히 앉지 않았다. 여러 가지 방도로 요구하였지만 끝내 앉지 않았다. 역관과 말다툼을 하

---

79 윤만석(尹萬碩) : 생애는 미상이다. 1682년 전악(典樂)으로서 일본에 다녀왔다.

다가 그대로 가버렸는데, 그 형상이 마치 "나는 왕문(王門)에서 부리는
사람이 아니다"라고 말하는 것 같아서, 사방에 앉아 있던 사람들이 또
놀랐다.

학산이 언젠가 물었다.

"그대의 관직이 무엇입니까?"

그가 대답하였다.

"창성부(昌城府) 사인(使人)입니다."

역관 역시 윤창성이라 하였다.

이지화(李枝花)가 소매 속에 행서(行書)로 쓴 큰 글씨 세 장을 가지고
와서, 손에 써서 말하였다.

"떠날 날이 벌써 가까워졌으니 이별의 정을 표시하고자 합니다." 죽
당이 쓴 글씨였다.

나는 부채 세 자루를 전별품으로 주면서 썼다.

"서경(西京)의 부채를 드리니, 속은 북월(北越)의 고운 종이입니다."

성긴 부채[疎簾] 세 자루를 박죽헌에게 주면서 말하였다.

"처사가 빈한하니 단만 이별하는 한을 만의 하나라도 표시하려 합
니다."

"너무 다정하여 무정한 듯합니다."

"생각건대 먼 길을 떠날 것이니 아침저녁으로 보중(保重)하십시오."

"매우 감사합니다. 그대도 역시 자애(自愛)하기를 바랄 따름입니다."

모두에게 가벼운 부채[輕簾]를 선물하니 모두 손바닥에 감사하다고
쓰고 이별을 아쉬워하였다. 날이 이미 저물어서 이별을 고하고 떠났다.

창랑자가 환약 두 가지를 학산과 나에게 선물하였다.

"환약을 주시니 후의(厚意)에 매우 감사드립니다. 만난 지 겨우 20여 일만에 이별하게 되었지만 조만간에 그대 나라에 도착하게 되면 다시 만납시다."

"일찌감치 이별이 힘든 것은 알았지만 다시 만나지 못한다고 생각지 않습니다."

"금선(金扇) 세 자루는 고향의 사랑스러운 자제분께 선물하는 것이니 전해주시기 바랍니다."

"매우 감사합니다."

금헌과 석계, 호연이 와서 이별을 고하자, 창랑자가 설모필(雪毛筆) 한 자루와 투도묵(偸桃墨) 한 개를 주었다.

떠나는 날 아침 일찍 내가 학산의 회답 편지와 산당(饊糖)[80]을 세 사신께 가지고 가서 안판사를 통해 전하고 아울러 이별을 고하였다. 안판사가 말하였다.

"정사(正使)께서는 아직 일어나지 않으셨으니 조금 기다리시오. 부사와 종사관께는 이미 전하였습니다."

"행장(行裝)을 꾸리느라고 바쁜 틈에 어찌 다시 와서 알리겠습니까? 어서 가십시오."

"오히려 이쪽에서 만나고 싶어 하니 잠깐 기다리시지요."

"영원히 이별하려니 매우 한스럽습니다."

---

80 산당(饊糖) : 주사위 모양으로 썬 떡을 튀겨서 맛을 들인 과자이다.

장필경(張弼卿)이 말하였다.

"이별이라고 생각할 필요가 있습니까?"

"이별의 슬픔이 절실하기는 하지만 고향에 돌아가는 기쁨도 많겠습니다."

이진경이 말하였다.

"비록 고향으로 돌아가는 기쁨이 많지만 이별의 한도 많습니다."

내가 말했다.

"이별이 닥치니 갈 길은 멀고 아쉬움은 많습니다."

양익명이 말하였다.

"간절한 정을 잊을 수 없을 것입니다."

"이별하는 마음이 매우 서글픕니다. 고향으로 돌아가는 길이 머니, 자애(自愛)하십시오."

송계(松溪)가 말하였다.

"만난 날이 짧으나 이별하는 한은 길고 길군요."

배매곡(裵梅谷)이 두 번 읍하여 나도 또한 길게 읍하였다. 배봉장이 나를 불러 사랑 옆 건물로 가서 내 손을 붙잡고 멍하니 섰다. 얼굴이 매우 발그레해지더니 눈물을 주룩주룩 흘렸다. 내가 부채로 손에다 썼다.

"지금 영원히 서로 이별하려고 하니 목이 메이는 것을 어찌 이기겠습니까? 먼 길에 별 탈 없이 귀국으로 돌아가서 아침저녁으로 열심히 학문을 닦으십시오."

"깊은 정을 잊지 못할 것입니다. 어느 날, 어느 때라고 잊겠습니까?"

"홍창랑을 통해 반드시 편지를 보낼 것이니 그대가 만약 홍창랑을

방문한다면, 그를 통해 편지를 받을 것입니다. 사람이 편지를 전한다
면 이별한 후 말을 나누는 대신으로 삼을 것이니 만나는 것과 같습니
다. 홍비장은 어디에 계시나요?"

"존공께서는 반드시 말씀하신 대로 하셔야 합니다."

"거듭 약속드립니다. 지금 비록 알릴 수는 없지만 어찌 어기겠습
니까?"

이별하는 글귀에 다음과 같이 썼다.

"그대가 매화의 소식을 물으신다면 저는 대나무는 평안하다고 답하
겠습니다."

여러 동자들이 혹은 손바닥에 쓰고, 혹은 서로 읍하면서 이별의 정
을 표시하였다.

내가 말하였다.

"오늘 출발하는데, 날씨가 좋아서 다행입니다. 그렇지만 이별의 슬
픔은 많군요."

창랑자가 말하였다.

"오늘 오래 이별해야 하니 매우 서운합니다." 붉어진 얼굴로 눈물을 흘렸다.

"이번 이별은 말로는 다할 수 없습니다."

"이 두루마리는 그대가 전해 주시면 고맙겠습니다."

"알았습니다. 제가 전해드리겠습니다."

"천리나 떨어졌는데, 편지가 갈까요?"

"쌍리(雙鯉)를 전할 때 어찌 일찍이 천리의 먼 길을 따졌습니까?[81]

---

[81] 쌍리(雙鯉) : 진(晉) 나라 육기(陸機)의 「음마장성굴행(飮馬長城窟行)」에 "멀리서 온

학산이 인편을 통해 반드시 바다 건너 소식을 보내겠다고 오히려 말
하였습니다. 그대 역시 한번 보내 보시지요. 제가 기다리는 바입니다."

"그대의 말씀을 어기지 않고 반드시 보내겠습니다. 평안하시기 바
랍니다."

"심사(心事)가 어지럽고 울적하여 정신이 나갈 지경입니다. 어느 때
귀국에 가서 또 이러한 마음을 이야기 하겠습니까?"

이상 70건이다.

손님, 잉어 두 마리 전해 주네. 아이 불러 요리하라 부탁했더니, 그 속에서 나온 한 자
비단 글[客從遠方來, 遺我雙鯉魚。呼兒烹鯉魚, 中有尺素書。]"이라는 구절이 나온다.

任處士筆語

　　壬戌之秋八月，<u>雞林</u>三大使來聘，修隣好也。我布衣韋[1]帶之士，雖非其職，而萍水相逢，與舘伴使之史臣，同入于鴻臚，一候副使<u>李公</u>老爺之舘舍，則我侍衛謂曰："自嚮韓客因譯吏曰：'言語不通，倩毛穎子說之[2]。'幸今各來，從客之所求乎！"乃韓客兩輩在座。於是記室爲篤，把筆書曰："舘伴使之史臣也。自今每事問之受教，多幸之趣也。"而又一人來坐，傳誦爲篤所呈，卽書曰："文路不通，更分明述之。"我與爲篤以筆分，官爵姓名以諭之則通。旣而問<u>韓客</u>之姓名，書曰："<u>張弼卿</u>。<u>李振卿</u>。<u>洪來叔</u>。【乃僕也。官裨將。】"韓客亦問座中姓名，<u>爲篤</u>已先書之。<u>佐玄龍</u>把筆書曰："<u>大高季明</u>【字某】。<u>處士溪堂</u>。<u>佐玄龍</u>【字某，卽僕也。】"<u>洪裨將</u>先書我名下起問，從是與我筆語。憶夫客貌武官也，不可知文事，唯國風使之然，可以嘉尙焉，不亦足以談之，故匿姓名不稱之，其語似不合者。其所筆語之人，後所謂滄浪子也。<u>來叔</u>曰："<u>溪堂</u>，名耶？號耶？"余答曰："<u>溪堂</u>，予號也。"曰："名則何？"答曰："處士隱名。"曰："處士是隱者之通稱，何獨爲君名？"答曰："隱者也。"曰："無乃隱名而不欲人知者耶？旣欲隱名，胡來乎？"衆人中答曰："是是

---

1 "韋"：底本은 "葦"로 되어 있으나, 용례에 따라 "韋"로 고침.

2 子說之：《人見竹洞詩文集》에 따라 첨가함.

。” 曰：“讀遍幾書耶？” 答曰：“隱者，唯閑散耳。” 曰：“抱才德隱居不仕者，是眞隱者，豈有徒有隱名，無其實者也？” 答曰：“是是。” 童子來傍立，佐玄龍問姓名，姓裴氏，名鳳章，字子華，歲十二。問曰：“學詩乎？” 鳳章曰：“稍學。” 此童最奇之，後竹林是也。

伴使之史臣等，因馬島大守之記室朝三，而見咸進士、李進士。此時我相隨于末班，皆以詩爲贄。朝三先誦其詩，而後欲達之，或所可否者，問我曰：“有詩乎？” 曰：“江城物貴，雖然樗才何執詩謁？” 旣而並坐，問我名也。曰：“若夫相見二先生之舘舍，則備名帖，以拜下風。今萍水奇遇，無奈之。某名公定，姓任氏。” 問號也。曰：“見先生稱號乎？然朋友之所呼溪堂。我是淸世閑人，故別號方壺外史。今接異邦之貴賓，不可匿姓名，是以明告之也。” 朝三曰：“號特好。朝鮮之禮，不稱名也。姓常稱任乎？” 曰：“嚮告之我隱士也。是以常不稱姓名，唯爲處士溪堂。” 曰：“是可也，多言漫，勿費人耳。” 於是初謁之。成學士曰：“會面多幸，如所呈之詩，他日和芳韻，唯今爲禮義。”

朝三曰：“朝鮮之禮，必立。” 各皆以起坐。我思禮必立者，豈唯雞林耳？古禮皆然。夫禮，先生起坐，則書生拜之。今此芻見，不可謂禮之厚，且价者知禮乎？我接登瀛之士，以文會之，所霓望也。然獨難違衆，同諾之。

成學士、李進士則作，洪裨將坐在側亦起。史臣等及我皆立，韓客一揖皆答揖。其容推之，謂揖則揖，不知是雞林之揖也哉！皆答揖之，實唯坐起也。

野鶴山之子姪，入于鴻臚，到正使東山 尹公閣下。馬島太守之家臣，平田直言謂：“兒君雖見於正使老爺，不亦妨乎？” 卽朴同知及譯吏紹介而進，鶴山之四子皆從之。姪旣年長，與我坐乙舍，而長兄二人，自書姓名年紀，呈上紅單帖子坐定。

正使尹公, 問二弟名及年紀, 與二兄並書, 以可明其次第。朴同知傳之, 我乃書以呈上。野元龜, 野友雪, 野內藏【年十歲。】, 野百藏【年八歲。】。正使尹公問: "二兄旣剃髮, 二弟則未, 是爲儒者耶? 將爲武夫耶?" 琴軒【元龜】對曰: "二弟未知爲儒、爲武士, 故不剃髮也。"

正使尹公請短劍熟視之曰: "自古儒者不帶劍戟, 況幼而挾此短劍?" 琴軒對曰: "我邦武士之國也。雖儒者, 自生初各備劍, 故幼而帶之。" 正使尹公奇其言, 呼童披篋, 出翰墨及輕箑, 手自分配, 而賜四兒松扇一握、黃毛筆一枝、曾蔗墨一笏也。

我因朴同知[3]謝厚誼而退。

問: "君姓名何如?" "姓李, 名枝花, 年十五。" 問: "鳳章君安在?" "安在也。" 問: "君正使之侍乎?" "正使小童。" "何以不侍?" 問: "鳳章副使乎?" "侍於副使。"

林整宇之令嗣鷄峯, 與我相携, 適三使道之館舍, 以馬島之人爲先容, 所過皆嘆之。偶遇李俊童。李枝花曰: "美少年, 美少年!" 余曰: "寧馨兒, 何好好? 何好好?"

會成學士于高堂。譯言曰: "正使之舍, 昨夜作詩戲, 不知夜深。" 問: "其戲何如?" "出詩句, 掩其韻字, 而以我意稱思爲韻字, 或可、或不可, 是其戲也。" 問: "'千山鳥飛過', 或作下、或作去, 是蘇子之戲也。然耶?" 成學士曰: "固然。" 問: "名是何之謂?" 答: "謂射韻, 又謂摘韻。" "昨夜接淸容勞德音, 幸甚。所寄鶴山之《琵琶》《富士峯》五古二篇之和章呈上。鶴山有公事, 無遑來謁, 故附我耳。" "承示, 感幸感幸。第鶴山公拘於世, 故未得枉臨, 可嘆。而二首瓊報入手中, 身雖不來, 如對淸儀, 以是爲幸幸。"

---

3 "知": 底本에는 "加"로 되어 있으나, 《人見竹洞詩文集》에 따라 "知"로 고침.

高堂左廂, 遇滄浪子揖之, 進書席上曰: "昨宵已闌芳話, 多謝。" 滄浪子曰: "昨夕接雅儀, 不知夜深, 多幸。" 余曰: "所呈鶴山之佳什, 旣嗣韻附僕來。不妨則直達之, 何如?" "何害乎?" 曰:"然則到南廂。" 卽相携而適, 自詩筒出之授, 吟翫多多。曰: "太佳。" 余曰: "此卷尾圖書, 僕所鐫。" 滄浪曰: "甚妙甚妙。此高和固席上珍也。不知所謝之。且今日鶴山公又來耶?" 曰: "有公事, 未可知焉。聞林整宇鼎來。" 滄浪曰: "又結詩盟乎?" 曰: "然。然僕有其側而欿耳, 以聽金聲玉振。" 林整宇入舘, 携令姪【林学軒】, 坐南廂。裵鳳章來在予側, 借扇畫席, 我不對。乃授筆書曰:"何人之子乎?" 余[4]曰: "儒官之子也。" 曰: "儒官何人乎?" 曰: "世所謂羅山先生之曾孫也。" 鳳章目送曰: "諾。" 此時[5]鶴山出金扇, 使鳳章書之, 憑我膝而書。又出一扇, 我告曰: "之子所持也。爲寫之。" 卽寫。把我銀扇求寫之。卽書曰: "憶君無更所贈, 贈以白雲竹。" 鶴山之二子琴軒、石溪入舘。滄浪子、李振卿坐。先告滄浪子曰 "鶴山之二子也。" 滄浪子曰: "其人如玉。" 曰: "此烟草一囊, 慰旅中之寓懷, 兩兒所餽, 卽生芻一束也, 笑納之。" 滄浪曰: "貴邦之産特好, 徐孺之賜[6]多荷。" 曰: "孰似鶴山?" 李振卿卒爾曰: "兄旣似也。" 滄浪曰[7]:"熟視之難辨, 他日揚家聲。"

安愼徽來問曰 "鶴山公別號何如?" 曰: "葛民。" 又問。曰: "吾伊菴, 讀書處也。或吾伊主人。" "敢問。" 曰: "別業謂水竹深所, 昔年或竹洞。" 又問。曰: "括峯散人, 是湯沐之邑。" 又問[8]。"此外無何有。" 余[9]曰: "或

---

4 側借扇畫席我不對乃授筆書曰何人之子乎余 :《人見竹洞詩文集》에 따라 첨가함.

5 此時 :《人見竹洞詩文集》에 따라 첨가함.

6 徐孺之賜 : 衍文으로 보임.

7 "曰" : 底本에는 "子"로 되어 있으나,《人見竹洞詩文集》에 따라 "曰"로 고침.

菊廬, 或梅竹主人, 是皆往歲所稱也。韓昌黎所謂軒轅弥明之類, 不可推之知焉。" 安判事曰: "頃有其號, 不可知之者, 故云。"

滄浪子曰: "此兩兒誦書乎?" 曰: "稍誦之。" "誦何書?" 曰: "今誦詩三百。" "誰人敎之?" 曰: "僕侍讀。" "有日課乎?" 曰: "鶴山敎人, 不欲强誨, 況於兒輩乎? 器之成何論早晚? 且如王、揚、盧、駱, 所不取也。然僕駑下, 至成器而不能之, 偶爲客門下, 故此兒及兒弟, 愛好之深, 不得已而敎之, 術則可以愧焉。" 滄浪子曰: "父云子云, 鶴山其富人也乎!" 余曰: "且此圓顱[10], 貴邦之人, 堪可所笑之也?" 曰: "雖束髮, 亦與獘邦以異。唯何笑之。" 曰: "如我形者有是否?" "獘邦束髮與僧耳。" 問: "有道士乎?" 曰: "無之。" 曰: "僕形一狂客也。自此道士之下流矣。頃嘗睹白玉蟾之像也。自贊所謂蓬頭跣足, 與僕形物色惟肖。"

滄浪問: "君之所服何?" 曰: "我邦之道服也。" 滄浪曰: "小坐。" 曰: "諾。" 入去, 少焉來曰: "卽鄙室晤語乎?" 曰: "不妨。多孔。" 卽入坐定。"撒金香盒、懷鏡, 此兩兒贈奉君故鄕之慈幃。" 滄浪曰 "如何而知僕之母也? 定依鶴山敎之乎?" 曰: "然矣, 故知之。" 滄浪曰: "此二兒, 欲見於老爺耶?" 曰: "所願也。" 曰: "君則坐於是。吾率二兒入見後出。" 曰: "諾。宜從敎。" "老爺見二兒, 極其嘆美之。此意歸告鶴山可也。" 曰: "多謝。父母所與悅也。特老爺賜黃毛筆二枝、孤竹淸風墨一笏, 因君奉敬謝佳惠, 且二兒有所贈, 如何?" "是欲贈於老爺耶? 未知老爺之意, 如何?" 曰: "持來先贈之。" "卽今持來乎? 是何物?" 曰: "煙草、懷鏡。" "此匣何謂?" 曰: "金繪楉盒, 我西京之佳産也。" 入告乎老爺, 則以爲

8　又問:《人見竹洞詩文集》에 따라 첨가함.

9　余:《人見竹洞詩文集》에 따라 첨가함.

10　圓顱:底本에는 "圖蘆"로 되어 있으나,《人見竹洞詩文集》에 따라 "圓顱"로 고침.

煙草, 則是小兒所獻, 不必牢拒, 留之, 鏡則還送 云云。曰: "然是亦
微物, 願獻之。" "老爺之意旣如此, 不可强留。" 余曰: "多謝多謝。" "此
楮[11]盒袖鏡, 二兒贈<u>鳳章</u>君, 願達之。" <u>鳳章</u>卽來, <u>滄浪子</u>口授之。<u>鳳章</u>
曰: "此兒甚愛甚愛。況送此意外物? 不忘感謝, 君諭我意。" 僕曰: "二
兒餽此薄物, 唯表他日之永好。" <u>鳳章</u>問: "此兒何兄何弟?" 曰: "<u>琴軒</u>年
十三兄也, <u>石溪</u>年十二弟也。" "善書乎?" "稍臨池。" 握手撫背曰: "甚愛
甚愛。" <u>滄浪子</u>出扇及墨, 以與二兒。<u>琴軒</u>靑扇, 書曰: "孔氏、釋氏親
抱送, 並是天上猰獢兒。" <u>石溪</u>白扇, "丈夫生兒有此二雛者, 名位豈肯
卑微休。" 是<u>杜工部</u>《徐卿二子歌》之始末也。我曰: "滿堂賓客皆回頭,
矧此惠貺? 感仰感仰。"

　旣欲歸去, <u>裵鳳章</u>追來高堂南廂, 而以'金州振風堂'之大字曁一函書
來, 題曰'謹呈昆季氏'。僉前開函則曰: "初逢相愛情, 委送意外物, 感
佩何不勝? 行色無所贈, 慇懃一小呈。壬戌秋日, <u>竹林</u>稿。" 以大字寄
<u>琴軒</u>而退。

　我淸風明月之一閑人, 雖賦詩太拙, 故不强吟待。來屴於舘伴使之
別舍, 倩筆舌, 而唔言所希。<u>李鵬溟</u>曰: "請我去乎?" 曰: "不然。此紛
紛際不盡意, 遺憾遺憾。" "固如所言。" 余曰: "頃頻執謁, 記僕姓名乎?"
"雖素聞忘之。" 曰: "<u>任處士 公定</u>。" "今則記取。" 問: "<u>任</u>姓於貴邦有
諸?" "我國旣有之。" 問: "自<u>中華</u>來乎? 別種乎? 未可詳知之。" 曰:
"<u>任公子</u>, <u>黃帝</u>之孫也。僕東方之一小<u>任</u>也。思夫<u>任</u>氏之子多奇, 甚愧
稱<u>任處士</u>。" "貴姓何愧?" 問: "讀《論語》耶?" <u>裵鳳章</u>曰: "曾讀。" 曰: "君
字<u>子華</u>, 然則使於<u>齊</u>乎?" "肥馬、輕裘我不能。" 問: "<u>朴成益</u>君誰童乎?"
<u>金匡必</u>曰: "我國太守之子, 從事使道美奉來。" 曰: "然則與從事<u>朴公</u>

竹庵, 姓同者乎?" "雖姓同不子。" 曰: "號別何也?" 洪汝亮曰: "奇童號
竹軒。" "太守謂誰?" "貴人之事, 不可謂之。" 問: "承明日旣修聘禮, 三
大使君朝幕府, 定知君其隨而以朝乎?" 李進士曰: "然然。" "有持桶來
者進士, 披之則冠也。以紫帛包之, 卽可謂紗帽。問是唐朝廷所用烏
紗帽乎?" 鵬溟曰: "如所言。" 問: "朝廷則用是帽乎?" "朝廷之禮服也。"
"昨日馬上偸眼見之, 如何?" 金重千曰: "昨日暫見, 可喜。" 曰: "洪裨將
雖不通語聊目, 尹裨將笑語去。此外諸童子皆視之。金匡必與偶馬之
童, 目送而通笑。唯裵鳳章, 馬上甚勞, 我雖覲其面, 彼不然, 憶今日
病乎?" "如常。唯昨馬上勞。" "昨日朝幕府之時, 在行途暫見, 如何?"
李學士曰: "馬上難通言, 唯目送耳。" 問: "君所着翰林學士之服也哉!"
"成均舘學士所服則別, 雖欲詳語, 不可得而聞。事有次第難細諭,
畢竟所服, 非學士之服也。道袍絲冠, 雖朝廷服之。" 問: "所着服名謂
何?" 李枝花曰: "紫衫。" 問: "下則褌乎? 將裙乎?" "是則袴也。" 問: "是
袴則上襦乎?" "未知此服之謂襦也。" 曰: "後漢 廉范, 爲蜀郡太守, 百
姓歌之曰: '昔時無襦, 今五袴。' 是謂襦袴之歌一證也。又有之母爲子
製襦, 使子執熨斗。母曰: '襦已製, 更製袴耳。' 子曰: '有此袴, 則雖無
袴何寒? 斗旣有火, 則柄猶溫。' 是其謂襦與袴乎! 又此袴之外, 別有
褌子乎!" "褌未知爲其名。君所服何?" 余曰: "道袍也。" 笑爾笑曰: "道
袍道袍, 名同而形異。" 曰: "朝鮮、扶桑, 凡天地之間, 同謂之人也。名
同而形異唯道袍。故笑之乎?" "諾。倒頭。"

　　與浩然堂同, 卽滄浪子之憩所。滄浪子問: "卽君姓名, 何年幾?" 曰:
"姓野、名元浩[12]、年十四。鶴山之姪也。" 松扇一握, 出自篋中, 卽艸
書曰: "多君訪我意, 贈以一團扇。他時定相思, 千里如見面。" 顧我曰:

---

12 "浩" : 底本에는 "活"로 되어 있으나, 본문의 인명에 따라 "浩"로 고침.

“卽今所賦也.” 余曰: “一唱三嘆, 何賜加之?” 元浩因僕告之感謝感謝.
“僕不暗記韻語, 貴邦何以能記乎?” “雖如僕等韻字, 無必洞知. 故稱
思之間, 其高低平仄, 自然而成矣.” 余曰: “唯今所呈之吟, 速速而成
章, 超然之作, 見來則知有韻, 而以自不能記, 可恨焉. 願此箋書大字
多幸.” “字如何寫之?” 曰: “鰲峯浩然堂.” “諾.” 卽寫別書溪陰堂曰:
“爲溪堂公寫之. 洪來叔.” 我不堪感佩授筆曰: “溪陰堂, 終南山之下
南溪也. 東坡所居賦絶句. 我嘗居暄谷, 其居傍溪流, 而堂前有綠槐
蟬喧耳. 溪南十畝之田, 雙鷺白水, 有時醉歸, 則朝起猶至三竿日, 故
其堂號溪堂. 今隨舊而朋友呼之, 我計爲得之. 米元章有溪堂之號,
謝逸曾作溪堂、壽亭之記, 不知是所之名也乎? 列子有堂溪公者, 君今
所書, 取何義? 東坡避世堂之詩, 猶恨溪堂淺, 更穿修竹林, 是猶南溪
之新構一茆堂之作也.” “僕頃頻相見, 然不通一首詩, 紛紛際筆語耳.
憶我風月閑人, 不知御風到於貴邦, 然則公不忘乎?” 滄浪子曰: “見君
儀容, 可知非俗士也. 安得與君遨遊海岳之間, 吟風詠月乎? 生在南
北, 可恨恨.” “我自落魄江湖, 卽稱老、莊之徒, 所願四方之志, 不背
桑弧之初, 況於遊學乎? 鶴山隨我志, 則不遠千里而到貴城, 如指掌.”
“鶴山曁公之高儀, 誠世上所罕見者也. 感謝難忘. 且鶴山何時入館
耶?” 曰: “今日有公事入朝, 近午而到此乎! 定未可知焉.” 滄浪曰: “臨
去時, 當別作俚什, 謝厚誼.” 曰: “所願也. 多孔.” 對州太守之家臣樋
口氏之子來. 我未知誰氏之子, 倩我以筆語. 滄浪子問姓名, 則書樋
口某, 而餽透頂香. 滄浪子曰: “是何物?” “俗呼爲外郎.” “食之乎?” “然
矣.” “我先嘗.” 問: “氣味如何?” “甚甘.” 曰: “食之忽識.” “聞有陳外郎
者, 來自中華, 來此此物及饅頭, 敎民間之小子, 故稱外郎.” 問: “食之
則有何效?” “散氣快心, 是以兒女常服之. 願笑納之.” 曰: “吾當作詩
贈之, 且待從容. 是馬島太守奉行之子乎? 此卽大有氣像, 可貴.” 余

代曰: "如貴敎, 多幸。"

"李振卿所著服名如何? 我憶披風乎? 半臂乎? 披風則有袖, 然亦載
《三才圖會》, 秦始皇帝服朝服之上, 是則無袖。" 滄浪子曰: "服名則戰
服, 我國武官多着之。" 曰: "然則宋初所服紫窄衫之類乎?" "其制則出
自我國, 而差學中朝者也。" 曰: "鶴林玉露, 紫窄衫及野服有之。野服
則朱文公所制。貴邦又有野服乎?" "文武之官服用色, 別無他制。" 鳳
章問: "尊士何事? 日暮臨迫, 迫何在乎?" 余曰: "我去歲在東奧。聞貴
邦來賓, 此喜會難得之甚, 千載之一遇也, 故自遠方歸故鄉以待之。
是以日日來會。" 鳳章曰: "此敎至我, 此尤爲惶恐。果如隱德士, 十分
心感感。感此覘 極爲見好, 買之計料銀何給?" 曰: "欲則我餽之, 是則
他人之硯也。" "我本小文人, 以硯好。" "尊宅如此小硯在乎? 明日給之
如何?" 曰: "在必餽之。" 馬島太守別舘, 李華立、李三錫書素屛一雙,
鶴山使僕預其事曰: "可以書邵康節之小詩。" 卽用筆語諭二李, 唯知
'月到天心處'之一絶。且顧問二進士, 此亦不肯知焉。書示僕之所暗
記, 一屛寫二首, 猶有餘。我憶書大字, 乃告曰: "'一醉裡乾坤, 一閑中
今古。'如何?" 鶴山頷之, 又諭二李則寫之。三錫偶書裏字ノ之墨流,
傍人不覺曰: "嗚呼!" 三錫不屑, 笑而用流墨作ノ[13]此字增奇。小呈。
"初逢子華來問, 從從愛甚, 平生不忘。僕人惶恐之言, 欲爲尊士贈受
書, 好紙善寫, 書以送, 如何? 千萬伏望。" 卽子華曰: "諾。我書何爲?
親情久矣。亦爲尊公名不知。" 曰: "我隱名, 不欲人知, 故及今, 此言
亦好。我名公定, 姓任氏。" "處士長命, 後來通信使, 雖不我來, 後來
他小童便, 相信計科爲望。" 曰: "我亦所願也。我風月之閑客, 東飄西
泊不知到, 貴邦亦有之乎?" "此言尊亦曾知云, 亦好。尊公如人也, 我

---

13 연문으로 보임.

邦不多不多。" 曰: "不才豈然哉? 如君可謂所希。 星輅重來則爲使君
乎? 將爲學士乎? 所恨又不相見之。" "此書皆以知之。 先白贈受書, 極
爲好紙以写書, 如何? 千萬此望。" 曰: "拙筆欲染而愧之。 雖然他日之
好, 何牢辭? 從敎。 從容寫以贈修書, 吾人送之, 此望某某之文書, 則
朝鮮人不見是可也。" 曰: "諾。 以好紙附乎? 明日必袖來。" 昨夜鶴山
所約《寒江獨釣圖》附僕聞公愛柳文。 故贈之贊語, 欲書畫筐。 僕進曰:
"書畫地。" 曰:"不可也。 然則書裝潢。" 曰: "固歸來。 長途難持筐乎。"
於是諾。 滄浪子曰: "如公之言而書畫地愈佳。 雖然書裝湟, 亦一之好
事也。 此詩可珍可珍。" 曰: "《催曉夢》四冊, 搜搜書庫, 僅得之 備電
矚。" "是老爺欲見之, 雖一部幸幸。" "我雖太拙鐫圖書, 願爲君刻之。
然印材小而不知愜貴意。 其形如所圖奈何?" 滄浪子曰: "厚誼極可感。
但形於稍大則尤妙。" "我雖有處士之號, 如此在人間, 唯適吾適, 可謂
狂客也。 又姓任氏, 名公定。 在中華則黃帝之遠孫也。 我邦未可知其
譜代矣。 溪堂則朋友之所呼。 名義姓氏, 可謂異人。 呵呵。" "天地間自
有一種異人, 君可謂遊方之外 而不嬰心者也。" 曰: "無几案不穩乎?"
"硯匣中路碎破, 今則無之, 所見埋沒懣甚。" 裵鳳章來。 曰: "所惠圖書
中字如何?" 曰: "裵氏 鳳章 竹林。" 金九安在側 "是圖書則非衣氏鳳章
之印也。" 曰: "裵與裴同, 雖然古字, 皆從非衣, 故鐫之如此。" 鳳章艴
然發色, 與九安口爭。 我言不通, 唯見面折耳。 金重器【裨將】問: "何故
頻率此兩兒來?" 曰: "儒官之子也, 故頻來。" "然。 故吾亦待之耳。" 曰:
"感謝。" 竹林 鳳章問: "此兒往行時乘物乎?" 曰: "非此兩兒耳。 我雖隱
士亦乘來。 和俗乘物者肩輿也。" 梁益命【宣傳】招二兒, 又見於副使老爺
李公, 則書二兒之扇賜焉。 從筆之便卽書。 副使李公問: "讀書耶?" 琴
軒對曰: "卽讀《詩經》。" 問: "兒弟年幾?" 對曰: "年十二。" 問: "名何?"
"姓野, 名友雪, 號石溪。" 拜以退。 松溪問: "此兩兒, 君之弟子乎?" 曰:

"我<u>鶴山</u>之門客也，故此兩兒，相携而來。後日更來，如何？"曰："未可知之。""此兒甚愛，明日又來。"曰："難定之。此兩兒爲人，極相英敏。能寫字耶？"曰："雖臨法帖，漸書姓名。""然則書姓名。"<u>琴軒</u>援筆書曰："姓<u>野</u>氏，名<u>元龜</u>，年十三。未冠故不字。""十三歲兒，能爲善寫，可喜。"曰："足下書此扇，則多孔。""吾筆甚劣，不得書之耳。"曰："視此毫端不然，强願之。""卽寫之。此別扇留置此處，則善寫人寫之。"曰："此疎箑，貴客不欲寫之。足下欲之贈。"<u>松溪</u>："我不欲之。"呼童以餅菓兩三品，盛陶器而載盆饗二兒。曰："契之食之。"座中冠童皆曰："契之食之。"

余曰："五德柿，葉可以題，陰可以憇。此實、此樹，貴邦多乎？"<u>松溪</u>曰："我國多有之。"曰："此果是謂蠻果，以魦或糯，拌糖而如果子。聞南蛮鴂舌之人通商舶，以此物來，漸漸習而有此物。貴邦如何？""弊邑食不同。"<u>趙廷元</u>謂曰："請視短劍。"曰："辭不得巳，則勿出其鞘。""諾諾。"熟視曰："我邦有此劍，則銀二斗。"問："貴邦此鉤，名如之何？"<u>張繼亮</u>謂："半鉤。"曰："夫鉤者，短劍也，吳鉤是也，何以謂半鉤乎？匕首者，形如匕字。又短劍可置諸魚腹中，是以其短小可得而知之。此劍亦此二之類乎！""我邦所罕見也。"<u>滄浪子</u>曰："昨日所惠圖書，是君自刻者耶？且誰所書也？""僕自刻之。其書則野<u>鶴山</u>也。又欲刻<u>滄浪</u>之字，而無愜意之印材。故少滯焉，不日而鐫之。今日小圖書，與<u>裵鳳章</u>。"<u>滄浪</u>曰："此大字欲遣<u>林整宇</u>。"曰："諾。我達之。"【卽歸，自鶴山傳而達于忍岡。】曰："印色甚惡，僕傳妙法耳。"<u>滄浪</u>曰："當依示。"曰："我求印色之佳者，而無所傳之。唯《遵生八牋》《輟耕錄》所出之方極佳。考此二書而調之，數數得妙色。"<u>鶴山</u>之二子附我，贈<u>裵鳳章</u>曰："小硯匣【琴軒所贈也。幷筆墨及水滴。】，金紋印色池【石溪所贈，幷印色包錦。】。"<u>鳳章</u>欣然曰："不知所謝，乃又附贈二子松扇一握【呈琴軒】、龍門墨一笏【呈石溪】。"二子寄紅單帖子謝之。"<u>琴軒</u>、<u>石溪</u>有所餽, 則笑納之。" <u>朴成益</u>曰: "此匣何謂?" 曰: "金繪楛盒 是以楛作之施金繪故云。" "懷鏡袖中之珍也。併多謝。" 曰: "貴邦之銅鏡, 無以異乎? 想夫模索, 唯不相同, 故爲珍之。與我邦如蠻鏡亦然。" "弊邦銅鏡不多。縱然雖得之如此, 照物之明, 何以得乎?" "二兒處夕時贈書, 卽今欲寫之, 有事不寫, 嘆嘆。" <u>鳳章</u>曰: "自<u>朝鮮</u>來到<u>大坂</u>城地 衣襀鎖金失矣。迨今未買, 尊前價給買給乎?" 曰: "何難? 然禁可奈何。" "如此則難也?" 曰: "鎖金幾寸, 以扇摸索, 可也。" "以徑寸, 則尊公公然給乎? 公然捧納如何? 公然他人捧納如何? 價給乎?" 曰: "諾。想夫有所謀, 明日持來。" 曰: "我若到於貴邦, 則君爲翰林公, 而不忘我乎? 未可知焉。" "君到我邦, 則逐日待之待之待之。昨日<u>子華</u>刻時, 在爲刻乎?" 曰: "一面<u>裵鳳章</u>印, 一面<u>竹林</u>, 一面詩句, 鑴就轉上也。此<u>中華</u>箋所約, 從客之時寫以餽。君亦寫送如何? 我亦從容書送之。" 曰: "諾。何辭? 通信使他小童多來, 獨以我人甚愛, 甚愛何復言前? 語音不通, 恨嘆恨嘆。" 曰: "語音雖不通, 而情何不通? 我愛君才之秀, 他日必爲探花郞, 至大官揚尊父母名。" "況每日所言之事, 一一速送? 平生不忘, 死後死靈前, 不忘不忘。此冊名何?" 曰: "袖中詩韻。" "未死前無窮爲謝爲謝。" <u>朴成益</u>曰: "此時有故, 脫襪衣服, 不安入去。" 曰: "雖勞願小坐。聞君爲貴族, 如何?" "虛言也。" 遇正使侍童問: "<u>朴竹</u>[14]<u>軒</u>貴恙如何?" <u>金重千</u>曰: "病雖暫歇, 病根不去, 不出門外, 或恐傷風, 不出戶外。" 曰: "然則因君告之。貴恙暫歇, 雖然保重。且謂我有欲晤言, 明日若愈輕則相見。" "諾。我傳之。" <u>裵鳳章</u>曰: "所賜之圖書極爲珍。願爲兄主, 又刻之賜, 雖死不忘不忘。" 曰: "憶兄之情至, 何辭? 且兄主在此衆中耶? 又在貴鄕乎?" 曰: "從事道之官人也。

---

14 "竹": 底本에는 "林"으로 되어 있으나, 《人見竹洞詩文集》에 따라 "竹"으로 고침.

名則梅谷。" 曰: "是號也乎? 願相見從所欲而鐫之。" 曰: "刻賜必相見。梅谷, 兄主之名也, 明矣。" 曰: "圖書, 雖號亦可也。明日需印材而鐫之。且兄主善書乎? 君墨痕可以難爲弟。" 曰: "兄主學問筆跡, 勝於我。" "明日以圖書寄鳳章。【是浩然所鐫之。】" 鳳章曰: "今則可見。" 挽我及浩然, 先容而往別舍, 有閽者。我問曰: "雖入門, 不妨乎? 此童之兄欲見我, 故來。" 閽者曰: "禁也。鳳章語言不通, 唯執我手欲就舍。我書鳳章之手中曰: "禁也。告兄主而不害, 則可也。" 鳳章乃入舍, 與梅谷同出迎之。閽者欲速去矣。吾以其言諭鳳章, 則呵閽者多端。雖有怒色, 言不通, 閽者亦憐之, 笑而不答。然有所憚, 以指又書鳳章之手中, 述謝已欲去。梅谷欲言而如口吃, 鳳章呵閽者不已。唯挽我上亭, 畫地筆語, 猶請小坐。少焉, 梅谷隨來, 欲就堂下之舍, 是亦禁也。適他舍, 又招我, 至則又禁也。兄弟多方相求, 雖然禁莫如之何。某際傍人怪曰: "此童何事留斯人? 相親如同鄉之人。" 而後與梅谷不及隻字筆談而去。梅谷寄書曰: "任處士座前雖無曾識, 昨因兒弟鳳章之言, 得聞聲華, 方切景慕。今又枉訪於鄙人所接之處, 幸感無涯。切欲穩叙, 而因閽者之禁, 未得奉話, 茹恨曷極? 居邦雖異, 男兒會合, 豈其偶然哉? 何以則奉攄? 而況御重印班之貺惠, 出于不意, 領受摩挲, 喜感無已, 無物聊表。黃紙二張, 書以拙筆, 以他日不忘之資, 勿却領情, 如何? 餘不一不一。壬戌秋九月初四日。朝鮮梅谷。" 朴竹軒袖三葉之草書 授我曰: "此書則深匿。貴書不白洪滄浪, 又不白衆人。" 披之閱則五言唐絶也。"君字如何?" "明淑。別號竹軒。" 曰: "圖書鐫貴字乎? 所鐫賜己足, 又何勞?" 滄浪子曰: "昨日足下至鄙所時, 朝三所言, 無乃呵之乎?" 曰: "今日欲語之, 自朝往而不遇。幸今夕接淸儀多幸。如彼者, 何足言乎? 向鶴山之二子, 贈蘭花一甁於副使老爺, 以通事窺之。時判事他適, 終日不達之, 及夕歸去。我留其花齋來, 願因君贈之。"

"蘭花者, 酒名乎?" 曰: "蘭草也。" "是器名乎?" 曰: "瓶中挾草花。" "是
所食之物耶?" 曰: "山谷蘭。所[15]所謂香艸也。" "用於何處?" 曰: "唯觀
也。" "見後還送不妨, 吾當告而達之。" 有饋丹靑人, 諭其盡樣曰: "是
我邦勇士辨慶堀川, 夜戰之時, 以棒撲殺甲士圖也。" 滄浪子曰: "將
哉!" 琴軒、石溪, 臨別入館, 鳳章來筆語。二子問: "貴邦之人, 齒何以
甚白?" 鳳章曰: "齒木用之故白。" 追白: "去時迫頭, 此處之物, 不得去
計, 千萬伏望, 尊十分周旋, 如何?" 抄後錄, 乾靈龜, 足之浦, 子華[16]。
我曰: "此二物不通, 如何?" 鳳章以手爲指臂之形。琴軒曰: "鑷乎? 和
語毛拔。" 鳳章曰: "是也。" 我曰: "乾靈龜何乎?" 以指畫, 未可曉知焉。
倩譯人書來曰: "眞針。" 曰: "縫物之具揷箴乎?" "不然。" 曰: "知方之器
指南針乎?" "是也。" 曰: "我邦之謂磁針, 或子牛針。" 皁皮服丹花紋之
士過堂下, 駭然問: "何人乎?" 余曰: "是消火災之役吏也。" 張翼只
來, 相戲鳳章曰: "此人奸人也, 勿交勿交。" 二子曰: "諾。" 鳳章曰: "向
所言買之事, 求在物。" 曰: "有則贈之, 無則何用價?" "分每受不安。"
曰: "然。然隨所固有而送之耳。" "從當價送, 詳知。" 曰: "價何用之?"
鳳章曰: "他人之物, 公然受之。荒唐荒唐, 未安未安。尊果不送, 可也
。容我言, 然則價送。" 我曰: "隱逸之身, 出世路焉, 以買物乎? 唯隨索
貯給之耳。强欲之, 大坂城邊此物多, 倩譯人以買之。如白銀補不足。"
滄浪子曰: "靜修公前當作書, 并書字以呈上耳。" 曰: "今日定會, 直以
呈之可也。筆舌晤言, 亦唯今日耳。可恨。" "千里之外, 只是神交而已
。恨恨奈何?" 曰: "君雖如樂天, 亦眞也。僕豈似微之? 然則神交之何
謂乎? " "情意款款, 今人一涕。" 李進士曰: "此乃從事老爺次韻詩也。

---

15 "所": 연문으로 보임.
16 子華 : 연문으로 보임.

傳於鶴山可也." 曰: "謹受敎." 李曰: "今明間可得相奉耶?" 曰: "從命
歸程近迫, 所欲接淸儀." 李曰: "晚間願見." 曰: "日暮若歸去, 則明日
必來." "衆中持虎肉來之人有矣夫!" 滄浪子曰: "此謂不善之人乎?" 曰:
"猛虎之肉也." "用於何處?" 曰: "藥物耳. 捕虎則可得, 今無之." "別筵
已近, 我送君以序, 君報我何以?" 滄浪曰: "我當報以長律." 畫師養朴
告曰: "朝鮮畫工, 欲圖猿猴, 而不知之, 可奈何?" 我曰: "諾. 我將問之
." 乃問[17]猴者, 長臂之猿也乎?" 成學士曰: "固長臂之猿也." "貴邦之畫
工, 不知圖之, 願諭之." 學士曰: "諾." 呼畫工謂曰: "猿而臂長, 謂猴
猴, 而臂短謂猿." 而又口授多多, 終下能圖焉. 一粲. 琴軒、石溪及
余, 携竹林、竹軒, 團欒於高堂之左廂.[18] 我以指書堂柱曰: "旋旆有
日邇, 別恨多多. 若有我大孫弄璋之慶, 則星使又來, 然則竹軒爲通
信大使, 竹林爲翰林公, 而到弊邦." 竹林諭所書於竹軒, 相視笑喜, 色
溢眉宇, 則借扇畫地曰: "如尊公之言, 則琴軒、石溪, 何如?" 曰: "箕
裘之業, 不墜家聲, 是亦爲學士, 頃如家嚴, 與成、李二學士相對也.
昔渤海之使裴頲, 逢菅丞相. 其後裴頲之子裴珍來聘, 會丞相之孫文
時. 而又再來於我國, 是載有國史, 與裴氏有以耶?" 竹林問: "尊公如
何聞計料?" 曰: "我如駑駘之老, 得逢其時, 先採帚郊, 迎以傾靑蓋.
而後執君手, 說今日之事, 到于鴻臚舘, 則左右琴軒與石溪而執謁. 不
用譯吏及馬島之人, 如今굉見, 而接眉促膝, 毫楮不匱乏, 以筆語在佳
興, 則吟咏詩賦, 以抒其情. 竹軒、竹林唱, 則琴軒、石溪和. 和者唱,
唱者和, 瓊瑤琳瑯, 瑲瑲焉頹乎! 其間白髮、靑衫, 拭喜淚者, 是任處
士也." 問: "斜笠上所挾立, 何用?" 梁宣傳曰: "用虎鬚也." 曰: "依張

---

17 "問": 底本에는 "門"으로 되어 있으나,《人見竹洞詩文集》에 따라 "問"으로 고침.
18 "廂": 底本에는 "廟"로 되어 있으나,《人見竹洞詩文集》에 따라 "廂"으로 고침.

思遠, 求之易得歟? 裨將之外, 他武官不能敢狹焉否?"“其他不能.”
問: "成均舘有進士有生員, 君登瀛洲則何如?"滄浪子曰: "成均舘生徒
三百人, 兩科相半。我當試則進士及第耳。"曰: "試場則䪐袍鵠立耶?"
"唯此道袍。"曰: "有狀元探花耶?"“差雖從中朝, 亦不相同也。"“宋朝
試士, 詩則律, 賦則三百字, 論不過五百字。貴邦之擧士別乎? 敢問。"
"弊邦詩賦耳。"琴軒、石溪及我, 入鴻臚舘之問坳堂, 而遇李三錫、李
華立, 揖而過。又遇李鵬溟、洪滄浪, 揖之。進曰: "是鶴山之二子也。"
李鵬溟撫其背曰: "天上麒麟兒。"曰: "徐卿之二子, 可同日而談乎! 立
談雖如舊, 而不可盡言也。他期會宿舘, 受台誨。"“今日應馬島大守之
招, 必期來日之話, 携此二子, 可來。"曰: "兩兒相見, 多孔。必又接芝
眉"“副使道之前庭, 以葦牆爲垛而射之。"李振卿、梁益命豫之, 支右
詘左就中, 李振卿善射。我侍衛士視之, 韓客出其弓, 使之挽其張也。
弓力最弱, 合二張而猶弱。與之箭則發之, 不出的也。其的懸木屧、
艸履之弊者也。有鳥有鳥, 在堂下之屋上。朴竹軒喚之, 其音包包。
我書手中問: "喚鳥乎?"朴竹軒頷。問: "此鳥名何?"書手中曰: "鳩。"
鶴山二子入舘, 予招安判事言曰: "先日旣辱正使老爺見此二子, 其後
未候起居, 旋旆有邇, 願謝厚誼。且有所獻, 笑納惟希。" 安判事曰:
"諾。" 卽使二子謁之。出曰: "琴軒所獻煙艸之匣, 名何?"我曰: "金繪
楮盒。"“石溪所獻匣上之草書難讀, 如何?"“懷鏡。"正使尹公問: "二弟
何不相携?"琴軒對曰: "適他, 故不來。"

　正使饗蜜果, 琴軒、石溪正席而食之。其味至[19]㖈, 故不可口而止。
是以眞末合蜜, 煮油作果, 所謂馬蹄車食也。龍鞭筆三枝, 巍津玄池竹
二笏, 靑苔紙、雲藍紙各三卷。"隨意臨書之, 可也。"琴軒、石溪拜而

19　正使饗蜜果琴軒石溪正席而食之其味至 :《人見竹洞詩文集》에 따라 첨가함.

退。我因安判事謝之。裵鳳章臨別, 寄小呈曰: "任處士前納。來到此京, 他邦之人, 甚愛相情。雖去我國, 日夜眄念, 魂夢不思, 情如何? 此別何? 不忘歸路, 何時、何日、何年不思耶? 此別他日, 依表不忘之情, 只付一書。本是不才之人, 依表拙書。壬戌九月初五日。朝鮮 慶尙道 金海人 裵鳳章依拙稿。"【別書古詩附之, 請我筆痕。】我賦古調一篇, 自書以贐之。【行書。】其詩云: "相遇千里客, 三韓一鄉英。語言未可通, 知機察其情。筆談坐來久, 却恨夕陽傾。會離繞旬餘, 更難尋此盟。分袂日在近, 生別亦吞聲。海闊秋雲盡, 凉風歸帆輕。此溟乘月去, 攀桂錦袍榮。何無南來厂? 帛書懸我名。" "頃與滄浪子及成學士、李學士, 數日相見, 筆語多端, 然無唱和者 唯憐君才之秀, 故寄古調一篇, 他日登龍門, 則不遠千里, 必賜芳和。" 鳳章誦曰: "太佳太佳。" 曰: "詩云書云, 最所愧焉。唯待他日之瓊報。且頃欲不違所相約也。" 卷懷而去。少焉, 來乙舍岁見曰: "嚮所賜之淸篇, 呈老爺吟賞之數回, 言曰: '誠隱德之士所作也。' 尊公雖未見於老爺, 如覩其面, 是尊十分計料如此。" 曰: "珠藏澤自媚, 玉韜山含輝, 是德人之薄藉也。僕翰墨場中之一狂客, 豈其然乎? 不虞[20]之譽、不祥之實, 縱然有諸, 不亦愧哉? 別路切迫, 如何如何?" "此別恨多, 死後亦不忘不忘。" "送洪裨將序一首, 呈案下。"

"韓客滄浪子將歸, 武陵 任處士攜鄙懷以換車馬之贈。自古貴邦與我國, 善隣修好尙矣。翰墨場之騷盟, 亦不爲不多也。此行其從者如雲, 獨君抱文章, 還列武官。僕已非舘伴使之家臣, 而風月之閑人也。萍水相逢, 自一識面, 每日會於鴻臚, 可謂奇遇也。蓋兩邦之士, 文武之官職盡備, 素其位而行其事, 僕猶無間然矣。君裨將而僕散客, 若不與於斯文者, 而細其論之, 以筆舌語。其情相親如此諸異乎其形退而

---

20 "虞": 底本에는 "盧"로 되어 있으나,《人見竹洞詩文集》에 따라 "虞"로 고침.

私, 謂是囊中之錐也抑非耶? 且聞自發<u>釜山浦</u>, 以入我域內, 唱和之佳篇, 數千百言, 不舍晝夜相積, 而堆案滿篋。如僕之所視, 可亦使錦囊以重之。然僕不及片言隻字之唱酬, 其交則如舊知, 是亦一奇事也。雖書不通意, 而目擊道存, 豈偶然乎? 嚮如所筆語, 僕落魄江湖, 自稱<u>老</u>、<u>莊</u>之徒, 師<u>孫登</u>友、<u>玉蟾</u>, 航海棧山, 欲到于<u>中原</u>, 以探古人之芳躅也。今秋此歲, 別有遊於貴邦之志。雖然三大使之歸輿未至來歲, 則不能以回轅於貴域。遙哉, 行路難矣! 煙波萬里 南北各天之一涯也, 而僕思之在于斯, 則假遠之有? 臨別乃歌曰: 誰謂雞林之, 雲何以將翻。我思蜻洲之, 流曾不容刁。壬戌之秋, 重陽之翌日, <u>任處士</u> <u>公定</u>拜。" <u>滄浪子</u>吟誦再三, 把筆書曰: "初見公, 知匪直也。人讀此文, 眞有意氣之人也。" 《留別任處士情契》: 吾憐<u>任處士</u>, 物外飽淸遊。貌似孤飛鶴, 心同不繫舟。萍逢偶一會, 意氣卽相求。惆悵浮生事, 明朝又別愁。壬戌季秋滄浪 <u>洪來叔</u>稿。" 我誦此超然雄篇三復曰: "甚愜我意, 莫敢掩感仰之抱, 寧復宣陳。謹此多謝。"

　高堂南廂, <u>尹萬碩</u>彈琴。其音與<u>中華</u>相似。然琴柱四五, 彈之用木橷。正使<u>尹公</u>之近侍一人來, 寄琴以吟, 手之舞足之踏, 一奇觀也。<u>琴軒</u>、<u>石溪</u>欣然, 惜曲之旣畢。<u>成學士</u> 應需書大字也, <u>尹昌城</u>立自側笑之, 謂: "惡惡。" <u>成學士</u>曰: "恰好恰好。" 相戲不已。<u>滄浪子</u>强使尹昌城以書, 卽曰: "甚劣。雖然從貴客之敎。" 援筆大字數行寫之, 其墨痕驚四筵。求書名, 其傍小書竹堂二字。又一夕, 會馬島太守之舘舍, 招<u>昌成</u>欲書素屛, 挽而來, 立不坐。譯者曰: "今夕圍碁則輸, 故不喜。" 强欲書此屛, 而猶不坐, 多方求之, 終不坐, 與譯者口爭直去。其形如謂我非王門之伶人者, 四坐又驚。<u>鶴山</u>或時問: "君官如何?" 對曰: "<u>昌城府</u>使人。" 譯言亦謂之<u>尹</u>[21]<u>昌城</u>。

　<u>李枝花</u>袖行書大字三葉來, 書手中曰: "去日旣近, 表別情。"【竹堂所書】

我餽贐以箋三握。書曰:"相贈西京扇, 裹將北越箋。" 疎箋三柄贈朴竹軒曰:"處士寒素, 唯表離恨之萬一。" 竹軒曰:"多情, 恰似無情。" 曰:"憶夫發軺長途, 且夕保重。" "多謝。君自愛惟希。"

諸童[22]盡贈以輕箋, 皆書手中述謝且惜別。日旣夕告別去。滄浪子贈藥丸兩品於鶴山曁我。"寵惠之藥丸, 極荷厚意, 感佩感佩。會離纔二十日, 早晚到貴邦再會。" "早知別之難, 不知莫相見。" 曰:"金扇三握, 寄古鄉之愛兒, 願達之。" 滄浪子曰:"多謝。" 琴軒、石溪及浩然告別。滄浪子授雪毛筆一朵、偸桃墨笏。發軺之日早, 且以僕捧鶴山之回簡幷霰糖於三大使, 卽因安判事達之, 幷告別。安判事曰:"正使猶未起, 姑待之。副使、從事, 旣達之。" 曰:"俶裝紛冗之間, 胡用再報? 速去。" 安判事曰:"猶欲姑待之。永別多恨。" 張弼卿曰:"意何必別?" "別旣切, 然歸鄉之喜多多。" 李振卿曰:"雖還鄉之喜多, 別離多恨。" "臨別途遙恨長。" 梁益命曰:"懇懇之情不可忘。" "別情多多, 還鄉道自愛。" 松溪曰:"聚散日淺, 別恨悠哉悠哉!" 裵梅谷揖二, 我亦長揖。裵鳳章招我, 卽側舍, 執我手立而惘然, 面甚赤泫然, 涕旣催。我以扇書手中:"今永相別, 感咽何勝? 長途無恙, 歸貴邦, 且夕修學問。" "深情難忘, 何日、何時相忘?" 曰:"因洪滄浪, 必寄書。君若顧訪, 則又因之。人以贈尺素, 然則別後代晤, 當𦱣見之。洪裨將安在也?" "尊公必語之可也。" 曰:"兼所約也。今雖不告諸何相違?" 別契曰:"君問梅消息, 我報竹平安。"

諸童子或書手中, 或相揖, 述分袂之情也。"今日發軺, 天氣爽朗, 多幸。雖然分袂之情有餘。" 滄浪子曰:"今長別多恨。"【面赤淚催。】曰:"此

---

21 "尹": 底本에는 "君"으로 되어 있으나,《人見竹洞詩文集》에 따라 "尹"으로 고침.
22 "童": 底本에는 "意"으로 되어 있으나,《人見竹洞詩文集》에 따라 "童"으로 고침.

別非言之所能盡之。""是書卷君達之則多孔。"曰: "諾。我將達耳。""千里得書信乎?" 曰: "雙鯉何曾論千里之遠? 鶴山猶言, 因便必通潮信。""君亦寄一封, 是所待也。無違貴敎必報, 平安多幸。" 曰: "必事藉藉暗然, 唯消魂。何時到于貴邦, 又說此懷?"

右七十件。

【영인】

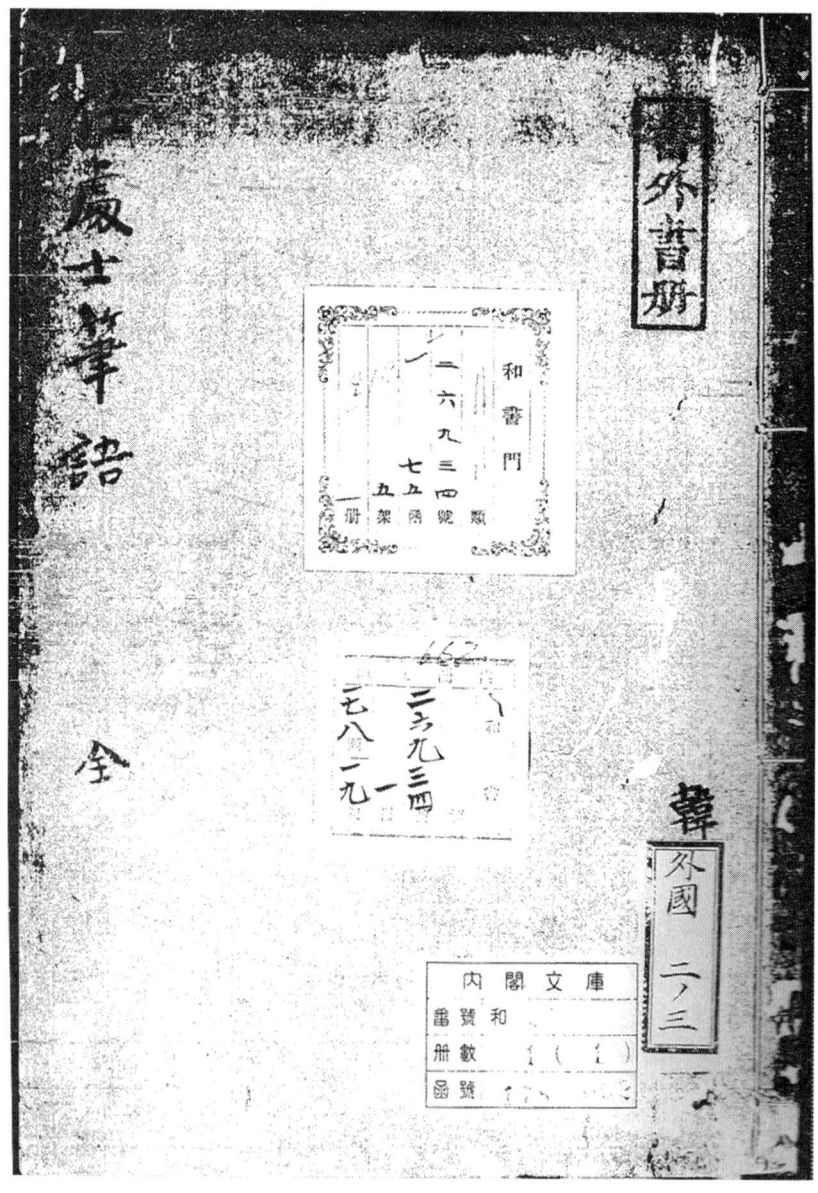

任處士筆語

壬戌之秋八月雞林三大使来聘修隣好也我布衣

葦帶之士雖非其職而萍水相逢與舘伴使之史臣

囷大于鴻臚矦副使李公老爺之舘舎則我侍衛

調曰自嚮韓客因譯吏曰言語不通倩毛頴

辛今各来從客之所求乎乃韓客兩輩在座於是記

室為篤把筆書曰舘伴使之史臣也自今每事問之

受敎多幸之趣也而又一人来坐傳誦為篤所呈耶

書曰文路不通更分明述之我與為篤以筆分官爵

姓名以諭之則通旣而問韓客之姓名書曰

張卿卿　李振卿　洪来叔乃僕也　官裨將

韓客亦問產中姓名為篤已先書之　佐玄龍把筆書曰

大高李明字某　處士溪堂　佐玄龍字某即僕也

洪裨將先書我名下起問從是與我筆語憶夫客貌

武官也不可知文事唯國風使之然可以嘉尚焉不

亦足以談之故匿姓名不稱之其語似不合者其所

筆語之人後所謂滄浪子也　来叔曰溪堂名耶号

耶余荅曰溪堂予号也　曰名則何荅曰處士隱名

曰處士是隱者之通称何獨為君名荅曰隱者也曰

無乃隱名而不欲人和者耶既欲隱名胡来乎農人

中荅曰是々曰讀遍幾書耶荅曰隱者唯閱散耳曰

抱才德隱居不仕者是真隱者豈有徒有隱名無其

賓者也荅曰是々　童子来傍立佐玄龍問姓名

姓裴氏名鳳章字子華歲十二問曰學詩乎鳳章曰

稍學　此童最奇之後竹林是也

館伴使之史臣等因馬島大守之記室朝三而見咸

進士李進士此時我相隨于末班皆以詩為贄朝三

先誦其詩而後欲達之或所可否者問我曰有詩乎

曰江城物貴雖然楛才何執詩謁既而並坐問我名

也曰若夫相見二先生之舘舍則備名帖以拜下風

今萍水奇遇無奈之某名公定姓任氏問号也曰見

先生稱号乎然朋友之所呼溪堂我是清世閒人故

別号方壺外史今接異邦之貴賓不可匿姓名是以

明告之也朝三日号特好朝鮮之礼不稱名也姓常

稱任子曰嚮告之我隱士也是以常不稱姓名唯為

處士溪堂曰是可也多言湯勿費人耳於是初謁之

為礼義　朝三日朝鮮之礼必立各皆以起坐我思

成学士曰會面多幸如所呈之詩他日和芳韵唯今

礼必立者豈唯雞林耳古礼皆然夫礼先生起坐則

書生拜之今此岁見不可謂礼之厚且价者知礼乎

我接登瀛之士以文會之所霓望也然独難違衆同

諾之　成學士李進士則作洪禪將坐在側亦起史

臣等及我皆立韓客一揖皆答揖其容推之謂揖則

揖不知是鶏林之揖也哉皆答揖之實唯坐起也

野鶴山之子姪入于鴻臚到正使東山尹公閤下馬

島太守之家臣平田直言謂兒君雖見於正使老爺

不亦妨乎即朴同知及譯吏紹介而進鶴山之四子

皆從之姪旣年長與我坐乙舍而長兄二人自書姓

名年紀呈上紅單帖子坐定　正使尹公問二第名

及年紀與二兄並書以可明其次第朴同知傳之我

乃書以呈上　野元龜　野友雪　野內藏 年十歲

野百藏 年八歲 正使尹公問二兄既剃髮二弟則未是

為儒者耶將為武夫耶琴軒 元龜 對曰二弟未知為儒

為武士故不剃髮也　正使尹公請短劍熟視之曰

自白儒者不帶劍戟況劫而挾此短劍琴軒對曰我

邦武士之國也雖儒者自生初各備劍故劫而帶之

正使尹公奇其言呼童披篋出翰墨及輕簟手自分

配而賜四兒松扇一握黃毛筆一枝曾蘗墨一笏也

我因朴同加謝厚誼而退　問君姓名何如　姓李

名枝花年十五　問鳳章君安在　安在也　問君

正使之侍乎　正使小童　何以不侍　問鳳章副

使乎　侍於副使　林整宇之令嗣鷄峯與我相携

適三使道之舘舍以馬島之人爲先容所過皆嘆之

偶遇李俊童　李枝柁曰美少年羨少年余曰寧馨

兒何好々何好々　會成學士于高堂譯言曰正使

之舍昨夜作詩戲不知夜深　問其戲何如　出詩

句掩其韻字而以我意稱思爲韻字或可或不可是

其戲也　問千山鳥飛過或作下或作去是鷰子之

戲也然耶成學士曰固然問名是何之謂　答謂射韻

又謂摘韻　昨夜接淸容勞德音幸甚所寄鶴山之

琵琶冨士峯五古二篇之和章呈上鶴山有公事無

遑来謁故附我耳　承示感幸ミミ茅鶴山公拘於

世故未得枉臨可嘆而二首瓊報入手中身雖不来

如対清儀以是為幸ミ　高堂左廟遇滄浪子揖之

進書席上曰昨宵已闌芳話多謝滄浪子曰昨夕接

雅儀不知夜深多幸余曰所呈鶴山之佳什旣嗣韻

附僕未不妨則直達之何如　何害乎　曰然則到

南廂即相携而適自詩簡出之授吟翫多ミ　曰太

佳　余曰此巻尾圖書僕所鐫　滄浪曰甚妙ミミ

此高和固席上珍也不知所謝之且今日鶴山公又

来耶　曰有公事未可知焉聞林整宇間来　滄浪

曰又結詩盟乎　曰然〻儻有其側而欹耳以聽金

聲玉振　林整宇入館携令姪 林爭軒 坐南廟裹鳳章

末在予

曰儒官之子也　　曰儒官何人乎　曰世所謂羅山

先生之曾孫也　鳳章目送曰諸　鶴山出金扇使

鳳章書之憑我膝而書又出一扇我告曰之子所持

也為寫之即寫把我銀扇求寫之即書曰憶君無更

所贈〻以白雲竹　鶴山之二子琴軒石溪入館滄

浪子李振卿坐先告滄浪子曰鶴山之二子也滄浪

子曰其人如玉　曰此烟草一囊慰旅中之寓懷兩

兒所饋即生芻一束也笑納之　滄浪曰貴邦之產

特好　徐孺　之賜多荷　曰孰似鶴山　李振卿

卒爾曰兒飽似也　滄浪子熟視之難韓他日揚家

声　安愼徽未問曰鶴山公別号何如　曰葛民

又問曰吾伊巷讀書處也或吾伊主人　敢問　曰

別業謂水竹深所昔年或竹洞　又問　曰拾峯散

人是湯沐之邑　此外無何有　曰或菊廬或梅竹

主人是皆往歲所稱也韓昌黎所謂軒轅弥明之類

不可推之知焉　安判事曰頃有其号不可知之者

故云　滄浪子曰此兩兒誦書子　曰稍誦之　誦

何書　曰今誦詩三百　誰人教之　曰僕侍讀

有曰課子　曰鶴山教人不欲強誨況於兒輩子器

之成何論早晚且如王揚盧駱所不取也然僕驕下

至成罷而不能之偶為客門下故此兒及兒弟愛好

之深不得已而教之術則可以愧焉滄浪子曰父云

子云鶴山其富人也子　余曰且此圖蘆貴邦之人

塲可所笑之也　曰雖束髮亦與樊邪以異唯何笑

之　曰如我形者有是夫　樊邪束髮与僧耳　問

有道士子　曰無之　曰僕形一狂客也自此道士

之下流矣頃嘗睹白玉蟾之像也自贊所謂蓬頭跣足與

僕形物色惟肖　滄浪問君之所服何　曰我邦之

道服也　滄浪曰小坐　曰諾入去　少焉來曰即

鄙室晤語乎　曰不妨多孔即入坐定　撤金香盒

懷鏡　此兩兒贈奉君故鄉之慈幃　滄浪曰如

何而知僕之母也定依鶴山教之乎　曰然矣故知

之　滄浪曰此二兒欲見於老爺耶　曰所願也

曰君則生於是吾率二兒入見後出　曰諾宜從教

老爺見二兒柩其嘆美之此意帰告鶴山可也

曰多謝父母所與悦也特老爺賜黃毛筆二枝孤竹

清風墨一笏因君奉敬謝隹惠且二兒有所贈如何

是欲贈於老爺耶未知老爺之意如何　曰持来

先贈之　即今持来乎是何物　曰煙草懷鏡　此

匣何謂　曰金繪楮盒我西京之佳産也　入告乎

老爺則以為煙草則是小兒所献不必牢拒留之鏡

則還送云々　曰然是亦微物願献之　老爺之意

旣如此不可強留　余曰多謝々々　此楉盒袖

鏡二兒贈鳳章君願達之鳳章即未滄浪子口授之

鳳章曰此兒甚愛々々况送此意外物不忘感謝君

諭我意　僕曰二兒餽此薄物唯表他日之永好

鳳章問此兒何兄何弟 曰琴軒年十三兄也石溪

年十二弟也 善書乎 稍臨池 握手撫背曰甚

愛ミミ 滄浪子出扇及墨以與二兒琴軒青扇書

曰孔氏釋氏親抱送並是天上猊猻兒石溪白扇丈

夫生兒有此二雛者名位豈肯早微休是杜工部徐

卿二子歌之始末也 我曰滿堂賓客皆回頭鈄此

惠貺感仰ミミ 既欲歸去襄鳳章追未高堂南廂

而以金州振風堂之大字匾一丞書来題曰謹呈昆

李氏僉前開函則曰初逢相愛情委送意外物感佩

僕不勝行色無所贈慇懃一小呈壬戌秋日竹林稿

以大字寄琴軒而退　我清風明月之一閒人錐賦

詩太拙故不強吟待來岁於舘伴使之別舍倩筆舌

而唔言所希　李鵬溟曰請我去乎　曰不然此紛

々際不盡意遺憾々々　回知所言　余曰項頻執

謁記僕姓名乎　錐素聞忘之　曰任處士公定

今則記取　問任姓於貴邦有諸　我国既有之

問自中華来乎別種乎未可詳知之　曰任公子黃

帝之孫也僕東方之一小任也思夫任氏之子多奇

甚愧稱任處士　貴姓何愧　問讀論語耶裴鳳章

曰曾讀　曰君字子莘然則使於齊乎　肥馬輕裘

洪作元德嶽

我不能 問朴成益君誰童子 金巨必曰我太

守之子從事使道羡奉来 曰然則与從事朴公竹

庵姓同者乎 雖姓同不子 曰号別何也洪汝亮

曰奇童号竹軒 太守謂誰 貴人之事不可謂之

問承明日既修聘礼三大使君朝幕府定知君其

隨而以朝乎 李進士曰然〻 有持桶来者進士

披之則冠也以紫帛包之即可謂紗帽問是唐朝

所用烏紗帽乎 鴨溟曰如所言 問朝服則用是

帽乎 朝廷之礼服也 昨日馬上偷眼見之如何

金重千曰昨日暫見可喜 曰洪裨將雖不通語聊

目尸禪將笑語去　此外諸童子皆視之金亘必与偶馬

之童目送而通笑唯襄鳳章馬上甚勞我雖覯其面

彼不然憶今日病乎　如常唯昨馬上勞　昨日朝

幕府之時在行途暫見如何　李學士曰馬上難通

言唯目送耳　問君所著翰林學士之服也哉　成

均舘學士所服則別雖欲詳詔不可得而聞之事有

次第難細論畢竟所服非學士之服也道袍絲冠雖

朝廷服之　問所著服名謂何　李枝花曰紫衫

問下則褌乎將裙乎　是則袴也　問是袴則上襦

乎　末知此服之謂襦也　曰後漢廉范爲蜀郡太

守百姓歌之曰昔時無襦今五袴是謂襦袴之歌一

證也又有之母為子製襦使子執熨斗母曰襦已製

更製袴耳子曰有此襦則雖無袴何寒丰既有火則

柄猶溫是其謂襦与袴乎又此袴之外別有褌子乎

褌未知為其名　君所服何　余曰道袍也　篦

爾笑曰道袍之名同而形異　曰朝鮮扶桑丸天

地之間同謂之人也名同而形異唯道袍故笑之乎

諾倒頭　与浩然堂同即滄浪子之懇所　滄浪

子問即君姓名何年幾　曰姓野名元活年十四鶴

山之姪也　松扇一握出自匳中即卅書曰多君訪

我意贈以一團扇他時定相思千里如見面　顧我

曰即今所賦也　余曰一唱三嘆何賜加之元浩因

僕告之感謝〻僕不暗記韻語貴邪何以能記乎

雖如僕等韻字無必洞知故搆思之間其高低平仄

自然而成矣　余曰唯今所呈之吟速〻而成章超

然之作見來則知有韻而以自不能記可恨焉願此

箋書大字多幸　字如何写之　曰鰲峯浩然堂

諸即写別書溪陰堂曰為溪堂公冩之洪末叔　我

不堪感佩授筆曰溪陰堂終南山之下南溪也東坡

所居賦絕句我甞居暄谷其居傍溪流而堂前有綠

槐蟬喧耳溪南十畝之田雙鷺白水有時醉歸則朝

起猶至三竿日故其堂号溪堂今隨旧而明友呼之

我計為湣之米元章有溪堂之号謝逸曾作溪堂壽

亭之記不知是所之名也乎列子有堂溪公者君今

所書取何義東坡避世堂之詩猶恨溪堂淺更穿修

竹林是猶南溪之新搆一茆堂之作也　僕頃頗相

見然不通一首詩紛紛隙華語耳憶我風月閒人不

知御風到於貴邪然則公不忘乎　滄浪子曰見君

儀容可知非俗士也安湣与君遨遊海岳之間吟風

詠月子生在南北可恨　我自落䰟江湖即稱老

莊之徒所願四方之志不背桑弧之初况於遊學乎

鶴山隨我志則不遠千里而到貴域如指掌　鶴山

暨公之高儀誠世上所罕見者也感謝難忘且鶴山

何時入舘耶　曰今日有公事入朝近午而到此乎

定未可和㫆　滄浪曰臨去時當別作俚什謝厚誼

曰所願也多孔　對州太守之家臣樋口氏之子

来我未知誰氏之子倩我以筆語滄浪子問姓名則

則書樋口某而餽透頂香　滄浪子曰是何物　俗呼

為外郎　食之乎　然矣我先輩　問氣味如何

甚芋　曰食之忽識　聞有陳外郎者来自中華未

以

此此物及饅頭教民間之小子故稱外郎　問食之

剛有何效　散氣快心是以兒女常服之願笑納之

曰吾當作詩贈之且待從容是馬島太守奉行之

子子此卽大有氣像可貴　余代曰如貴敎多幸

李振卿所著服名如何我憶披風于半臂于披風則

有袖然亦載三才圖會秦始皇帝服朝服之上是則

無袖　滄浪子曰服名則戰服我囯武官多著之

曰然剛宗初所服紫窄衫之類于　其制剛出自我

囯而差學中朝者也　曰鶴林玉露紫窄衫及野服

有之野服則朱文公所制貴邦又有野服于　文武

之官眼用色別無他制　鳳章問尊士何事曰暮臨

迫迫何在乎　余曰我去歲在東奧聞貴邦未賓此

喜會難得之甚千載之一遇也故自遠方歸故卿以

待之是以日日來會　鳳章曰此教至我此尤為惶

恐果如隱德士十分心感恐此硯極為見好買之

計料銀何給　曰欲則我餽之是則他人之硯也

我本小文人以硯好尊宅如此小硯在乎明日給之

如何　曰在必餽之　馬島太守別館李華立李三

錫書素屏一雙鶴山使僕預其事曰可以書邵康節

之小詩即用筆語論二李唯知月到天心處之一絶

且顧問二進士此亦不肯和爲書示僕之所暗記一

屛寫二首猶有餘我憶書大字乃告曰一醉裡乾坤

一閙中今古如何鶴山領之又諭二李則寫之三錫

偶書裏字丿之墨流傍人不覺曰鳴呼三錫不屑笑

而用流墨作丿此字增奇　小呈初逢子華未問從

彡愛甚平生不忘傑人惶恐之言欲爲尊士贈受書

好紙善寫書以送如何　千万伏望　即子華曰

諸我書何爲　親情父矣亦爲尊公名不知　曰我

隱名不欲人知故及今此言亦好我名公定姓任氏

處士長命後未通信使雖不我未後未他小童便

相信計料為望　曰我亦所願也我風月之閒客東

飄西泊不知到貴邦亦有之乎　此言尊公亦曾知去

亦好尊公如人也我邦不多多　曰不才豈然哉

如君可謂所希星軺重來則為使君子將為學士子

所恨又不相見之　此書皆以知之先白贈受書極

為好紙以寫書如何千萬此望　曰拙筆欲滐而愧

之雖然他日之好何牢辭從教　從容寫以贈修書

吾人送之此望某々之文書則朝鮮人不見是可也

曰諾以好紙附乎　明日必袖未　昨夜鶴山所

約寒江獨鈞圖附儌聞公愛柳文故膽之贊諸欲書

畫筆僕進曰書畫地曰不可也然則書裝潢曰固歸

未長途難持筐乎於是諾　滄浪子曰如公之言而

書畫地愈佳雖然書裝潢亦一之好事也此詩此書

可珍ミミ　曰催曉夢四冊擽搜書庫僅得之備電

瞩　是老爺欲見之雖一部幸ミ　我雖太拙鎸圖

書願為君刻之然卵材小而不知愜貴意其形如所

圖奈何　滄浪子曰厚誼極可感但形於稍大則尤

妙　我雖有處士之号如此在人間唯適吾適可謂

往客也又姓任氏名公定在中華則黃帝之遠孫也

我邦未可知其譜代矣溪堂則朋友之所呼名義姓

氏可謂異人呵呵　天地間自有一種異人君可謂

遊方之外而不嬰心者也　曰無几案不穩乎　硯

匣中路碎破今則無之所見埋没憨甚　襄鳳章未

曰所惠圖書中字如何　曰襄氏鳳章竹林　金

九安在側是圖書則非衣氏鳳章之印也　曰襄与

裴同雖然古字皆從非衣故鶵之如此　鳳章艴然

叁色与九安口争我言不通唯見面折耳　金重器將禅

問何故頻率此兩児未　曰儒官之子也故頻未

然故吾亦待之耳　曰感謝　竹林鳳章問此児往

行時乘物乎　曰非此兩児耳我雖隱士亦乘未和

俗采物者肩輿也　梁益命宣傳　招二兒又見於副

使茖爺李公則書二兒之扇賜焉從筆之使即書

副使李公問讀書耶　琴軒對曰即讀詩經　問兒

弟年幾　對曰年十二　問名何　姓野名友雪号

石溪拜而退　松溪問此兩兒君之弟子子　曰我

鶴山之門客也故此兩兒相攜而來　後日更來如

何　曰未可知之　此兒甚愛明日又未　曰難定

之　此兩兒為人極相英敏能寫字耶　曰雖臨法

帖漸書姓名　然則書姓名　琴軒援筆書曰姓野

氏名元龜年十三未冠故不字　十三歲兒能為善

寫可喜　曰足下書此扇則多孔　吾筆甚劣不得

書之耳　曰視此毫端不然強顧之　即寫之此別

扇留置此處則善寫人寫之　曰此竦篿貴客不欲

寫之足下欲之贈松溪我不欲之呼童以餅菓兩三

品盛陶器而載盆饗二兒曰喫之食之座中冠童皆

曰喫之食之　余曰五德柳葉可以題陰可以慰此

實此樹貴邦多乎　松溪曰我國多有之　曰此果

是謂蠻果以蜜或糯拌糖而如果子聞南蠻鴞否之

人通高舶以此物未瀰瀰習而有此物貴邦如何

弊邑食不同　趙廷尕譯曰請視短劒　曰辭不得

已則勿出其鞘　諾々熟視曰我邦有此劔則銀二

斗　問貴邦此鈎名如之何　張繼亮謂半鈎　曰

夫鈎者短劔也吳鈎是也何以謂半鈎乎匕首者形

如匕字又短劔可置諸魚腹中是以其短小可得而

知之此劔亦此二之類乎　我邦所罕見也　滄浪

子曰昨日所惠圖書是君自刻者耶且誰所書也

僕自刻之其書則野鶴山也又欲刻滄浪之字而無

愜意之印材故少滯焉不曰而鑴之今日小圖書

與襄鳳章　滄浪曰此大字欲遣林整宇　曰諾我

達之 即歸自鶴山傳而達于惠岡 　曰印色甚惡僕傳妙法耳　滄

浪曰當依示　曰我求印色之佳首而無所傳之唯

蓮生八㲭輟耕錄所出之方極佳考此二書而調之

數數得妙色　鶴山之二子附我贈裹鳳章曰　小

硯匣琴軒所贈也幷筆墨及水滴　金紋印色池石溪所贈幷印色包錦　鳳章

欣然曰不知所謝乃又附贈二子　松扇一握星琴軒

龍門墨一笏星石溪　二子寄紅單帖子謝之　琴軒石

溪有所餽則笑納之　朴成益曰此匣何謂曰金

繪楮盒是以楮作之施金繪故云　懷鏡袖中之珍

也怖多謝　曰貴邦之銅鏡無以異乎想夫模㨾唯

不相同故爲珍之與我邦如壺鏡亦然　弊邦銅鏡

不多縱然雖淂之如此照物之明何以淂乎　二兒

處夕時贈書即令欲寫之有事不寫嘆〻　鳳章曰

自朝鮮来到大坂城地衣櫝鎖金失矣迫今未買尊

前價給買給乎　曰何難然禁可奈何　如此則難

也曰鎖金幾寸以扇摸擦可也　以徑寸則尊公〻然

給乎公然捧納如何公然他人捧納如何價給乎

曰諾想夫有所謀明日持来　曰我若到於貴邦則

君為翰林公而不忘我乎未可知焉　君到我邦則

逐日待之〻〻昨日子華刻時在為刻乎　曰一面

襄鳳章印一面竹林一面詩句鑴就轉上也此中華

箋所約從容之時寫以餽　君亦寫送如何我亦從

容書送之　曰諾何辭　通信使他小童多來獨以

我人甚愛之之何復言前詻音不通恨嘆之之　曰

詻音雖不通而情何不通我愛君才之秀他日必為

探花卽至大官揚尊父世名　況每日所言之事一

之速送平生不忘死後死靈前不忘之之此冊名何

曰袖中詩韻　未死前無窮為謝之之　朴成益

曰此時有故脫襪衣服不安入去　曰雖勞願小坐

聞君為貴族如何　虗言也　過正使侍童問朴林

軒貴恙如何　金童千日病雖暫歇病根不去不出

門外或恐傷風不出戶外 曰然則因君告之貴恙

暫歇雖然保重且謂我有欲暗言明日若愈輕則相

見 諾我傳之 裴鳳章曰所賜之圖書極為珍願

為兄主又刻之賜雖死不忘之之 曰憶兄之情至

何難且兄主在此衆中耶又在貴鄉乎 曰從事道

之官人也名則梅谷 曰是号也子願相見從所欲

而鐫之 曰刻賜必相見梅谷兄主之名也明矣

曰圖書雖号亦可也明日需印材而鐫之且兄主善

書子君墨痕可以難為弟 曰兄主學問筆跡勝於

我 明日以圖書寄鳳章是浩然所鐫之 鳳章曰今則可

見挽我及浩然先容而往別舍有闖者我問曰雖入

門不妨手此童之兄欲見我故未闖者曰禁也鳳章

諳言不通唯執我手欲就舍我書鳳章之手曰禁鳳章

也告兄主而不害則可也鳳章乃入舍与梅谷同出

迎之闖者欲速去矣吾以其言諭鳳章則呵闖者多

端雖有怒色言不通闖者亦憐之笑而不答然有所

憚以指又書鳳章之手中述謝已欲去梅谷欲言而

如口吃鳳章呵闖者不已唯挽我上亭畫地筆語猶

諸小坐少焉梅谷隨未欲就堂下之舍是亦禁也適

他舍又招我至則又禁也兄弟多方相求雖然禁莫

如之何某際傍人怪曰此童何事留斯人相親如同

卿之人而後与梅谷不及隻字之筆談而去　梅谷

寄書曰任處士座前雖無曾識昨因兒弟鳳章之言

渴聞声華方切景慕今又枉訪於鄙人所接之處幸

感無涯切欲穩叙而因閣者之禁未得奉話茹恨昌

極居邿雖異男兒會合豈其偶然哉何以則奉攄而

況御重印班之眖惠出于不意領受摩挲喜感無己

無物聊表黃紙二張書以拙筆以他日不忘之資勿

却領情如何餘不一二　壬戌秋九月初四　朝鮮梅谷

朴竹軒袖三葉之草書授我曰此書則深匿貴書不

白洪滄浪又不白衆人　披之閱則五言唐絕也君

字如何　明淑別号竹軒　曰圖書鎬貴字乎　所

鎬賜已足又何勞　滄浪子曰昨日足下至鄙所時

朝三所言無乃呵之乎　曰今日欲語之自朝往而

不遇幸今夕接清儀多幸如彼者何足言乎向鶴山

之二子贈蘭花一甁於副使老爺以通事窺之時判

事他適終日不逢之及夕歸去我留其花齋未願因

君贈之　蘭花者酒名乎　曰蘭草也　是器名乎

曰甁中挾草花　是所食之物耶　曰山谷蘭所

所謂香艸也　用於何処　曰唯觀也　見後還送

不妨吾當告而達之　有餽丹青人諭其畫樣曰是

我邦勇士辨慶堀川夜戰之時以棒撲殺甲士圖也

滄浪子曰壯哉　琴軒石溪臨別入館鳳章未筆語

二子問貴邦之人齒何以甚白　鳳章曰齒木用

之故白　追白去時追頭此處之物不得去計千萬

伏望尊十分周旋如何抄後錄　乾靈龜　足之浦

子華　我曰此二物不通如何　鳳章以垂爲技

鬢之形　琴軒曰鎮乎和語毛技　鳳章曰是也

我曰乾靈龜何乎　以指畫未可曉知焉倩譯人書

來日真針　曰縫物之具揩箴乎　不然　曰知方

之器指南針子　是也　曰我邦之謂磁針或子午

針　皂皮服丹花紋之士過堂下駭然問曰何人乎

余曰是消火災之俊吏也　張翼只來相戲鳳章曰

此人妍人也勿交之之　二子曰諸　鳳章曰向所

言買之事求在物　曰有剔贈之無則何用價　分

每受不安　曰然之隨所固有涵送之耳　從當價

送詳知　曰價何用之　鳳章曰他人之物公然受

之荒唐之之未安之之尊果不送可也容我言然則

價送　我曰隱逸之身出世路焉以買物子唯蓝素

貯給之耳強欲之大坂城边此物多倩譯人以買之

清可作姬

如白銀補不足　滄浪子曰靜修公前當作書并書

字以呈上耳　曰今日定會直以呈之可也筆古昭

言亦唯今日耳可恨　千里之外只是神交而已恨

々奈何　曰君雖如樂天亦真也僕豈似微之然則

神交之何謂乎　情意欵々令人一澘　李進士曰

此乃從事老爺次韻詩也傳於鶴山班也　曰謹受

敎　李曰今明間可得相奉耶　曰從命帰程近迫

所欲接清儀　李曰晩間願見　曰日暮若帰去則

明日必未　衆中持處肉来之人有矣夫　滄浪子

曰此謂不善之人乎　曰猛虎之肉也　用於何處

曰藥物耳　捕虎則可得今無之　別遙已近我

送君以序君報我何以　滄浪曰我當報以長律

畫師粮朴告曰朝鮮畫工欲圖猿猴而不知之可奈

何我曰諸我將問之乃門猴者長臂之猿也乎成

學士曰固長臂之猿也　貴邦之畫工不知圖之願

論之　學士曰諸呼畫工謂曰猿而臂長謂猴三而

臂短謂猿而又口授多三終不能圖寫一鶩　琴軒

石溪及余攜竹林竹軒團欒於高堂之左廟我以指書堂

柱曰旋旅有日遍別恨多三若有我大孫弄璋之慶

則星使又未然則竹軒爲通信大使竹林爲翰林公

而到弊邦　竹林諭所書於竹軒相視笑喜色溢眉

宇則借扇畫地曰如尊公之言則琴軒石溪何如

曰箕裘之業不墜家声是亦為學士頃如家嚴与成

李二學士相對也昔渤海之使裴頲逢管丞相其後

裴頲之子裴璆来聘會丞相之孫文時而又再来於

我国是載有国史与裴氏有以耶　竹林問尊公如

何聞計料　曰我如鴛駢之老得逢其時先採帛郊

迎以傾青葢而後執君手說今日之事到于鴻臚舘

則左右琴軒与石溪而執謁不用譯吏及馬島之人

如今岑見而接眉促膝毫楮不匱乂以筆語在佳興

則吟咏詩賦以抒其情竹軒竹林唱則琴軒石溪和

ミ者唱ミ者和瓊瑤琳瑯璂ミ焉額子其間白髮青

衫拭喜淚者是任處士也　問斜笠上所揜立何用

梁宣傳曰用扁鬚也　曰依張思遠求之易得歟

裨將之外他武官不能敢狹焉否　其他不能　問

成均舘有進士有生貞君登瀛洲則何如　滄浪子

曰成均舘生徒三百人兩科相半我當試則進士及

第年　曰試塲則銀袍鵠立耶　唯此道袍　曰有

狀元探花耶　羞雖從中朝亦不相同也　宋朝試

士詩則律賦則三百字論不過五百字貴邦之舉士

別子敢問　弊邦詩賦耳　琴軒石溪及我入鴻臚

館之間坳堂而遇李三錫李華立揖而過又遇李鵬

滇洪滄浪揖之進曰是鶴山之二子也　李鵬滇撫

其背曰天上猄猨兒　曰徐卿之二子可同日而談

乎立談雛如舊而不可盡言也他期會宿館受台誨

今日應馬島大守之招必期來日之話驇此二子

可來　曰兩兒相見多孔必又接芝眉　副使道之

前庭以帟牆為埈而射之李振卿深益命豫之弚右

誘左就中李振卿善射我侍偹士視之韓客出其弓

使之挽其張也弓力最弱合二張而猶弱与之薪則

發之不出的也其的懸末屐艸履之弊者也　有鳥

三三在堂下之屋上朴竹軒喚之其音包三我書手

中問喚鳥乎　朴竹軒領　問此鳥名何　書手中

曰鳩　鶴山二子入舘予招安判事言曰先日既辱

正使老爺見此二子其後末侯起居旋旆有通願謝

厚誼且有所献笑納惟希　安判事曰諾即使二子

謁之出曰琴軒所献煙艸之匣名何　我曰金繪揩

盒　石溪所献匣上之草書難讀如何　懷鏡　正

使尸公問二弟何不相攜　琴軒對曰適他故不求

甜故不可口而止是以真末合蜜麨油作果所謂馬

踟車食也　龍鞭筆三枝　巍津玄池竹二笏

　　　　　　　青苔紙　雲藍紙　各三卷

隨意臨書之可也　琴軒石溪弁而退我因安判事

謝之　襄鳳章臨別寄小呈曰任處士前納来到此

京他邦之人甚愛相情雖去我国日夜聯念魂夢不

思情如何此別何不忘帰路何時何日何年不思耶

此別他日依表不忘之情只付一書本是不才之人

依表拙書壬戌九月初五日朝鮮慶尚道金海人襄

鳳章依拙稿別書吉詩附之請我筆痕　我職岢調一篇首書以

贈之行書其詩云相遇千里客三韓一鄉英語言未可

通知機察其情筆談坐未久却恨夕陽傾會離緬旬

餘更難尋此盟分袂日在近生別亦吞声海潤秋雲

盡凉風帰帆輕此溟乘月去攀桂錦袍榮何無南未

厂帛書懸我名　頃与滄浪子及成學士李學士数

日相見筆語多端然無唱和者唯憐君才之秀故寄

古調一篇他日登龍門則不遠千里必賜芳和　鳳

章誦曰太佳〻〻　曰詩云書云最所愧焉唯待他

日之瓊報且頃欲不遠所相約也　卷懷而去少焉

来乙舍岁見曰嚮所賜之清篇呈老爺吟賞之數回

言曰誠隱德之士所作也尊公雖未見於老爺如靚

其面是尊十分計料如此　曰珠藏澤自媚玉龍山

舍輝是德人之蔑藉也傑翰墨塲中之一狂客豈其

然乎不盧之譽不祥之實縱然有諸不亦愧哉別路

切迫如何之々　此別恨多死後亦不忘之々　送

洪禩將序一首呈案下　韓客滄浪子將帰武陵任

処士擅鄙懷以換車馬之贈自古貴邦与我国善隣

修好尚矣翰墨塲之驗盟亦不為不多也此行其從

者如雲獨君抱文章還列武官傑已非舘伴使之家

臣而風月之閒人也萍水相逢自一識面每日會於

鴻臚可謂奇遇也蓋兩邦之士文武之官職盡備素

其位而行其事僕猶無間然矣君稗將而僕敬客若

不與於斯文者而細其論之以筆否諭其情相親如

此諸異乎其形退而私謂是囊中之錐也柳非耶且

聞自發釜山浦以入我域內唱和之佳篇數千百言

不舍晝夜相積而堆案滿篋如僕之所視可亦使錦

囊以重之然僕不及片言隻字之唱酬其交則如舊

知是亦一奇事也雖書不通意而目擊道存豈偶然

乎嚮如所筆語僕落跎江湖自稱老莊之徒師孫登

友玉蟾航海棧山欲到于中原以探古人之芳躅也

今秋此岁別有遊於貴邦之志雖然三大使之帰與

未至来歲則不能以回鞍於貴域遙哉行路難矣烱

波万里南北各天之一涯也而儻思之在于斯則假

遠之有臨別乃歌曰誰謂雞林之雲何以將翺我思

靖洲之流魯不容刀士戌之秋重陽之望日任處士

公定拜　滄浪子吟誦再三把筆書曰初見公知匪

直也人讀此文真有意氣之人也　晉別任處士情

契　吾憐任處士物外飽清遊貌似孤飛鶴心固不

繫舟萍逢偶一會意氣即相求惆悵浮生事明朝又

別愁　壬戌季秋滄浪洪來叔稿　我誦此超然雄

篇三復曰甚恧我意莫敢掩感仰之抱卒復宣陳謹

此多謝 高堂南廂尸萬碩彈琴其音与中華相似

然琴柱四五彈之用木撥正使尸公之近侍一人來

寄琴以吟手之舞足之踏一奇観也琴軒石溪欣然

惜曲之旣畢 成學士應需書大字也尸昌城立自

側笑之謂惠〻成學士曰恰好〻〻相戲不已滄浪

子強使尸昌城竢書即曰甚岁雖然從貴客之教授

筆大字數行写之其墨痕驚四縫求書名其傍小書

竹堂二字 又一夕會馬島太守之館舎招昌城欲

書素屏挽而來立不坐譯者曰今夕圖暮則輸故不

喜強欲書此屏而猶不坐多方求之終不坐与譯者

口爭直去其形如謂我非王門之伶人者四坐又驚

鶴山或時問君官如何對曰昌城府使人譯言亦

謂之君昌城　李枝花袖行書大字三葉未書手中

曰去日既近表別情 竹堂所書　我餲驪以蓮三握書曰相

士寒素唯表離恨之萬一　竹軒曰多情恰似無情

贈西京扇裏將北越箋　踈筵三柄贈朴竹軒曰處

曰憶夫發軔長途且夕保重　多謝君自愛惟希

諸意盡贈以輕篋皆書手中述謝且惜別曰既夕

告別去　滄浪子贈藥凡兩品於鶴山曁我　罷惠

之藥凡極荷厚意感佩三三會離總二十日早晚到

貴邦再會　早知別之難不和莫相見　曰金扇三

握寄古鄉之愛見顧達之　滄浪子曰多謝　琴軒

石溪及浩然告別　滄浪子授雪毛筆一朶偷桃墨

笃　發軫之日早且以襏捧鶴山之回簡并黐糖於

三大使即因安判事達之并告別　安判事曰正使

猶未起姑待之副使從事既達之　曰俶裝紛冗之

間胡用再報速去　安判事曰猶欲姑待之　永別

多恨　張術卿曰意何必別　別旣切然歸鄉之喜

多二　李振卿曰雖還鄉之喜多別離多恨　臨別

途遙恨長　梁益命曰戀二之情不可忘　別情多

： 還郷道遠自愛　松溪曰襄敬曰淺別恨悠哉：

： 襄梅谷揖二　我亦長揖　襄鳳章招我卽側　我以扇

舍執我手立而悒然面甚赤泫然涕旣催貴邪且又

書手中令永相別感咽何勝長途無恙歸貴邪且又

修學問　深情難忘何日何時相忘　曰因洪滄浪

必寄書君若顧訪則又因之人以贈尺素然則別後

代晤當岂見之洪裸將安在也　尊公必語之可也

日兼所約也今錐不告諸何相遺別契曰君問梅

消息我報竹平安　諸童子或書手中或相揖述分

袂之情也　今日發軺天氣爽閴多幸雖然分袂之

情有餘　滄浪子曰今長別多恨面亦淚催　曰此

別非言之所能盡之　是書卷君達之則多孔　曰

諾我將達耳　千里得書信乎　曰双鯉何曾論千

里之遠鶴山猶言因便必通潮信君亦寄一封是所

待也　無違貴教必報平安多幸　曰心事藉三曬

然唯消魂何時到于貴邦又説此懷

右七十件

조선후기 통신사 필담창화집
번역총서를 간행하면서

20세기 초까지 한자(漢字)는 동아시아 사회의 공동문자였다. 국경의 벽이 높아서 사신 외에는 국제적인 교류가 불가능했지만, 문자를 통한 교류는 활발했다. 중국에서 간행된 한문 전적이 이천년 동안 계속 한국과 일본을 비롯한 주변 나라에 전파되었으며, 사신의 수행원들은 상대방 나라의 말을 못해도 상대방 문인들에게 한시(漢詩)를 창화(唱和)하여 감정을 전달하거나 필담(筆談)을 하며 의사를 소통했다.

동아시아 삼국이 얽혀 싸웠던 임진왜란이 7년 만에 끝난 뒤, 조선에 군대를 파견하였던 중국과 일본은 각기 왕조와 정권이 바뀌었다. 중국에는 이민족인 청나라가 건국되고 일본에는 도쿠가와 막부가 세워졌다. 조선과 일본은 강화회담이 결실을 맺어 포로도 쇄환하고 장군이 계승할 때마다 통신사를 파견하여 외교를 회복했지만, 청나라와에도 막부는 끝내 외교를 회복하지 못하고 단절상태가 계속되었다. 일본은 조선을 통해서 대륙문화를 받아들일 수밖에 없었고, 그 방법 중 하나가 바로 통신사를 초청 때에 시인, 화가, 의원 등의 각 분야 전문가를 초청하는 것이었다.

오백 명 규모의 문화사절단 통신사

연암 박지원은 천재시인 이언진(李彦瑱, 1740~1766)이 11차 통신사 수행원으로 일본에 다녀온 지 2년 만에 세상을 뜨자, 이를 애석히 여겨 「우상전」을 지었다. 그 첫머리에 일본이 조선에 다양한 전문가들로 구성된 문화사절단을 파견해 달라고 요청한 사연이 실려 있다.

일본의 관백(關白)이 새로 정권을 잡자, 그는 저축을 늘리고 건물을 수리했으며, 선박을 손질하고 속국의 여러 섬들을 깎아서 자기 소유로 만들었다. 그 밖에도 기재(奇才)·검객(劍客)·궤기(詭技)·음교(淫巧)·서화(書畵)·문학 같은 여러 분야의 인물들을 서울로 모아들여 훈련시키고 계획을 갖추었다. 그런 지 몇 달 뒤에야 우리나라에 사신을 파견해 달라고 요청하였는데, 마치 상국(上國)의 조명(詔命)을 기다리는 것처럼 공손하였다.

그러자 우리 조정에서는 문신 가운데 3품 이하를 골라 뽑아서 삼사(三使)를 갖추어 보냈다. 이들을 수행하는 사람들도 모두 말 잘하고 많이 아는 자들이었다. 천문·지리·산수·점술·의술·관상·무력으로부터 통소 잘 부는 사람, 술 잘 마시는 사람, 장기나 바둑 잘 두는 사람, 말을 잘 타거나 활을 잘 쏘는 사람에 이르기까지, 한 가지 기술로 나라 안에서 이름난 사람들은 모두 함께 따라가게 되었다. 그런데 이들 가운데서도 문장과 서화를 가장 중요하게 여기지 않을 수가 없었다. 왜냐하면 그들은 조선 사람의 작품 가운데 한 글자만 얻어도 양식을 싸지 않고 천리 길을 갈 수 있기 때문이었다.

도쿠가와 이에하루(德川家治)가 쇼군을 계승하자 일본 각 분야의 대표적인 인물들을 에도로 불러들여 조선 사절단 맞을 준비를 시킨 뒤,

"마치 상국의 조서를 기다리는 것처럼 공손하게" 조선에 통신사를 요청하였다. 중국과 공식적인 외교가 단절되었으므로, 대륙문화를 받아들이기 위해 조선을 상국같이 모신 것이다. 사무라이 국가 일본에는 과거제도가 없기 때문에 한문학을 직업삼아 평생 파고든 지식인들이 적어서, 일본인들은 조선 문인의 문장과 서화를 보물같이 여겼다.

조선에서도 국위를 선양하기 위해 여러 분야의 문화 전문가들을 선발하여 파견했는데, 『계림창화집(鷄林唱和集)』이 출판된 8차 통신사(1711년) 때에는 500명을 파견했다. 당시 쓰시마에서 에도까지 왕복하는 동안 일본인들이 숙소마다 찾아와 필담을 나누거나 한시를 주고받았는데, 필담집이나 창화집은 곧바로 출판되어 널리 읽혔다. 필담창화에 참여한 일본 지식인은 대륙의 새로운 지식을 얻었을 뿐만 아니라, 일본 사회에서 전문가로서의 위상도 획득하였다.

8차 통신사 때에 출판된 필담 창화집은 현재 9종이 확인되었으며, 필담 창화에 참여한 일본 문인은 250여 명이나 된다. 이는 7차까지 출판된 필담 창화집을 모두 합한 것보다 훨씬 많은 수인데, 통신사 파견이 100년 가까이 되자 일본에서도 한문학 지식인 계층이 두터워졌음을 알 수 있다. 8차 통신사에 참여한 일행 가운데 2명은 기행문을 남겼는데, 부사 임수간(任守幹)이 기록한 『동사록(東槎錄)』이나 역관 김현문(金顯門)이 기록한 또 하나의 『동사록』이 조선에 돌아와 남에게 보여주기 위해 일방적으로 쓴 글이라면, 필담 창화집은 일본에서 조선과 일본의 지식인들이 마주앉아 함께 기록한 글이다. 그러기에 타인의 눈을 통해 자신의 모습을 객관적으로 볼 수 있다.

16권 16책의 방대한 분량으로 다양한 주제를 정리한 『계림창화집』

에도막부 초기의 일본 지식인은 주로 승려였기에, 당연히 승려들이 통신사를 접대하고, 필담에 참여하였다. 그 다음으로 유자(儒者)들이 있었는데, 로널드 토비는 이들을 조선의 유학자와 비교해 "일본의 유학자는 국가에 이용가치를 인정받은 일종의 전문 지식인에 지나지 않았다"고 규정하였다. 그 가운데 상당수는 의원이었으므로 흔히 유의(儒醫)라고 하는데, 한문으로 된 의서를 읽다보니 유학에도 관심을 가지게 된 것이다. 이노 작스이(稻生若水)가 물고기 한 마리를 가지고 제술관 이현과 서기 홍순연 일행을 찾아가서 필담을 나눈 기록이 『계림창화집』 권5에 실려 있다.

> 이 현 : 이 물고기는 우리나라의 송어입니다. 조령의 동남 지방에 많이 있어, 아주 귀하지는 않습니다.
> 홍순연 : 이 물고기는 우리나라의 농어와 매우 닮았습니다. 귀국에도 농어가 있는지 모르겠지만, 이것과 같지 않습니까? 농어가 아니라면 내가 아는 물고기가 아닙니다.
> 남성중 : 이 물고기는 우리나라 송어입니다. 연어와 성질이 같으나 몸집이 작으며, 우리나라 동해에서 납니다. 7-8월 사이에 바다에서 떼를 지어 강으로 올라가는데, 몸이 바위에 갈려 비늘이 다 떨어져 나가 죽기까지 하니 그 성질을 모르겠습니다.

그는 일본산 물고기의 습성을 자세히 설명하고 조선에도 있는지 물었지만, 조선 문인들은 이 방면의 전문가들이 아니어서 이름 정도나 추정했을 뿐이다. 홍순연은 농어라고 엉뚱하게 대답하기까지 하였다. 조선 문인이라면 모든 것을 알 수 있을 것이라고 기대했기에 생긴 결과인데, 아직 의학필담으로 분화되기 이전의 형태다. 이 필담 말미에 이노 작스이는 이런 기록을 덧붙여 마무리했다.

『동의보감』을 살펴보니 "송어는 성질이 태평하고 맛이 달며 독이 없다. 맛이 진기하고 살지다. 색은 붉으면서 선명하다. 소나무 마디 같아서 이름이 송어이다. 동북쪽 바다에서 난다"고 하였다. 지금 남성중의 대답에『동의보감』의 설명을 참고하니, '鮏'은 송어와 같은 것이다. 그러나 '송어'라는 이름은 조선의 방언이지, 중화에서 부르는 이름이 아니다. 『팔민통지(八閩通志)』(줄임)『해징현지(海澄縣志)』등의 책에 모두 송어가 실려 있으나, 모습이 이것과 매우 다르다. 다른 종류인데, 이름이 같을 뿐이다.

기록에서 보듯, 이노 작스이는 다수의 의견에 따라 이 물고기를 '송어'라고 추정한 후, 비교적 자세한 남성중의 대답과『동의보감』의 기록을 비교하여 '송어'로 결론 내렸다. 그런 뒤에 조선의 '송어'가 중국의 송어와 같은 것인지 확인하기 위해 중국의 여러 지방지를 조사한 후, '송어'는 정확한 명칭이 아니라 그저 조선의 방언인 것으로 결론지었다. 양의(良醫) 기두문(奇斗文)에게는 약초를 가지고 가서 필담을 시도하였다.

稻生若水 : 이 나뭇잎은 세 개의 뾰족한 끝이 있고 겨울에 시들지 않으며, 봄에 가느다란 꽃이 핍니다. 열매의 크기는 대두만하고, 모여서 둥글게 공처럼 되며, 생길 때는 파랗고, 익으면 자흑색이 됩니다. 나무

에 진액이 있어 엉기면 향이 나고, 색이 붉습니다. 이름은 선인장 나무입니다. (줄임)

　기두문 : 이것이 진짜 백부자(白附子)입니다.

제술관이나 서기들이 경험에 의존해 대답한 것과 달리, 기두문은 의원이었으므로 자신의 지식을 바탕으로 확실하게 대답하였다. 구지현박사의 연구에 의하면 이노 작스이는 『서물류찬(庶物類纂)』이라는 박물지를 편찬하기 위해 방대한 자료를 수집 · 고증하고 있었는데, 문화 선진국 조선의 문인에게 서문을 부탁하여, 제술관 이현이 써 주었다. 1,054권이나 되는 일본 최대의 백과사전에 조선 문인이 서문을 써 주어 권위를 얻게 된 것이다.

출판사 주인이 상업적인 출판을 위해 직접 필담에 참여하다

초기의 필담 창화집은 일본의 시인, 유학자, 의원 등 전문 지식인이 번주(藩主)의 명령이나 자신의 정보욕, 명예욕에 따라 필담에 나선 결과물이지만, 『계림창화집』 16권 16책은 출판사 주인이 직접 전국 각 지역에서 발생한 필담 창화 원고들을 수집하여 출판한 것이다. 따라서 필담 창화 인원도 수십 명에 이르며, 많은 자본을 들여서 출판하였다. 막부(幕府)의 어용 서적을 공급하던 게이분칸(奎文館) 주인 세오겐베이(瀨尾源兵衛, 1691~1728)가 21세 청년의 몸으로 교토지역 필담에 참여해 『계림창화집』 권6을 편집하고, 다른 지역의 필담 창화 원고까지 모두 수집해 16권 16책을 출판했을 뿐 아니라, 여기에 빠진 원고들까지 수집해『칠가창화집(七家唱和集)』10권 10책을 출판하였다.

『칠가창화집』은『계림창화속집』이라고도 불렸는데, 7차 사행 때의 최대 필담 창화집인『화한창수집(和韓唱酬集)』4권 7책의 갑절 규모에 해당한다. 규모가 이러하니 자본 또한 막대하게 소요되어, 고쇼모노도 코로(御書物所)인 이즈모지 이즈미노죠(出雲寺 和泉掾) 쇼하쿠도(松栢堂) 와 공동 투자하여 출판하였다. 게이분칸(奎文館)에서는 9차 사행 때에 도『상한창화훈지집(桑韓唱和塤篪集)』11권 11책을 출판하여, 세오겐베 이(瀨尾源兵衛)는 29세에 이미 대표적인 출판업자로 자리매김하게 되 었다. 그러나 안타깝게도 38세에 세상을 떠나, 더 이상의 거질 필담 창화집은 간행되지 못했다.

필담창화집 178책을 수집하여 원문을 입력하고 번역한 결과물

나는 조선시대 한문학 연구가 조선 국경 안의 한문학만이 아니라 국경 너머 오가며 외국인들과 주고받은 한자 기록물까지 연구해야 한 다는 생각으로, 첫 번째 박사논문을 지도하면서 '통신사 필담창화집' 을 과제로 주었다. 구지현 선생은 1763년에 파견된 11차 통신사 구성 원들이 기록한 사행록 9종과 필담창화집 30종을 수집하여 분석했는 데, 박사학위를 받은 뒤에도 필담창화집을 계속 수집하여 2008년 한국 학술진흥재단의 토대연구에『조선후기 통신사 필담창수집의 수집, 번 역 및 데이터베이스 구축』이라는 과제를 신청하였다. 이 과제를 진행 하면서 우리 팀에서 수집한 필담창화집 178책의 목록과, 우리가 예상

한 작업진도 및 번역 분량은 다음과 같다.

1) 1차년도(2008. 7.~2009. 6.) : 1607년(1차 사행)에서 1711년(8차 사행)까지

연번	필담창화집 책 제목	면 수	1면 당 행수	1행 당 글자 수	예상되는 원문 글자 수
001	朝鮮筆談集	44	8	15	5,280
002	朝鮮三官使酬和	24	23	9	4,968
003	和韓唱酬集首	74	10	14	10,360
004	和韓唱酬集一	152	10	14	21,280
005	和韓唱酬集二	130	10	14	18,200
006	和韓唱酬集三	90	10	14	12,600
007	和韓唱酬集四	53	10	14	7,420
008	和韓唱酬集(결본)				
009	韓使手口錄	94	10	21	19,740
010	朝鮮人筆談幷贈答詩(國圖本)	24	10	19	4,560
011	朝鮮人筆談幷贈答詩(東京都立本)	78	10	18	14,040
012	任處士筆語	55	10	19	10,450
013	水戶公朝鮮人贈答集	65	9	20	11,700
014	西山遺事附朝鮮使書簡	48	9	16	6,912
015	木下順菴稿	59	7	10	4,130
016	鷄林唱和集1	96	9	18	15,552
017	鷄林唱和集2	102	9	18	16,524
018	鷄林唱和集3	128	9	18	20,736
019	鷄林唱和集4	122	9	18	19,764
020	鷄林唱和集5	110	9	18	17,820
021	鷄林唱和集6	115	9	18	18,630
022	鷄林唱和集7	104	9	18	16,848
023	鷄林唱和集8	129	9	18	20,898
024	觀樂筆談	49	9	16	7,056
025	廣陵問槎錄上	72	7	20	10,080
026	廣陵問槎錄下	64	7	19	8,512
027	問槎二種上	84	7	19	11,172

028	問槎二種中	50	7	19	6,650
029	問槎二種下	73	7	19	9,709
030	尾陽倡和錄	50	8	14	5,600
031	槎客通筒集	140	10	17	23,800
032	桑韓醫談	88	9	18	14,256
033	辛卯唱酬詩	26	7	11	2,002
034	辛卯韓客贈答	118	8	16	15,104
035	辛卯和韓唱酬	70	10	20	14,000
036	兩東唱和錄上	56	10	20	11,200
037	兩東唱和錄下	60	10	20	12,000
038	兩東唱和後錄	42	10	20	8,400
039	正德韓槎諭禮	16	10	18	2,880
040	朝鮮客館詩文稿(내용 중복)	0	0	0	0
041	坐間筆語附江關筆談	44	10	20	8,800
042	七家唱和集－班荊集	74	9	18	11,988
043	七家唱和集－正德和韓集	89	9	18	14,418
044	七家唱和集－支機閒談	74	9	18	11,988
045	七家唱和集－朝鮮客館詩文稿	48	9	18	7,776
046	七家唱和集－桑韓唱酬集	20	9	18	3,240
047	七家唱和集－桑韓唱和集	54	9	18	8,748
048	七家唱和集－客館璀綻集	83	9	18	13,446
049	韓客贈答別集	222	9	19	37,962
예상 총 글자수					589,839
1차년도 예상 번역 매수 (200자원고지)					약 8,900매

2) 2차년도(2009. 7.~2010. 6.) : 1719년(9차 사행)에서 1748년(10차 사행)까지

연번	필담창화집 책 제목	면수	1면 당 행수	1행 당 글자 수	예상되는 원문 글자 수
050	客館璀璨集	50	9	18	8,100
051	蓬島遺珠	54	9	18	8,748
052	三林韓客唱和集	140	9	19	23,940
053	桑韓星槎餘響	47	9	18	7,614

054	桑韓星槎答響	106	9	18	17,172
055	桑韓唱酬集1권	43	9	20	7,740
056	桑韓唱酬集2권	38	9	20	6,840
057	桑韓唱酬集3권	46	9	20	8,280
058	桑韓唱和塤篪集1권	42	10	20	8,400
059	桑韓唱和塤篪集2권	62	10	20	12,400
060	桑韓唱和塤篪集3권	49	10	20	9,800
061	桑韓唱和塤篪集4권	42	10	20	8,400
062	桑韓唱和塤篪集5권	52	10	20	10,400
063	桑韓唱和塤篪集6권	83	10	20	16,600
064	桑韓唱和塤篪集7권	66	10	20	13,200
065	桑韓唱和塤篪集8권	52	10	20	10,400
066	桑韓唱和塤篪集9권	63	10	20	12,600
067	桑韓唱和塤篪集10권	56	10	20	11,200
068	桑韓唱和塤篪集11권	35	10	20	7,000
069	信陽山人韓館倡和稿	40	9	19	6,840
070	兩關唱和集1권	44	9	20	7,920
071	兩關唱和集2권	56	9	20	10,080
072	朝鮮人對詩集1권	160	8	19	24,320
073	朝鮮人對詩集2권	186	8	19	28,272
074	韓客唱和/浪華唱和合章	86	6	12	6,192
075	和韓唱和	100	9	20	18,000
076	來庭集	77	10	20	15,400
077	對麗筆語	34	10	20	6,800
078	鳴海驛唱和	96	7	18	12,096
079	蓬左賓館集	14	10	18	2,520
080	蓬左賓館唱和	10	10	18	1,800
081	桑韓醫問答	84	9	17	12,852
082	桑韓鏘鏗錄1권	40	10	20	8,000
083	桑韓鏘鏗錄2권	43	10	20	8,600
084	桑韓鏘鏗錄3권	36	10	20	7,200
085	桑韓萍梗錄	30	8	17	4,080
086	善隣風雅1권	80	10	20	16,000
087	善隣風雅2권	74	10	20	14,800
088	善隣風雅後篇1권	80	9	20	14,400

089	善隣風雅後篇2권	74	9	20	13,320
090	星軺餘轟	42	9	16	6,048
091	兩東筆語1권	70	9	20	12,600
092	兩東筆語2권	51	9	20	9,180
093	兩東筆語3권	49	9	20	8,820
094	延享五年韓人唱和集1권	10	10	18	1,800
095	延享五年韓人唱和集2권	10	10	18	1,800
096	延享五年韓人唱和集3권	22	10	18	3,960
097	延享韓使唱和	46	8	14	5,152
098	牛窓錄	22	10	21	4,620
099	林家韓館贈答1권	38	10	20	7,600
100	林家韓館贈答2권	32	10	20	6,400
101	長門戊辰問槎상권	50	10	20	10,000
102	長門戊辰問槎중권	51	10	20	10,200
103	長門戊辰問槎하권	20	10	20	4,000
104	丁卯酬和集	50	20	30	30,000
105	朝鮮筆談(元丈)	127	10	18	22,860
106	朝鮮筆談1권(河村春恒)	44	12	20	10,560
107	朝鮮筆談1권(河村春恒)	49	12	20	11,760
108	韓客對話贈答	44	10	16	7,040
109	韓客筆譚	91	8	18	13,104
110	韓人唱和詩	16	14	21	4,704
111	韓人唱和詩集1권	14	7	18	1,764
112	韓人唱和詩集1권	12	7	18	1,512
113	和韓文會	86	9	20	15,480
114	和韓唱和錄1권	68	9	20	12,240
115	和韓唱和錄2권	52	9	20	9,360
116	和韓唱和附錄	80	9	20	14,400
117	和韓筆談薰風編1권	78	9	20	14,040
118	和韓筆談薰風編2권	52	9	20	9,360
119	鴻臚傾蓋集	28	9	20	5,040
예상 총 글자수					723,730
2차년도 예상 번역 매수 (200자원고지)					약 10,850매

3) 3차년도(2010. 7.~ 2011. 6.) : 1763년(11차 사행)에서 1811년(12차 사행)까지

연번	필담창화집 책 제목	면수	1면당 행수	1행당 글자수	예상되는 원문 글자수
120	歌芝照乘	26	10	20	5,200
121	甲申槎客萍水集	210	9	18	34,020
122	甲申接槎錄	56	9	14	7,056
123	甲申韓人唱和歸國1권	72	8	20	11,520
124	甲申韓人唱和歸國2권	47	8	20	7,520
125	客館唱和	58	10	18	10,440
126	鷄壇嚶鳴 간본 부분	62	10	20	12,400
127	鷄壇嚶鳴 필사부분	82	8	16	10,496
128	奇事風聞	12	10	18	2,160
129	南宮先生講餘獨覽	50	9	20	9,000
130	東渡筆談	80	10	20	16,000
131	東槎餘談	104	10	21	21,840
132	東游篇	102	10	20	20,400
133	問槎餘響1권	60	9	20	10,800
134	問槎餘響2권	46	9	20	8,280
135	問佩集	54	9	20	9,720
136	賓館唱和集	42	7	13	3,822
137	三世唱和	23	15	17	5,865
138	桑韓筆語	78	11	22	18,876
139	松菴筆語	50	11	24	13,200
140	殊服同調集	62	10	20	12,400
141	快快餘響	136	8	22	23,936
142	兩東鬪語乾	59	10	20	11,800
143	兩東鬪語坤	121	10	20	24,200
144	兩好餘話상권	62	9	22	12,276
145	兩好餘話하권	50	9	22	9,900
146	倭韓醫談(刊本)	96	9	16	13,824
147	倭韓醫談(寫本)	63	12	20	15,120
148	栗齋探勝草1권	48	9	17	7,344
149	栗齋探勝草2권	50	9	17	7,650
150	長門癸甲問槎1권	66	11	22	15,972

151	長門癸甲問槎2권	62	11	22	15,004
152	長門癸甲問槎3권	80	11	22	19,360
153	長門癸甲問槎4권	54	11	22	13,068
154	萍遇錄	68	12	17	13,872
155	品川一燈	41	10	20	8,200
156	表海英華	54	10	20	10,800
157	河梁雅契	38	10	20	7,600
158	和韓醫談	60	10	20	12,000
159	韓客人相筆話	80	10	20	16,000
160	韓館應酬錄	45	10	20	9,000
161	韓館唱和1권	92	8	14	10,304
162	韓館唱和2권	78	8	14	8,736
163	韓館唱和3권	67	8	14	7,504
164	韓館唱和續集1권	180	8	14	20,160
165	韓館唱和續集2권	182	8	14	20,384
166	韓館唱和續集3권	110	8	14	12,320
167	韓館唱和別集	56	8	14	6,272
168	鴻臚摭華	112	10	12	13,440
169	鷄林情盟	63	10	20	12,600
170	對禮餘藻	90	10	20	18,000
171	對禮餘藻(明遠館叢書 57)	123	10	20	24,600
172	對禮餘藻(明遠館叢書 58)	132	10	20	26,400
173	三劉先生詩文	58	10	20	11,600
174	辛未和韓唱酬錄	80	13	19	19,760
175	接鮮瘖語(寫本)1	102	10	20	20,400
176	接鮮瘖語(寫本)2	110	11	21	25,410
177	精里筆談	17	10	20	3,400
178	中興五侯詠	42	9	20	7,560
예상 총 글자수					786,791
3차년도 예상 번역 매수 (200자원고지)					약 11,800매

1차년도에는 하우봉(전북대) 교수와 유경미(일본 나가사키국립대학) 교수를 공동연구원으로 하여 고운기, 구지현, 김형태, 허은주, 김용흠 박

사가 전임연구원으로 번역에 참여하였다. 3년 동안 기태완, 이지양, 진영미, 김유경, 김정신, 강지희 박사가 연구원으로 교체되어, 결국 35,000매나 되는 번역원고를 마무리하였다.

일본식 한문이 중국식 한문과 달라서 특히 인명이나 지명 번역이 힘들었는데, 번역문에서는 독자들이 읽기 쉽도록 한국식 한자음으로 표기하고, 첫 번째 각주에서만 일본식 한자음을 표기하였다. 원문을 표점 입력하는 방법은 고전번역원에서 채택한 방법을 권장했지만, 번역자마다 한문을 교육받고 번역해온 과정이 다르기 때문에 재량을 인정하였다. 원본 상태를 확인하려는 연구자를 위해 영인본을 뒤에 편집하였는데, 모두 국내외 소장처의 사용 승인을 받았다.

원문과 번역문을 합하여 200자원고지 5만 매 분량의『조선후기 통신사 필담창화집 번역총서』를 12,000면의 이미지와 함께 편집하고 4차에 나누어 10책씩 출판하는 과정이 복잡하고 힘들었기에, 연세대학교 정갑영 총장에게 편집비 지원을 신청하였다.『조선후기 통신사 필담창수집 번역본 30권 편집』정책연구비(2012-1-0332)를 지원해주신 정갑영 총장에게 감사드린다.

『조선후기 통신사 필담창화집 번역총서』를 편집하는 과정에 문화재청으로부터『통신사기록 조사 및 번역, 데이터베이스 구축』연구용역을 발주받게 되어, 필담창화집을 비롯한 통신사 관련 기록을 세계기록유산으로 등재하는 작업에 참여하게 된 것도 기쁜 일이다. 통신사 관련 기록들이 모두 데이터베이스로 구축되어 국내외 학자들이 한일문화교류, 나아가서는 동아시아문화교류 연구에 손쉽게 참여하게 된다면『통신사 필담창화집 번역총서』의 사명을 다하는 것이라고 생각한다.

　조선후기 통신사가 동아시아 문화교류 연구에 중요한 이유는 임진왜란 이후에 중국(청나라)과 일본의 단절된 외교를 통신사가 간접적으로 이어주었기 때문이다. 통신사 필담창화집 번역총서 60권 출판이 마무리되면 조선후기에 한국(조선)과 중국(청나라) 지식인들이 주고받은 척독집 40여 권도 데이터베이스로 구축하여, 일본에서 조선을 거쳐 청나라로 이어지는 '동아시아 문화교류의 길' 데이터베이스를 국내외 학자들에게 제공하고자 한다.

▌구지현(具智賢)

1970년 천안 눈돌 출생.

연세대학교 국문과를 졸업한 후 동대학원에서 석박사를 취득하였고, 한국고전번역원에서 한문을 공부하였으며, 일본 게이오대학 방문연구원(일한문화교류기금 펠로우십)을 거쳤다.

현재 연세대학교 국학연구원 학술연구교수.

주요논저로는 『1763년 계미통신사 사행문학연구』(보고사), 『통신사 필담창화집의 세계』 등이 있다.

조선후기 통신사 필담창화집 번역총서 6

韓使手口錄 · 任處士筆語

2013년 7월 26일 초판 1쇄 펴냄

역 자 구지현
발행인 김흥국
발행처 도서출판 보고사

등록 1990년 12월 13일 제6-0429호
주소 서울특별시 성북구 보문동7가 11번지 2층
전화 922-5120~1(편집), 922-2246(영업)
팩스 922-6990
메일 kanapub3@naver.com
http://www.bogosabooks.co.kr

ISBN 979-11-5516-061-9 94810
      979-11-5516-055-8 (세트)
ⓒ 구지현, 2013

정가 23,000원

이 도서의 국립중앙도서관 출판시도서목록(CIP)은 서지정보유통지원시스템 홈페이지(http://seoji.nl.go.kr)와 국가자료공동목록시스템(http://www.nl.go.kr/kolisnet)에서 이용하실 수 있습니다. (CIP제어번호: CIP2013012711)